# Amour démoniaque

*Du même auteur*
*aux Éditions J'ai lu*

LES OMBRES DE LA NUIT

1 – MORSURE SECRÈTE
*N° 9215*

2 – LA VALKYRIE SANS CŒUR
*N° 9314*

3 – CHARMES
*N° 9390*

4 – ÂME DAMNÉE
*N° 9554*

KRESLEY

# COLE

LES OMBRES DE LA NUIT - 5

# Amour démoniaque

ROMAN

*Traduit de l'américain*
*par Agnès Girard*

J'AI LU

*Titre original*
DARK DESIRES AFTER DUSK

*Éditeur original*
Pocket Books, a division of Simon & Schuster, Inc., New York

*Pour Richard, parce que avec les chiffres,*
*tu es aussi doué que Rain Man, et parce que*
*tu ne te moques pas de moi, qui ne le suis pas.*

# Remerciements

Un grand merci au Gibson Hall Grid, qui m'a appris tout ce que je sais sur la cryptographie. Et, comme toujours, toute mon affection va à Gena, à Boo, à Beth et à Rocki, écrivains fabuleux et amis géniaux.

# Prologue

*Rothkalina, royaume des démons furie. Dans un très lointain passé.*

Cadeon s'arrêta devant les corps décapités de son père et de ses frères adoptifs. Tous trois avaient été massacrés en défendant leur ferme avec acharnement.

Ils étaient allongés sur le sol, à l'endroit où les barricades protégeant la propriété avaient été défoncées. Cadeon reconnut là l'impitoyable main des revenants, créatures cadavériques envoyées par Omort l'Immortel, l'ennemi le plus redouté de leur royaume.

Il frissonna, en proie à une douloureuse stupeur, son esprit refusant d'accepter l'évidence.

*Les filles…*

En un éclair, il fut en haut de la butte, devant les débris calcinés, encore fumants, de la ferme familiale. Ses sœurs adoptives avaient peut-être réussi à fuir vers la forêt. Le cœur battant à tout rompre, il fouilla les ruines, priant pour ne rien trouver. La sueur roulait sur son front et dans ses yeux avant de se mêler sur ses joues aux cendres et à la suie qui tourbillonnaient encore.

À l'endroit où se trouvait l'âtre, il découvrit ce qui restait de ses jeunes sœurs. Elles avaient été brûlées vives. Leurs muscles s'étaient racornis sous l'effet de la chaleur, leurs petits corps s'étaient recroquevillés sur le sol.

Il courut dehors et vomit jusqu'à ce que sa gorge le brûle. Personne n'avait survécu.

S'essuyant le visage d'un revers de manche, il tituba jusqu'à un vieux chêne et se laissa tomber contre son tronc. En l'espace d'une seule journée, tout ce qu'il aimait avait disparu.

La menace d'Omort pesait sur le domaine depuis plusieurs décennies, et pourtant, le sorcier avait choisi ce moment-là pour attaquer. Cadeon avait bien peur de savoir pourquoi.

*C'est ma faute*. Il enfouit son visage dans ses mains. *Tout ceci, c'est à cause de moi*.

Pour la plupart de ceux qui le connaissaient, Cadeon était un fermier simple et sans histoires. Mais il était né prince, et seul héritier du trône après son frère. On lui avait ordonné de rentrer au château de Tornin pour le défendre.

Cadeon avait désobéi. *Celui qui contrôle Tornin contrôle le royaume...*

Il sentit soudain le froid de l'acier contre son cou. Il leva les yeux, à peine surpris. Un démon s'était caché derrière le chêne et pointait son épée sur lui. Un démon furie.

— Mon maître m'avait bien dit que tu reviendrais, dit-il.

À en juger par son épée et sa tunique, c'était un tueur envoyé par Omort. Un traître à sa cause.

— Finis-en, qu'attends-tu donc ? murmura Cadeon tandis qu'un filet de sang apparaissait le long de la lame.

Plus rien ne lui importait, désormais.

C'est alors qu'une flèche se planta dans le cou du tueur. Il lâcha son épée pour tenter de la retirer, se déchirant la peau sous le regard impassible de Cadeon. Quand le tueur tomba à genoux, cherchant toujours à arracher la flèche, un petit groupe de cavaliers apparut.

Leur chef, en armure légère, portait un inquiétant heaume noir reconnaissable entre tous. C'était le roi Rydstrom, chef de tous les démons furie. Le frère de sang de Cadeon.

Il retira son heaume, révélant son visage balafré. Devant un tel spectacle, la plupart étaient saisis par la peur. Cadeon, lui, n'éprouva que du ressentiment. Il repensa à la dernière fois qu'il avait vu Rydstrom – il n'avait que sept ans à l'époque. En tant qu'héritier de son frère, il avait été séparé du reste de la famille royale douze ans auparavant. On l'avait envoyé vivre à l'abri de l'anonymat, loin de Tornin.

Le souvenir de ce bannissement lui revint brusquement. Quand l'attelage qui emmenait Cadeon s'était éloigné, Rydstrom, qui avait été plus un père qu'un frère pour lui, était resté bien droit, sans manifester la moindre émotion.

Cadeon s'était alors demandé si son départ faisait quelque chose à son frère.

Cette fois non plus, Rydstrom ne semblait pas enclin à se perdre en amabilités. Sans le saluer ni descendre de cheval, il dit simplement :

— J'avais ordonné ta présence à Tornin.

Contraint de partir guerroyer contre la Horde des vampires, il avait enjoint à Cadeon d'assurer la régence.

— Mais tu as refusé de suivre mes hommes, continua-t-il. Et quand ils t'ont emmené de force, tu t'es enfui comme un lâche !

Cadeon n'avait pas fui comme un lâche. Sa famille adoptive avait besoin de lui, et c'était envers elle qu'il était loyal avant tout. Parce qu'il savait lire, écrire et se téléporter, c'était naturellement à lui qu'il était revenu de partir chercher de l'aide lorsque toutes les récoltes avaient été atteintes par la rouille.

Et puis, personne ne pouvait se douter qu'Omort attaquerait vraiment.

— Tu es venu me tuer pour ça ? demanda Cadeon sur le ton de l'indifférence.

— Je devrais, répondit Rydstrom. Et c'est ce que l'on m'a conseillé de faire. Tu passes désormais pour un lâche. Et pas seulement auprès de tes ennemis.

Le regard de Cadeon glissa sur les hommes de Rydstrom, qui le considéraient avec une hostilité à peine voilée.

— Je ne suis pas un lâche. Ce n'était pas ma vie. Je vous connais à peine, toi et ta famille.

— Quelle importance ? Il était de ton devoir de venir au château. Sans toi, il n'y avait plus personne pour le défendre. Omort en a profité et a lancé sa révolte, qui s'est répandue dans tout le pays. Il a pris le contrôle de Tornin et porte désormais ma couronne.

— Je n'ai pas perdu ta couronne sur cette unique décision. Ce n'est pas aussi simple que tu sembles le croire, répliqua Cadeon, même s'il soupçonnait le contraire.

— Si, ça l'est. Le cours des événements peut changer sur un mot, un geste, et même sur l'absence d'un chef dans la place forte d'un royaume.

Si Rydstrom avait raison, alors la vraie famille de Cadeon n'aurait pas perdu la vie.

— Laisse-moi t'expliquer ceci, reprit Rydstrom d'un ton sec. Un roi sans descendance part défendre son royaume contre une attaque surprise, et le seul héritier de la couronne, le dernier mâle de la lignée, refuse d'assumer ses responsabilités. Nous n'aurions pas pu manifester notre vulnérabilité plus clairement.

Cadeon essuya le sang qui coulait dans son cou.

— Ce n'était pas ma couronne, ni mon devoir.

Sous l'effet de la colère, les crocs de Rydstrom apparurent. Il descendit de cheval, tira son épée et avança vers Cadeon. Mais il sembla surpris de voir que celui-ci ne reculait pas.

Ce qu'il ne comprenait pas, c'était que Cadeon n'avait plus rien à perdre. Il aurait dû mourir aux côtés des siens.

Cadeon ne bougea pas, ne cilla pas lorsque l'épée s'abattit. Une lueur d'intérêt s'alluma dans le regard de Rydstrom tandis qu'il décapitait le tueur, derrière Cadeon.

— Souhaites-tu venger ces gens, mon frère ?

La fureur envahit Cadeon à cette idée. La détermination grandit en lui.

— Oui, répondit-il d'une voix éteinte. Oui, je veux tuer Omort.

— Comment comptes-tu t'y prendre, sans entraînement ?

L'existence paisible de Cadeon ne l'avait pas préparé aux champs de bataille.

— Si tu m'apprends à me battre, je n'aurai de cesse de lui couper la tête. Et lorsque ce sera fait, j'en retirerai ta couronne pour te la rendre.

Après un long silence, Rydstrom dit enfin :

— Une vie guidée par la vengeance vaut mieux qu'une vie guidée par le néant.

Il fit faire demi-tour à sa monture, puis lança pardessus son épaule :

— Nous camperons dans la forêt, ce soir. Enterre tes morts et rejoins-nous.

Cadeon le rejoindrait, parce qu'il voulait détruire Omort. Et aussi expier sa faute.

Il avait tourné le dos à son frère de sang. À cause de cela, Omort contrôlait désormais Rothkalina – et la famille adoptive de Cadeon n'était plus.

Vengeance et expiation. Cadeon ne pouvait obtenir l'un sans l'autre.

Tandis que Rydstrom s'éloignait, ses soldats considérèrent Cadeon avec une haine teintée de mépris. Il était clair que, pour eux, Cadeon devait mourir.

*Autant m'habituer à ce genre d'expression*, pensa-t-il. Malgré sa jeunesse, il savait que c'était ainsi, dorénavant, qu'on le regarderait.

*Du moins tant que je n'aurai pas récupéré cette couronne...*

# 1

*La Nouvelle-Orléans, de nos jours.*

— *Fichu… cran de sécurité,* grommela Holly Ashwin en tâtant la buse de son spray de défense au poivre, au fond de son sac.

De sa main libre, elle remonta ses lunettes sur son nez, avant de jeter un regard nerveux par-dessus son épaule. Il lui semblait avoir entendu des pas derrière elle, dans la nuit. La suivait-on, ou était-elle juste parano ?

Depuis plusieurs mois, elle avait la sensation d'être observée. Mais bizarrement, jusqu'à ce soir, cela ne l'avait pas dérangée. Elle n'aurait su l'expliquer, mais il y avait quelque chose de presque apaisant dans la présence qu'elle sentait.

Ce soir, en revanche, c'était différent.

Elle sentait une menace, pure et simple, et regrettait d'avoir décidé de marcher seule depuis le parking jusqu'au bâtiment Corson. En général, son petit ami l'accompagnait jusqu'à sa salle de classe, mais ce soir Tim était à un colloque pour présenter leur dernier article – seul, car l'état de Holly l'empêchait quasiment de voyager.

Les pelouses manucurées qui longeaient l'allée étaient étrangement désertes. À n'en pas douter, de nombreuses fêtes célébraient ce soir la pleine lune, qui pesait, lourde et jaune, là-haut dans le ciel noir.

Il y avait encore suffisamment de lumière pour qu'elle voie bouger les buissons, derrière elle. Dans un accès de panique, elle brisa la buse du spray.

— Flûte.

Elle abandonna sa seule arme, fut brièvement tentée de saisir un des tubes de cachets qui se trouvaient dans la poche d'à côté pour y prendre un calmant. Mais elle accéléra le pas en direction du bâtiment de maths brillamment éclairé, tel un phare dans l'obscurité.

*Tu y es presque.* Ses talons claquaient précipitamment sur le trottoir, mais ne rencontraient aucune fissure dans le béton, malgré sa hâte. De toute évidence, les troubles obsessionnels compulsifs résistaient bien à la panique.

Elle regarda sa montre. Elle était à l'heure, bien sûr, mais ses élèves du cours de soutien seraient déjà dans la salle.

Plus que quelques mètres. Bientôt, elle serait en sécurité…

Elle franchit les six marches qui menaient à la porte d'entrée et poussa un soupir de soulagement. La lumière fluorescente des néons baignait l'intérieur. *C'est bon, j'y suis*.

Sa salle était la deuxième sur la droite. Trente-trois très grands et très assidus joueurs de football de l'équipe de Tulane l'y attendaient. Quiconque tenterait de s'attaquer à elle prendrait le risque de faire l'expérience du plaquage défensif sans maillot rembourré ni casque. Très douloureux.

Les collègues de Holly pensaient qu'elle avait vraiment manqué de bol en se retrouvant avec cette classe. Ils surnommaient ce cours « Le calcul expliqué aux nuls ». Mais en réalité, Holly avait demandé à l'avoir. Tant qu'à enseigner les maths, autant que ce soit à ceux qui avaient le plus à apprendre, tel était son raisonnement.

Et, à dire vrai, elle n'avait guère à se plaindre du comportement de ses élèves, même si, chaque mardi et jeudi soir, certains joueurs arrivaient en avance pour lui écrire de charmants petits messages au tableau. Un collègue avait expliqué à Holly que les « garçons », qui n'avaient que cinq ou six ans de moins qu'elle, aimaient beaucoup la regarder effacer le tableau quand elle portait « ces jupes ».

Holly ne portait que des jupes crayon démodées, qui descendaient au-dessous du genou. La laisserait-on un jour tranquille ?

Elle se demanda ce qu'elle aurait à effacer, ce soir. Récemment, elle avait eu droit à « Je la kiffe à mort, la prof me rend ouf », « Je n'ai pas été sage, mademoiselle Ashwin », « Holly t'es hot ».

Jusqu'à présent, elle était presque sûre qu'aucun de ses élèves n'avait remarqué son besoin maladif d'effacer absolument parfaitement le tableau, de façon qu'il ne reste pas un millimètre de craie, ou de ranger les bâtons de craie trois par trois dans le rail prévu à cet effet, dût-elle en casser un pour obtenir un multiple de trois…

Devant la porte de sa salle, elle inspira un grand coup, lissa un peu son chignon, vérifia que le fermoir de son collier de perles était exactement au milieu de sa nuque, tira sur les manches de son twin-set jusqu'à ce que les bords recouvrent parfaitement l'os de ses poignets, s'assura que l'arrière de ses boucles d'oreilles était bien en place et ouvrit la porte.

La salle était vide.

« Le cours est annulé », était-il écrit au tableau. Cette fois, ils étaient allés trop loin.

*Et si ce n'était pas eux ?* Elle déglutit et fit volte-face.

Un tissu rêche lui recouvrit le visage, puant la fumée, étouffant son cri.

Très vite, ses paupières se fermèrent, son corps s'affaissa. Au loin, elle entendit un étrange hurlement.

*Des démons rebelles ont pris ma femelle.*

Au volant de sa vieille camionnette Ford, en route pour un nouveau repaire de démons, Cade avait toutes les peines du monde à contenir la fureur qui faisait la réputation de son espèce.

*Ils ont pris Holly...*

Presque un an auparavant, le chemin de Cade avait croisé celui de Holly Ashwin, et Cade avait reconnu en la petite humaine l'être qui lui était destiné, son alter ego. Dans l'impossibilité de s'accoupler avec une mortelle, il avait dû se contenter de la suivre, de veiller sur elle.

C'était justement pour cette raison qu'il se trouvait sur le campus au moment où un groupe de démons l'avaient kidnappée et téléportée les dieux savaient où. Mais puisqu'ils l'avaient attaquée sur le campus, sans doute leur repaire n'était-il pas très loin.

Pourquoi s'en prendre à *elle* ? Parce que c'était une innocente ? Alors, ils s'étaient trompés de vierge – s'ils touchaient ne serait-ce qu'à un cheveu de Holly, Cade les pendrait par leurs propres viscères et les regarderait danser.

Son téléphone sonna au moment où il doublait un véhicule dont le conducteur était visiblement ivre. Quand les poivrots conduisaient lentement, c'était exactement pareil que lorsqu'ils essayaient de chuchoter – on les repérait tout de suite.

— Quoi ? aboya-t-il dans son mobile.

Il était censé recevoir les détails de sa nouvelle mission ce soir. Et cette mission était la plus importante de toutes celles qu'il avait menées depuis qu'il était devenu mercenaire, plusieurs siècles auparavant.

— Je sors de la réunion, lui répondit son frère Rydstrom. J'ai l'info dont nous avions besoin.

— Qui commandite ? demanda Cade d'un ton absent, occupé à coller au pare-chocs de la voiture de devant.

— Groot le Métallurgiste.

En temps normal, cette réponse aurait fait bondir Cade. Groot était le demi-frère d'Omort l'Immortel.

— Il veut nous aider, contre Omort ?

Il doubla de nouveau, frôlant de très, très près la voiture qu'il dépassait.

— Groot a forgé une épée qui peut le tuer.

La seule qui existât, alors. Omort l'Immortel ne portait pas son nom par hasard.

— C'est quoi, la mission ?

— Il veut que nous trouvions la Porteuse et que nous la lui amenions avant la prochaine pleine lune.

*La Porteuse*. À chaque Accession, une femelle du Mythos atteignait la maturité sexuelle. Son enfant devenait un guerrier au service du Bien absolu ou du Mal absolu, en fonction des penchants de son géniteur.

Une voiture se faufila pour se glisser juste devant Cade.

— Connard !

— Qu'y a-t-il ? demanda Rydstrom.

— Rien, rien. C'est la circulation.

Il ne voulait pas que son frère se doute de quoi que ce soit. Rydstrom lui avait demandé de cesser de suivre Holly, et Cade avait promis qu'il le ferait. Même si tous deux pensaient qu'elle était son alter ego, aucun avenir avec elle n'était envisageable.

Les humains étaient interdits aux démons. Ils ne survivaient jamais au premier accouplement.

Mais Cade n'avait pas pu s'empêcher de continuer à veiller sur Holly, à l'observer, de plus en plus fasciné par la jeune mortelle. De plus en plus convaincu qu'elle était à lui.

Il mesurait le ridicule d'une telle situation. Immortel, mercenaire brutal à la tête d'un escadron de soldats de fortune, Cadeon n'était jamais impatient, sauf quand il s'agissait de la voir.

Holly, quant à elle, continuait sa route sans se douter une seule seconde qu'elle était la lumière de la vie de ténèbres d'un démon de près de mille ans...

Cette nouvelle mission devait être la dernière chance, pour lui et son frère, de récupérer la couronne de Rydstrom. Si Rydstrom découvrait que Cadeon avait la tête ailleurs, les deux frères finiraient une fois de plus par s'affronter, et comme toujours, ce serait sanglant. Autrefois, Cade aimait assez cette façon d'évacuer sa colère. Aujourd'hui, il trouvait cela pénible.

— Et on la trouve comment, la Porteuse ? demanda-t-il.

— D'après la rumeur, il s'agirait d'une Valkyrie, cette fois.

— Remettre une Valkyrie entre les mains d'un sorcier maléfique... Tu n'as pas peur de les froisser ? Notre alliance avec elles pourrait en souffrir.

— Pour une fois, je vais faire comme toi, et dire que ce qu'elles ne savent pas ne pourra pas les irriter.

— Elles le sauront. Nïx le verra.

Nïx, la devineresse valkyrie à moitié folle, avait aidé Rydstrom et Cade, par le passé. En réalité, c'était elle qui avait mis sur pied ce marché, mais elle s'était bien gardée de leur dire pour qui ils travailleraient.

Cade lui avait parlé de Holly moins d'une semaine plus tôt. Nïx ne lui avait pas dit un mot sur ce soir.

— Si Nïx n'a pas vu pour l'instant que la Porteuse serait une de ses congénères, il est possible qu'elle continue à ne pas le voir, répondit Rydstrom. Et, de toute façon, on ne peut rien y changer. Rien n'est plus important que cette mission. C'est Nïx elle-même qui a juré que c'était notre dernière chance de vaincre Omort.

— Tu as une idée de l'endroit où se trouve la cible ?

— Les oracles de Groot l'ont cherchée. Et comme on s'y attendait, elle est ici, en ville.

L'Accession toute proche attirait déjà nombre de factions d'immortels vers les hauts lieux de la magie tels que La Nouvelle-Orléans.

— Et nous ne sommes pas les seuls sur le coup, ajouta Rydstrom. Oracles, sorcières et mages la veulent eux aussi.

Cela ne surprenait pas Cade.

— Tu as un nom ?

— Non. Mais nous savons qu'elle a été vue pour la dernière fois dans un endroit appelé le Son du Cor, ou quelque chose comme ça. Je sais que ça fait blague de sorcier, mais c'est une piste.

Un frisson remonta le long de l'épine dorsale de Cade. Non. Impossible. Le son du Cor. Le Corson. Le bâtiment qui abritait le département de maths de l'université Tulane.

Holly n'était pas une Valkyrie, mais ces démons l'avaient vue dans cet endroit et l'avaient prise pour une autre. Elle était frêle, avec des traits fins et délicats. Ils avaient tout à fait pu la prendre pour la Porteuse.

Une seule faction démoniaque avait pu découvrir avant Rydstrom et Cade l'endroit où se trouvait la Porteuse : l'ordre des Demonaeus.

— On s'occupe de la Valkyrie ce soir, dit Rydstrom. Je serai à la maison dans deux heures, retrouves-y-moi.

Deux heures. Même si la tentation était grande de demander de l'aide à son frère pour affronter les Demonaeus, Cade savait que Rydstrom n'aurait pas le temps de le rejoindre, de toute façon.

— OK. À plus.

Et il raccrocha.

Les gros pneus de la camionnette hurlèrent sur le bitume lorsqu'il fit demi-tour en travers des trois voies de circulation pour rejoindre ensuite les voies d'en face et filer en sens inverse.

Il savait où se trouvait l'ordre des Demonaeus, ayant plus d'une fois été contraint d'en rencontrer certains membres.

Il avait même vu l'autel qui servait à leurs rituels. La douce et innocente Holly était-elle attachée sur cet autel, en cet instant précis ?

Sous ses poings serrés, le volant se tordit.

# 2

Elle reprit conscience.

Ses paupières étaient si lourdes qu'elle ne parvint pas à les ouvrir. De toute façon, elle n'était pas sûre d'en avoir envie. Un rapide passage en revue du reste de son corps lui suffit pour comprendre que quelque chose de terrifiant lui arrivait.

Elle était allongée sur ce qui lui faisait l'effet d'une large pierre plate, nue – il ne lui restait que ses bijoux –, et ses longs cheveux pendaient dans le vide. La pierre était d'un froid sépulcral, qui la faisait claquer des dents.

On lui avait retiré ses lunettes, si bien que tout était flou pour elle au-delà d'un rayon de trois mètres.

Des voix graves psalmodiaient autour d'elle, dans une langue étrange qu'elle n'avait jamais entendue.

Enfin, Holly parvint à ouvrir un œil. Elle qu'aucun homme n'avait vue nue jusque-là se trouvait au centre d'un cercle d'une dizaine de silhouettes indistinctes. L'une d'elles la tenait par les jambes, une autre par les bras. Elle poussa un cri, tenta de se dégager.

— Lâchez-moi ! Mais lâchez-moi ! Non ! Qu'est-ce que vous faites ?

*C'est un rêve. Enfin, un cauchemar.*

Les médicaments lui embrouillaient l'esprit. Tout cela ne pouvait être qu'une hallucination.

Comme personne ne lui répondait, elle supplia :

— Ne faites pas ça, je vous en prie.

Mais elle ne savait pas exactement à quoi « ça » faisait référence.

La pièce dans laquelle ils se trouvaient n'était éclairée que par la lumière de la lune et quelques bougies noires allumées çà et là. Plissant les yeux, elle regarda autour d'elle et constata que les silhouettes – des hommes – arboraient toutes de longues robes noires et... *des cornes factices* ?

Dans leur chant revenait sans cesse un mot : *Demonaeus*. Elle devait être entre les mains d'une secte de dingues qui vouaient un culte au diable, un truc comme ça.

Pourtant, ils ne cachaient pas leurs visages derrière des masques, comme souvent dans ces groupes. Cela confirma aussitôt ce qu'elle redoutait : ils n'avaient pas l'intention de la laisser sortir d'ici vivante.

— Ma famille va me chercher, mentit-elle.

Ses parents étaient morts, et elle n'avait ni frère ni sœur.

— Je ne suis pas celle qu'il vous faut pour... ce sacrifice. Je n'ai vraiment rien de spécial, vous savez.

Les larmes brillèrent dans ses yeux, roulèrent le long de ses tempes.

Quelques rires méprisants lui répondirent.

— *Non, c'est pas vrai, c'est pas possible*, murmura-t-elle, tentant de calmer sa panique. *Je vais me réveiller.*

Elle leva les yeux. Au-dessus d'elle se trouvait un dôme de verre. Dans le ciel, la lune était presque en face d'un dessin étrange au centre du dôme, le dessin d'une tête de démon à cornes.

Quand la lune l'éclairerait directement, l'ombre du dessin serait projetée sur elle. C'était un gnomon, sorte de cadran solaire primitif.

Les hommes levaient régulièrement les yeux en direction de la lune, comme s'ils attendaient l'arrivée de cette ombre. Mais pour quoi faire ?

Tandis que l'astre céleste continuait son ascension, leurs chants gagnèrent en intensité. Holly se débattit un peu plus fort, remuant les jambes, tirant sur ses bras.

Un éclair zébra le ciel, puis un autre. Elle remarqua vaguement que plus elle se débattait, plus les éclairs étaient rapprochés.

Le plus grand des hommes s'avança entre ses jambes écartées. Lorsqu'il retira sa robe, elle comprit ce qui allait se passer. Elle ne voyait pas le bas de son corps, mais savait qu'il était nu.

— *Non ! Non... ne faites pas ça !*

Le blanc de ses yeux était... noir ! Il la prit par les cuisses, la tira vers lui jusqu'au bord de l'autel de pierre.

Elle hurla. Et ce fut l'apocalypse.

Les hommes plaquèrent leurs mains sur leurs oreilles. Au-dessus d'eux, dans la tête de démon, le verre se fendilla en fourches diaboliques avant d'exploser, projetant des éclats meurtriers tout autour de l'autel, sans jamais la toucher.

Un éclair suivit, traversant le toit béant pour venir frapper Holly en pleine poitrine. Les hommes furent projetés en arrière.

L'impact fit hurler Holly, qui se redressa d'un coup, poings serrés, tandis que la force de l'éclair la traversait encore et encore.

Une chaleur inimaginable l'envahit. Les deux bagues qu'elle portait fondirent autour de ses doigts, de même que ses boucles, à ses oreilles. Son collier et sa montre fondirent à leur tour, coulèrent jusqu'au sol.

Elle ne sentait rien, car sa peau était plus brûlante encore que le métal en fusion.

L'électricité contenue dans l'éclair la chargeait, comme une pile. La chargeait d'énergie... et de bien-être. Lorsque cela cessa, Holly n'était plus la même.

*Punis-les*, semblait murmurer une voix dans son esprit. *Ils ont osé te faire du mal.*

Sa terreur s'était muée en rage pure. Au bout de ses doigts apparurent soudain des griffes aiguisées comme des rasoirs. Elle y voyait parfaitement, même dans l'obscurité. Dans sa bouche poussèrent des crocs.

Si elle n'avait pas souffert de l'éclair, les démons, en revanche, semblaient sous le choc, aveuglés. Tous avaient reçu des éclats de verre et saignaient.

Mais ils se regroupèrent rapidement. Accroupie sur l'autel, elle les regarda avancer. L'un d'eux avait un bâton. Elle le fixa du regard.

Un bâton. Pour l'assommer et reprendre leur rituel dégoûtant là où ils l'avaient laissé.

Un voile rouge descendit soudain devant ses yeux. Quand l'un des hommes voulut l'attraper, elle le saisit par les cornes. Celles-ci étaient bien attachées à sa tête. Elles n'avaient rien de factice. *Mais alors... ce sont de vrais démons ?*

Autrement dit, elle délirait. Car cela était tout bonnement impossible. Elle éclata de rire en tordant la tête du démon, convaincue qu'il s'agissait d'une sorte de cauchemar.

Et dans ce cauchemar, un besoin instinctif de tuer, une force et une fureur indicibles se répandaient en elle.

Lorsque les autres attaquèrent, Holly n'avait plus peur.

Elle savait comment les tuer. On aurait dit qu'elle faisait cela depuis des millénaires. Renverser leur tête, fendre leur cou d'un coup de griffe si puissant que peau et artères cédaient plus facilement que du papier de soie.

*Punis-les...*

Quand le sang se répandit, les éclairs illuminèrent à nouveau le ciel, à la manière d'un encouragement.

— Je comprends, murmura-t-elle en tranchant une jugulaire. Je vois.

*Oui, leur dernière vision sur terre doit être mon visage rayonnant.*

— *Tout doux, femelle,* souffla Cade d'un ton apaisant en s'approchant doucement de Holly, nue, recroquevillée dans un coin.

Elle était couverte de sang. Mais était-ce le sien ou celui des démons qu'elle avait apparemment massacrés ?

Ses yeux étaient... argentés et brillaient dans le noir. C'était donc une Valkyrie. Il ignorait comment cela était arrivé, mais elle n'était plus humaine.

Une Valkyrie, dans le bâtiment Corson. Holly était bien la Porteuse.

Elle avait remonté les genoux contre sa poitrine et sortait ses petites griffes pour le faire reculer. Elle tremblait de peur, encore sous le choc. Les larmes roulaient sur ses joues ensanglantées.

Pour Cadeon, c'était insupportable.

— Tout doux, répéta-t-il. Je ne veux pas te faire de mal.

Elle regarda ses cornes, puis celles d'une des têtes qui jonchaient le sol.

— Oui, moi aussi je suis un démon, dit-il. Mais je n'ai rien à voir avec eux. Je m'appelle Cadeon Woede.

Jusqu'où étaient-ils allés avant qu'elle se transforme et les attaque ? Bien que le carnage ne semblât plus très récent, Holly avait encore un bras tailladé par les griffes de l'un de ces démons.

Elle s'était peut-être transformée en Valkyrie, mais n'avait pas encore reçu le don de guérison rapide, ni celui de l'immortalité, que possédaient ses semblables. Ce qui signifiait qu'elle était encore très vulnérable. Aussi vulnérable qu'une humaine.

*Les humains meurent si facilement.*

— Est-ce qu'ils t'ont fait autre chose que cette blessure au bras ?

Elle finit par secouer la tête.

— As-tu mal quelque part ? Veux-tu que je t'emmène à l'hôpital ? demanda-t-il, tout en sachant que ce n'était pas une bonne idée.

D'autres factions étaient à sa recherche. Il n'aurait pas été surpris qu'elles aient remarqué la foudre et les éclairs que lui-même avait vus au loin. Holly dégageait encore une énergie folle, qui crépitait partout dans la pièce. Et l'énergie nouvelle était facilement repérable.

— I… ils ne… ils ne m'ont pas fait mal, murmura-t-elle.

— Parfait. Je suis ici pour t'aider, Holly.

En l'entendant prononcer son prénom, elle fronça les sourcils, scruta son visage.

— Nous nous sommes déjà rencontrés, dit Cade.

Mais cela ne la calma pas – les éclairs continuaient à zébrer le ciel, claquant par salves régulières. La foudre donnait de l'énergie aux Valkyries, mais elle reflétait aussi leurs émotions.

Quand il déboutonna sa chemise, dans le but de l'en couvrir, elle poussa un cri et chercha à le blesser de ses griffes ensanglantées. Puis, horrifiée, elle regarda ses doigts.

Quelques heures plus tôt à peine, elle vivait comme un être humain normalement constitué – enfin, à quelques petites bizarreries près. Et voilà qu'elle était devenue une Valkyrie. En partie, en tout cas. Il ignorait, jusque-là, qu'elle possédait cela en elle. Sans doute le choc du rituel avait-il déclenché le processus de transformation.

Sans ce pouvoir, elle aurait été brutalisée, et son ventre offert au dieu ténébreux que ces démons vénéraient.

Lorsqu'il retira sa chemise, elle retroussa les lèvres, laissant apparaître deux petits crocs, et grogna – une réaction qui la stupéfia elle-même.

— Voilà. Bien. Un petit grognement n'a jamais fait de mal à personne, dit-il en s'accroupissant à côté d'elle, se retenant de la prendre dans ses bras pour l'étreindre et la réconforter. Je vais poser ça sur tes épaules. Tout doux…

Elle leva vers lui un regard qui oscillait entre l'argent et le violet intense qu'il connaissait.

— Qu… qu'est-ce qui m'arrive ?

— Tu sais, toutes ces créatures dont tu pensais qu'elles n'étaient que mythiques ?

Elle hocha la tête.

— Eh bien, elles ne le sont pas. Et tu es en train de quitter la sphère des humains pour devenir immortelle.

Ce qui signifiait pour Cade que, désormais, il pouvait envisager de la faire sienne.

*Mais tu es aussi devenue ma cible – la Porteuse. Le moyen de payer l'épée qui tuera notre ennemi.*

Holly était la monnaie d'échange qui lui permettrait de reprendre possession de la couronne de son frère, perdue neuf cents ans plus tôt, et de mettre un terme à l'infatigable quête qui était devenue son unique raison de vivre.

Jamais il n'avait été aussi près de réussir…

Pour cela, il lui fallait gagner la confiance de la compagne qu'il attendait depuis toujours, puis la trahir.

# 3

Holly se retourna et courba les épaules pour boutonner la chemise, en regardant derrière elle pour ne pas perdre Cadeon de vue.

Elle se rappelait l'avoir déjà rencontré. Comment aurait-elle pu oublier des yeux d'un vert aussi incroyable ? Elle se souvenait de son accent, aussi, qui évoquait les colonies britanniques, mais avec une intonation particulière.

Plusieurs mois auparavant, il l'avait abordée, sur le campus. Au début, il s'était comporté crânement, puis avait semblé perdre ses moyens et s'était mis à bégayer tout en la détaillant de la tête aux pieds.

Elle l'avait trouvé bizarre. Et cela, c'était avant qu'elle sache ce que son chapeau dissimulait.

Maintenant, elle découvrait aussi ce que sa chemise cachait. Sous la peau de son torse roulait une impressionnante musculature. Au-dessus d'un biceps volumineux, il portait un large brassard d'or.

Il était d'une carrure aussi imposante que les autres démons – normal, puisqu'il avait reconnu être des leurs. Elle frissonna, tentant d'ignorer les corps qui gisaient partout autour d'elle.

Malgré tout, il avait quelque chose de différent. Ses traits semblaient plus humains. Ses cornes étaient courbées vers l'arrière et disparaissaient presque dans sa chevelure blonde au lieu de pointer vers le haut.

*Et d'abord, comment se fait-il que je voie ces détails, moi ? Sans mes lunettes ?*

— P... pourquoi devrais-je vous faire confiance ?

— Parce mon rôle est de te protéger. D'autres choses vont se produire. Je t'expliquerai plus tard.

Comme elle hésitait encore, il ajouta :

— Ces douze démons n'étaient que le premier cercle de ceux qui te cherchent.

— Le premier cercle ? s'écria-t-elle.

Quelque part, à l'étage au-dessus, une porte grinça. Cadeon se releva d'un bond.

— Viens avec moi, si tu veux sortir d'ici vivante.

— Où... où va-t-on ?

— Il va falloir courir. Je te garantis la sécurité, mais tu vas devoir me faire confiance.

Il lui tendit sa grande main.

Ne voyant guère d'autre solution à son problème, elle la prit. Il l'aida à se lever. Elle se sentait étonnamment sûre sur ses jambes, compte tenu de ce qu'elle venait de vivre. Il l'entraîna hors de la salle, le long d'un étroit couloir taillé dans le roc qui empestait l'humidité.

À l'approche d'une sorte d'alcôve, ils aperçurent un groupe de trois mâles, vêtus de la même tunique que les autres, et qui parlaient la même langue étrange. Cadeon la tira contre la paroi, puis lui murmura à l'oreille :

— Ne fais pas un bruit. Reste ici jusqu'à ce que je revienne te chercher, d'accord ?

Elle hocha la tête. Cadeon se retourna vers les trois hommes. Comme il s'apprêtait à attaquer, les muscles de son dos et de ses épaules gagnèrent en volume sous les yeux ébahis de Holly. Ses cornes noircirent et se dressèrent.

Elle ouvrit la bouche lorsqu'il se rua vers les autres. Sa rapidité de mouvement était stupéfiante, et son rugissement fit vibrer l'air autour d'elle, agressant ses tympans. Il attrapa un premier démon par les cornes et lui tordit la tête jusqu'à ce qu'un craquement se fasse entendre.

Quand il fit face aux deux autres, ses crocs s'allongèrent et devinrent plus acérés. Il s'en servit comme un animal, pour mordre, arracher, déchirer.

Avait-elle, elle aussi, laissé parler la fureur lorsqu'elle avait tué ? Elle ne se sentait plus invulnérable, comme avant. Quand les yeux de Cadeon devinrent noirs, tels ceux des autres démons, elle frissonna et fit un pas en arrière.

L'avait-elle cru différent ? *Je veux rentrer chez moi. Oublier ce qui vient d'arriver.* Pourquoi lui aurait-elle fait confiance ? *Je dois pouvoir trouver la sortie toute seule.*

Elle fit demi-tour et rebroussa chemin. Quelques instants plus tard, elle déboucha dans une vaste galerie.

Des symboles étranges étaient dessinés sur les chaises de bois et sur les murs. Sur une étagère étaient disposés des crânes semblables à des crânes humains, avec des cornes et des crocs en plus.

Une double porte, de l'autre côté de la galerie, devait forcément ouvrir vers l'extérieur. Dehors, elle pourrait trouver une voiture, ou se cacher et…

Une rafale de coups de feu fit voler en éclats le plâtre des murs, tout près d'elle, sur sa droite. Vite, elle courut vers la gauche, tout en jetant un coup d'œil vers la droite. Des hommes pointaient leur mitrailleuse sur elle, cherchant visiblement à la tuer.

Un autre homme se mit à tirer, de l'autre côté. Les balles ricochaient sur les murs, tout autour d'elle. Plus près, encore plus près… Elle voulut partir sur la droite, puis sur la gauche, mais elle était coincée. Les rafales se rapprochèrent encore, et elle se figea, terrorisée.

Un hurlement s'éleva par-dessus le bruit de la fusillade. Cadeon sauta par-dessus la ligne de feu, atterrit près d'elle et la prit dans ses bras. Il l'enveloppa littéralement de son corps, la maintint serrée contre son torse, tournant le dos aux balles. Lorsque celles-ci atteignirent l'endroit où il se trouvait, il plaqua Holly contre le mur, protégeant chaque centimètre carré du corps de la jeune femme.

Quand la première balle le toucha, il encaissa le choc et serra les dents. Il ne pouvait rien faire sans risquer d'exposer Holly. Elle éclata en sanglots. Deux balles, trois, quatre...

Il baissa les yeux sur elle, la dévorant de son regard de jais, et murmura d'une voix rauque :

— Ne me fais plus faux bond, d'accord ?

— D... d'accord, hoqueta-t-elle.

Chaque fois qu'elle sentait le grand corps de Cadeon secoué par un nouveau projectile, ses sanglots redoublaient.

Par-dessus son épaule, il rugit en direction de leurs assaillants. Un grognement furieux, menaçant, qui la fit gémir.

— Non, non, calme-toi, petite. Chuuuuut, souffla-t-il doucement, avant d'essuyer ses larmes de ses doigts immenses terminés par de petites griffes noires.

La fusillade cessa brusquement. Holly regarda par-dessus l'épaule de Cadeon. Les démons en tunique attaquaient les tireurs.

Tandis qu'une bagarre éclatait, Cadeon se rua vers la double porte, Holly dans ses bras. D'un coup d'épaule, malgré ses blessures, il enfonça le battant, faisant céder les gonds.

Dehors, il se rua dans la nuit, courant jusqu'à une vieille camionnette garée le long du manoir. Il ouvrit la portière côté conducteur, jeta Holly à l'intérieur et se glissa à son tour sur la banquette de moleskine. Il tourna la clé de contact. Rien.

— Il n'y a plus de batterie ? demanda Holly, qui refaisait surface. Il marche encore, ce vieux truc ?

À ses pieds se trouvait un amas d'emballages divers et de canettes de soda écrasées.

— Hé, un peu de respect pour La Camionnette. Elle m'a sorti d'un paquet de mauvais pas.

Il actionna en douceur le levier de vitesse.

— Il faut juste… qu'elle comprenne qu'elle est au point mort.

Holly crut entendre un petit clic.

— Là.

Le moteur vrombit. Cadeon démarra en trombe, avant de lancer un regard condescendant à sa passagère.

Holly contempla le manoir dont ils s'éloignaient. De l'extérieur, la bâtisse était imposante, la propriété immaculée. Jamais elle n'aurait deviné quelles créatures se terraient dans les entrailles de ce sinistre endroit.

Et voilà qu'elle se trouvait avec l'une des leurs… Elle l'observa un instant, examina cet être, ce… démon.

Il avait le visage hâlé, une barbe blonde naissante, des cheveux épais dont les longues mèches semblaient éclaircies par une vie au soleil.

Le brassard d'or qu'il portait au bras droit semblait y être à demeure. Sans doute aurait-il fallu le couper pour le faire glisser par-dessus cet impressionnant biceps. Et ces cornes…

Tout à l'heure, lorsqu'elles s'étaient redressées, elles avaient aussi grandi, et changé de couleur pour devenir plus foncées. Maintenant, elles semblaient douces, un peu nacrées, et s'étaient repliées près de la tête. S'il avait eu les cheveux en bataille, elles n'auraient probablement pas été visibles.

— Alors, je te plais ? demanda Cadeon d'une voix grave et profonde.

Elle rougit.

— C'est juste que… c'est la première fois que je vois… des cornes.

— Je me doutais que ça te ferait un choc.

— Où allons-nous ?

— Il faut que je te fasse quitter la ville. Cet endroit est trop dangereux pour nous, maintenant.

Elle remarqua le sang derrière lui, sur le dossier du siège.

— Comment faites-vous pour bouger, avec toutes ces balles dans le corps ?

— Je serre les dents, parce que ça fait un putain de mal de chien, Holly.

Elle étouffa un petit cri d'effarement. Un tel langage lui faisait l'effet d'un ongle crissant sur un tableau noir.

— Arrête de jouer les chochottes. Je te préviens, ça risque pas de s'arranger.

— C'est... c'est juste une question d'habitude. Vous allez vous en sortir ?

— Le système de rejet devrait fonctionner.

Comme elle fronçait les sourcils, il expliqua :

— Mon organisme devrait rejeter les balles au fur et à mesure de ma guérison.

Holly avait du mal à envisager pareille possibilité.

— Que me voulaient ces hommes ? Ceux qui étaient armés ?

— C'étaient des sangsues. Des vampires.

— Des vampires, répéta-t-elle à mi-voix.

Mais intérieurement, elle hurlait. *C'est quoi ce délire ?*

— Ils devaient savoir que tu ne t'étais pas transformée complètement en immortelle. On n'utilise jamais d'armes à feu, dans le Mythos, au cas où tu ne te serais pas rendu compte qu'ils visaient comme des merdes.

La vulgarité de l'expression la fit grimacer, mais elle parvint à retenir son cri.

— Mais pourquoi voulaient-ils me tuer ?

— Parce que tu viens de devenir la fille la plus populaire de la ville.

— Qu'est-ce que ça veut dire ? Arrêtez un peu avec vos réponses énigmatiques, Cadeon, ce n'est pas le moment, dit-elle du ton sérieux qu'elle réservait d'ordinaire à ses élèves.

— Ce n'est pas le moment de poser des questions, Holly.

Au bout de l'allée, ils aperçurent des phares allumés. Un énorme 4 × 4 bloquait la sortie de la propriété.

— Putain de merde, s'emporta Cadeon en faisant une embardée, projetant des gravillons un peu partout. Encore des vampires.

Holly agrippa le tableau de bord pour tenter de rester en place sur son siège.

— Qu'est-ce qu'on va faire ?

— On va prendre le seul autre chemin qui permette de sortir d'ici. Le marais.

— Comment le savez-vous ?

— C'est pas la première fois que je viens.

Devant le regard de Holly, il ajouta :

— J'y ai rencontré les démons quelquefois. En tant que représentant de ma race.

— Vous avez… *fraternisé* avec ces animaux ? Est-ce que votre *race* kidnappe des femmes aussi ?

— Kidnapper des femmes ? Déjà qu'elles me lâchent pas la grappe, les donzelles, j'ai pas besoin de ça, ma poule.

— *Donzelles ? Poule ?* Vous avez grandi au XIXe siècle ou vous essayez juste d'être misogyne ?

— Je viens des temps médiévaux, et je n'ai jamais eu à *essayer* d'être misogyne.

Il enfonça la pédale de frein, fit craquer le levier de vitesse et lui lança un regard appuyé.

— C'est naturel, chez moi. Un don, en quelque sorte.

Une brutale et puissante accélération plaqua Holly contre son siège tandis qu'ils traversaient les pelouses tracées au cordeau.

— Pourquoi voulaient-ils me faire du mal ? Je n'ai jamais rien fait pour mériter ça !

— Ce n'est pas ce que tu as fait, c'est ce que tu es.

— Prof de maths ?

— Tu es une Valkyrie, désormais. Et pas n'importe laquelle, en plus. Ta mère devait en être une.

— Une Valkyrie ? Ma mère ? Son idée du bonheur, c'était de gagner le concours de la meilleure tarte aux pommes ! Et elle était humaine ! Elle est morte il y a deux ans.

— Alors, ta mère biologique devait en être une.

Sous le choc, Holly resta muette un long moment. Comment ce démon savait-il qu'elle avait été adoptée ?

— Je ne l'ai jamais connue, finit-elle par articuler.

Dans son esprit, elle était l'enfant non désiré d'une adolescente en perdition, qui avait eu l'incroyable bon sens de déposer son bébé sur le seuil du plus formidable des foyers. Et voilà que pour ce démon, elle était la fille d'une Valkyrie !

— Mais c'est quoi, exactement, une Valkyrie ? Et comment savez-vous que j'ai été adoptée ?

— On verra plus tard pour les questions. Là, tout de suite, il faut qu'on traverse le marais.

Devant eux, elle ne voyait qu'un alignement sombre et des buissons.

— Mais il n'y a pas de route !

— Il y a un chemin. En principe. Il est possible que la végétation ait un peu poussé.

— *Un peu !* Vous êtes certain qu'il n'y a pas d'autre façon de sortir d'ici ?

— La propriété est entourée par le bayou et les marais.

— Et quelles sont nos chances d'y arriver ?

— Je dirais... une sur quinze.

Elle écarquilla les yeux.

— Jamais je n'accepterai de prendre un risque pareil !

— Si. Tu accepteras parce que c'est ta seule chance.

— Seigneur... murmura-t-elle en tâtonnant autour de son siège. Où est la ceinture de sécurité ?

— Cassée, depuis quelques années déjà.

— Et vous ne l'avez pas fait réparer ? dit-elle d'un ton cinglant.

— J'ai pas l'habitude de transporter des mortels ! répliqua-t-il du tac au tac.

Luttant pour garder son calme, Holly se concentra sur ce qu'il y avait devant eux.

— Cadeon, je ne vois pas le commencement du début d'un chemin.

— Les démons sentent les choses. Je vais le trouver.

Mais il plaqua son bras droit sur elle comme ils approchaient du mur de buissons.

— Vous... vous n'allez tout de même pas...

— Fais-moi confiance.

Cet être lui avait sauvé la vie, avait pris des balles à sa place, et pourtant, quelque chose chez lui ne lui inspirait pas, mais alors pas du tout confiance...

Avec un sourire gêné qui découvrait à peine ses crocs, il la regarda et dit :

— Quoique... Si t'es du style à faire tes prières, le moment me paraît assez bien choisi...

# 4

Holly fut projetée contre le bras de Cadeon tandis que la camionnette s'engouffrait dans les buissons.

Feuilles et branches fouettèrent le pare-brise. Ils heurtèrent quelque chose qui abandonna quelques plumes et s'envola en caquetant bruyamment.

Holly se retourna en s'agrippant à son dossier, pour regarder derrière eux.

— Ils vont nous suivre, et nous serons pris au piège dans ces buissons !

— Leur 4 × 4 est peut-être super classe, mais il est plus bas de caisse que ma vieille Ford. Avec un peu de chance, ils resteront coincés. Au moins avant qu'on le soit, nous.

Sur fond sonore de destruction massive de la flore et de la faune, Holly demanda :

— Pourquoi est-ce que vous m'aidez ?

— Je suis un mercenaire. Ma mission actuelle est de te garder en vie.

— Un mercenaire ? Qui vous paie ? Qui peut bien embaucher un démon pour me protéger d'autres démons ?

— Il y avait les vampires, aussi.

— C'est vrai, où avais-je la tête ? Qui vous paie ?

— On parlera de ça plus tard.

— Dites-moi au moins pourquoi les démons m'ont choisie, moi. Je suis la personne la plus ennuyeuse qui soit !

— Ça suffit, les questions, maintenant.

De nouveau, elle se retourna et aperçut des phares.

— Ils arrivent.

Lâchant une bordée de jurons dans une langue que Holly n'avait jamais entendue, Cadeon accéléra encore.

— C'est pas un peu dangereux, d'aller si v…

Des coups de feu retentirent. L'arrière de la camionnette en encaissa quelques-uns, tandis que le rétroviseur, du côté de Holly, volait en éclats. Cadeon lui plaqua sa grande main sur la tête pour qu'elle se baisse.

Lorsque des morceaux de miroir tapèrent contre sa vitre, Holly hurla.

Toutes les vitres tombèrent. Cadeon lâcha un grognement de douleur. Le pare-brise se fendilla avant d'exploser en une pluie d'éclats.

— Si tu pouvais te retenir de crier, ce serait épatant !

— Comment ai-je pu faire cela ? s'étonna-t-elle en brossant frénétiquement ses vêtements pour se débarrasser des morceaux de verre.

— C'est dans ta nature. Les cris de Valkyrie brisent le verre. On en apprend tous les jours, pas vrai ? Et on retient la leçon, d'accord ?

Quand elle vit le sang couler de l'oreille de Cadeon, elle se mordit la lèvre et lui brossa l'épaule pour le débarrasser lui aussi des éclats de verre. Ce geste attentionné sembla le surprendre.

— Alors ça, c'est une poulette sympa ! Mais un peu plus bas et un peu plus sur la droite, ce serait encore mieux…

— Attention !

Il n'y avait plus de chemin. Une eau vaseuse et noire le recouvrait sur au moins trois mètres.

— Accroche-toi !

Il la repoussa sur son siège, plaqua de nouveau son bras contre elle.

— Pourquoi accélérez-vous ?

— Pour éviter qu'on s'embourbe !

Une nouvelle fois, Holly fut projetée en avant. Le pare-brise ayant disparu, l'eau jaillit par-dessus le capot et les gifla en plein visage.

La camionnette piqua du nez. L'eau envahit l'habitacle. De la boue, des nénuphars et plusieurs écrevisses s'y engouffrèrent dans la foulée. Le moteur rugit pour les hisser de l'autre côté du trou.

De retour sur une terre presque ferme, Cadeon s'ébroua comme un animal.

— Putain ! J'arrive pas à croire qu'on y soit arrivés !

Holly repoussa ses cheveux en arrière avant de s'essuyer le visage d'un revers de manche, nettoyant au passage le sang qui le maculait.

Cadeon lui décocha un large sourire. Elle répondit d'un haussement de sourcils.

De nouveau, les phares apparurent derrière eux. Ces vampires étaient coriaces. Sans doute imaginaient-ils que Cadeon était déjà arrivé à ses fins avec elle. Dans ce cas, ils ne pouvaient pas prendre le risque que le Bien absolu ou le Mal absolu voie le jour sous la forme d'un démon.

— Les enfoirés.

Holly poussa un nouveau cri.

— C'est à cause de ma façon de parler ? C'est ça ? Parce que…

D'un geste brusque, Holly se jeta sur lui en gémissant.

Il déglutit, extrêmement conscient qu'elle était assise à califourchon sur lui et ne portait rien sous sa chemise. En n'importe quelle autre circonstance, il aurait adoré ça, aurait même échafaudé un scénario pour l'amener à cette position. Mais là, il conduisait, et il ne voyait plus rien.

— Ce ne sont que des écrevisses, pas de quoi en faire un…

— Pas… pas seulement !

La camionnette plongea dans un petit fossé avant de remonter, pour mieux tomber dans le suivant. Cadeon maintint Holly par la taille pour qu'elle ne soit pas éjectée de la voiture. Elle se calma.

— Fais gaffe avec ton genou, petite. J'ai des parties sensibles, par là...

Il avait posé sa paume entre les cuisses de Holly.

Quand il sentit cette chair douce et chaude contre sa main, il ne put retenir un grognement. Le moteur était en surrégime, la camionnette brinquebalait dans tous les sens, et malgré cela, leurs yeux se rencontrèrent. Ceux de Holly s'écarquillèrent, et Cadeon retira prestement sa main. Mais elle resta sur lui.

— Il n'y a pas que les écrevisses ! répéta-t-elle.

— Il y a quoi, alors ? s'impatienta-t-il.

— L... là !

Elle pointa un doigt sur l'eau qui recouvrait le plancher de la voiture, au pied de son siège.

Un petit mocassin d'eau était lui aussi du voyage et nageait au milieu des canettes de Red Bull, un peu sonné, aussi paniqué que Holly.

Cade tenta de l'attraper, mais il se réfugia sous le siège.

Jamais il n'aurait pensé pouvoir dire cela un jour, mais...

— Ne reste pas sur moi, Holly. Retourne sur ton siège. Tu n'as qu'à remonter les jambes.

Elle secoua la tête.

— Pas tant que cette bestiole sera là !

— Alors, il va falloir que tu prennes le volant.

— D'accord, dit-elle en frémissant, agrippant le volant tandis que Cadeon se glissait sous elle.

Il passa sa main sous le siège.

— Allez, bordel, viens là que je t'attrape !

— Cadeon !

— Ohé, ça va, petite.

Ils ralentirent. Cadeon se redressa aussitôt. Il était tourné vers l'arrière et fut aveuglé par les phares qui les suivaient, et se rapprochaient.

— Putain, mais qu'est-ce que tu fais ? aboya-t-il.

— Quelque chose a bougé dans l'eau, là en dessous.

— Holly, tu enfonces cet accélérateur, ou tu crèves ! Pigé ?

Dans un tremblement, elle étira sa jambe vers la pédale, appuya dessus du bout du pied. À chaque cahot, elle perdait le contact avec la pédale, et le moteur ralentissait. Malgré tout, elle parvint à surmonter sa peur et accéléra.

Cadeon attrapa le mocassin. Devinant que Holly voudrait le voir pour le croire, il le brandit devant elle tandis que le serpent lui injectait joyeusement son venin.

— Voilà. Confirmation visuelle. C'est fait.

Et il le jeta par la vitre cassée.

— Maintenant, ramène tes fesses par ici, qu'on sème ces connards une bonne fois pour toutes.

Comme elle se faufilait par-dessus ses jambes, il résista à l'envie de la plaquer sur lui et empoigna le volant à la place.

Au sommet d'un nouveau talus les attendait un autre trou d'eau. Il attira Holly contre lui.

— Accroche-toi à moi.

Elle referma ses bras fins autour de sa taille, enfouit son visage contre son bras. La tension monta en Cadeon, son désir s'intensifia, malgré la situation.

Il la tenait dans ses bras. *Soixante-cinq kilomètres/heure*. Sa femelle. *Soixante-dix*. Il resserra son étreinte tandis que le châssis de la camionnette se mettait à vibrer avec un bruit de cailloux dans une casserole, multiplié par mille.

Ils entrèrent dans le trou d'eau à quatre-vingts kilomètres/heure, avancèrent tant bien que mal. Au milieu, le moteur se mit à tousser. *Il y a de l'eau dans l'échappement*. Il enfonça la pédale de l'accélérateur.

— Allez, ma belle, murmura Cadeon.

Une odeur de fumée parvint jusqu'à ses narines. Le moteur força, encore, encore, et puis…

Les roues mordirent la terre, de l'autre côté. Lorsqu'il lança un regard derrière eux et vit le 4 × 4 retourné sur le toit, il ne put s'empêcher de donner une petite tape sur le tableau de bord.

— On les a eus ! Alors, elle est pas costaud, ma vieille guimbarde ?

Holly ne répondant pas, il baissa les yeux. Elle s'agrippait toujours à lui, comme à un arbre en pleine tempête. Comme si elle avait besoin qu'il la réconforte.

Cadeon n'aurait su dire quand il avait éprouvé pour la dernière fois ne serait-ce qu'une once du bien-être qu'il éprouva alors.

# 5

— Je suis un peu occupé, là, Rydstrom, s'énerva Cade lorsque son frère appela de nouveau.

— Tu as un souci avec ton téléphone ?

— Il a pris l'eau.

— Tu es à la maison ?

— Je suis en route. J'y serai dans un quart d'heure. Et toi, tu es où ?

— À une heure de la ville.

Rydstrom se tut un instant, puis ajouta :

— Tu as l'air excité. Pas aussi… malheureux que d'habitude.

Le moins qu'on puisse dire, c'était qu'il ne manquait pas de discernement. Et qu'il le connaissait bien. Pendant longtemps, Cadeon avait désiré Holly « de loin », et voilà qu'elle se trouvait à ses côtés, qu'il lui parlait, la touchait…

— Lâche-moi, Rydstrom.

— Il s'est passé quelque chose de ton côté. J'ignore ce que c'est, mais je te demande de laisser tomber pour l'instant. On a du boulot.

Cade jeta un regard en direction de Holly, toujours accrochée à lui, puis reporta son attention sur la route.

— Oh non, tu ne veux pas que je laisse tomber, crois-moi, dit-il en langue démon. J'ai la Valkyrie.

— Quoi ? Comment est-ce possible ? Nous ne savions même pas qui c'était !

— C'est ma femelle. Savais-tu que c'était elle, notre cible ?

— Impossible. Holly Ashwin est humaine.

— Plus maintenant.

— Tu es sûr ? Tu es certain que c'est la Porteuse ?

— Le bâtiment que tu m'as décrit tout à l'heure, c'est l'endroit où elle enseigne les maths. Et elle avait déjà été enlevée par l'ordre des Demonaeus. On vient de leur échapper. Il y avait des vampires en lice, aussi. Ils veulent la tuer.

Rydstrom poussa un long soupir.

— J'ignorais que la Porteuse serait ta promise. Mais le fait est que... cela ne change rien. Nous n'avons pas d'autre solution.

Comme Cade ne disait rien, il reprit :

— La semaine dernière, Nïx t'a demandé si tu étais prêt à renoncer à ta promise pour récupérer le royaume. Tu as répondu oui. C'était un mensonge ?

— Je ferai ce que j'ai à faire.

— Si nous ne tuons pas Omort, nous perdons Rothkalina pour toujours.

— Je sais ! aboya Cade. J'ai eu neuf siècles pour me fourrer ça dans le crâne !

— Très bien. Les aéroports sont trop surveillés. Nous allons devoir quitter la ville en voiture.

— Pour aller où ?

— Au domaine de Groot.

— Et c'est où, ça ?

— J'ignore notre destination finale, en réalité. Nous devrons franchir trois check points, dans différents endroits du pays. Chaque fois, nous y trouverons des informations pour nous rendre au suivant, et enfin au domaine. Je n'ai l'adresse que du premier check point.

— C'est quoi, ce merdier ?

— Groot veut la Porteuse, mais il ne tient pas à ce que l'on sache où se trouve sa forteresse. Il prend de nombreuses précautions pour s'assurer que personne ne nous suivra.

— Et toi, tu n'as aucune idée de l'endroit où il peut se trouver, ce domaine ?

— J'imagine qu'il s'agit d'un lieu obscur, difficile d'accès, avec beaucoup de terres autour. Certaines rumeurs évoquent le Yukon. L'Alaska, parfois, même.

— Ce que je trouve étonnant, c'est qu'il nous fasse confiance à ce point.

— Tes façons de faire sont discutables, mais tu accomplis toujours tes missions. Qui sont ardues, la plupart du temps. Et il sait à quel point nous souhaitons obtenir cette épée.

— Pourquoi ne vient-il pas à nous ?

— Il ne sort jamais de l'ombre. Il se cache. Omort l'éliminerait. Groot est le seul qui ait les moyens de le tuer. À ma connaissance, du moins…

— Ce qui veut dire ?

Mais Cade savait à quoi faisait allusion son frère. Ils avaient eu une piste, celle d'un vampire qui connaissait un moyen de tuer le sorcier. Mais, pour épargner une mort certaine à cette sangsue, Cade avait accidentellement tué sa promise, une jeune humaine prénommée Néomi.

Intact, le souvenir de son épée traversant le corps de Néomi resurgit soudain dans son esprit… Il l'en écarta aussitôt. Cade était très, très fort pour ignorer la réalité quand elle ne lui plaisait pas.

Même s'ils avaient capturé le vampire pour le torturer et obtenir de lui l'information tant désirée, ils n'auraient rien pu lui infliger de pire que la mort de sa femme. Alors, cette piste s'était éteinte.

À cause de Cade, une nouvelle fois.

— Omort connaît probablement nos intentions, dit Rydstrom. Il fera tout ce qui est en son pouvoir pour nous empêcher d'amener la Porteuse jusqu'à Groot.

— C'est ironique, quand même. Juste au moment où je découvre que ma moitié n'est plus une humaine interdite, je dois renoncer à elle.

— Tu ne peux pas être certain qu'elle t'est destinée. Et quand bien même elle le serait, tu dois penser à tes responsabilités. La dernière fois que le royaume t'a été confié…

Il ne termina pas sa phrase, mais ajouta :

— Aujourd'hui, tu dois faire ce qu'il faut.

À l'évocation de ses échecs passés, Cade sentit le pincement familier de la culpabilité lui mordre le cœur, et il repoussa Holly. Elle se redressa brusquement, apparemment gênée de s'être accrochée à lui de la sorte.

— Tu n'as plus besoin de repasser par la maison, donc, dit Rydstrom. Retrouve-moi à 23 heures à la station-service qui se trouve sur la berge nord du lac. On partira de là.

— J'y serai.

Cade raccrocha, puis appela Rök, son second et colocataire.

— J'ai essayé de t'appeler tout à l'heure, dit-il, toujours en langue démon. Juste avant de prendre d'assaut l'antre des Demonaeus, tout seul comme un grand.

— Ah bon ? fit Rök d'un ton las. J'étais au pieu. Occupé.

— Comme d'habitude, quoi. J'ai besoin de toi, à la maison.

— À quel sujet ?

Cade l'entendit intimer le silence à une femme qui lui demandait de revenir se coucher. En quelques mots, il lui relata les derniers événements.

— Je t'attends là-bas dans dix minutes, conclut-il.

Après avoir raccroché, Cade regarda Holly, plongée dans la contemplation du paysage qui défilait. Ses cheveux avaient commencé à sécher, et d'indociles boucles d'un blond tirant sur le roux encadraient son visage. Il attendait depuis près d'un an de voir enfin ses cheveux libérés du chignon strict dans lequel elle les enfermait systématiquement.

Souvent, il les avait imaginés tombant en cascade sur ses épaules.

Il n'avait pas pensé qu'ils seraient bouclés. Elle devait détester ces boucles, devait voir en elles un autre aspect de son existence qu'elle ne pouvait pas contrôler.

Elle semblait tellement perdue… Il serra le poing pour s'empêcher de la toucher. Il devait résister. S'attacher encore plus à elle n'était pas une bonne idée.

Au fil des mois passés à l'espionner, sa fascination pour elle n'avait cessé de grandir. Assis sur le toit de l'immeuble qui jouxtait celui de Holly, il avait observé son quotidien si organisé : une heure de natation dans la piscine qui se trouvait sur sa terrasse, trois heures de travail sur sa thèse de doctorat, une heure de ménage, matin et soir, dans son appartement déjà immaculé.

Au début, le comportement répétitif et obsessionnel de la petite mortelle l'avait interloqué. Maintenant, il n'y prêtait plus attention. C'était en partie cela qui faisait de Holly un être unique.

Sur le campus, il l'avait souvent vue porter son collier de perles à ses lèvres, perdue dans ses pensées, ou taper furieusement sur le clavier de son ordinateur portable, sous le coup de l'inspiration.

Cade l'avait aussi observée en compagnie de son *petit ami*, éprouvant une satisfaction sauvage chaque fois qu'elle refusait ses lèvres à ce connard, pour lui offrir sa joue à la place. Il n'avait jamais passé la nuit chez elle, et elle n'avait jamais découché.

Ce qui avait valu au petit ami en question d'avoir la vie sauve.

Cade pensait en savoir beaucoup sur elle, mais il n'avait pas imaginé qu'elle serait aussi courageuse. Rares étaient les femmes capables de vaincre une douzaine de démons.

Son silence le mit mal à l'aise. Elle avait beau être pleine de manies, elle n'était pas timide, et elle n'hésitait jamais à dire le fond de sa pensée.

— Est-ce que tu… euh… est-ce que tu as d'autres questions ?

— Ce qui vient de se passer pour moi, là, ce « changement » est-ce réversible ? demanda-t-elle sans hésiter.

Il fronça les sourcils.

— Pourquoi voudrais-tu une chose pareille ? Tu renoncerais si vite à l'immortalité ?

D'accord, son entrée dans le Mythos avait été un peu… douloureuse, mais quand même.

— Je ne veux pas être comme ça. Je veux redevenir ce que j'étais avant.

En tant que mercenaire, Cade cherchait toujours, avant toute chose, à définir ce que désirait le client. Ensuite, il devait le convaincre de deux choses : qu'il pouvait l'obtenir pour lui, et qu'il était le seul à pouvoir le faire.

Holly venait de lui donner la clé qui allait lui permettre de la mener où il le souhaitait. Il allait pouvoir la convaincre de coopérer avec lui. Il lui faudrait mentir, mais c'était toujours mieux que de dire la vérité. *Pour obtenir une arme, je dois te remettre à un sorcier maléfique qui cherchera à t'ensorceler pour coucher avec toi. Quand tu lui auras donné un enfant vecteur du Mal absolu, il est possible qu'il te laisse repartir*. Moyennement tentant, comme avenir, non ?

— Il y a peut-être un moyen pour toi de redevenir comme avant.

Il n'y en avait aucun, il en était certain.

Elle lui lança un regard plein d'espoir. S'il n'avait pas été si salaud, ce regard l'aurait vraiment dérangé. Mais là, non.

— Comment ? Comment est-ce possible ?

— Écoute, je ne veux pas parler sans être sûr, ni te faire trop de promesses. Pour l'instant, je dois rentrer chez moi pour prendre quelques affaires avant qu'on quitte la ville. Ensuite, nous retrouverons mon frère, qui en saura plus. Tout ce qu'il faut, c'est que tu restes avec moi, et nous trouverons un moyen pour que tout le monde soit content.

Elle hésita un long moment, puis hocha la tête.

— Je dois passer chez moi aussi, dit-elle. Pour prendre de quoi me changer, et…

— Impossible. Ils surveillent forcément ton appartement.

— Mais j'ai besoin de… de mes médicaments. Ils étaient dans mon sac à main.

— Quel genre de médicaments ?

Il connaissait son problème, avait fait des recherches à ce propos. Mais il voulait savoir si elle l'assumait vraiment.

Elle redressa le menton.

— C'est pour les TOC. Les troubles obs…

— Obsessionnels compulsifs. J'en ai entendu parler.

Elle allait adorer l'appartement de Cade…

— Donc, vous comprenez pourquoi il me les faut absolument.

— Tu risques de mourir, si tu ne les prends pas ? Parce qu'une chose est sûre : tu vas mourir si tu passes les chercher. Ton immeuble va grouiller de tueurs.

Elle fronça les sourcils.

— Comment savez-vous que j'habite dans un immeuble et pas dans une maison ? Et comment saviez-vous où me trouver ce soir ?

— Nous avons un peu enquêté sur toi. Je te suivais, ce soir, et j'ai vu les démons t'enlever.

— Dites-moi *qui* vous a embauché pour me protéger.

Hou là. Il ne fallait pas qu'elle se braque, sinon tout allait être plus compliqué.

— Je ne sais pas exactement. J'ai juste reçu un dossier avec des instructions qui me demandaient d'assurer ta sécurité, et les modalités de règlement. Le reste, je m'en fiche.

— Vous avez enquêté… Vous voulez dire que vous m'avez épiée ?

— Et je ne le regrette pas, dans la mesure où c'est grâce à cela que je t'ai sauvé la vie.

— Et qu'avez-vous découvert sur moi ?

Comment lui répondre ? Chaque fois qu'il pensait avoir vu clair en elle, Holly l'avait surpris. Au cours de ces derniers mois, il l'avait cataloguée tour à tour comme matheuse à lunettes, suffragette de campus, allumeuse, protectrice des arbres et bombe sexuelle qui s'ignore. Chaque fois, il s'était trompé. Un peu.

Et il avait fini par comprendre pourquoi il n'arrivait pas à lui coller une étiquette : elle-même ne maîtrisait pas sa propre personnalité et ignorait qui elle était vraiment.

— Tu as vingt-six ans, tu es fille unique, tu as été adoptée, finit-il par répondre. Tes parents adoptifs sont tous les deux morts de mort naturelle, au cours des deux dernières années. Ils t'ont laissé une fortune…

Il lui jeta un regard en coin. Elle était impassible.

— Continuez.

— Tu as deux maîtrises en poche et tu termines ta thèse de mathématiques.

*Tu as l'assurance d'une femme qui sait qu'elle est intelligente, et ça aussi, ça m'excite.*

— Tu aimes nager.

*Et même avec ton maillot de vieille fille, ton corps met à genoux le démon que je suis.*

— Tu as un petit ami, qui fait aussi une thèse.

*Tim est un connard de loser, et il est hypocondriaque.*

— Tu apprends à des joueurs de foot à s'amuser avec les chiffres, ou un truc comme ça.

*Avec leurs commentaires sexuels à répétition, ces gros lourdingues frisent quotidiennement la mort par morsure de démon.*

— Tu aimes que tout soit… propre.

*Et aussi le blues, le rock, et les plats tout prêts.*

— Tout est vrai, dit-elle. Et moi, j'ignore tout de vous, sinon que vous êtes un mercenaire démon qui a au moins un frère.

Il ravala un rire. *C'est tout ce qu'il y a à savoir*, pensa-t-il amèrement. Mais il répondit :

— Et c'est sans doute aussi bien. Moins tu en sauras, mieux ce sera.

# 6

Longtemps après avoir raccroché avec Cade, Rydstrom éprouvait toujours un sentiment de malaise.

*Ça va mal tourner.*

L'émissaire de Groot avait insisté pour les rencontrer à quatre cent cinquante kilomètres de la ville, et Rydstrom était encore à une demi-heure de la station-service où il devait retrouver Cade.

Il accéléra encore. Sa Mercedes McLaren fila sur la vieille route construite à la manière d'une digue, sur le bayou. Le compteur affichait un bon deux cent vingt, mais dans l'habitacle régnait un silence quasi absolu. Un certain ennui, aussi.

Rydstrom avait hâte de retrouver son frère. Il craignait que Cade ne fasse une bêtise. Ce dernier ne comprenait pas lui-même à quel point il désirait cette femelle.

*Ça va très mal tourner.* Cade ne serait-il pas tout simplement tenté de s'enfuir avec Holly, maintenant qu'il pouvait la posséder sans risquer de la tuer ?

Rydstrom pensait-il que cette femelle était la promise de Cade ? Oui. Mais, de toute évidence, cette union n'était pas destinée à voir le jour.

Jusque-là, ça n'avait pas été envisageable parce qu'elle était mortelle.

Désormais, c'était d'elle que dépendait la reconquête de son royaume.

*Retrouver Rothkalina*... Son cœur se mit à battre plus vite tandis qu'il s'imaginait libérant son pays et travaillant à rendre la prospérité à son peuple, pour la première fois depuis près de mille ans.

Omort était un despote brutal, qui écrasait sans pitié toute rébellion et en punissait les acteurs avec sadisme.

Et pour l'instant, l'avenir de Rothkalina était entre les mains de... Cade. On pouvait rêver mieux.

Cade le mettait hors de lui. Rydstrom était un être profondément sensé, connu pour son sang-froid. C'était un des rares démons furie à ne jamais se mettre en colère. Sauf contre Cade, qui savait mieux que personne comment le provoquer. En retour, Rydstrom était très dur avec lui. Trop dur, au dire de certains.

Pourtant, malgré les bagarres, malgré la violence des coups de poing, chaque fois que Rydstrom décidait de couper définitivement les ponts avec lui, il revoyait son petit frère, benjamin d'une fratrie de sept, avec ses petites cornes, qui le suivait partout, le vénérait. Ce souvenir ravivait l'espoir en lui. Cade pouvait peut-être retrouver le droit chemin et donner un sens à sa vie.

Mais si, aujourd'hui, il ne prenait pas la bonne décision, cet espoir disparaîtrait à jamais.

Comme lui revenait le souvenir du jour où Cade avait vu Holly pour la première fois, Rydstrom accéléra...

Un peu moins d'un an plus tôt, Cade avait été chargé de retirer le fils d'un démon de haute naissance du campus de Tulane. Le gamin ne se contentait pas de se faire passer pour un humain. Il en avait adopté le style de vie, avait coupé ses cornes, s'était limé les crocs, et refusait de se téléporter.

Horrifiés, ses parents avaient voulu le ramener à la maison avant que ce honteux secret se répande autour d'eux.

Cade ne partageait pas l'opinion des parents – une de ses devises était : « Il faut bien que jeunesse se passe. » Mais, d'une manière générale, il fonctionnait plutôt sur le mode : « Chacun sa merde, et il faut bien que je bouffe. » Alors, il avait accepté la mission.

Rydstrom l'avait accompagné sur le campus pour s'assurer que la « récupération » du jeune démon se ferait en douceur. Sur le chemin de la cité-U où il résidait, ils étaient passés devant un auditorium sur les portes duquel des affiches indiquaient : « Ce soir, remise des prix du concours de mathématiques ! »

Cade s'était aussitôt moqué.

— Les premiers de la classe sont de sortie !

On lui avait appris à écrire, à compter et à parler les langues étrangères, mais il souffrait d'un sentiment d'infériorité tenace, n'ayant pas reçu l'éducation princière à laquelle il avait droit, du fait de son placement dans une famille d'adoption. Pour lui, il n'y avait eu ni philosophie, ni astronomie, ni littérature. Et malgré tous les siècles passés, ces lacunes lui pesaient.

Rydstrom avait souvent trouvé chez lui des ouvrages sur ces sujets. Son frère, le mercenaire sanguinaire, se cultivait en secret…

Ils étaient entrés dans l'auditorium juste au moment où Holly Ashwin montait sur la scène pour recevoir le premier prix.

— Puréééе, canon, la geekette, avait lâché Cade.

Rydstrom était presque sûr qu'il avait dit cela avec un accent des banlieues très prononcé rien que pour le mettre en colère.

Sur le moment, il n'avait pas compris ce qui attirait son frère. La fille était jolie, pas de doute là-dessus, mais son chemisier était boutonné jusqu'au col, elle portait des lunettes, pas de maquillage, et ses cheveux étaient tirés en un chignon de vieille fille sévère. Une assurance tranquille se dégageait d'elle, et elle était, de toute évidence, intelligente. Bref, elle n'avait rien de commun avec les conquêtes habituelles de Cade – des filles effrontées, limite vulgaires, avec un petit pois dans la tête.

— Viens, Cade, on y va, avait dit Rydstrom. On détonne un peu, non ?

Leurs deux mètres et leurs chapeaux ne passaient guère inaperçus, effectivement.

Mais Cade avait attendu jusqu'à la fin de la cérémonie. Quand Holly avait quitté la salle, il l'avait interpellée :

— Hé, petite, viens voir là. J'ai une question sur le concours de beauté que tu viens de remporter haut la main.

Elle s'était retournée, sourcils froncés et, du bout du doigt, avait remonté ses lunettes sur le nez.

Resté en retrait, Rydstrom avait observé la scène, fasciné, comme un passager sur un quai de gare qui voit arriver un train et sait qu'un peu plus loin, les rails ont sauté.

Le sourire charmeur de Cade avait séduit femelle après femelle, et de toute évidence, il s'attendait que cela marche cette fois aussi. Mais Holly l'avait toisé, sans se démonter, et lui avait répondu :

— Je peux vous aider ?

Abasourdi, Cade s'était dirigé vers elle, comme s'il ne pouvait pas s'en empêcher.

— Euh... ouais. C'est quoi, ce binz, là ?

— Ce binz ? Comment ça ?

Qu'elle ne soit pas réceptive à sa tentative de flirt avait déstabilisé Cade, qui était resté planté là, bredouillant, rougissant. Cela ne l'avait néanmoins pas empêché d'examiner Holly sous toutes les coutures, comme si, là encore, c'était plus fort que lui.

Au moment où il levait la main pour lui défaire son chignon, tandis que, de son côté, Holly levait la sienne pour lui mettre une claque d'anthologie, Rydstrom s'était interposé.

Sans un mot, Holly avait tourné les talons et s'était éloignée.

Rydstrom avait entraîné Cade dans la direction opposée. Ce dernier, en regardant par-dessus son épaule, avait déclaré d'une voix brisée :

— Elle ne s'est pas retournée pour me regarder. Pas une fois.

Au cours des mois qui avaient suivi, Cade avait rassemblé tous les renseignements possibles sur elle. La semaine précédente encore, alors que la situation était des plus critiques, Rydstrom l'avait surpris sur un toit d'immeuble, en ville, avec une bouteille de liqueur de démon, épiant la belle pendant sa séance de natation.

Oui, Holly était probablement la seule femelle avec qui il pourrait s'épanouir, avoir des enfants, connaître le bonheur, le vrai. Mais, pour Rydstrom, cela importait peu. Le royaume passait avant tout le reste.

Il était prêt à mourir pour son peuple. Pourquoi Cade ne…

Dans le faisceau des phares, des yeux le fixèrent soudain. Ce n'était pas ceux d'un animal, mais ceux d'une femme.

Il freina brusquement, et la McLaren fit une embardée. Au moment où il pensait avoir redressé la barre, une butée de pont apparut de nulle part, et il la percuta de plein fouet.

Quand le silence revint dans la voiture immobilisée, il prit sa tête entre ses mains, calma le tournis qui l'agitait. Puis il sortit d'un pas hésitant pour constater les dégâts. La route était jonchée d'éclats de verre, de morceaux de pneus, et même de carrosserie.

Devant un tel spectacle, il poussa un sifflement accablé. *Foutue*. La partie droite de sa voiture était complètement arrachée. *Mais où est la femme ?*

Des souvenirs lui revinrent, par flashs – des yeux agrandis par la peur, de longs cheveux roux soulevés par le souffle de son passage, au moment où il l'évitait.

Il remonta la route sur quelques mètres.

— Il y a quelqu'un ? lança-t-il. Vous êtes blessée ?

Pas de réponse. La station-service la plus proche était à une vingtaine de kilomètres au moins. Il sortit son mobile.

« Pas de réseau », annonçait l'écran.

— Et merde !

Comme il relevait les yeux, il l'aperçut un peu plus loin sur la route déserte, debout, seule.

*Mais que fait-elle ici, en pleine campagne ?*

Leurs regards se croisèrent. Au même moment, il sentit son odeur féminine, chaude.

Et la nuit lui parut soudain irréelle, onirique.

Il se dirigea vers elle, sans prendre la peine de récupérer son chapeau dans la voiture – cette beauté était d'un autre monde ; il avait la certitude que cette créature appartenait au Mythos.

Ses cheveux roux brillants tombaient en cascade jusqu'à sa taille. De plus près, il vit que ses yeux étaient aussi sombres que la nuit. Une robe de soirée en soie bleu pâle habillait ses courbes généreuses, révélant la pointe durcie de ses seins. Rydstrom se passa une main sur le visage.

Il avait mille cinq cents ans. Avait-il déjà été aussi irrésistiblement et aussi vite attiré par une femme ?

Elle s'éloigna d'un pas léger.

— Hé ! Attendez ! Tout va bien ?

Elle se retourna, mais continua de marcher à reculons.

— Je ne vous ferai pas de mal ! lança-t-il. Vous avez une voiture ?

— J'ai besoin de ton aide, répondit-elle d'une voix rauque.

— Bien sûr.

Qu'allait-elle penser de son visage balafré ? Jusqu'à présent, il s'était peu soucié de son apparence, mais avec elle… L'idée d'éveiller son dégoût le faisait hésiter. Et soudain, elle se tourna et sauta sur la berge toute proche d'un ruisseau, s'éloignant de lui.

Il accéléra le pas.

— Vous habitez près d'ici ?

— Besoin de ton aide, répéta-t-elle avant de disparaître sous les branches d'un saule, au bord de l'eau.

Il la rejoignit.

— Je dois retourner en ville, mais ensuite, je peux revenir vous aider.

*Et obtenir vos coordonnées de manière à reprendre contact dès que j'aurai accompli mon devoir.*

Il scruta son visage et, de nouveau, fut pris de vertige, comme s'il était victime d'un malaise. Cette réaction était trop violente, la silhouette de la créature trop séduisante pour être réelle. Elle avait des pommettes marquées, et la peau d'une pâleur extrême. Ses lèvres roses étaient charnues et brillantes.

— Aide-moi. Maintenant, dit-elle comme il faisait mine de s'en aller.

Elle prit les grandes mains de Rydstrom dans les siennes, toutes petites, déposa un baiser dans une paume avant de la poser sur un de ses seins.

Le corps de Rydstrom se tendit de désir. Incapable de se retenir, il pétrit cette délicieuse chair avec un grognement sourd. La promesse du plaisir brillait dans les yeux fascinants de la créature, et Rydstrom sentit qu'il baissait la garde.

— Voilà ce dont j'ai besoin, dit-elle d'une voix de sirène, en se cambrant contre sa caresse.

— Et c'est exactement ce que je veux te donner, dès que j'aurai…

— J'en ai besoin… tout de suite, dit-elle en plaçant son autre main sur le haut de sa cuisse.

Rydstrom tenta de se reprendre. Il avait des responsabilités. *Mais je n'ai pas eu de femme depuis si longtemps.*

Il retint son souffle lorsqu'elle leva les mains vers ses cornes, les agrippa fermement et tira dessus.

— Embrasse-moi, démon.

Quand une femelle prenait un démon par les cornes... Rydstrom frissonna. Une puissante vague de chaleur le parcourut. Il baissa la tête, leurs lèvres se rencontrèrent, et une vague de désir l'ébranla.

Il sentait un lien entre eux. Peut-être même LE lien.

Animé par cette pensée, il prit sa bouche avec rudesse. Elle avait de l'expérience et lui intimait l'ordre d'aller plus loin, accueillant sa langue, le titillant jusqu'à ce qu'il pose ses mains sur ses fesses pour la plaquer contre son membre dressé.

Malgré tout, sans savoir comment, il se dégagea.

— Je... je ne peux pas faire cela maintenant. Je dois retrouver quelqu'un. C'est un rendez-vous très important.

— Fais-moi l'amour, murmura-t-elle en se collant contre lui. Ici. Sous cet arbre, au clair de lune. J'ai *faim* de toi.

Les cornes de Rydstrom étaient dressées, son sexe palpitait. Le besoin d'être en elle, de la sentir était presque insupportable.

Mais il devait partir. Les besoins du royaume passaient toujours avant ceux du roi.

— Non. J'ai des obligations, lâcha-t-il, détestant pour la première fois lesdites obligations.

Il recula, et le visage de la créature s'assombrit.

— Alors, tu ne me laisses pas le choix, Rydstrom.

Il se demandait comment elle connaissait son prénom lorsque, autour de lui, le paysage changea. La route disparut, comme si un décor avait été retiré. Il fit volte-face.

Illusion. Autour de lui, tout n'était qu'illusion. Dans son dos, il entendit le claquement d'une porte de cellule. Le mirage disparut, et il comprit ce qui lui arrivait.

— Tu es la sœur d'Omort et de Groot. Sabine, la Reine des Illusions.

Elle avait ouvert une porte vers des oubliettes et l'avait maquillée en route, pour qu'il ne se doute de rien.

— Félicitations, Rydstrom.

Il avait mis Cade en garde, le prévenant que leurs ennemis feraient tout pour les empêcher d'obtenir cette épée. Mais il ignorait que la sœur du sorcier était l'alliée d'Omort et qu'elle possédait de tels pouvoirs.

Or, si la rumeur disait vrai…

Elle était encore plus dangereuse que ses deux frères.

La femelle la plus belle que Rydstrom eût jamais vue était aussi la plus mauvaise. À moins que même sa beauté… Pour l'ensorceler, elle lui avait sans doute montré exactement ce qu'il avait besoin de voir.

— Montre-toi sous ton apparence réelle.

— C'est celle que tu vois, dit-elle en faisant glisser sa main de sa poitrine à son sexe. Et je suis ravie de constater qu'elle te plaît.

Car, malgré la situation, il était encore excité. Il n'en éprouva que plus de mépris pour cette créature.

— Pourquoi m'as-tu fait cela, Sabine ?

— N'est-ce pas évident ?

D'un geste de la main, elle lui montra un lit, au centre de la cellule. Sans draps, ni couvertures. Avec seulement des chaînes, à la tête et au pied.

# 7

— On dirait une… *porcherie*, murmura Holly, horrifiée devant l'état de l'appartement de Cade.

— Surtout, dis-moi le fond de ta pensée, ne te censure pas.

Il y avait des chemises sales sur les chapeaux de lampe. Le sol était jonché de boîtes de pizza vides et de canettes de bière écrasées. Un peu partout gisaient des DVD, dont les titres, pour certains, la firent rougir.

Le lustre suspendu au plafond avait dix-sept ampoules allumées, et dix hors service. Elle dut se retenir d'en casser trois de plus pour obtenir deux multiples de trois.

— C'est… Comment pouvez-vous vivre dans un endroit pareil ?

Quand ils s'étaient arrêtés devant le portail de la résidence, dans le Garden District, elle avait été impressionnée par le luxe des lieux, qui ne se trouvaient pas si loin de l'endroit où elle avait grandi. Une fois à l'intérieur, ils avaient longé le manoir pour venir se garer devant le bungalow, juste à côté de la piscine. Un bungalow impressionnant lui aussi, qui faisait bien deux fois la taille de son loft.

Mais à l'intérieur, c'était le chaos.

— Je ne savais pas que j'aurais de la visite.

— Vous auriez nettoyé, si vous l'aviez su ?

— Naaaan, répondit-il avec un large sourire.

Il l'entraîna jusqu'à sa chambre, puis dans une salle de bains qui, heureusement, n'était pas la zone contaminée à laquelle elle s'attendait.

— Je te donne cinq minutes, d'accord ?

Holly hocha la tête en silence, encore sous le choc de cet incroyable désordre, brûlant de tout ranger.

— Tes nouvelles oreilles et tes griffes, tu les examineras plus tard, dit-il en ouvrant les robinets pour régler la température de l'eau. Pour l'instant, on va juste s'occuper du sang et des traces de boue.

Il prit un flacon de shampoing, qu'il trouva sans doute vide car il le jeta par terre.

— Je reviens, dit-il.

Il reparut avec une serviette-éponge et un gant assorti jetés sur son épaule, les mains pleines d'échantillons de shampoing et de baume embellissant.

— Mon coloc se sert toujours largement dans les hôtels. Tu trouveras bien quelque chose qui te convient là-dedans.

Il jeta le tout dans le bac de douche, où les flacons s'éparpillèrent au hasard.

*Au hasard*. Holly détestait le hasard.

Posant la serviette et le gant à côté du lavabo, Cade reprit :

— Je vais voir si je te trouve quelque chose de mettable, dans lequel tu ne disparaisses pas complètement. Appelle-moi si tu as besoin de quoi que ce soit.

Quand il eut refermé la porte derrière lui, Holly la verrouilla. Puis elle retira la chemise, la plia, malgré sa saleté, et plia la serviette aussi. Prenant le gant, elle entra dans la cabine de douche.

À ses pieds, les petits flacons étaient éparpillés dans tous les sens, dans le désordre, ne respectant aucune règle de grandeur ou de forme. Ils la tentaient.

Elle n'avait pas le temps de les regrouper trois par trois, elle le savait. Mais résister était si dur… *Ne les regarde pas, ne les regarde pas*.

Malgré tout, pour pouvoir se laver les cheveux, elle fut bien forcée de les regarder. Retenant sa respiration, elle se baissa et en prit un.

Elle se lava les cheveux les yeux fermés, tentant d'ignorer ses oreilles pointues, devenues sensibles, et ses griffes, longues, dures.

Après deux shampoings et un baume, elle se rinça les cheveux, puis se frotta la peau jusqu'à ce qu'elle soit douloureuse.

Cade ne voulait pas qu'elle examine ses nouveaux traits, mais elle n'en avait pas envie, de toute façon. Ce qu'elle voulait, c'était sortir de ce cauchemar, retrouver sa petite vie bien ordonnée, son loft bien rangé, sa carrière bien lancée, son…

*Mon Dieu, Tim !*

Tim, son petit ami depuis deux ans, se trouvait en ce moment même en Californie et présentait les résultats de leurs travaux de recherche à une conférence. Il œuvrait à leur avenir. Ensemble, ils avaient prévu qu'il travaillerait pour une petite entreprise de création de logiciels tout en continuant ses recherches, tandis qu'elle enseignerait.

Comment allait-elle pouvoir lui expliquer ? *Eh bien, j'ai d'abord été frappée par la foudre, et tadaaaaa ! j'ai pu tuer une douzaine de démons. Est-ce que ça m'a fait mal, la foudre ? Non, c'était même agréable. Un peu comme une amie qu'on retrouve alors qu'elle vous a beaucoup manqué.*

Il fallait absolument qu'elle recouvre son état antérieur. Elle était prête à tout pour y parvenir, pour ne plus être ce qu'elle était devenue.

*Puis-je faire confiance à Cadeon ? M'aidera-t-il ?* La présence chaleureuse qu'elle sentait auprès d'elle depuis si longtemps… était-il possible que ce fût lui ?

Elle se rappela la première fois où elle l'avait vu, le jour où elle avait remporté le prix du meilleur étudiant, catégorie calcul différentiel. Il avait bredouillé, rougi. Rien à voir avec ce soir, où il avait fait preuve d'assurance, de solidité. De culot, aussi. De beaucoup de culot. À croire qu'il avait une double personnalité. Ou un frère jumeau plus timide que lui.

Au souvenir de la façon dont il avait touché son intimité, dans la camionnette, ses yeux s'écarquillèrent. Elle se rappelait cette main brûlante entre ses cuisses, cette paume calleuse contre son sexe… et ce grognement rauque qui lui avait fait palpiter le ventre.

Elle se retourna sous le jet, qui aspergea ses seins. Délicieuse sensation… De petits frissons de plaisir la parcoururent.

Comment pouvait-elle être excitée, après ce qu'elle avait vécu ce soir ? Et après ce à quoi elle avait échappé ?

Cet homme, ce monstre, avait failli la violer, sur cet autel en pierre. Et tous l'auraient suivi, elle en avait la certitude. Ces démons au regard concupiscent, lascif, obsédés par l'idée d'entrer en elle… Elle frémit de dégoût et eut soudain froid, très froid.

Pourtant, ils ne lui avaient pas fait de mal, car elle s'était protégée elle-même. Elle avait tué, ce soir. Animée d'une haine puissante.

*Et cela m'a procuré du plaisir.*

À cette idée, elle poussa un petit cri, rouvrit les yeux et se baissa précipitamment pour ramasser les flacons de shampoing. C'était plus fort qu'elle, il fallait qu'elle les range. Remédier au hasard la calmait, l'apaisait. Il y avait onze flacons, ce n'était pas un multiple de trois, mais tant pis.

Sur le rebord du bac de douche, elle disposa trois groupes de trois flacons, étiquettes visibles, bien sûr. Elle se pencha en arrière pour avoir un peu de recul, vérifia les espacements. Les groupes devaient être équidistants, et dans chaque groupe, les flacons devaient l'être également.

Les deux flacons restants, elle les posa de l'autre côté du bac, tête en bas. Ainsi, séparés des autres, dans une autre position, ils ne faisaient plus partie de l'ensemble, n'avaient plus besoin d'être avec le reste. Elle les avait annulés, en quelque sorte.

Elle se redressa, et son regard chercha immédiatement autre chose à ranger…

Une main fit irruption sous le jet, la saisit par le bras et la tira de la cabine. Le côté de son visage entra en collision avec un torse nu et musclé.

Elle allait hurler quand Cadeon la bâillonna de son autre main.

— Ils arrivent…

Il ne termina pas sa phrase, laissant son regard vert se promener sur le corps de Holly, qui tentait vainement de cacher sa nudité. Au bout de quelques secondes, il sembla se ressaisir et lui tendit un tee-shirt.

— Tiens. Lève les bras !

— Arrêtez de me regarder comme ça ! Il faut que je me sèche, et…

— Holly, bordel, lève les bras !

Sous le coup de l'étonnement, elle obtempéra, et il passa un tee-shirt d'homme sur son corps dégoulinant, avant de le lisser consciencieusement, sans gêne aucune.

— Je ne regarde pas, ma belle, dit-il.

Mais sa voix était rauque, et elle *sentait* ses yeux sur sa poitrine.

Mortifiée, elle baissa la tête et constata que la braguette de Cadeon n'était pas complètement boutonnée, comme s'il s'était rué dans la salle de bains alors qu'il était en train de s'habiller.

Une ligne de poils dorés descendait de son nombril, le long de son ventre plat, jusqu'aux trois boutons qu'il avait fermés.

Il ne portait pas de sous-vêtements. *Arrête de penser à ça. Arrête d'y penser !*

Elle déglutit, détournant une nouvelle fois le regard, qu'elle posa au-delà de la salle de bains, sur la table de nuit, à côté du lit défait. Contre toute attente, un livre de psychiatrie était posé dessus.

Cade tira Holly, encore toute mouillée, jusqu'à la chambre, puis s'accroupit parmi les affaires éparpillées un peu partout sur le sol.

— Deux 4 × 4 noirs viennent de s'arrêter dehors.

Il ne voulait pas lui faire peur, mais il pensait que la maison principale avait déjà été envahie par des vampires.

— Tiens, prends ce sac, dit-il en lui lançant un sac de sport.

À l'intérieur, il avait fourré des vêtements, son chapeau d'explorateur porte-bonheur, de l'argent liquide et divers accessoires.

— Comment arrivez-vous à trouver quoi ce que soit ici ? demanda-t-elle en observant le désordre d'un air horrifié.

— C'est comme ça que je fonctionne, c'est tout, répondit-il d'un ton absent, distrait par son tee-shirt mouillé.

Elle suivit son regard, rougit comme une tomate et tira sur le jersey de coton pour le décoller de ses pointes de seins durcies. Mais, de toute façon, il avait déjà tout vu dans la salle de bains.

*Bons dieux, oui ! Ça, pour la voir, je l'ai vue.* Jusque-là, Cade ignorait que c'était une vraie blonde. Il ignorait que ses mamelons étaient aussi roses et pointus. Et puis, sa poitrine était bien plus volumineuse que par le passé, quand il l'observait en maillot de bain.

Elle avait la taille idéale pour ses mains.

Secouant la tête, il se força à se concentrer. Il fallait qu'il la sorte de là.

— Cadeon, ce n'est pas un mode de fonctionnement, ça. C'est l'absence délibérée de mode de fonctionnement.

— Ouais. Pas aussi efficace que le tien pour ranger les échantillons de shampoing, je suis d'accord.

Il avait remarqué avec quelle précision elle avait disposé les flacons. Pour quelqu'un comme elle, la nature désordonnée de Cadeon était un enfer en soi. Ils allaient devoir avoir une petite conversation. Il fallait absolument qu'elle se détende un peu.

De nouveau concentré, il enfila un tee-shirt noir, puis arracha un blouson en cuir du dossier de la chaise sur laquelle il était posé. Apercevant sa flasque de liqueur de démon, il s'en saisit.

— Tiens, dit-il en la lançant à Holly, sans la regarder.

Il n'y eut pas de bruit de verre brisé, donc elle l'avait attrapée.

— Et ça aussi, dit-il en lançant un mobile dans la même direction.

Là encore, elle l'attrapa. Ses réflexes de Valkyrie se développaient tout à fait comme il le fallait. Cade prit son épée, un sac de couchage, puis se tourna vers elle.

Elle le regarda en plissant les yeux, avant de baisser les yeux sur la flasque.

— C'est *ça*, qu'il fallait absolument passer chercher ? L'alcool constitue vingt pour cent de votre équipement ?

— Je sais. Vingt pour cent, c'est vraiment trop peu.

Sentant quelque chose dans l'air, il lui lança le sac de couchage et tira son épée de son fourreau.

Dans un nuage de fumée, Rök apparut, son épée ensanglantée à la main.

Holly fit un bond en arrière. Rök baissa son arme et la dévisagea de la tête aux pieds, avant de s'adresser à Cade, sans la quitter des yeux.

— Tu lui mets un tee-shirt mouillé et tu lui fais porter les bagages ? dit-il. Bon sang, Cade, j'aime vraiment ta façon de voir les choses.

— Elle ignore qu'elle est mienne, répondit Cade en langue démon. Mais quand je t'aurai tranché la gorge pour l'avoir matée comme tu la mates, elle se doutera forcément de quelque chose.

— OK, pigé. Calmos, répondit Rök dans la même langue, en se tournant vers Cade. Il y a un gros paquet de sangsues dans la rue qui attendent que tu montres le bout de tes cornes. Et deux de mortes dans la maison principale.

Cade remit son épée en place.

— Heureusement qu'il y a une sortie par-derrière.

— Tu dois retrouver Rydstrom ? Eh ben, bonne chance, dit-il en montrant Holly d'un mouvement du menton. Profite d'elle tant que tu peux.

— Tu vas faire diversion ? À moins que tu ne sois convoqué juste au moment où j'ai le plus besoin de toi ?

Rök était un de ses meilleurs soldats, mais c'était aussi le démon le plus désiré que Cade connût.

— Qu'est-ce que j'y peux, moi ? dit Rök en prenant l'air malheureux. Les bimcos, tu sais ce que c'est…

Il faisait allusion aux Beautés Irrésistibles Mais qui Convoquent.

— Tu y peux beaucoup. Si tu essayais le célibat, pour une fois ?

Les démons fumée nouaient des pactes temporaires chaque fois qu'ils s'accouplaient. Ces pactes permettaient aux démons de se convoquer l'un l'autre à volonté.

— Tu as d'autres suggestions alléchantes comme celle-ci ? Et réalisables, surtout ?

— Capture un de ces vampires et interroge-le. Suis la piste que tu trouveras et élimine la créature qui a ordonné ça. Ah, et demande aussi à notre équipe d'éradiquer le reste de l'ordre des Demonaeus.

— C'est comme si c'était fait.

Cade prit Holly par la main et l'entraîna en direction du garage. Incapable de s'en empêcher, Rök poussa un hurlement de loup en découvrant les rondeurs postérieures – très exposées – de Holly.

— On dirait que tu t'es trouvé une petite bimco, toi aussi, lança-t-il à Cade.

Cade arracha son blouson et le posa sur les épaules de Holly, montrant ses crocs à Rök, qui éclata de rire.

— Qui est-ce ? demanda Holly, les joues en feu.

— Rök. Un démon fumée. C'est un mercenaire qui fait partie de mon équipe. Un fugitif. Il est sous le coup d'une condamnation à mort dans deux dimensions. Et comme tu peux le voir, ça le perturbe beaucoup.

Il prit le sac des mains de Holly. Dans le garage, il n'y avait plus le choix. Rydstrom était parti avec sa voiture « ordinaire », une Mercedes McLaren, un modèle rare. Et Cade venait de bousiller sa vieille camionnette.

Il ne restait que la prunelle des yeux de Rydstrom, que Cade et Rök avaient interdiction absolue de conduire.

*Les temps sont durs, Rydstrom…*

# 8

Cadeon ouvrit le coffre du véhicule le plus incroyable que Holly eût jamais vu et jeta leurs affaires dedans.

— Qu'est-ce que c'est que cette voiture ? demanda-t-elle.

Elle avait passé les bras dans le blouson et disparaissait presque dedans. Sur Cade, il arrivait à la taille, mais sur elle, il descendait presque jusqu'aux genoux.

— Ça s'appelle une Veyron. Elle est à mon frère, dit-il en déverrouillant les portières. Allez, monte.

Elle se glissa à l'intérieur ; il se laissa tomber sur son siège, mais dut tirer sur sa seconde jambe pour la faire entrer sous le volant.

— La malédiction de l'homme grand dans une voiture de sport, dit-il pour répondre au regard de Holly.

Celle-ci examina la finition luxueuse de l'habitacle. Le tableau de bord était en métal brossé. La clé de contact ressemblait à une clé USB miniature.

Le père de Holly avait été un grand amateur de voitures de sport. Elle avait appris à conduire sur sa Porsche Carrera et sa Maserati, et souvent, le samedi, il l'emmenait à des ventes aux enchères et à des salons automobiles.

Cadeon appuya sur un bouton qui indiquait « Démarrage », puis sur la télécommande de la porte du garage.

— Attache-toi.

La ceinture de sécurité était un harnais à quatre points d'ancrage, comme dans les voitures de course. Tandis qu'elle se dépêchait de boucler le tout, il passa la première et sortit dans l'allée.

Celle-ci se divisait en deux. Il prit à gauche. Très vite, l'allée bétonnée devint un chemin caché par les arbres, qui déboucha dans une petite rue.

— Je crois qu'on les a semés, dit Cadeon en s'engageant dans la rue.

Holly jeta un coup d'œil dans le rétroviseur latéral, mais ne vit que le noir de la nuit.

— Vous ne mettez pas votre ceinture ? demanda-t-elle en tournant vers lui un visage sévère.

— Pourquoi un immortel aurait-il besoin d'une ceinture ?

— C'est la loi.

— La loi humaine ne s'applique pas à ceux de mon espèce.

— Elle devrait, en particulier dans la mesure où vous roulez sur des routes humaines, au volant d'un véhicule qui a été fabriqué par des humains.

— Que tu crois. Tu vas quand même pas bouffer ta culotte parce que je… Oh, pardon, j'avais oublié que tu n'en portais pas.

Elle croisa les bras.

— N'essayez pas de changer de sujet.

— N'essaie pas de me faire mettre ma ceinture.

Elle le fusilla du regard.

— Imagine le chien le plus vieux, le plus têtu, le plus acariâtre qui puisse exister. Il apprendrait des nouveaux trucs plus vite que moi.

Face à son air buté, Holly décida de ne pas insister, pour le moment.

— C'était qui, à la maison ?

— Des vampires. Ils nous collent aux basques, pour une raison que j'ignore. Ils ne vont pas tarder à forcer la porte du bungalow, le trouveront envahi par la fumée et perdront la tête. Au sens propre. L'épée de Rök, c'est radical.

— Je vois. Que voulait dire Rök, quand il parlait de « bimcos » ? J'ai comme l'impression que ça ne me plairait guère d'être appelée ainsi, je me trompe ?

— Certains démons peuvent être convoqués, la plupart du temps par le sexe opposé. Bimco veut dire Beauté Irrésistible Mais qui Convoque.

— Et pourquoi m'appellerait-il comme ça ?

— En fait, c'est en quelque sorte devenu un terme à connotation sexuelle, utilisé pour désigner une femelle dont on aimerait assez qu'elle vous convoque, justement.

— Oh.

— C'est un compliment, ajouta Cadeon.

— Mais bien sûr ! D'autant que c'est aussi un jeu de mots sur « bimbo ».

— Hé, ça va, hein. C'est pas moi qui fais les mots. Je les utilise, c'est tout.

La circulation étant fluide, il passa les vitesses les unes après les autres, accélérant chaque fois un peu plus. La voiture était d'une souplesse infinie, son moteur émettait un puissant ronronnement. Comme ils atteignaient leur vitesse de croisière, Cadeon posa sa tête sur l'appui-tête, les yeux mi-clos.

— Mmm... j'adore cette petite musique.

Holly, qui n'avait plus conduit de voiture rapide depuis la mort de son père – sa voiture à elle était une hybride –, se rendit soudain compte à quel point cela lui manquait.

— Je n'avais jamais vu de voiture de ce modèle.

— C'est parce qu'il n'en existe que trois cents dans le monde. C'est la voiture la plus rapide et la plus chère de la planète.

— Elle va jusqu'à combien, comme vitesse ?

— Jusqu'à plus de quatre cents kilomètres/heure. Elle passe de zéro à cent en deux secondes et demie.

Holly tenta d'imaginer une chose pareille. Une telle accélération était digne d'une fusée.

— Mille un chevaux sous le capot.

— Deux fois plus qu'une Porsche.

Cadeon la regarda, surpris.

— Comment tu sais ça, toi ?

— Mon père était un fana de voitures. J'allais à des ventes spéciales avec lui. Vous ne pensez pas que c'est un peu voyant, comme véhicule, pour ce que nous avons à faire ?

— Nous prendrons l'autre voiture de mon frère, quand nous l'aurons rejoint.

— C'est quoi ?

— Une McLaren. C'est une Merced…

— Je sais, merci. Pas exactement l'idéal pour passer inaperçu, non plus, dit-elle en riant.

De nouveau, Cadeon lui lança un regard étonné.

— Je me disais exactement la même chose.

Elle s'y connaissait en bagnoles, la poulette.

Les démons adoraient les voitures. Et les Valkyries. Il allait droit dans le mur.

Elle choisit ce moment pour décroiser et recroiser ses jolies jambes, attirant le regard de Cadeon, lui rappelant qu'elle ne portait pas de culotte…

— Cadeon, regardez la route ! dit-elle en tirant sur le blouson, sans parvenir à le faire descendre beaucoup plus bas qu'à mi-cuisse. Écoutez, je ne peux vraiment pas rester comme ça. Il faut que je trouve de quoi m'habiller.

— Je t'ai dit qu'on ne pouvait pas retourner chez toi.

— Alors, laissez-moi joindre une amie pour qu'elle m'apporte des affaires. De toute façon, il faut que je l'appelle pour qu'elle me remplace. J'ai des cours à donner, moi.

— C'est une vraie amie ?

Comme Holly faisait oui de la tête, il ajouta :

— Parce que ces démons étaient bien renseignés sur ton emploi du temps, pour te tomber dessus comme ça. Je ne serais pas surpris qu'ils aient laissé quelqu'un pour surveiller cette amie.

— Mais mes lunettes ! Elle pourrait m'apporter ma paire de secours. Je ne peux rien lire, sans mes lunettes.

Ses lunettes... Elle était si sexy avec ces petites montures noires qui remontaient très légèrement sur les côtés, presque comme des yeux de chat, juste assez pour évoquer les années cinquante. Les *bombes* des années cinquante.

Cette décennie lui manquait beaucoup.

— On te trouvera de nouvelles lunettes. Et on t'achètera des vêtements et des chaussures en route.

— Il me faut mes médicaments, aussi.

— Et si on n'en trouve pas, il se passera quoi ?

Elle serra les poings.

— Cette solution n'est même pas envisageable.

— Certains de nos poursuivants vont peut-être penser à consulter le registre de la pharmacie où tu te fournis. C'est une question de vie ou de mort, Holly.

— Je ne comprends pas grand-chose à ce qui se passe depuis le début de cette soirée, mais ça, j'ai pigé, merci. Seulement, je ne plaisante pas en disant que j'ai absolument besoin de mon traitement.

— On verra. Je ne peux pas te promettre plus.

— Où doit-on retrouver votre frère ?

Elle avait changé de sujet, mais Cadeon savait qu'elle y reviendrait tôt ou tard.

— Au nord du lac.

— Donc, nous avons environ une demi-heure devant nous. Cadeon, s'il vous plaît, auriez-vous la gentillesse de m'expliquer pourquoi je suis la fille la plus populaire de la ville ?

— Tu es une Valkyrie, désormais, c'est-à-dire une créature du Mythos, qui est peuplé de toutes sortes d'êtres mythiques... qui ne sont en fait pas du tout mythiques. À peu près tout ce que tu as pu imaginer ou lire là-dessus un jour existe d'une façon ou d'une autre.

— Comme les vampires et les Valkyries.

— Et les loups-garous, les sirènes, les démons.

— Elles sont comment, les Valkyries ?

*Étranges, excentriques. Belles*. Holly ne déparerait pas le moins du monde.

— Elles sont puissantes et rapides, avec des sens très affûtés. Mais elles sont aussi très dociles et toujours contentes d'obéir à un homme, ne put s'empêcher d'ajouter Cadeon.

Holly se renfrogna en entendant ce dernier commentaire, mais Cadeon ne lui laissa pas le temps d'intervenir.

— Ce que tu dois savoir, c'est que, tous les cinq cents ans, une Accession se produit, et...

— Qu'est-ce que c'est, une Accession ?

— C'est une force qui affecte les créatures du Mythos en montant les espèces les unes contre les autres. Certains pensent qu'au début, c'était un système mis en place pour éliminer des immortels, parce que sinon, vu qu'on ne meurt jamais, on se reproduirait encore et encore, jusqu'à ce qu'il n'y ait plus un centimètre carré de libre sur terre. Donc, tous les cinq siècles, des événements extraordinaires se produisent. Et tu es l'un de ces événements.

— Je ne comprends pas.

— À chaque Accession, une femelle du Mythos appelée la Porteuse atteint sa maturité sexuelle. Son premier-né devient le défenseur ultime du Bien ou du Mal absolu, en fonction des penchants de son géniteur.

— C'est pour ça que les autres démons voulaient... voulaient...

— S'accoupler avec toi ? Oui. Et les vampires voulaient te tuer parce qu'ils ne savaient pas si les démons étaient arrivés à leurs fins.

Holly fronça les sourcils.

— Attendez un peu. On m'appelle la *Porteuse* ? Vous n'avez rien trouvé de plus péjoratif ? Par définition, une porteuse n'a aucune importance comparée à ce qu'elle porte. Une porteuse, on s'en sert, et puis on s'en débarrasse. Pourquoi pas la pondeuse ou le tiroir à polichinelle, tant qu'à faire ?

— Personnellement, j'avais voté pour la soute à bagages, mais j'ai perdu.

Une nouvelle fois, Holly décroisa et recroisa les jambes. Cuisses fermes, musclées... La natation portait ses fruits. Que ferait-elle, s'il posait une main sur son genou et la laissait remonter le long de sa cuisse ? En haut, aucune culotte ne lui barrerait le passage...

Comme si elle avait lu dans ses pensées, elle tira une nouvelle fois sur le blouson, avant de fusiller Cadeon du regard.

Merde, si ça se trouvait, il allait devoir la confier à Rydstrom. *Non*. À peine cette pensée lui eut-elle traversé l'esprit que Cadeon l'écarta. Qu'on le traite de gourmand, mais il allait passer avec elle tous les instants qu'il pourrait grappiller.

— Toutes sortes de factions, à la fois au service du Bien et du Mal, vont se lancer à ta recherche, reprit-il. Soit pour t'engrosser, soit pour te tuer. Et même parmi les gentils, certains voudront ta mort.

— Pourquoi ?

— Parce que, lors des sept dernières Accessions, seul un enfant au service du Bien a vu le jour. Les autres étaient tous au service du Mal.

— Donc, il y a des chances pour que le mien le soit aussi, c'est ça ?

— Exactement. Par conséquent, en cherchant à t'éliminer, ils agiraient au nom du Bien, ou simplement pour rester en position de domination.

— Et si je m'étais fait ligaturer les trompes, ou si je ne pouvais pas avoir d'enfants ?

— Ils te tueraient, c'est plus sûr.

De toute façon, cette excuse ne prendrait sans doute pas. La transformation en Valkyrie était trop avancée. Si Holly avait subi une opération de stérilisation, son corps « réparerait » tout simplement son système reproducteur.

Elle resta silencieuse un long moment.

— Me protéger est très dangereux, alors... Vous faites ça juste pour l'argent ?

*Je te protège depuis des mois. Parce que tu me rends fou et que j'ai terriblement envie de toi.*

— Oui. Les boulots difficiles, c'est mon rayon.

— Combien vous paie-t-on ?

— Quelque chose qui n'a pas de prix pour ma famille.

— Avec un peu plus de détails, vous croyez que c'est possible ? dit-elle du ton qu'elle devait employer avec ses élèves masculins un peu turbulents.

Règle numéro deux quand on est mercenaire : mentir comme un arracheur de dents, mais sans trop s'éloigner de la vérité, pour rester crédible et convaincant.

— Mon frère Rydstrom, celui que nous allons retrouver, est le roi de notre espèce, les démons furie. Mais son royaume lui a été volé par un sorcier du Mal appelé Omort l'Immortel. Comme son nom l'indique, il ne peut pas être tué par les moyens habituels.

— Les moyens habituels ?

— La plupart des immortels peuvent être tués par un feu d'un autre monde ou par décapitation. Omort, lui, est immunisé même contre ces moyens-là. Comme tu peux l'imaginer, il est extrêmement difficile à vaincre. Mais là, si je réussis ma mission avec toi, j'obtiendrai en échange une épée qui a été forgée expressément pour le tuer.

— Un sorcier du Mal, soupira Holly en se pinçant l'arête du nez. De mieux en mieux. Je me demande pourquoi il ne veut pas la Porteuse pour lui tout seul, lui aussi, vu que c'est ce que tout le monde cherche.

Elle ne croyait pas si bien dire. Un vilain sorcier la voulait effectivement pour lui tout seul, mais ce n'était pas celui qu'elle évoquait. Alors, Cade lui dit la vérité.

— Omort ne cherchera pas à t'avoir, parce qu'il ne peut pas avoir d'enfants avec une Porteuse. Il est né de l'une d'elles.

Mais pas son demi-frère, Groot.

— Si Rydstrom est roi, alors vous êtes prince, c'est ça ?

— D'un royaume perdu.

— Rydstrom est celui qui vous a forcé à partir, le jour où je vous ai vu sur le campus ?

— Tu te souviens de ça ?

La seule fois où il avait pu l'approcher, il avait perdu ses moyens, chose qui ne lui était jamais arrivée. Et malheureusement, Rydstrom avait été là pour le constater.

— Oui, c'est lui. Des Woede, c'est le gentil. Moi, je suis le méchant. Tu t'en rendras compte par toi-même dès que tu nous verras ensemble.

— C'est quoi, les Woede ?

— C'est comme ça qu'on nous appelle tous les deux, parce qu'on n'est pas souvent séparés.

Et pourtant, ce n'était pas faute d'essayer…

— Qu'est-ce que vous aviez, ce jour-là ? Vous pouviez à peine parler.

— Ce… ce n'était pas exactement ça.

— Vous bredouilliez des incohérences.

— Je ne bredouille jamais.

— Et puis, que faisiez-vous sur le campus, d'abord ? Vous me suiviez déjà, pour ce truc, là ?

— Non, c'était une coïncidence.

Il soupira. *Le destin, en quelque sorte…*

Quand elle avait mentionné le frère de Cadeon, Holly avait remarqué que l'attitude de ce dernier avait immédiatement changé.

De toute évidence, il y avait des problèmes entre ces deux-là.

Elle se souvenait de Rydstrom, le jour où elle avait reçu son prix. Il lui avait paru plus raisonnable que Cadeon. Peut-être serait-il plus enclin à répondre clairement et honnêtement à ses questions. Chaque fois que Cadeon lui expliquait quelque chose, elle avait le sentiment qu'il ne faisait que survoler le sujet.

Une fois de plus, elle sentit le regard de Cadeon sur ses jambes nues. Elle détestait le sentiment de vulnérabilité qu'elle éprouvait ainsi, sans culotte, sans collants, sans soutien-gorge.

Tous les moyens dont elle usait habituellement pour dissimuler ses émotions, elle les mettait en œuvre en ce moment même. Pour se calmer, elle chercha son collier de perles, mais il n'était pas là. Plus rien n'était *normal*, et elle se retint de taper sur quelque chose pour évacuer sa frustration.

Tout allait de travers. Pour quelqu'un comme elle, c'était un cauchemar. Elle n'avait pas besoin qu'un type comme Cadeon la lorgne avec concupiscence par-dessus le marché. Déjà, dans la salle de bains, elle avait eu du mal à le supporter, et là, elle n'en pouvait plus.

La plupart du temps, son objectif était d'oublier qu'elle avait un corps et d'ignorer totalement qu'il pouvait être sexy.

Jusqu'à ce soir, aucun homme ne l'avait vue nue. Ce soir, treize démons l'avaient reluquée.

Mais un seul était encore vivant pour en parler.

*Seigneur, c'est trop, là. Ça devient insupportable.*

— OK, poupée, va falloir arrêter ces croisements et décroisements de jambes, là, ça commence à bien faire.

— Mais je ne suis pas bien installée ! Je n'ai pas mes vêtements, ni mes bijoux. Je n'ai pas mon ordinateur portable, je n'ai même pas mes chaussures !

— Et maintenant, c'est moi qui suis mal installé.

Elle aurait parié qu'il venait de… *se remettre en place*.

— Vous… vous vous êtes touché !

— Je suis un démon. Ces choses-là sont naturelles, y a pas à avoir honte.

Elle était horrifiée.

— Mais vous ne devriez pas… il ne faut… c'est…

— Et tu veux que je fasse quoi ? Tu es une fille séduisante, et tu es là, à côté de moi, sans culotte. Pour ne pas te mettre mal à l'aise, il faudrait que j'empêche le sang de circuler dans ma…

— Ne dites rien ! Je comprends le problème.

Elle serra les poings. Ses ongles – ses griffes – entamèrent ses paumes. Des griffes qui, pour une raison qu'elle ignorait, se courbaient, maintenant. Et soudain, elle repensa à ce torse musclé, hâlé, et à cette braguette à moitié boutonnée…

— Je vais réagir, c'est forcé, dit Cadeon. Même si tu n'es pas mon type habituel.

— Type habituel ? Ah oui, je vois. Votre genre, c'est plutôt les bimcos avec plus de poitrine que de cerveau ?

Il haussa ses larges épaules.

— Nous, les démons, on préfère les filles un peu pétasses, et bien en chair, pour qu'elles puissent supporter nos élans.

Holly resta bouche bée.

— Des pétasses ? Mon Dieu, vous êtes l'homme le plus misogyne que j'aie jamais rencontré. Je parie que vos pétasses, en plus, vous les préférez pieds nus et enceintes.

— Nan. Je les préfère pieds nus, sous pilule, et toujours disponibles.

Elle faillit s'étrangler. Et réalisa soudain dans quel pétrin elle se trouvait.

*Ma vie est entre les mains d'un démon macho qui, j'en ai bien l'impression, essaie d'aggraver ma situation.*

Jamais elle n'avait eu autant besoin de ses médicaments.

Dans son esprit défilaient des idées et des images qui n'auraient pas dû se trouver là. Elle était incapable de ne pas penser à cette ligne de poils dorés descendant de son nombril. Plus elle essayait d'occulter cette image, plus celle-ci se faisait précise.

Passer ses lèvres dessus devait provoquer des sensations inédites… Et agripper ses hanches en même temps…

Son cœur battait à tout rompre. Elle avait peur de ce qu'elle risquait de faire si elle ne se maîtrisait plus.

La dernière fois que cela s'était produit, huit ans plus tôt, elle avait terrifié un jeune homme, l'avait blessé, même.

Et avant lui, il y en avait eu d'autres.

# 9

— Que fait Rydstrom ? Il est *toujours* aux rendez-vous qu'il donne.

Ils s'étaient garés le long de la station-service une vingtaine de minutes plus tôt. Cade appela une nouvelle fois le mobile de Rydstrom, sans succès. Un message annonçait qu'il se trouvait hors de la zone couverte.

— Il a peut-être été pris dans un bouchon, dit Holly.

— Impossible.

Cade passa la main sur une de ses cornes, puis sortit faire les cent pas dans le faisceau des phares. Dix autres minutes passèrent. *Quelque chose ne tourne pas rond, c'est certain.*

Son frère lui avait dit qu'Omort userait de tous les moyens à sa disposition pour les empêcher d'arriver à leurs fins. Rydstrom avait-il été la victime d'un des nombreux pouvoirs de ce salaud ?

Sans lui, Cade ne pouvait pas poursuivre sa mission : il ignorait où se trouvait le premier lieu de rendez-vous et n'avait jamais été en contact avec Groot. *J'ai besoin de Rydstrom pour savoir où aller.*

*J'ai besoin de lui pour ne pas perdre notre atout.*

Une demi-heure était passée lorsqu'une Bentley rouge s'arrêta derrière eux, grimpant sur le trottoir pour faire sa manœuvre.

— Ça alors… Siphonnïx, grommela Cade tandis que la conductrice malmenait la boîte de vitesses dans un simulacre de créneau.

Jamais Cade n'avait vu une Bentley aussi maltraitée. La carrosserie était constellée de petits chocs, les roues étaient maculées de boue, et des volutes de fumée s'échappaient du capot, percé d'au moins deux impacts de balles. Un Garfield en peluche était ventousé sur la vitre arrière.

À coup sûr, c'était Rydstrom qui lui envoyait Nïx pour l'informer d'un changement de plan. Mais cela allait poser un problème. Cade ne pouvait pas laisser Nïx approcher Holly, sous peine que celle-ci comprenne qu'il lui avait menti quant à un possible retour à son état d'humaine.

D'un pas rapide, il s'approcha de la Bentley. La devineresse venait de couper le moteur et la musique, à fond jusque-là.

— Où est mon frère, bordel ? demanda Cade dès qu'elle ouvrit sa portière.

Du sable s'échappa de l'habitacle. Nïx descendit avec grâce et passa aussitôt son épée en bandoulière. Elle portait un tee-shirt sur lequel on pouvait lire « À part, c'est mieux ».

— Rydstrom est un peu pris, en ce moment.

— Ça veut dire quoi, ça ? dit Cade en scrutant le regard très spécial de Nïx, à la recherche d'une lueur de lucidité.

À plusieurs reprises, par le passé, il l'avait vu se vider totalement d'expression sous l'effet de la confusion, et il ne voulait surtout pas de ça maintenant.

— C'est lui qui t'envoie, Nïx ?

— Non. Je passais juste faire un petit coucou à ma nièce.

Elle se pencha en direction de la voiture dans laquelle se trouvait toujours Holly. Cadeon se plaça délibérément devant elle.

— Pour Rydstrom, rien n'est plus important que cette mission. Si tu sais où il se trouve, tu dois me le dire.

— Sabine, la Reine des Illusions, a réussi à l'attirer et l'a capturé.

L'angoisse serra l'estomac de Cadeon.

— C'est la demi-sœur d'Omort et de Groot. Que veut-elle ?

La rumeur disait aussi qu'elle était cent fois plus méchante qu'eux.

— Je ne serais pas surprise qu'elle veuille être engrossée par lui, dit Nïx d'un ton réjoui. Les derniers opposants, dans votre royaume, seraient alors forcés de reconnaître l'héritier de Rydstrom, d'où qu'il vienne.

— Mais Rydstrom ne peut pas l'engrosser. Il faudrait qu'elle soit sa promise.

— Je suis sûre qu'avec ses pouvoirs, Sabine trouvera une solution.

— Est-elle l'alliée d'Omort ? Est-ce que Rydstrom est détenu à Tornin ?

*Personne ne sort jamais vivant des geôles de Tornin.*

— Je ne sais pas si Sabine bosse avec Omort, ou si elle a ses objectifs à elle. Et je n'arrive pas à voir précisément où est emprisonné Rydstrom. Tout ce que je sais, c'est qu'il est dans une cellule mal éclairée.

— Il me faut absolument cette épée. Maintenant. Mais j'ignore comment entrer en contact avec Groot, et où est le lieu du premier rendez-vous.

— Je le connais, moi, mais je ne vois pas plus loin que ça.

— Quoi ? Mais qu'est-ce que tu attends ? Dis-moi où c'est !

— Tu penses vraiment que je vais te laisser utiliser ma nièce comme monnaie d'échange face à un sorcier du Mal ?

— C'est toi qui as organisé ce truc, je te rappelle ! rétorqua Cade sèchement.

— Mais je n'avais pas vu que la Porteuse serait des nôtres !

— Tu connais l'enjeu de cette mission.

— L'enjeu *pour toi*. Elle est de ma famille, je te le répète.

— Alors, pourquoi est-ce qu'on discute ?

Elle lui fit un clin d'œil.

— Parce que je suis *malicieuse* ?

Nïx se dirigea vers la voiture où se trouvait Holly. Cade ne voyait pas comment il aurait pu l'en empêcher, sinon en recourant à la violence. Or, il n'avait pas beaucoup de principes, mais il ne faisait jamais de mal aux femmes.

Aussitôt, le souvenir de l'épouse de ce vampire, qu'il avait tuée, lui revint, et il rectifia sa pensée. Il ne leur faisait jamais de mal intentionnellement. *N'y pense plus…*

— Viens, ma chérie, dit Nïx en arrivant à la hauteur de la voiture.

Holly ouvrit la portière et descendit de voiture, tenant le blouson de Cade un peu plus serré autour d'elle. Son regard plongea aussitôt dans celui de la devineresse. À très peu de choses près, elle faisait la même taille qu'elle.

— Bienvenue dans la famille, dit Nïx avant de faire claquer deux gros baisers sur ses joues, sans prêter attention à la stupeur de Holly. Je suis ta tante Nïx la Savante. Je suis aussi la Proto-Valkyrie et la Devineresse Inégalée.

— Vous êtes une Valkyrie ? demanda Holly en posant les yeux sur une des oreilles découvertes de Nïx.

— Juste la plus grande et la plus vieille, répondit Nïx.

— C'est une puissante devineresse. Elle voit beaucoup de choses, intervint Cadeon.

L'émotion fit virer le regard de Nïx à l'argenté.

— Et toi, tu es le portrait craché de ta mère, dit-elle. Cheveux blond-roux et yeux violets.

— Vous étiez parente avec ma mère ?
— Greta était ma demi-sœur.
— Greta, répéta lentement Holly, ébahie de conaître enfin le prénom de sa mère.
— C'était une fameuse guerrière. Elle est morte il y a vingt ans, d'une mort glorieuse, sur le champ de bataille.
— Guerrière ? Bataille ? Je croyais que les Valkyries étaient des êtres paisibles.
Nïx éclata de rire.
— C'est le démon qui t'a raconté ça ? Tss tss... Cadeon Woede, tu n'as pas honte ?
— Si on ne peut plus s'amuser...
— Comment était Greta ? demanda Holly.
— Elle était à moitié furie...
Cade faillit s'étrangler.
— Non... je le crois pas !
La race de femelles la plus violente qui fût. Les Valkyries n'étaient pas commodes, mais les Furies étaient... incompréhensibles.
Tiens, si Cade la remettait à Groot, il était possible que Holly l'élimine elle-même.
— Regarde ses yeux violets, l'iris cerclé de noir. Des yeux de Furie.
— Pourquoi m'a-t-elle abandonnée ? demanda Holly. Elle devait avoir une bonne raison, j'en suis certaine.
Cade retrouvait là l'assurance si caractéristique de Holly. Elle n'éprouvait aucune amertume, aucun mal-être à l'idée d'avoir été abandonnée.
— Je t'ai préparé un petit paquet de bienvenue, avec une lettre qui t'expliquera tout ça. Mais pour l'instant, tu dois partir. Cet endroit est dangereux pour toi.
— Où vais-je aller ?
Nïx hocha la tête en guise de réponse.
— Euh... où ? répéta Holly.
— Oui.
— Je croyais qu'on devait retrouver le frère de Cadeon ici.

— Effectivement. Mais il n'est pas au rendez-vous.

Holly poussa un soupir impatient.

— Dites-moi juste comment je suis devenue… *ça*.

— À t'entendre, on croirait que c'est une catastrophe, ce changement.

— Je… Non, ce n'est pas ce que je voulais dire. Je veux juste reprendre ma vie où je l'ai laissée. J'ai presque fini le code qui permettra d'obtenir mon doctorat, et j'ai des étudiants qui m'attendent…

— Oui, bon. Si j'avais des étudiants aussi sexy que tes footeux, moi aussi j'aurais hâte de retourner d'où je viens. Grrr…

— Comment est-elle devenue ainsi ? insista Cade pour Holly.

Nïx sembla perdue, comme si elle ne comprenait pas la question, mais elle finit par répondre.

— La graine était là depuis toujours. C'est la foudre qui lui a apporté l'eau et la chaleur nécessaires. Désormais, ajouta-t-elle en s'adressant à Holly, tu vas pouvoir grandir et devenir la Valkyrie que tu étais destinée à être depuis ta naissance.

— Cadeon m'a dit que ce changement était réversible… dit Holly avec une pointe d'hésitation.

— Ah bon, il t'a dit ça ?

Cade se pinça l'arête du nez, prêt à en prendre pour son grade.

— Il a raison, poursuivit Nïx. Mais un seul homme peut t'aider. Il s'appelle Groot le Métallurgiste. C'est un sorcier très puissant. Si tu arrives jusqu'à lui avant de devenir complètement immortelle, il pourra te faire redevenir ce que tu étais.

Cade n'en revenait pas d'entendre Nïx confirmer ainsi son mensonge. Rien de tout cela n'était vrai, elle le savait aussi bien que lui.

Sans en dire plus, Nïx regagna sa voiture, ne leur laissant pas d'autre choix que de la suivre.

— Bien, j'ai pris la liberté de faire un saut dans ton immeuble infesté de vampires et de te prendre quelques affaires. Je suppose que tu vas vouloir te changer.

Elle ouvrit le coffre, qui contenait une énorme valise, posée sur un tas de sable. D'un doigt, elle la souleva – alors qu'elle semblait peser des tonnes – et la posa par terre.

— Ah, et je t'ai pris tes lunettes de secours, aussi. Tiens.

Elle tira une paire de lunettes de la poche de sa veste et la tendit à Holly.

— Modèle Chaton Amoureux. J'adore !

Détachant chaque syllabe, Cadeon répéta :

— Chaton Amoureux ?

Avec un regard un peu penaud dans sa direction, Holly les mit.

— Évidemment, elles ne te serviront plus à grand-chose, dit Nïx, dans la mesure où ta vue devrait s'améliorer de jour en jour. Et voilà tes perles.

Elle tendit à Holly un collier semblable à celui que celle-ci portait toujours. Forcément, des colliers de secours, elle en avait aussi.

— Ces objets sont tes talismans.

— Mes talismans ?

— Est-ce que tu te sens plus forte, quand tu les portes ?

Holly se mordit la lèvre et fit oui de la tête.

— Alors oui, ce sont des talismans. Ces perles-là ont été ensorcelées. Quand tu les porteras, elles te protégeront contre les voyants et autres devins.

Holly tourna vers Cadeon un regard interrogateur. Il lui fallait un traducteur.

— Pour faire court, ne les enlève jamais, dit-il en lui prenant le collier des mains avant de la faire pivoter en la tenant par l'épaule. Relève tes cheveux.

Il dut se retenir d'embrasser la charmante nuque qui apparut lorsque Holly souleva sa masse de cheveux bouclés. Se ressaisissant, il attacha le collier autour du cou de Holly.

— Tu dois te sécher, dit Nïx. Tu n'es encore qu'une petite mortelle vulnérable... Oups, pardon, j'oubliais que tu tenais à le rester.

Elle cacha sa bouche derrière ses doigts, ravalant un petit rire, comme si un tel souhait était absurde au point d'en devenir *mignon*.

Visiblement perdue, Holly prit la valise et se dirigea vers les toilettes de la station-service.

— Tu vas où, là ? aboya Cadeon.

Il lui arracha la valise des mains, en tira la première paire de chaussures qu'il trouva et les lui passa aux pieds. Puis il l'escorta jusqu'aux toilettes.

Elle émit un grognement lorsqu'il la suivit à l'intérieur et vérifia chaque box. Avant de sortir, il lui prit le menton entre le pouce et l'index.

— Poulette, si quelqu'un te cherche des noises ici, tu fais comme avec les démons, d'accord ?

Jusque-là, chaque fois qu'on lui demandait ce qu'elle avait fait de sa soirée, Holly répondait :

— J'ai travaillé, je suis allée à la bibliothèque, j'ai nagé.

De temps en temps, les deux premières activités changeaient légèrement, en cela qu'elle les faisait avec Tim.

*Mes activités de ce soir ? J'ai massacré des démons, des vampires m'ont tiré dessus à la mitrailleuse, j'ai vécu une course-poursuite à travers les marais. J'ai découvert qui était ma mère biologique, et ce qu'elle était, aussi. J'ai appris qu'un monde secret existait en marge du nôtre.*

C'en était trop. D'une manière générale, même dans des conditions idéales, le changement ne lui convenait que très peu. Alors là... Elle se sentait complètement vidée, insensibilisée par les chocs qui n'en finissaient pas de s'abattre sur elle.

Du moins espérait-elle être insensibilisée. Dans le cas contraire, cela signifierait que massacrer des tas de créatures ne lui posait pas plus de cas de conscience que ça.

Oui, ces hommes étaient des monstres, et oui, Holly pensait qu'ils n'avaient eu que ce qu'ils méritaient. Mais n'aurait-elle pas dû éprouver quelque chose à l'idée d'être l'auteur de ces horreurs ? Un petit pincement de répulsion ? De peur ?

Elle se regarda dans le miroir. Les cercles qui avaient toujours entouré ses iris se voyaient beaucoup plus. *Parce que, figure-toi, je suis à moitié furie.*

Encore aurait-il fallu qu'elle sache ce que cela voulait dire...

Les yeux de Nïx étaient étranges eux aussi, mais leur couleur dorée était extraordinaire, tandis que le violet de Holly était juste inhabituel.

Elle tira ses cheveux en arrière, ne pouvant ignorer ses oreilles pointues plus longtemps. Là encore, ce qui donnait à Nïx un air exotique et intéressant semblait juste hors de propos et bizarre sur elle.

Un des symptômes les plus courants chez les patients souffrant de TOC était une peur infondée de se perdre. Mais, en l'occurrence, la peur de Holly n'était pas sans fondement. Elle était réellement en train de se perdre. Progressivement, caractéristique après caractéristique. *Si seulement j'avais mes...*

Elle se figea. Si Nïx avait pris des affaires pour elle, elle avait sûrement remarqué tous les tubes de cachets que Holly alignait sur l'étagère, près du lavabo.

Elle se rua sur la valise, l'ouvrit d'un geste sec et trouva à l'intérieur le contenu du fourre-tout qu'elle avait lâché au moment de son enlèvement. Son ordinateur portable dans sa sacoche, son téléphone mobile, et même ses lingettes antibactériennes étaient là. Mais de cachets, point.

Nïx avait récupéré son fourre-tout et en avait délibérément retiré les deux tubes de médicaments qui s'y trouvaient. *Pourquoi, Nïx ?* Holly se laissa tomber contre le mur, tentée de s'enfuir, d'échapper à tout cela.

Mais Cadeon et Nïx étaient, à sa connaissance, les seuls à pouvoir l'aider à redevenir normale. Holly n'avait d'autre choix que de se plier aux projets qu'ils avaient formés pour elle.

Et pour commencer, ils voulaient lui faire quitter la ville.

Elle n'avait pas franchi les limites de la commune de La Nouvelle-Orléans depuis quinze ans. En fait, elle n'allait jamais nulle part, ou presque. Ses déplacements se limitaient au trajet de chez elle au campus, et retour. Vingt minutes en tout.

Le campus, c'était son univers. Un microcosme organisé, structuré, où tout avait un sens. Les journées étaient divisées en heures de cours, les semaines en journées de cours, et les années en semestres.

Pourtant, elle avait le sentiment de revenir d'un exil temporaire.

Écartant cette pensée, elle prit son téléphone et appela son amie Mei. Comme personne ne répondait, elle laissa un message.

— Bonjour, Mei, c'est Holly. Dis-moi, est-ce que tu pourrais me remplacer pendant quelque temps ? J'ai des soucis familiaux, et je ne serai pas de retour avant…

*Combien de temps va durer cette histoire ?*

— … avant une semaine.

Holly se sentait étrangement détachée, comme si c'était une autre qu'elle qui parlait. Elle n'en revenait pas de s'entendre s'exprimer aussi normalement, alors qu'elle était au bord de la crise de nerfs.

— Appelle-moi s'il y a un problème. Je te revaudrai ça, promis !

Elle raccrocha et poussa un long soupir. *Il faut que je m'habille, que je me bouge.*

Elle s'accroupit à côté de la valise et plongea une main dans le compartiment latéral, à la recherche de sous-vêtements. Ce qu'elle trouva la laissa stupéfaite. Bas autofixants, strings et soutiens-gorge à balconnet, encore dans leur emballage, avec les étiquettes. Tout était à sa taille, et très… suggestif.

Pourquoi Nïx avait-elle échangé les culottes taille haute et les soutiens-gorge couleur chair qu'elle affectionnait contre de la lingerie fine ?

N'ayant guère le choix, Holly passa les bas et, pour la première fois de sa vie, mit un string.

Une fois habillée, perles et lunettes en place, elle entreprit de dompter sa chevelure, qu'elle brossa à coups secs avant d'en faire un chignon, comme d'habitude, mais en prenant soin, cette fois, de cacher ses oreilles.

La dernière épingle à cheveux en place, elle observa son reflet dans le miroir. Comment pouvait-elle avoir l'air aussi normale alors qu'elle ne s'était jamais sentie aussi mal ? Les larmes lui montèrent aux yeux, et elle dut agripper le bord du lavabo pour ne pas perdre l'équilibre.

Après la folie de cette soirée, elle n'était plus sûre que de deux choses : *Je dois redevenir comme avant. Et Cadeon Woede ne m'attirera que des ennuis*.

La céramique se fissura sous sa poigne.

# 10

— Cade, tu files un mauvais coton, dit Nïx en s'asseyant sur le capot de la Veyron.

— Rien de changé de ce côté-là, donc.

— Tu sais que Holly n'a pas confiance en toi ?

— Elle a raison ! Et apparemment, elle ne devrait pas avoir confiance en toi non plus. Pourquoi lui as-tu menti ?

— Je voulais savoir ce que vous alliez faire.

— Je vais suivre le plan initial.

Il ouvrit le coffre, sortit une flasque de liqueur de démon de son sac et but longuement, avidement. Les effets de cette liqueur ne se feraient sentir que plus tard, mais il savait qu'il en aurait besoin.

— Tu vas donner Holly à un sorcier du Mal alors qu'elle pourrait être ta promise ? Tu l'attends depuis neuf siècles.

— Je le dois. Je n'en ai pas envie. Ça, non, je n'en ai pas envie. Mais maintenant, cette chienne de Sabine a mon frère, à qui je dois déjà tant. C'est la seule façon pour moi de me racheter. Le sort du royaume et de notre peuple dépend de moi, désormais, et de moi seul.

S'entendre dire ce qu'il savait être la vérité lui fit l'effet d'un coup de poing qu'il n'aurait pas vu venir. *Merde*. Le destin de tous les habitants de Rothkalina reposait sur les épaules de la brebis galeuse, du bon à rien.

*Ce qui me fait penser…*

— Tu as dit à Rydstrom que Néomi, la mortelle, était morte. En es-tu certaine ?

— Absolument.

Cade n'avait pas réalisé à quel point il espérait qu'elle ait survécu. *N'y pense plus…*

Nïx l'observa longuement.

— J'envisage de prendre le même chemin que toi et de mentir à Holly. Avant tout parce que je crois que tu n'auras pas la force de la donner au sorcier. Ensuite, parce que je suis persuadée qu'il faut parfois faire du mal pour faire du bien. Et non, je ne vois pas comment cette histoire va se terminer. J'ai une intuition, tout au plus. Ce qui est sûr, c'est que quelqu'un doit faire découvrir notre monde à Holly. Il faut l'éduquer, vite et sans ménagement. Et personne ne fera cela mieux que toi.

— Comment ça, l'éduquer ? Mais elle est tout ce qu'il y a de plus éduqué !

— Je veux que Holly fasse l'expérience de la *vie*. Qu'elle retire tous les paravents derrière lesquels elle se cache avec tant de détermination. Je pense que tu es tout à fait le genre de personne susceptible de lui montrer ce qu'elle ne connaît pas et ne veut pas connaître. Ma nièce est innocente à bien des points de vue, et il y a un moment, dans la vie, où innocence n'est plus qu'un euphémisme pour ignorance.

— Jusqu'à quel point peut-elle être innocente, à son âge et à l'époque à laquelle elle vit ?

— Elle évite tout ce qui pourrait éveiller ses dispositions de Valkyrie. Tout ce qui provoque excitation ou énervement. Son ordinateur est équipé de logiciels de contrôle parental, elle n'a pas le câble et vit une existence de gamine surprotégée. Elle a sublimé ses dispositions à un point tel qu'elle s'en est rendue malade.

— C'est pour ça, le truc des groupes de trois et toutes ses petites manies ?

Nïx hocha la tête.

— Ce qu'elle n'a pas pu sublimer, elle l'a assommé avec les médicaments.

— Elle réclame ses cachets, justement.

— Et moi, je suis sa tante, et je dis qu'elle ne les aura pas. En attendant, les autres Valkyries ont certainement senti son énergie remonter à la surface. Elles ne vont pas tarder à se mettre à sa recherche, elles aussi.

— Il faut absolument que tu les ralentisses.

Nïx réfléchit longuement.

— D'accord, c'est ce que je vais faire, dit-elle enfin. Si tu promets de ne pas prendre l'avion, sur aucune portion du voyage.

— Tu demandes ça parce que, de cette manière, je passerai plus de temps avec elle, et je m'attacherai encore plus à elle. Tu augmentes tes chances de me voir tout foutre en l'air pour la garder avec moi.

— Oui.

Cade but une nouvelle gorgée.

— Bon sang, mais le voyage va prendre trop de temps ! Des semaines, peut-être. Si ça se trouve, le domaine de Groot est en Alaska. Et Rydstrom m'a dit que la date limite était la pleine lune. Que se passera-t-il si on n'arrive pas à temps ?

— C'est ma condition.

— Elle sera plus en danger. Réfléchis : dès qu'elle sera avec Groot, elle sera cachée.

— C'est à prendre ou à laisser. Mais tu n'iras pas bien loin sans connaître le premier check point.

— D'accord, finit par lâcher Cadeon. Je promets.

Plus de temps avec Holly. Plus de temps pour s'attacher à elle.

Elle sortit des toilettes à cet instant. Chignon impeccable, tenue « talisman » : pull passe-partout, jupe moulant parfaitement ses fesses rebondies – et faisant regretter aux hommes de ne pas être celui qui déchaînerait le feu qui couvait à coup sûr sous cet aspect sévère.

Elle se tenait bien droite, le menton en avant. Son assurance était revenue, plus forte encore. Cette assurance de femme intelligente. Sexy comme pas possible. Cade aurait voulu l'embrasser jusqu'à ce qu'elle défaille.

— Où allons-nous ? demanda-t-il à Nïx d'un ton absent.

Plus de temps avec Holly, plus de temps pour s'attacher à elle. Cela lui convenait parfaitement, tout à coup.

— Sur les berges du Mississippi, kilomètre 1245. C'est un peu au nord de Memphis. Vous y rencontrerez une démone appelée Imatra. Il y a d'autres instructions, avec plus de détails, dans les affaires que j'ai préparées pour Holly.

— Euh… OK.

Il trébucha en s'approchant pour prendre la valise de Holly et se fit le serment de ne plus prononcer un mot tant qu'il ne parviendrait pas à se comporter normalement en sa présence – ou tant que le contenu de sa flasque n'aurait pas fait effet.

— J'aimerais parler à ma tante. En privé.

Holly s'attendait que Cadeon proteste, mais il se coiffa d'un vieux chapeau d'explorateur en cuir, marmonna quelque chose à propos de courses pour le voyage et de Rök qu'il fallait mettre au courant, et entra dans la station-service.

— Regarde-le, avec son chapeau, soupira Nïx. Un sex-appeal pareil, ça devrait être interdit.

Elle le suivit des yeux jusqu'à ce qu'il disparaisse à l'intérieur et poussa quelques grognements, tout en rajustant la bandoulière de son épée.

Oui, Cadeon était séduisant. Mais c'était aussi un démon. *Avec des cornes*.

— On n'en fait plus, des comme ça, conclut-elle en se tournant vers Holly.

Une nouvelle fois, cette dernière fut étonnée par le charme surnaturel et particulier de sa nouvelle tante.

— Merci de m'avoir apporté mes affaires. Mais pourquoi m'avoir acheté de nouveaux sous-vêtements et des bas ?

— Parce que je savais que les tiens seraient juste « pratiques ». Les Valkyries aiment les choses jolies et sexy, et les sous-vêtements pratiques ne sont jamais ni l'un ni l'autre. Alors, j'ai choisi pour quelques milliers de dollars de lingerie à ton intention.

Holly avait besoin de ses sous-vêtements pas sexy du tout, justement pour ne pas se sentir sexy du tout.

— Est-ce que, par hasard, vous auriez pris des médicaments ? Il y en avait, à côté du lavabo.

— Ah, tu veux parler des tubes qui étaient parfaitement alignés trois par trois, les uns à côté des autres ? Tout, chez toi, était parfaitement aligné. Ou par trois. Ou à angle droit, dit Nïx, dont les yeux dorés semblaient scruter l'âme de Holly l'espace d'un instant, puis perdre toute expression l'instant d'après. Je me suis régalée à tout mettre en pagaille.

Holly eut un haut-le-cœur. Imaginer son sanctuaire tel qu'elle l'avait laissé l'avait aidée à surmonter les événements de cette soirée. Elle se disait qu'à son retour, retrouver son appartement dans le même état l'aiderait à reprendre sa vie d'avant.

— La *pagaille* ?

Au moment où elle était certaine qu'elle allait vomir, un éclair zébra le ciel, derrière elle.

Nïx sourit, apparemment satisfaite de cette manifestation céleste.

— Tu n'as plus besoin de tes cachets, dit-elle. Tu les utilisais pour étouffer la Valkyrie en toi, parce que tu ne comprenais pas ce qui t'arrivait. Mais maintenant, tu n'as plus à cacher tes dispositions.

— Non, je veux redevenir comme avant. J'en ai besoin. Je déteste le changement, je perds mes moyens quand les choses changent, lâcha précipitamment Holly, en se tenant le front. Il nous faut combien de temps pour arriver chez ce sorcier ?

— Entre une semaine et un mois, c'est difficile à dire.

— Pendant combien de temps ai-je la possibilité de redevenir comme avant ?

— À peu près la même fourchette. Ensuite, tu seras cent pour cent Valkyrie.

— Si les cachets étouffaient ma personnalité valkyrie, est-ce qu'ils ne pourraient pas ralentir cette transformation ? Est-ce qu'ils ne pourraient pas me donner un peu plus de temps pour aller jusque chez le sorcier ?

Nïx haussa les épaules et rejeta en arrière ses longs cheveux noirs, les plus soyeux que Holly eût jamais vus.

— C'est possible. Mais je n'en suis pas certaine. Je ne vois rien à ce sujet, et la pharmacologie humaine, c'est pas dans mes cordes.

— Nïx, je vous en prie. Je n'en donne peut-être pas l'impression, mais là, je suis vraiment au bord du gouffre.

Nïx hocha gravement la tête.

— Je sais. Dans les toilettes, tu t'es retenue de hurler et de t'arracher les cheveux. Et pourtant, ma chérie, ils ont quelqu'un qui passe régulièrement pour nettoyer.

*Comment avait-elle vu…*

— Je sais toujours tout. Voilà comment.

— Alors, dites-moi. Cette histoire de Porteuse, est-ce vrai ?

— Oui, malheureusement, ça l'est. Tu as intérêt à choisir soigneusement le papa.

— Pourquoi moi ?

— Un coup de malchance.

Holly eut une grimace écœurée. La malchance n'était qu'une forme de hasard.

— Et si je redeviens comme avant, est-ce que je serai toujours la Porteuse ?

— Je ne vois pas comment ça serait possible. La Porteuse doit faire partie du Mythos.

— Donc, si je redeviens normale, plus personne ne cherchera à me tuer, si ?

Holly pouvait annuler cet événement aléatoire. Elle pouvait agir pour combattre le hasard.

— Théoriquement, non.

*Alors, voyons si le raisonnement fonctionne. Je redeviens comme avant, je perds le statut de Porteuse. Je n'ai plus de tueurs immortels ni de démons à mes trousses. L'alternative « morte ou enceinte » ne s'applique plus. Je reprends mon doctorat presque fini et ma vie d'avant. Pour finir, j'ai des enfants normaux. Pas de Mal absolu.*

— Mais je pense qu'au moment où il te faudra choisir, tu auras fini par accepter ce que tu es devenue, dit Nïx. Au moins seras-tu quelqu'un.

— Je ne comprends pas.

Nïx libéra une mèche du chignon de Holly, ce qui irrita profondément cette dernière.

— Qui es-tu, ma nièce ? Tu n'en as pas la moindre idée. Mais tu le sauras bientôt.

Elle eut un sourire étrange, et Holly eut le sentiment d'être l'objet d'une plaisanterie qu'elle ne comprenait pas.

— Bon, il faut que j'y aille, reprit Nïx. Proto-Valkyrie et Devineresse Inégalée, c'est un boulot épuisant et ingrat. Mais il faut bien que Nïxie le fasse.

— Attendez ! lança Holly en la suivant jusqu'à sa Bentley délabrée. J'ai encore tant de questions à vous poser ! Est-ce que ma mère est morte jeune ? Et qui était mon père ? Comment pourrai-je prendre contact avec vous ? Existe-t-il d'autres personnes dans mon cas ? Comment pourrai-je les reconnaître ?

— Tu auras toutes les réponses à ces questions le moment venu.

Cette femme avait *déjà* toutes les réponses.

— Je vous en prie, emmenez-moi avec vous. Je suis de votre famille, après tout !

Holly avait le sentiment que quelques heures de plus aux côtés de Cadeon risquaient de lui faire perdre ses moyens. Complètement.

— Si tu veux rester valkyrie, alors tu peux venir. On a prévu une grosse fiesta, ce soir, dit Nïx en lui montrant la banquette arrière.

Holly se pencha et eut une vision d'horreur. La banquette était jonchée de gobelets en plastique, de ballons de baudruche, de paquets de cacahuètes et de boîtes sur lesquelles était inscrit « Danger ! Plastic C-4 ».

Malgré elle, elle recula.

— Mais si tu tiens vraiment à redevenir comme avant, je ne peux pas t'emmener chez Groot, continua Nïx. Sa forteresse est cachée, et il faut passer par toute une série de check points pour y arriver. Ça prendra au moins une semaine. Une semaine que je n'ai pas, dans la mesure où je suis en plein combat contre une apocalypse. Imagine, ajouta-t-elle en passant un bras autour des épaules de Holly, avant de tracer de l'autre un large arc de cercle devant elles. Une apocalypse. Le désordre absolu.

Holly frémit.

— Voudrais-tu m'empêcher d'arrêter un tel désastre ? dit Nïx en la lâchant.

— Non, bien sûr, mais...

— Si tu tiens absolument à ce que ton don te soit retiré, alors je m'arrangerai pour que Cade t'emmène en toute sécurité chez le sorcier, afin de récupérer son épée. C'est ce que tu veux ?

— Oui... mais pas toute seule avec lui. Vous ne pourriez pas... je ne sais pas... embaucher quelqu'un d'autre de moins...

— Sexy ? Avec des cornes moins léchables et un accent moins craquant ?

Elle secoua la tête et ouvrit sa portière.

— Non. Avec Cade, tu es vraiment en sécurité. Il est fort, et il est impitoyable.

Holly la regardait, bouche bée. *Cornes léchables ?*

— Ah, j'allais oublier, continua Nïx en attrapant sur le siège du passager un sac qui semblait assez lourd. Voilà ton kit de bienvenue. Il faut que j'y aille, maintenant. *Ciao !*

— Une dernière question, dit Holly comme elle mettait le contact.

— Je t'écoute, ma chérie.

— Puis-je avoir confiance en Cadeon ?

Nïx eut un sourire lumineux, mais son regard doré était vide.

— Dans une certaine mesure, oui.

# 11

— Je suppose qu'on garde le bolide tape-à-l'œil ? dit Holly tandis que Cadeon s'engageait sur l'autoroute, en direction du nord.

— Pour l'instant, oui. On doit quitter la ville le plus vite possible. Et il se trouve que cette caisse en a sous le capot.

— Où allons-nous ?

— À Memphis. Nïx a dit qu'elle avait mis les instructions dans tes affaires.

Holly se retourna pour prendre sur la banquette arrière la sacoche donnée par sa tante. À l'intérieur, elle trouva son passeport, une lettre manuscrite, une carte avec une croix juste au-dessus de Memphis et deux épais volumes : *Le Livre du Mythos* et *Le Livre des guerrières*.

— Pourquoi a-t-elle le regard vide, parfois ? demanda Holly en sortant la lettre.

Cade but une gorgée de sa canette de Red Bull, sans quitter la route des yeux.

— Elle est tellement occupée à regarder l'avenir qu'elle en quitte le présent. Et puis, elle a tout de même plus de trois mille ans.

C'était incroyable. Nïx semblait avoir le même âge que Holly.

— Et vous, vous avez quel âge ?

— Presque mille ans.

Cade en faisait à peine trente-cinq.

— Vous ne plaisantiez pas en disant que vous étiez du Moyen Âge, alors. Pourtant, vous avez un accent contemporain.

— Les créatures du Mythos s'adaptent constamment à toutes les langues et à tous les dialectes. C'est naturel, on n'y pense même pas.

Quand Holly brisa le sceau de cire noire qui fermait la lettre, il se pencha pour essayer d'en lire le contenu. Elle leva le papier de manière à l'en empêcher. Vexé, il se renfrogna et se concentra de nouveau sur la route. De son côté, Holly tenta de déchiffrer l'écriture alambiquée. Ce n'était pas facile : ses lunettes semblaient lui compliquer la tâche...

*Ma très chère nièce,*

*Te voilà enfin ! Bienvenue dans la famille !*

*Cette lettre t'expliquera ce que je n'ai pas le temps de t'expliquer moi-même. Dans ta sacoche, tu trouveras deux livres. L'un relate l'histoire de tes origines et dresse la liste des plus vaillantes guerrières du peuple valkyrie. Ta mère en fait partie.*

*Ton père était un humain, ingénieur des Ponts et Chaussées. Il fut le grand amour de Greta. Il a été tué lors d'une expédition punitive, en réponse à l'un des nombreux raids de Greta chez les vampires, avant même qu'elle ne sache que tu allais arriver.*

*Expédition punitive ? Raids chez les vampires ?*

— Les créatures du Mythos sont-elles plus violentes que les humains ? demanda-t-elle à Cadeon.

— Beaucoup plus, oui, répondit-il. Il y a constamment des guerres en cours.

— Constamment des guerres... répéta Holly.

Qu'est-ce qui aurait pu pousser quelqu'un comme elle à s'installer dans un monde nouveau plus tumultueux encore ?

*T'abandonner a brisé le cœur de Greta, mais les Valkyries renoncent toujours à leurs enfants humains. Et nous pensions tous que tu étais mortelle. Elle l'a fait par amour pour toi, n'en doute jamais.*

Holly n'en doutait pas. Elle savait désormais que son placement chez les adorables Ashwin n'avait pas été un hasard.

*Le second livre explique certains aspects du nouveau monde dans lequel tu viens d'être propulsée.*

*Lis les deux volumes. Il y aura interro.*

*Je sais que tu as émis des doutes sur le fait de rester valkyrie…*

Comment pouvait-elle le savoir au moment où elle écrivait cette lettre ? À moins que…

— C'est vraiment une devineresse, murmura Holly.

Cade, qui semblait se détendre un peu, se carra dans son siège, tendit les bras.

— Ça, tu peux le dire.

*… mais je te demande au moins d'essayer. C'est ce que font tous les jeunes un peu cool. Il te suffit d'accepter tout ce qui te faisait peur et que tu as fui ces vingt dernières années. Simple, non ?*

*Lèche les cornes de Cadeon pour moi. Et oui, tu peux le traiter comme un mercenaire, c'est-à-dire un larbin, si ça te chante, parce que c'est assurément ce qu'il est – et il en a l'habitude, de toute façon.*

Lécher ses cornes ? Holly essayait de faire comme si elles n'étaient pas là, alors les *lécher*…

*Deux petits trucs : si tu as besoin d'être sûre que ton ange gardien te dit la vérité, demande-lui de « jurer sur le Mythos ». Et si tu ne veux pas tomber enceinte, ne mange pas. Les Valkyries restent stériles si elles ne consomment pas les fruits de la terre.*

*Bien chaleureusement,*

*Nïx, Proto-Valkyrie, Devineresse Inégalée, demi-déesse, ta tantine qui t'aime*

Holly replia la lettre, médusée. *Trop. C'est beaucoup trop*. Tant d'informations, et elle n'en était qu'à la lettre de présentation ! Le simple fait d'apprendre ce que faisait son père était déjà considérable pour elle.

En soupirant, elle sortit du sac *Le Livre des guerrières* et l'ouvrit au chapitre « Origine des Valkyries ». Très vite, elle s'absorba dans la lecture de ce qui s'avéra être passionnant.

On racontait dans le Mythos que, des millénaires auparavant, les dieux Wotan et Freyja avaient été tirés d'un sommeil de dix ans par les cris d'une jeune guerrière sur le point de mourir au combat. Freyja s'était émerveillée du courage de la jeune fille et avait voulu le préserver, alors Wotan et elle avaient frappé l'humaine de leur foudre.

La jeune fille avait repris conscience dans leur demeure, guérie mais intacte – c'est-à-dire encore mortelle – et enceinte d'une fille immortelle, une Valkyrie.

Par la suite, la foudre de Freyja et Wotan avait frappé des guerrières mourantes appartenant à toutes les espèces du Mythos – Furies, change-formes, Lycae, etc.

Freyja et Wotan donnaient à leurs filles les caractéristiques physiques fey de Freyja et l'intelligence de Wotan, auxquelles ils ajoutaient le courage de la mère et des ancêtres de chacune. Les filles étaient toutes demi-sœurs, chacune était unique, mais on reconnaissait toujours une Valkyrie au fait que ses yeux devenaient argentés lorsqu'elle était en proie à une vive émotion.

— Mes yeux ont-ils tourné à l'argenté, ce soir? demanda Holly en levant la tête.

Cadeon fit oui de la tête, puis la regarda enfin.

— C'est comme ça que j'ai su que tu étais une Valkyrie, ou du moins que la transformation était en cours. Dans le Mythos, chaque espèce a les yeux qui changent de couleur.

Ceux de Cadeon étaient devenus noirs.

Portant ses perles à ses lèvres, Holly réfléchit à cette nouvelle information. À en croire cette légende, elle était donc la petite-fille de dieux nordiques.

Pour quelqu'un qui a été adopté, découvrir qu'il vient en réalité d'une famille riche ou célèbre est une chose. Mais là, on frisait le ridicule.

Pourtant, ces révélations expliquaient quantité de choses sur elle qu'elle n'avait jamais comprises, des particularités auxquelles un psy prétentieux s'était empressé de répondre à grands coups de médicaments.

Son obsession pour les bijoux brillants? Toutes les Valkyries en étaient victimes, ayant hérité de Freyja un goût prononcé pour la thésaurisation.

Sa fascination pour la foudre et son besoin irrépressible d'aller au-devant des orages? Les Valkyries se nourrissaient d'électricité, tiraient leur énergie de la terre. C'était par la foudre que leur espèce avait été créée, et c'était elle qui avait déclenché la transformation de Holly.

Elle se demanda si ses « grands-parents » lui avaient envoyé la foudre pour la réconforter, ou si la foudre avait été attirée par elle au plus fort de son désarroi.

Et cette force monstrueuse qu'elle avait eu tant de mal à réprimer? Les Valkyries étaient d'une puissance et d'une férocité surnaturelles; elles aimaient la bagarre.

Elles aimaient... *aimer*, aussi...

Holly se souvint de la première fois où elle s'était retrouvée au lit avec un garçon, un copain de lycée qui s'appelait Bobby Thibodeaux. Ils avaient seize ans, et les quelques baisers maladroits de Bobby avaient fini par la rendre folle. Elle était montée sur lui, l'avait dominé.

Absorbée par son propre plaisir, elle n'avait pas vu que Bobby paniquait complètement. Elle avait finalement réalisé qu'il ne l'embrassait plus et que ses propres ongles s'enfonçaient dans les bras de son camarade, le maintenant sur le lit alors qu'il cherchait désespérément à en sortir.

Tandis qu'il la fixait, bouche bée, tétanisé par la peur, elle avait cligné des yeux. Comme si quelqu'un d'autre habitait son corps, elle avait murmuré d'une voix rauque :

— Je suppose qu'il vaut mieux qu'on s'arrête là ?

Et quand elle l'avait lâché, il était parti en courant.

L'histoire de Bobby avait fait le tour du lycée, et plus aucun garçon n'avait voulu sortir avec elle. Alors, elle s'était plongée un peu plus encore dans ses bouquins.

Elle avait attendu d'être en première année de fac pour retenter l'expérience. Qui s'était terminée de la même manière, à un détail près : elle avait fait preuve d'une agressivité et d'une force plus grandes encore.

Écartant ce mauvais souvenir de son esprit, elle se plongea dans *Le Livre des guerrières*. Greta l'Audacieuse avait été un stratège de haut vol, qui avait mené des troupes de Valkyries, de sorcières et de Furies lors de la grande bataille des Plaines du Destin.

Si les dates indiquées étaient correctes, alors Greta était partie à la guerre enceinte de Holly. Six ans plus tard, elle avait perdu la vie au combat pendant le terrible Siège des Dix-huit Nuits.

Une constatation s'imposa à Holly : s'il existait un nouveau monde, elle allait devoir en apprendre l'histoire.

Se sentant soudain à bout de forces, elle tira l'autre volume sur ses genoux sans enthousiasme. En le feuilletant rapidement, elle découvrit des entrées à propos de chaque espèce connue. Après une brève introduction venait une histoire un peu plus détaillée de ces espèces. Elle trouva de tout, des spectres aux sirènes en passant par les Wendigos et les démons.

— Tu veux boire ou manger quelque chose ? demanda Cadeon.

Elle n'avait pas faim du tout.

— Vous avez autre chose à boire que du Red Bull ?

Plongeant le bras derrière le siège de Holly, il attrapa une bouteille d'eau et la lui tendit.

*Ma marque préférée.*

— Merci.

Elle tourna soigneusement le bouchon, faisant bien attention à ne pas toucher…

*Flûte !* Elle avait touché le bord du goulot. Avec un soupir, elle remit le bouchon en place et posa la bouteille à ses pieds.

— L'eau n'est pas bonne ?

Elle envisagea de ne pas répondre, mais se dit que, tôt ou tard, il finirait par découvrir tous les petits défauts qui étaient les siens – la difficulté à se nourrir, la peur des microbes, le besoin permanent de tout ranger.

— J'ai touché le bord du goulot. Il y a eu contact, transfert de germes. Je ne peux plus la boire.

Au lieu de se moquer d'elle, il tendit le bras derrière son siège, saisit une autre bouteille, qu'il ouvrit sans toucher le bord, et la lui tendit.

— Ces nouveaux bouchons plus petits, ça doit être chiant.

Elle resta bouche bée. Quelques jours plus tôt à peine, elle s'était plainte auprès de Mei de la nouvelle forme des bouchons.

— Alors, tu penses quoi de tout ça, pour l'instant ? Ça fait un peu beaucoup à la fois, non ? dit Cadeon.

— Un peu, oui.

Elle but une gorgée. Elle avait encore l'impression de lire un roman fantastique, comme si tout cela était trop irréel pour être vrai.

Et ce malgré la présence à ses côtés d'un démon de près de mille ans.

— Lis-moi le bouquin, et je t'expliquerai ce que tu ne comprends pas, je te donnerai des détails.

— Comment vous faire confiance ? Vous m'aviez dit que les Valkyries étaient des créatures paisibles et dociles. Or, dans *Le Livre des guerrières*, il est question d'une tueuse nommée Kaderin la Sans-Cœur, qui fait des colliers avec les crocs récupérés sur les mâchoires des vampires qu'elle a décapités. Et aussi d'une certaine Emmaline l'Improbable, qui a assassiné son propre père. L'a coupé en trois morceaux.

*Trois. Elle me plaît déjà, cette Emmaline.*

— C'est typique des êtres paisibles et dociles, ça.

— Je te l'ai dit, je m'amusais, c'est tout. C'était un peu comme dire que les sirènes n'aiment pas chanter.

— Donc, si j'ai des questions, vous y répondrez en toute honnêteté ?

— Oui. Si tu réponds à celles que je te poserai sur toi.

Elle ne voyait pas de mal à ça.

— Très bien. C'est moi qui commence. Combien existe-t-il de démonarchies ? Où se trouvent-elles ?

— Il y en a des centaines. Des démons fumée, comme Rök, aux démons pathos, presque chaque race de démons possède un royaume, en général dans une dimension différente.

— Une autre dimension ? Ça existe ?

— Plus qu'on ne pourrait en cartographier.

— Comment s'appelle votre royaume ?

— Rothkalina.

Quand il prononçait ce nom, son accent était plus marqué, comme si mentionner le berceau de ses origines l'émouvait.

— Comment s'y rend-on ?

— Le portail le plus accessible se trouve en Afrique du Sud.

Ce qui expliquait son accent.

— Ça ressemble à quoi ? À un univers bis ? Ou bien est-ce que le ciel est violet et le soleil vert ?

— Non. Rothkalina ressemble beaucoup à la côte ouest des États-Unis.

Holly se sentit un peu stupide d'avoir laissé divaguer ainsi son imagination.

— Oh.

Elle se tut un instant, puis reprit :

— Mais si Omort est un sorcier, qu'a-t-il à faire d'un royaume de démons ?

# 12

*Pas bête, la poulette*, pensa Cade. Les gens lui posaient rarement cette question, alors que pour lui, c'était celle qui aurait dû venir naturellement à l'esprit.

— La terre est fertile, répondit-il. Et le royaume se trouve dans une région stratégique.

En réalité, Omort se moquait du royaume et ne le gardait que parce qu'il le pouvait. *Celui qui contrôle Tornin contrôle le royaume*.

Omort voulait ce qui se trouvait au cœur du château.

Longtemps, bien longtemps avant que l'on ne songe à écrire l'histoire, Tornin avait été bâti autour du légendaire Puits des Âmes, pour protéger cette source de pouvoirs magiques contre les sorciers comme Omort. Et les démons furie avaient été envoyés à Tornin pour protéger la place forte.

Mais on ne leur avait jamais dit exactement ce que le Puits des Âmes... *faisait*.

— Pourquoi vous appelle-t-on des démons furie ?

— Nous... cédons à la fureur quand nous devenons démoniaques. Je parle de fureur incontrôlée, dévastatrice.

— Démoniaques ? Comme ce soir, quand vous vous êtes battu ?

— Euh... oui, par exemple. Mais là, c'était juste un petit aperçu.

Lorsque la transformation totale s'opérait, sa peau prenait une couleur foncée, tirant sur le rouge ; son corps grandissait, s'allongeait ; ses crocs poussaient ; ses cornes devenaient plus pointues et atteignaient leur taille maximale. Dans cet état, il pouvait faire jaillir de la pointe de ses cornes une toxine capable de paralyser temporairement n'importe quel être, même immortel.

Elle déglutit, un peu mal à l'aise.

— Et... ça vous arrive souvent ?

— Il est extrêmement rare de se transformer complètement. Cela n'arrive que lorsque la vie du démon ou celle d'un membre de sa famille est en danger. Ou quand il s'accouple avec sa femelle pour la première fois.

— Pourquoi le Mythos est-il ignoré des humains ?

— Quand on regarde un peu l'histoire, chaque fois qu'une faction a fait son coming out, elle a été massacrée.

— Vous avez des exemples ?

— Pendant des millénaires, les sorcières ont joué le jeu, jusqu'à la dernière grande vague de condamnations au bûcher. Et tous ces gens qui ont été tués parce qu'on les disait possédés par le démon... C'*étaient* des démons.

— Mais comment faites-vous tous pour que les humains ne devinent pas votre existence ?

— C'est plus facile que tu ne le crois. D'une manière générale, on ne fréquente que les villes les plus folles, les endroits où l'on fait la fête. La plupart des humains pensent que tout ce qui est un peu « limite » est une posture ou, de plus en plus aujourd'hui, un tournage pour la caméra cachée. Mais chaque légende que tu connais est un exemple du moment où des créatures du Mythos ont pris corps.

— Que feriez-vous si on vous arrêtait, là, tout de suite ? Si un policier vous demandait d'ôter votre chapeau ?

— Beaucoup de démons prendraient la fuite, se feraient tirer dessus et disparaîtraient en glissant.

— En glissant ? Ah oui, j'ai lu un truc là-dessus. Ça veut dire se téléporter, c'est ça ?

— Oui. Mais toutes les races de démons n'en sont pas capables. Et, bien sûr, les démons qui ont ce pouvoir doivent beaucoup travailler pour parvenir à le maîtriser vraiment.

— Je suppose que vous ne le possédez pas, puisque vous nous avez fait traverser les marais plutôt que de nous téléporter.

— Je pouvais glisser, autrefois. Pendant des siècles, j'ai bénéficié de ce pouvoir. Mais Omort l'a neutralisé. Il a neutralisé celui de mon frère aussi.

— Et vous le récupérerez un jour ?

— Dès que l'épée que nous convoitons lui coupera la tête, nous serons de nouveau en pleine possession de nos pouvoirs.

L'expression de Cadeon s'assombrit tandis qu'il évoquait la future décapitation d'Omort. Puis il regarda Holly et sembla faire un effort pour se ressaisir.

— À moi de poser des questions, maintenant.

— Que voulez-vous savoir ?

— Quand as-tu découvert que tu avais été adoptée ?

— Ça n'a jamais été un secret. Ma mère me racontait souvent le jour où elle m'avait trouvée sur le pas de sa porte. Elle m'appelait toujours « ma petite trouvaille », dit Holly avec un sourire attendri. Elle et mon père avaient essayé d'avoir un enfant pendant des années. Quand ils avaient finalement renoncé pour se tourner vers l'adoption, on leur avait dit que mon père était trop vieux. Pourtant, il a survécu à ma mère.

Mais pas très longtemps. Il aimait tant celle qui avait partagé quarante-cinq ans de son existence que lorsqu'elle était morte d'un cancer, il n'avait plus eu qu'un souhait : la rejoindre, où qu'elle soit. Ses parents avaient eu l'un pour l'autre un amour extraordinaire, que l'on trouvait dans les romans, mais que l'on rencontrait rarement.

Ses parents biologiques avaient-ils connu la même chose ?

— Je suppose que tu n'avais jamais imaginé que ta vraie mère était une guerrière valkyrie ? dit Cadeon en buvant une longue gorgée de Red Bull.

— Non. Nous avons toujours pensé qu'il s'agissait d'une adolescente séduite et abandonnée.

Une odeur bizarre parvint aux narines de Holly, qui se mit à renifler.

— Mais… vous buvez de l'alcool ? Vous avez ajouté de l'alcool à votre boisson ?

— Peut-être.

— Vous buvez en conduisant !

— Même si j'étais bourré, mes réflexes seraient encore mille fois meilleurs que ceux d'un humain.

— Vous jurez comme un charretier, vous dénigrez les femmes, et par-dessus le marché, vous conduisez en état d'ivresse. Et vite, en plus, ajouta-t-elle après un coup d'œil en direction du compteur.

— Vrai, vrai et vrai. Et toi, tu ne profites pas de la vie, tu ne te lâches jamais, et tu ne sais pas t'amuser.

— Bien sûr que si, je sais m'amuser !

— On ne doit pas avoir la même définition du mot, alors.

Elle releva le menton.

— Vous me prenez pour une petite fille modèle qui croit tout faire mieux que les autres.

— J'allais dire une emmerdeuse coincée donneuse de leçons, mais bon. Il y a un côté vertueux dans « petite fille modèle » qui te convient bien. Surtout après ce que Nïx m'a dit sur toi ce soir.

— Qu'a-t-elle dit ?

— Que tu étais pure, à tous points de vue. J'avais compris que tu étais vierge, ça oui, mais…

— Comment ?

Elle ne tenait pas particulièrement à ce que ce soit un secret, mais elle ne pensait pas non plus que cela se voyait à ce point.

— C'est écrit partout sur toi. Pour des mâles dans mon genre, c'est comme un phare qui brille au loin.

— S'il vous plaît, dites-moi. Qu'est-ce qui est écrit ? Qu'est-ce qui brille et que l'on voit de si loin ?

— Que tu meurs d'envie de le faire.

Elle leva les yeux vers le plafond de l'habitacle, à bout de patience. Mais – le Ciel lui vienne en aide – il pouvait bien avoir raison.

— Donc, je savais que tu étais pure physiquement, mais intellectuellement, là, ça m'a scotché. Comment est-ce possible ?

— Pourquoi cela ne le serait-il pas ?

— Avec tout ce qu'on voit de nos jours dans les médias, tout ça. Le sexe est partout.

Effectivement. Mais Holly s'était soigneusement entraînée à *regarder ailleurs*. Elle était parvenue à éviter tout ce qui était susceptible de lui faire perdre le contrôle de ses pulsions – tout ce qui évoquait l'érotisme, la passion, l'émotion, la colère...

Un couple qui se bécotait sur le campus ? *Regarde ailleurs*. Une scène osée sur le câble ? *Regarde ailleurs*.

— Un alcoolique évite le rayon alcools, un type au régime évite la boulangerie. Vous pouvez comprendre ça, non ?

— Un type au régime doit bien faire ses courses quand même.

— Non, il peut se faire livrer, répliqua Holly.

— Pourquoi « il », d'abord ?

— Pourquoi est-ce que ce serait une femme ? Parce qu'on parle régime ?

Un petit sourire se dessina sur les lèvres de Cadeon.

— J'avais oublié la petite féministe qui couve en toi.

— C'est vrai qu'à côté d'un énorme macho comme vous, tout le monde est féministe.

— Revenons à nos moutons. Tu es en train de me dire que tu n'as jamais regardé de scène de sexe dans un film ?

— C'est triste, mais ma collection de DVD réservés aux adultes n'est pas aussi exhaustive que la vôtre.

— Si tu crois que je vais m'excuser pour ça… Je suis entre deux histoires, là, et le X, ça aide à… passer le temps.

Elle était en train de discuter films pornos avec un immortel dans une voiture à un million de dollars. Quelque chose avait indéniablement mal tourné quelque part…

— Réponds à ma question, reprit Cadeon.

— Non. Je n'ai jamais vu plus de quelques images.

— Avant que ce voyage n'arrive à son terme, je te montrerai un film.

— Jamais. Regarder ce genre de choses ne m'intéresse pas, tout simplement.

Elle mourait d'envie de voir ça. *Regarde ailleurs*.

— Menteuse.

Elle haussa les épaules.

— Est-ce que tu connais les bases, au moins ?

— Bien sûr. Je suis allée au lycée.

— Et ton petit ami, il en pense quoi, de tout ça ?

— Tim et moi avons décidé d'attendre le mariage pour faire l'amour.

— Il est d'accord avec ça ? Si tu étais avec moi, tu y aurais droit au moins cinq fois par jour, dit-il en la regardant.

Voilà pourquoi elle évitait toute discussion et tout article en rapport avec ce sujet. Maintenant, elle ne pensait plus qu'à une chose : à quoi pouvait ressembler une journée interrompue régulièrement par des parties de jambes en l'air ?

Un mâle comme Cadeon viendrait-il la chercher où qu'elle soit pour la prendre ? Elle retint un frisson.

Il lui décocha un sourire à faire fondre un iceberg.

— Ah ah ! Maintenant, tu y penses, c'est ça ?

— Maintenant, je pense à ce que ce serait de le faire cinq fois par jour avec Tim, mentit-elle.

Cadeon serra plus fortement le volant. On aurait dit qu'il était jaloux. Mais pourquoi ? Les démons avaient-ils une attitude possessive envers les femmes qui étaient sous leur responsabilité ?

— Bon, alors parle-moi de Tim, lâcha-t-il sèchement.

— Nous sortons ensemble depuis deux ans, et chaque jour, je le trouve plus parfait. C'est vraiment l'homme qu'il me faut. Il est attentionné, drôle... Il fera un excellent mari et un bon père. Mes parents l'ont rencontré, avant leur décès, et ils l'aimaient beaucoup aussi.

— Tu envisages d'*épouser* ce type ?

— Nous nous fiancerons juste après avoir terminé notre thèse.

— T'es pas un peu jeune pour te caser comme ça ? demanda brusquement Cadeon.

— Peut-être. Mais quand on trouve le bon numéro...

— Et c'est lui ?

Elle soupira.

— Oui. Il est génial. Unique en son genre. Combien d'hommes sont capables de parler de combinatoires extrêmes ou de l'utilisation de la distance de Mahalanobis dans l'analyse des grappes de données ? Combien savent ce qu'est un permutoèdre ou un graphe bipartite ? précisa-t-elle en réponse au rire moqueur de Cadeon.

— Combinaisons extrêmes ? Hou... je t'en parle quand tu veux ! s'exclama-t-il, ravi.

— Combinatoires, pas combinai... Oh, et puis laissez tomber. Tim et moi, nous nous comprenons à un autre niveau, mais ça, ça vous échappe.

— Franchement, il m'a l'air d'une intelligence plutôt limitée, ton Tim, s'il n'a pas trouvé le moyen de coucher avec toi en deux ans. Avec moi, je peux te dire que ça aurait été vite réglé, cette affaire.

Holly ne trouva rien à répondre. Ce démon était à la fois trop grossier et trop arrogant.

— Comment savoir si vous êtes compatibles au lit, Tim et toi, si vous ne couchez pas ensemble avant le mariage ? C'est fou, non ? Quand on achète une voiture, on donne un coup de pied dans les pneus, c'est la moindre des choses !

— Quel argument ridicule. (*Mais valable,* pensa-t-elle) On peut apprendre à faire l'amour comme on peut apprendre n'importe quoi d'autre. Si l'un de nous a besoin de quelque chose en particulier, l'autre s'en apercevra.

— On ne peut pas *enseigner* l'intensité. Et qui sait, il est possible que tu te découvres quelques goûts spéciaux qui pourraient ne pas plaire à Tim.

*Je sais.*

— Tim fera tout ce qu'il faut pour me rendre heureuse.

Mais ils ne pourraient avoir une relation amoureuse digne de ce nom que si elle était sexuellement normale. Sinon, comment survivrait-il à sa force ? Et quelle attitude adopteraient-ils face à ses pulsions étranges ?

Instinctivement, elle éprouvait le besoin impérieux de dominer, et celui d'être dominée.

— Que se passe-t-il quand vous vous laissez emporter par votre élan, tous les deux ? Comment faites-vous pour calmer le jeu ?

Tim consommait tant d'herbes médicinales et d'extraits de plantes que Holly soupçonnait sa libido d'être chimiquement anéantie.

— Notre relation est exclusivement platonique. Pour nous, l'entente cérébrale passe avant l'entente physique.

De toute façon, même sans sa came écolo, Tim n'était pas très porté sur la chose, ce qui lui allait parfaitement.

— Ton cerveau ne peut pas avoir d'orgasme.

— Nous ne pensons pas que la vie doive être pavée d'orgasmes pour avoir un sens.

Il avala de travers sa gorgée de Red Bull, puis la regarda comme si elle venait de prononcer le plus horrible des blasphèmes.

— Tu me tueras, petite !

— Vraiment, je n'ai plus envie de discuter de ça avec vous. Ce n'est pas un sujet dont il convient que nous parlions ensemble.

— Dommage, parce qu'il se trouve que c'est mon sujet de prédilection.

Voyant qu'elle ne cédait pas, il ajouta :

— Bon, alors pose-moi d'autres questions sur le Mythos.

— D'accord. Est-ce que les créatures du Mythos se marient ? fondent une famille ?

— Certaines, oui. Surtout parmi celles qui sont le plus humanisées.

— Et dans votre espèce, par exemple ?

— Beaucoup se marient. De plus en plus, d'ailleurs. Mais ce n'est pas systématique.

Cette réponse sembla déplaire à Holly, aussi ajouta-t-il :

— Mais même si on ne se marie pas, il existe entre nous quelque chose de plus permanent. Un démon mâle a une femelle qui lui est destinée, qu'il désire plus que toutes les autres. Il passe sa vie entière à la chercher. Une fois qu'il l'a trouvée, ce serait de la folie pour lui d'aller voir ailleurs alors qu'il n'a de cesse de satisfaire et de protéger sa femme. Du coup, vu qu'il y a déjà ce lien, le mariage est un peu redondant.

— Et vous, vous avez trouvé celle qui vous est destinée ? demanda Holly, apparemment fascinée par cette idée.

— Non... pas encore.

— Comment faites-vous pour la reconnaître ?

— On le sait, c'est tout. On ressent quelque chose de spécial, une connexion. Mais un démon de mon espèce ne peut être certain qu'il a affaire à sa promise qu'après avoir fait l'amour avec elle. « Dans le feu de l'action, identification », c'est ce qu'on dit.

— Comme c'est pratique !

— Mais c'est vrai. Certaines choses *se produisent* quand on fait l'amour avec elle. Des choses dont on a besoin pour faire d'elle notre alter ego.

Pour la première fois, une brèche s'ouvrait, le barrage pouvait céder.

— Comme quoi ? demanda Holly, avant d'ajouter précipitamment : Attendez… votre réponse sera-t-elle sexuelle et imagée ?

Pour expliquer comment un démon furie pouvait jouir sans jamais éjaculer tant qu'il n'avait pas trouvé celle qui lui était destinée ?

— Euh… probablement, oui.

— Alors, ne répondez pas.

Elle regarda défiler le paysage un long moment, comme si elle essayait d'oublier la présence de Cadeon.

— Je vais me reposer un peu, je crois, dit-elle enfin.

À peine quelques minutes plus tard, elle dormait. Il ne cessait de jeter des coups d'œil dans sa direction, se demandant à quoi elle pouvait rêver.

Tout en conduisant, il prit deux décisions. Puisqu'ils étaient partis pour passer ensemble plusieurs semaines sur la route, il allait lui apprendre à se défendre.

*Si je la remets à Groot, il faut qu'elle ait au moins une chance.*

Ensuite, il allait coucher avec elle. Il ne pourrait pas la prendre complètement – sa transformation en immortelle n'était peut-être pas assez avancée pour qu'elle survive. Et si elle l'était, il redoutait de ne plus jamais vouloir la laisser partir une fois qu'il aurait connu le plaisir d'être en elle.

Non, il ne pourrait pas la faire sienne, mais avant de renoncer à elle, il l'initierait au plaisir. C'était possible. Il était certain d'avoir aperçu une lueur d'intérêt dans son regard, lorsqu'ils avaient abordé le sujet. Il ne la laissait pas insensible. Restait à la convaincre de lui faire confiance. Pour cela, il allait devoir corriger un peu sa conduite.

Mais il aimait la choquer un peu, la faire rougir, perdre pied…

Et puis, Nïx avait dit qu'il fallait faire son éducation.

Cade se demanda ce que son frère aurait pensé de ses projets concernant Holly. Dix contre un qu'il aurait désapprouvé. Rydstrom était quelqu'un de droit, qui n'avait que très peu de défauts.

Mais de très gros.

Le cœur de Cade s'emballa soudain. Et si la Reine des Illusions avait découvert la faiblesse cachée de Rydstrom ? Que lui ferait-elle, alors ?

Rydstrom pensait-il encore que leur cause était perdue parce qu'elle reposait sur les épaules de Cade ? Il décida de ne pas s'attarder sur cette question. Il agissait, approchait de leur but.

Là où Holly était accablée par des pensées dont elle ne voulait pas, Cade s'appliquait à garder l'esprit léger, écartant, contournant les idées désagréables avec aisance.

C'est ainsi qu'au fil des heures, il s'attachait un peu plus à elle, alors même que chaque seconde le rapprochait du moment où il serait contraint de la trahir.

# 13

Holly assistait à un bal. Elle se tenait sur une terrasse tandis que Cadeon l'observait, dans l'ombre. Il aurait aimé qu'elle le rejoigne à l'abri des regards, mais elle avait peur de s'enfoncer dans l'obscurité.

Elle ne cessait de regarder par-dessus son épaule, incapable de laisser derrière elle tout ce qu'elle connaissait.

Mais les yeux verts de Cadeon brillaient, et il lui tendait la main, l'attirant, lui promettant des plaisirs plus osés que tout ce qu'elle avait pu imaginer…

— Bonjour, ma belle.

Holly s'éveilla en sursaut. Elle était dans les bras de Cadeon, dans une pièce à la lumière tamisée. Il la regardait de ses yeux brillants.

— Je n'avais pas vu que tu avais des taches de rousseur, souffla-t-il.

Son subconscient lui soufflait déjà différentes choses avec la délicatesse d'un marteau-pilon ; elle n'avait pas besoin, en plus, d'entendre la voix grave et veloutée de ce démon, qui plus est au sortir d'un rêve dont ledit démon était un des protagonistes.

— Posez-moi, dit-elle en cherchant à se dégager. Où sommes-nous ? Pourquoi me tenez-vous de la sorte ?

Il la posa sur le bord d'un lit dont la courtepointe était confortable et douce.

— On est dans un hôtel pour la journée, dans le nord du Mississippi, et j'étais en train de voir si je pouvais te mettre au lit sans te réveiller.

— Au lit ?

Elle se frotta les yeux, regarda autour d'elle. À voir le standing de la suite, elle aurait dit qu'il s'agissait d'un hôtel de luxe. Mais elle n'avait guère fréquenté les hôtels, ces dix dernières années. La décoration était raffinée, mais elle vit tout de suite que certaines choses avaient besoin d'être arrangées. D'abord, les chaises, autour de la table...

— Oui, au lit, dit Cadeon en lui retirant ses lunettes pour les poser sur la table de nuit.

Il se baissa ensuite pour défaire les boucles de ses escarpins.

— Je devrais pouvoir me débrouiller pour le reste, dit-elle en fronçant les sourcils. Ça va aller.

Mais il n'écoutait pas. Il étudia sa chaussure avec un petit sourire attendri, comme s'il la trouvait adorable.

— Tu as des pieds minuscules, bébé.

Il lui retira sa seconde chaussure, puis voulut lui ôter son pull.

— Qu'est-ce que vous êtes en train de faire ? s'offusqua-t-elle en lui donnant une petite tape, avant de se glisser sous son bras pour aller chercher refuge à l'autre bout de la pièce.

— Rien que je n'aie déjà fait, petite.

Elle croisa les bras.

— Appelez-moi juste une demi-heure avant qu'on reprenne la route, ce soir.

— Je dors avec toi ici, figure-toi.

Holly se tendit. Partager une chambre avec le démon à voix rauque auquel elle venait de rêver ? Non, non, non. Ça n'était pas possible.

— Et comment vais-je expliquer cela à mon petit ami ?

— Et comment vas-tu lui expliquer tout ce qui t'arrive depuis hier soir ?

Pas faux.

— Je ne lui dirai rien. Si j'arrive à renverser la vapeur, il n'aura pas besoin de savoir ce qui s'est passé.

— Bonne réponse. La loi du Mythos interdit de parler de notre monde aux humains.

— Pourquoi faut-il que nous partagions la même chambre ?

— Parce que nous ne sommes pas encore assez loin de chez toi. Il pourrait y avoir d'autres vampires.

— Je suis capable de me défendre.

— Aucun doute là-dessus...

La confiance qu'il semblait avoir dans ses pouvoirs la déconcerta et lui plut à la fois.

— ... mais, dans ton sommeil, tu risques d'avoir plus de mal. C'est pour ça que je suis là.

L'estomac de Holly choisit le silence qui suivit pour se manifester bruyamment. Cadeon sourit.

— Si tu restes encore debout une vingtaine de minutes, je peux aller te chercher de quoi manger. Pour le room service, c'est un peu tôt, mais il y a un café ouvert juste en face.

— Un jus d'orange, ce sera très bien. Je n'aime pas la nourriture préparée par les autres.

*Ou par moi.*

— Je vais voir. Si tu veux prendre une douche, c'est le moment.

Il se dirigea vers la porte et se retourna juste avant de sortir.

— Au fait, Holly, n'enlève pas tes perles, surtout. Sinon, on est dans la merde.

Elle était encore sous la douche lorsqu'il revint. Cela faisait d'elle une proie facile. Il posa la main sur la poignée, donna un bon coup d'épaule pour casser le verrou et ouvrit en grand la porte de la salle de bains.

— Le mâle est rentré de la chasse ! lança-t-il avec un large sourire.

Elle poussa un hurlement outré.

— Sortez de là ! Fermez la porte !

Déçu de ne distinguer qu'une vague silhouette derrière le verre dépoli de la cabine de douche, il décida d'obéir.

Sur la table, il posa le sac en plastique qui contenait ses emplettes. Trouver de quoi manger pour Holly relevait effectivement de la chasse, tant ses exigences dans ce domaine étaient strictes – il l'avait observée assez longtemps pour connaître ses habitudes alimentaires pour le moins excentriques.

Il se demanda pourquoi elle ne s'était pas ruée sous la douche dès son départ, de façon à pouvoir être rhabillée à son retour, mais un coup d'œil dans la suite lui apporta la réponse. Elle n'avait pas pu s'empêcher de commencer par ranger tout ce qui n'était pas impeccablement ordonné.

Trois des quatre chaises étaient poussées sous la table. La quatrième était dos à la table, penchée en arrière, sur deux pieds. Holly avait refait le lit et disposé autrement les coussins sur le petit canapé, qu'elle avait aussi déplacé de quelques mètres.

Sur la table de nuit, le réveil était plaqué contre le mur, son cordon d'alimentation était invisible, et la télécommande était placée à angle droit avec le cadran du réveil. La corbeille à papier était posée contre un côté de la commode, la valise de Holly de l'autre côté. Son ordinateur portable et son mobile étaient installés côte à côte sur le petit bureau, parfaitement parallèles, et elle les avait mis en charge.

Cade voulait consulter ses e-mails, regarder les résultats sportifs et préparer la suite de leur itinéraire, alors il ouvrit l'ordinateur et s'inscrivit comme invité. Une fois ses recherches terminées, il tapa quelques mots dans Google et ne fut pas surpris de constater que Holly avait mis en place un filtre de contrôle de contenu.

Pensif, il essaya d'imaginer une vie dénuée de tout aspect sexuel.

*Elle ne vaudrait pas la peine d'être vécue.*

Et il savait de quoi il parlait. Depuis le jour de sa rencontre avec Holly, il n'avait eu aucune relation avec une autre femelle. Jamais il n'avait connu d'abstinence aussi longue. Quelques mois plus tôt, quand il était finalement arrivé à la conclusion qu'il ne pourrait pas avoir Holly, il avait tenté le coup avec une sorcière, mais le cœur n'y était pas, et de toute façon, elle en désirait un autre.

Aujourd'hui, il était heureux que les choses aient tourné ainsi.

Il éteignit l'ordinateur, et son regard dériva jusqu'à la valise de Holly. Il mourait d'envie de lire la lettre que Nïx avait écrite à sa nièce. C'était le moment idéal. Il s'accroupit et tira la valise à lui pour pouvoir l'ouvrir.

Il farfouilla entre les jupes et les twin-sets parfaitement pliés, puis ouvrit un compartiment latéral et haussa les sourcils.

— Hououou... de la *lingerie fine*, murmura-t-il.

Cade se considérait comme quelqu'un de simple. Il n'avait pas besoin de lingerie affriolante pour être excité. Mais imaginer Holly, avec son petit air coincé, arborant ces morceaux de soie parfois pas plus gros qu'un timbre-poste, provoqua un afflux sanguin puissant entre ses jambes...

Elle sortit de la salle de bains à cet instant, peignoir fermé jusqu'au cou.

— Qu'est-ce que vous faites ? s'écria-t-elle.

— Je cherche la lettre de Nïx.

— Mais vous ne pouvez pas fouiller dans mes affaires comme ça, enfin !

— Jamais je n'aurais pensé que Mlle Collet Monté avait des sous-vêtements aussi coquins, dit-il en faisant tourner un string au bout de son index.

— Rendez-moi ça ! dit-elle en le lui arrachant des mains. C'est Nïx qui a fait ça ! Elle a mis tous ces trucs à la place de mes sous-vêtements habituels.

Il savait qu'elle disait vrai, mais ne put s'empêcher de jouer les incrédules.

— Ben voyons… et pourquoi aurait-elle fait une chose pareille ?

— Mais je n'en sais rien, moi ! Comment voulez-vous que je le sache ?

Il s'empara d'un autre string, qu'il tint des deux mains.

— Je suis sûr qu'un truc pareil, sur soi, ça doit faire… bizarre.

— Donnez-moi ça !

Mais avant qu'elle ait pu l'attraper, il s'était levé et avait jeté l'objet du délit dans la valise, comme s'il ne l'amusait plus.

— Maintenant, il va falloir que je sache ce qu'il y a exactement sous ce tissu-éponge, dit-il en tirant une chaise, sur laquelle il se laissa tomber.

— Un pyjama tout ce qu'il y a de plus normal, répondit Holly en relevant le menton.

— Arrête tes conneries. Ou alors, montre.

— Je n'ai rien à vous prouver.

Il se carra sur son siège, mains croisées derrière la tête.

— J'ai déjà vu tout ce qu'il y avait d'intéressant à voir, Holly, il y a une demi-journée à peine. C'est donc encore très frais dans mon souvenir. Tu n'as pas besoin de t'emmitoufler dans ce peignoir.

Mais elle ne l'écoutait pas. Atterrée, elle regardait les piles défaites de ses vêtements.

— Je vais devoir tout refaire…

Elle semblait si abattue qu'il décida d'arrêter de la taquiner.

— Et si tu ne le refaisais pas, pour une fois, que se passerait-il ?

— Je deviendrais folle, incapable de penser à autre chose.

Quand elle s'accroupit pour replier ses vêtements, le peignoir moula ses fesses, attirant aussitôt le regard de Cadeon.

Elle frissonna, puis le regarda par-dessus son épaule, surprise.

— Tu sens mon regard sur toi, c'est normal, expliqua-t-il. Les immortels ont les sens beaucoup plus développés que les simples humains. C'est vrai pour l'ouïe, la vue, et même le toucher. Nous appelons cela de l'hypersensibilité. Tu t'y habitueras, avec le temps.

Quand elle en eut fini avec sa valise, elle se releva et regarda autour d'elle, assurément à la recherche d'autres « dérangements ». Si elle avait été furieuse de trouver Cadeon fouillant dans ses affaires, voir son ordinateur ouvert, posé ailleurs qu'à sa place, la fit vaciller.

— Non… vous… mon *ordinateur* ?

Elle lui jeta le regard que, personnellement, il aurait réservé à un chien qui lui aurait mangé ses places pour le Super Bowl. S'emparant de l'ordinateur, elle le tourna et le retourna dans tous les sens.

— Et vous aviez les doigts collants, en plus ! Ô Seigneur !

Il avait peut-être mangé un beignet ou deux en attendant sa commande au café, effectivement…

Elle se rua sur ses lingettes antibactériennes et alla s'asseoir sur le lit en lui tournant le dos, pour procéder à un nettoyage minutieux de l'appareil.

Il ne put que la regarder faire, fasciné mais triste, observant ses épaules monter et descendre au gré des inspirations longues et lentes qu'elle s'imposait pour retrouver son calme.

Apparemment rassurée – rien n'avait été cassé –, elle reposa l'ordinateur sur le bureau, à côté du téléphone, puis revint lisser la courtepointe sur laquelle elle s'était assise.

— Écoutez, Cadeon… dit-elle.

Mais son regard était déjà reparti vers l'ordinateur, qu'elle alla prestement déplacer d'un demi-millimètre sur le côté avant de reprendre :

— Hier soir, j'étais trop abasourdie pour réagir à la moitié de ce que vous avez fait. Aujourd'hui, je ne le suis plus. Vous n'allez plus pouvoir me traiter comme vous l'avez fait jusque-là.

— Oh... tu veux dire, comme te sauver la vie et conduire toute la nuit pendant que tu dors ?

— Comme toucher mon ordinateur. Ce n'est pas bien. Je ne dis pas que vous ne pouvez pas vous en servir, je sais partager. Mais je dois vous inscrire comme utilisateur et m'assurer que vous savez vous en servir correctement.

— Je n'ai pas téléchargé de film porno ni quoi que ce soit de ce genre, tu sais.

*Dommage, je n'y ai pas pensé, sur le moment*.

— J'ai juste vérifié deux trois trucs sur Google et regardé quel itinéraire nous allons suivre ce soir.

— Bon, mais il n'y a pas que dans ce domaine qu'il va falloir que ça change. Vous ne devez plus essayer de me déshabiller pendant que je dors, ni entrer dans la salle de bains quand je suis sous la douche. Quant à ces petits noms sexistes que vous me donnez sans arrêt, je ne veux plus les entendre.

— Tu veux parler de mes surnoms affectueux ? Mais qu'est-ce qu'ils ont ?

— Ils rabaissent les femmes.

Cadeon secoua fermement la tête.

— Là, je ne suis pas d'accord. C'est juste une habitude. C'est comme ça que les hommes parlent aux femmes. Et pas à n'importe quelles femmes.

— C'est-à-dire ?

— « Petite » ou « bébé », je réserve ça aux femmes qui me plaisent.

Qui lui plaisaient *vraiment*. Pour lui, ces petits noms témoignaient de son affection. En d'autres termes, il ne les avait jamais utilisés.

— Si je ne m'intéresse pas à une femme, je l'appelle « chérie » ou « poupée ».

— Dois-je être émue par une telle révélation ? Honorée d'être votre « bébé » ?

— J'aurais dit « charmée », plutôt. Mais tu es difficile à combler, ma belle.

— Je serais plus facilement charmée si vous respectiez un peu plus mon intimité.

— On va devoir se supporter pendant au moins deux semaines. Préserver ton intimité nous demanderait beaucoup trop d'efforts, et franchement, je ne vois pas à quoi ça servirait.

Elle pinça les lèvres, comme si elle ne trouvait rien à répondre à cela.

— Bon, parlons alors de cette habitude que vous avez de jurer sans arrêt. Faut-il absolument que ce soit en ma présence ?

— J'utilisais ces mots depuis déjà longtemps quand les humains ont décidé qu'ils étaient grossiers, dit Cadeon en sortant la nourriture du sac.

— Ces termes sont très dérangeants pour ceux à qui on apprend dès l'enfance qu'il faut les éviter… Ce sont des crêpes à la farine d'avoine ?

— Oui.

— Avec du miel ?

— Évidemment.

Il savait qu'elle salivait déjà.

— Il n'y avait pas de jus d'orange ?

— Si, si, il y en avait.

D'un autre sac, il sortit des céréales en paquets individuels, une cuillère en plastique sous emballage, une brique de jus d'orange et une de lait.

Elle plissa les yeux, perplexe.

— Tout est emballé individuellement. Depuis combien de temps m'épiez-vous, exactement, Cadeon ?

— Depuis assez longtemps pour savoir ce que tu *aimes* et ce que tu *acceptes* de manger.

# 14

— Sans doute n'avais-je pas si faim que ça, finalement, dit Holly en laissant la moitié de son petit-déjeuner.

— C'est la transformation, dit Cadeon. Les Valkyries ne mangent pas.

— Comment cela est-il possible ?

— Chais pas. Comment est-il possible aux changeformes de changer d'apparence ou aux sorcières de déplacer des objets avec leur esprit ?

Elle jeta les restes de leur repas et se sentit fatiguée, tout à coup. Quand Cadeon alluma une petite lampe et tira les épais rideaux, ses paupières s'alourdirent encore un peu.

Elle se laissa tomber sur le bord du lit. Son corps était épuisé, mais ses sens étaient en ébullition. Hypersensibilité ? Elle voulait bien le croire. Et maintenant, elle se trouvait dans la pénombre d'une chambre d'hôtel en compagnie d'un démon à qui elle avait rêvé de façon… pas équivoque du tout.

Elle avait d'abord cru que ses cornes seraient un repoussoir, sans parler de ses manières de rustre, mais en réalité elle éprouvait une attirance indubitable pour le démon et, déjà, avait du mal à contrôler ses pulsions.

Jusqu'à présent, quand Holly avait souffert de peurs spécifiques ou de manies, un traitement médical y avait remédié. Mais là, sans ses médicaments... qu'allait-elle faire ?

Il fallait absolument qu'elle en trouve, pas seulement pour contenir ses pulsions, mais aussi pour ralentir sa transformation.

Le souvenir de ses parents l'emmenant chez Môssieur le Psy – « le meilleur de la région » – lui revint. Encore et encore, il avait disserté sur la santé mentale fragile de Holly, devant ses malheureux parents.

— Il s'agit d'un cas classique de troubles obsessionnels compulsifs. Un patient qui souffre de TOC redoute en permanence le changement. Holly va vivre dans l'angoisse de perdre le contrôle d'elle-même, de faire quelque chose contre son gré, sans s'en rendre compte. Ces peurs entraînent une grande angoisse, et le patient, pour tenter de s'en débarrasser, met en place des séries de gestes irrationnels. Plus la peur est forte, plus le comportement devient irrationnel.

Il y avait les déséquilibres psychiques, aussi.

— Très probablement hérités de ses parents biologiques, avait-il dit avec un soupir résigné, comme s'il avait déjà vu ça des centaines de fois. Déséquilibres exacerbés par le sentiment d'insécurité de Holly, dû au fait qu'elle est une enfant adoptée.

Elle ne s'était jamais sentie en danger sur ce point. Ses parents avaient été incroyables de patience, de soutien et d'amour. Mais, peu à peu, ils s'étaient mis à culpabiliser, à se reprocher le comportement étrange de leur fille, cherchant où, dans l'éducation qu'ils lui avaient donnée, ils avaient pu se tromper, ce qu'ils avaient pu rater.

Avant de mourir, sa mère s'était excusée auprès de Holly...

À ce souvenir, Holly enfouit son visage dans ses mains.

— Hou là, petite ! s'écria Cadeon en s'asseyant à côté d'elle. Qu'est-ce qui t'arrive ?

Comme elle ne répondait pas, il ajouta :

— Écoute… je suis pas tellement doué pour… comment dire… le réconfort psychologique, mais peut-être que… Est-ce que tu aurais envie de me dire ce qui se passe dans ta tête ?

Il y eut un long silence, puis, enfin, Holly parla.

— C'est tellement… stupéfiant, tout ce qui m'arrive. En une soirée, j'ai été droguée, enlevée, et puis…

— Et puis quoi ? Dis-moi ce qui t'est arrivé.

— C'était horrible, souffla Holly. Quand j'ai ouvert les yeux, j'étais… j'étais nue, attachée, pour une sorte de rituel. Il y avait tous ces hommes qui me regardaient. J'ai essayé de leur parler, de leur faire entendre raison ; je les ai suppliés de me laisser partir, mais ils ont ri et m'ont ignorée. Et puis, au moment où le rituel allait commencer, j'ai hurlé.

— Le hurlement des Valkyries.

— Oui. Mon cri était plus fort que tout ce que j'avais jamais entendu. Et le dôme de verre, au-dessus de moi, s'est brisé. Ensuite, la foudre m'a frappée en pleine poitrine, encore et encore. Après, je ne me souviens plus de grand-chose, en dehors de cette fureur en moi et de cet incontrôlable besoin de violence.

Quand la main de Cadeon s'était-elle posée sur son dos ? Elle la sentait, large et chaude, qui la caressait doucement.

— Tu es passée par de sacrées épreuves. C'est normal que tu réagisses ainsi.

— Normal pour une Valkyrie ou pour une humaine ? demanda Holly en reniflant. Je ne le sais même pas, puisque je n'ai jamais été vraiment ni l'une ni l'autre.

Soudain, la réalité de sa situation lui apparut clairement. Elle allait devoir réévaluer toute son existence. Quelle était vraiment sa personnalité ? Elle ne se reconnaissait plus.

Exactement comme Nïx l'avait prévu.

Et Holly savait qu'en l'absence d'une constante à laquelle il était possible de se mesurer, l'introduction de nouvelles variables était la porte ouverte au chaos.

— Je n'aime pas changer d'habitudes, je n'aime pas les surprises. Au mieux, je... je réagis bizarrement.

— Peut-être que tu réagis bizarrement parce que tu n'y es pas assez habituée.

— Non, je souffre d'une maladie...

— Tu aimes que tout soit nickel, OK. Je ne vois pas où est le mal.

Elle fronça les sourcils. Le jour où Môssieur le Psy avait voulu la mettre sous médicaments, elle avait entendu son père dire la même chose à sa mère.

— À vous entendre, tout cela est négligeable. Mais il m'est arrivé de ne pas pouvoir sortir de chez moi de peur qu'un orage n'éclate ou qu'un bijou brillant ne me fascine au point de m'empêcher de bouger. Et désormais, je ne sais plus comment je réagirais. Ce qui est normal pour une Valkyrie ne peut pas être normal pour moi, Cadeon. Et puis, je ne veux pas avoir les oreilles pointues et des crocs qui dépassent !

Cette dernière remarque relevait surtout de la coquetterie, mais elle n'avait pu s'empêcher de la faire.

— Je sais que ça ne changera pas ce que tu ressens, mais moi, j'adore les oreilles pointues.

Elle le regarda, dubitative.

— Je t'assure, reprit-il. Pour un mâle du Mythos, elles indiquent soit une fey, soit une Valkyrie, et ces deux espèces sont connues pour la beauté stupéfiante de leurs femelles.

— Même si je ne les trouve pas monstrueuses, elles m'empêcheront d'évoluer normalement parmi les humains.

— Absolument pas. Il te suffira de les cacher sous tes si beaux cheveux. J'ai vu des Valkyries se faire des tresses et les rouler en macarons sur les oreilles, ou porter des bandeaux. J'en ai même vu qui ne les cachaient pas et se disaient figurantes sur un tournage et « encore maquillées ».

Nïx n'avait pas semblé s'en soucier du tout.

— Et les crocs ?

Il sourit. Au coin de ses yeux apparurent de petites pattes-d'oie. Les rides du bonheur.

— Ils sont si petits, Holly. Les humains ne verront pas la différence.

— Mais moi, je serai mal à l'aise, mon comportement en sera affecté.

— Non, tu apprendras à en rajouter un peu. Se fondre dans la masse, c'est une affaire d'attitude.

Sa voix était-elle plus rauque, tout à coup ?

— Si j'arrive chez ce sorcier à temps, est-ce que... Cadeon, êtes-vous en train de sentir mes cheveux ?

Pris sur le fait, il ne chercha plus à se cacher et enfouit son visage dans la masse blonde et bouclée en inspirant profondément.

— Mais qu'est-ce qui vous prend, à la fin ? s'emporta Holly en se levant d'un bond.

— Quoi ? J'avais juste bes... envie de sentir tes cheveux.

— Vous dites vouloir me réconforter, mais en fait, vous vous fichez complètement de ce que je ressens.

— Ce n'est pas vrai, ça.

Elle se dirigea vers le bureau, prit son téléphone, retira le chargeur.

— Tu appelles qui ?

— Celui à qui je devrais me confier, au lieu de gaspiller ma salive avec un démon mercenaire qui s'intéresse plus à l'odeur de mes cheveux qu'à mes sentiments !

# 15

— En visite dans ta famille ? s'étonna Tim. À Memphis ? Mais tu détestes voyager !

Elle changea le téléphone d'oreille.

— Ça s'est fait très vite, une urgence. Tout va bien, mais je me suis dit qu'il valait mieux que j'y aille. Alors, dis-moi, comment se passe la conférence ? demanda-t-elle pour changer de sujet. Et la Californie, c'est joli ?

Cadeon parcourait la suite de long en large. *Bon, cette fois, tu ne peux pas le nier*. Le démon lui avait fait des avances et semblait jaloux, maintenant. Mais pourquoi ?

La différence d'âge était exponentielle, et elle n'était pas d'une beauté à provoquer des embouteillages, comme Nïx. Elle était peut-être mignonne, mais n'avait rien d'une femme fatale immortelle.

Cadeon et elle n'allaient pas ensemble. Elle n'était pas de son monde et ne cachait pas son manque d'enthousiasme à l'idée d'en faire partie…

— Notre communication a été bien accueillie, dit Tim. Très bien, même. Je regrette juste que tu ne sois pas ici avec moi.

À l'idée qu'il ait eu droit à toutes les félicitations, elle éprouva un peu d'agacement. C'était elle, la tête pensante de leur duo de mathématiciens. Ils le savaient tous les deux.

Elle se figea. D'où cela venait-il? Jamais elle n'avait été si irritable avec lui. Une nouvelle fois, elle se sentait changer d'une manière qui ne lui plaisait pas.

— Tu me manques, dit-il.

Du coup, elle se sentit deux fois plus coupable d'avoir été agacée.

— Toi aussi, tu me manques.

En l'entendant, Cadeon s'assit, mais il se releva aussitôt et reprit ses allées et venues.

— Tu avances un peu sur ta thèse? demanda Tim. Je n'ai rien vu de nouveau.

Ils partageaient un compte Internet, sur lequel ils sauvegardaient tous leurs travaux. Chaque soir, ils y enregistraient les calculs de la journée.

— Je m'y remets demain à la première heure.

— Plus tôt ce sera fait…

— Je sais, je sais. Plus vite je serai docteur ès mathématiques.

Il la soutenait tellement, la poussant à réaliser ses rêves.

— J'ai vraiment hâte de te retrouver, chérie.

*Chérie*. Pourquoi n'avait-elle jamais remarqué que c'était de cette façon qu'il l'appelait en privé?

— Oui, moi aussi, tu sais.

Cadeon alla dans la salle de bains et claqua la porte derrière lui, pour en ressortir peu après, le visage aspergé d'eau.

— Raccroche, grommela-t-il avant qu'elle ait eu le temps d'appuyer sur la touche « secret ».

— Qui était-ce? demanda Tim.

— Un… cousin à moi.

— Je ne savais pas que tu avais des cousins.

— Moi non plus, jusque très récemment. Je suis en train de découvrir des branches de ma famille dont j'ignorais l'existence.

Cadeon s'approchait d'elle à grands pas.

— Écoute, il faut que j'y aille, là, dit-elle précipitamment. Je te rappelle plus tard?

— Oui, bien sûr. Prends soin de t…

Cadeon lui arracha le téléphone, malgré les claques furieuses de Holly.

— C'est le cousin de Holly, ici, dit-il. Désolé, Todd, la petite va pas pouvoir te rappeler avant une semaine ou deux.

— Comment osez-vous ? lança-t-elle d'un ton cinglant lorsqu'il raccrocha. Vous n'êtes ici que pour une seule chose : assurer ma sécurité ! C'est pour cela qu'on vous paie ! Expliquez-moi quel danger je courais en parlant à Tim ?

— Aucun, dit-il en venant se placer face à elle, tout près.

Tous deux avaient le souffle court. Il était si imposant qu'il lui semblait respirer tout l'air dont elle avait besoin. Du coup, elle avait du mal à se concentrer.

— Alors, pourquoi avez-vous fait ça ?

— Peut-être que je vous ai suffisamment observés ensemble, tous les deux, pour savoir que tu perds ton temps avec un type pareil.

— Mais de quoi vous mêlez-vous, à la fin ? Nïx m'a dit que vous aviez été embauché pour m'escorter jusque chez le sorcier – rien de plus, rien de moins.

Il passa un bras autour de sa taille et la maintint ainsi, malgré les coups dont elle se mit à le marteler.

— C'est peut-être vrai, mais cela ne veut pas dire que je n'ai pas le droit d'intervenir quand tu te goures.

— Parfait. C'est noté. Maintenant, lâchez-moi !

— Je n'ai pas l'impression que tu aies bien saisi. Peut-être que je devrais te montrer ce que c'est vraiment qu'être avec un homme.

Sans lui laisser le temps de réagir, il prit le visage de Holly entre ses mains et posa sa bouche sur la sienne. La chaleur de ses lèvres la fit frémir, une onde électrique lui parcourut tout le corps. Sous le choc, elle cessa de se débattre, et même de respirer.

Du bout de la langue, il taquina ses lèvres, les força à s'entrouvrir. Ces sensations étaient nouvelles… et agréables.

Alors, au bout de quelques instants, elle accepta son baiser.

La langue du démon la caressa avec une telle sensualité qu'elle en oublia de chercher à se dégager. Très vite, elle réalisa qu'elle avait ouvert les poings et posé ses mains à plat sur le torse de Cadeon.

Jamais elle n'aurait imaginé ce rustre mercenaire capable d'un baiser aussi érotique. Elle ne put s'empêcher d'essayer de l'embrasser en retour, un peu timidement d'abord. Cette tentative lui valant un grognement de plaisir, elle recommença, se prenant au jeu.

Lorsqu'elle pétrit le torse de Cadeon, fascinée, celui-ci la plaqua contre le mur. Collé à elle, il approfondit son baiser, provoquant une montée en flèche de l'excitation chez Holly.

Quittant ses lèvres, il descendit le long de son cou.

— Voilà, souffla-t-il. C'est comme ça qu'il faut faire. Laisse-moi t'embrasser jusqu'à ce que tu vibres des pieds à la tête.

C'était déjà le cas. Elle sentait aussi ses seins gonfler contre lui, sentait la moiteur se répandre entre ses cuisses, aurait voulu qu'il la caresse à cet endroit…

Sans prévenir, il écarta les pans de son peignoir jusqu'à sa taille, révélant la petite nuisette de soie noire qu'elle portait en dessous. Lorsqu'il osa lui pincer le bout des seins à travers le tissu, elle sursauta violemment, poussant un petit cri qui se transforma en gémissement.

— La soie est la seule chose qui devrait jamais couvrir des seins aussi beaux.

Ses paumes en caressèrent l'arrondi tandis que, des pouces, il en agaçait les pointes durcies. Elle se cambra contre lui, se mordit la lèvre pour tenter d'arrêter de gémir.

— Tu es à fleur de peau, petite. Je pourrais te faire jouir en un rien de temps. Est-ce que tu en as envie?

Il n'attendit pas la réponse, reprit sa bouche avec plus de ferveur encore. Holly réalisa qu'elle en avait envie, oui. Terriblement.

*Trop vite... Tu perds le contrôle...* Elle ne pouvait pas se retenir de l'embrasser. *Seigneur, je ne me maîtrise plus*. Pourquoi ne parvenait-elle pas à s'arrêter?

Déjà, elle devait lutter contre l'envie de planter ses griffes dans le dos de Cadeon pour l'empêcher de s'écarter, le pousser à se plaquer contre elle plus puissamment encore.

Elle allait lui dire qu'il pouvait faire d'elle ce qu'il voulait lorsqu'elle sentit son sexe en érection appuyer doucement contre sa cuisse.

Tandis que le côté rationnel de son cerveau lui soufflait qu'un sexe de cette taille n'était tout simplement pas normal, l'autre côté était le théâtre de visions pour le moins dérangeantes.

Elle se voyait lui arrachant son jean pour saisir le membre turgescent qu'il frottait contre elle, puis, alors qu'il était allongé sur le lit, le guidant en elle, s'empalant sur son sexe rigide tout en pétrissant son torse musclé...

Quand ses mains, toutes griffes sorties, descendirent vers le bas-ventre de Cadeon pour lui arracher son jean, une onde de frayeur la parcourut. Ces pulsions, ce n'était pas elle. Elle écarquilla les yeux et se dégagea, repoussant Cadeon par les épaules.

— Arrêtez! Non!

Il recula, le souffle court, les cornes dressées, l'air dangereux, vicieux, tentateur...

— Je savais bien que tu m'arrêterais, dit-il avec un sourire qui lui coupa le souffle. Mais je suis quand même allé drôlement loin. J'aurais jamais cru...

— Mais à quoi ça rime? Pourquoi voudriez-vous aller plus loin avec moi, de toute façon? Dans quel but? s'emporta-t-elle en s'écartant de lui.

Elle n'arrivait plus à penser. Son corps hurlait son besoin de soulagement.

— Je voulais tâter le terrain.

D'un geste brusque, elle referma son peignoir.

— Comment ça, « tâter le terrain » ? Pour quoi faire ? Pour me donner une bonne leçon, ou parce que vous êtes attiré par moi ?

— Un peu des deux, je crois.

— Et pourquoi seriez-vous attiré par moi ? Ce n'est pas logique.

— Tu ne fais pas rêver que les premiers de la classe, tu sais.

— Qu'est-ce que ça veut dire ?

— Ça veut dire que je te trouve sexy. Je ne vois pas pourquoi je m'en cacherais.

— *Sexy ?* fit-elle d'une voix étranglée. Mais… mais vous aimez les *pétasses*, comme vous avez dit. Avec plus de rondeurs. Ce sont vos propres mots ! Et je n'ai rien fait qui puisse éveiller votre intérêt de ce point de vue ! Je ne me maquille pas, je ne porte pas de décolleté…

— Et tu crois que parce que tu n'essaies pas de séduire les hommes, personne ne te trouve attirante ?

*Euh… oui.*

— Mais regarde les choses en face, Holly ! Tu es une bombe naturelle !

*Non, non, non.* Elle pointa un index vers lui.

— Je vous interdis de m'embrasser, Cadeon, dit-elle. Ça ne fait pas partie du marché. J'ai un petit ami.

— Mais bien sûr que non. Tu as un ami. Vous ne couchez pas ensemble, vous ne faites rien de ce que font les vrais couples. Et ça, c'est parce que vous n'avez aucune idée de ce que c'est. Vous ne savez pas ce que vous manquez.

Elle n'eut pas le cœur de le contredire.

— Pendant les quelques jours que nous allons passer ensemble, j'ai l'intention de te séduire. Pourquoi ne pas te servir de moi pour satisfaire ta curiosité, puisque nous n'avons pas d'autre solution que d'être tous les deux ? Tu peux oublier temporairement ta vie ennuyeuse, te débarrasser de toute cette folie qui encombre son esprit. Ensuite, tu n'auras qu'à reprendre les choses où tu les as laissées.

Elle hésita, pencha la tête sur le côté... et se fustigea. Était-elle vraiment en train d'envisager de glisser vers son monde de sensualité ? Vers le côté obscur, comme dans son rêve ?

Elle ouvrait les lèvres pour répondre lorsqu'il ajouta :

— Tu n'es pas obligée de te décider tout de suite. Réfléchis à mon offre, déjà. Et à ce que je peux te promettre : ce qui se passe avec le démon reste avec le démon.

— Comme c'est attentionné de votre part...

— Je suis comme ça. Altruiste.

Elle lui lança un regard méfiant, avec la sensation qu'il était excité, et même... heureux d'être avec elle.

— Je vais me coucher.

Sans retirer son peignoir, elle se glissa entre les draps.

— Allez, petite, tu n'es pas obligée de garder ta combinaison antirequins, tout de même.

— Si, quand il y a encore des requins dans l'eau.

— Tu peux me faire confiance, je ne tenterai ab-so-lu-ment rien cette nuit. Tu as ma parole de mercenaire.

Elle le fusilla du regard.

— Où allez-vous dormir ?

Il se dirigea vers le canapé et s'y laissa tomber, étirant ses longs bras par-dessus les accoudoirs.

— Ici. À moins que tu n'aies envie de partager le lit avec moi.

— Pff... dans vos rêves, démon, dit-elle en éteignant la lumière.

— Ça, c'est sûr et certain, grommela-t-il dans l'obscurité.

# 16

Lorsqu'elle ouvrit les yeux, le soleil finissait sa descente vers l'horizon. Cadeon sortait de la salle de bains, les hanches ceintes d'une serviette, exposant à son regard une bien trop grande partie de son corps musclé. Les lèvres de Holly s'entrouvrirent malgré elle.

Sa peau hâlée était lisse, tendue sur des muscles fermes qui ne portaient plus aucun stigmate des coups de feu reçus la veille. L'eau luisait encore sur son torse et sur son dos.

Feignant d'être encore endormie, elle le regarda aller et venir dans la chambre. Elle venait de rêver de lui, toujours le même rêve, toujours aussi précis. Elle déglutit, les yeux rivés sur le renflement intrigant, sous la serviette, qui bougea lorsqu'il se pencha pour prendre son sac…

Il se retourna brusquement, saisissant son regard avant qu'elle ait le temps de fermer les yeux. Il lui sourit, et sa barbe naissante, blonde, brilla dans la pénombre.

Même avec ses cornes, il était irrésistible. Et le pire, c'est qu'il le savait.

Elle décida alors que jamais il ne saurait qu'elle le trouvait beau.

— Super, t'es réveillée. J'ai besoin de tes services.

— Je vous demande pardon ?

— J'ai besoin que tu retires une balle pour moi. Je n'ai pas réussi à m'en débarrasser.

Elle s'assit dans le lit, se frotta les yeux.

— Comment voulez-vous que je fasse une chose pareille ?

— Avec tes griffes. Il suffit d'aller un peu profond et de la faire remonter.

Holly souffrait de nombreuses phobies, mais le sang ne lui faisait pas peur. Seulement, aider Cadeon impliquait de le toucher. *Hors de question*. Leur baiser était encore trop frais dans sa mémoire.

Alors qu'elle se tournait et se retournait dans le lit, tentant de trouver le sommeil, elle avait résolu de rester à distance de Cadeon autant que faire se pourrait.

— C'est encore un de vos plans pour me séduire, n'est-ce pas ?

— Écoute, en général, je m'en sors très bien tout seul, mais là, la balle est trop haut dans l'arrière de ma cuisse, et elle me fait très mal. Et je te signale que c'est pour te sauver la vie que je me suis exposé de la sorte.

Holly fut prise de remords. Il souffrait, et il avait besoin de son aide.

— C'est vrai. Je vais voir si je peux faire quelque chose.

Elle resserra la ceinture de son peignoir, mit ses lunettes et ajouta prestement :

— Mais vous devez garder la serviette.

— Je veux bien, grommela-t-il. Mais ça ne servira pas à grand-chose.

Il avait raison, bien sûr. Comment retirer la balle sans soulever la serviette, au moins en partie ?

Il étendit son corps massif sur le lit, et elle s'assit à côté de lui, évitant de regarder les muscles de son dos rouler sous sa peau.

D'une main tremblante, elle tira doucement la serviette vers le haut, effleurant les poils duveteux qui recouvraient ses cuisses.

— Où est-elle ? demanda-t-elle d'une voix étranglée.

— Plus haut.

Elle déglutit, remonta encore la serviette. En baissant les yeux sur ses mains, elle constata que ses griffes sortaient déjà, se recourbaient.

Des pensées incongrues commencèrent à envahir son esprit. Elle aurait voulu lécher chaque goutte d'eau sur cette peau humide, plonger la langue dans la petite flaque qui s'était formée au bas de sa colonne vertébrale...

Elle secoua la tête, pour tenter d'effacer ces images importunes.

— Plus haut, dit-il.

— Oui, oui.

Lorsque la blessure apparut, Holly ne put retenir un petit cri. Pas à cause de la plaie. Le sexe de Cadeon pendait entre ses cuisses. *Regarde ailleurs. Regarde. Ailleurs. Regarde ailleurs !*

Cramoisie, elle finit par y parvenir.

— Je t'avais dit que ça ne servirait à rien.

Elle était furieuse. Autant contre lui que contre elle-même. La simple vue de ses parties intimes lui donnait des bouffées de chaleur et la mettait dans tous ses états.

— Vous auriez pu vous... placer autrement.

— Tu en aurais vu une partie, de toute façon. Qu'est-ce que ça change ?

— Je... Ce n'est pas pareil !

Incapable de se retenir, elle posa de nouveau le regard sur lui. Avait-il grossi ?

— Mais... mais... vous êtes excité !

Il la regarda.

— Et alors ?

Dans un grognement étouffé, il se déplaça, de façon à être allongé sur son membre.

— C'est comme ça, les hommes.

Mais cette position semblait ne pas lui convenir, et il se retourna pour se mettre sur le dos.

Il était plus gros encore !

— Et qu'avez-vous l'intention de faire avec… enfin… Vous allez vous promener comme ça ?

Elle se demanda soudain ce qu'il avait fait pour son érection précédente.

— Je vais faire avec, jusqu'à ma prochaine douche.

— Prochaine douche ?

Il la regarda avec un large sourire narquois.

— Oh !

Elle rougit de plus belle. Il n'éprouvait absolument aucune honte à avouer qu'il se masturbait et qu'il recommencerait dès leur prochaine étape.

L'avait-il fait pendant qu'elle dormait ? *Surtout, n'y pense pas, Holly !*

— Vous… vous l'avouez ?

— Pourquoi ? Toi, non ?

— Non, je ne…

Elle se tut. Une nouvelle fois, son esprit s'embrumait.

Comme elle le regardait, le souffle de Cadeon s'accéléra, et son sexe tendit un peu plus la serviette.

— Si tu continues à me mater comme ça, il n'y a pas qu'à la jambe que je vais avoir mal.

Leurs regards se rencontrèrent.

— T'as jamais vu un homme en érection, n'est-ce pas ? demanda-t-il doucement, presque tendrement, comme s'il était sous le charme.

Holly en avait « entraperçu » à une ou deux reprises, avait jeté quelques coups d'œil à la dérobée. Mais jamais elle n'avait *regardé*. Elle ne pouvait pas, sous peine de perdre le contrôle d'elle-même. Alors, pourquoi ne parvenait-elle pas à détourner le regard, cette fois ?

— Tu veux que je l'enlève ? demanda Cadeon en indiquant la serviette.

Elle en avait tellement envie qu'elle en tremblait.

— Pourquoi le voudrais-je ?

La pulsion devenait insupportable.

— Pour voir. Tu dois forcément te demander à quoi ça ressemble.

Il lui prit la main. D'abord, elle crut qu'il allait la poser sur sa verge, mais il la mit sur la serviette.

— Tire-la. Enlève-la, Holly. Et regarde. C'est tout.

Juste un regard. Quel mal y avait-il à cela ? La curiosité la dévorait. La gorge serrée, elle tira sur la serviette.

— Eh ben voilà, souffla Cadeon d'une voix rauque, envoûtante.

Comme s'il réagissait au regard qu'elle posait sur lui, son sexe tressauta légèrement. Elle le fixa, pétrifiée.

— Regarde autant que tu veux, dit-il en remontant un genou pour qu'elle voie un peu mieux. À moins que tu n'aies envie de toucher ?

Oh oui ! Elle en avait envie ! Tellement envie qu'elle en avait des fourmis dans les doigts...

Comment serait cette peau si douce sous ses doigts ? Elle avait fantasmé sur ce membre, mais n'avait pas su s'en faire une image précise.

Maintenant, elle pouvait.

*Quel goût peut-il avoir ?* Elle rougit de nouveau d'avoir de telles pensées.

Comme elle avançait une main tremblante, le ventre de Cadeon se contracta. Son sexe tressauta de nouveau, et un peu de liquide nacré perla sur le large gland. Il poussa un grognement, comme si cela lui avait procuré un indicible plaisir.

Comme c'était fascinant...

Elle allait frotter là du bout de l'index et voir s'il aimait cela. *Plus que quelques centimètres... Bientôt, je vais sentir ce que...*

Du coin de l'œil, elle perçut un mouvement. La main de Cadeon se dirigeait doucement vers elle.

Alors, tout devint clair.

Le démon lui avait tendu un piège, se servant de son érection pour attirer la jeune femme crédule qu'elle était.

Elle retira sa main aussi brusquement que si elle s'était brûlée à une flamme et plongea son regard dans celui de Cadeon. Il s'assombrissait de seconde en seconde, tout en brillant plus que de coutume. Ses cornes étaient plus grosses et plus foncées. Ses crocs étaient plus longs.

Bien sûr que oui. Tout cela, ce n'était que pour attiser sa curiosité. Comment avait-elle pu être aussi naïve ?

Le démon faisait systématiquement tomber toutes ses barrières. Le côté obscur de la bête l'amadouait, l'attirait. Tout conspirait à réduire ses efforts à néant.

*Il m'éloigne doucement de ce que je connais, de l'endroit où je veux être…*

Elle comprenait, maintenant, ce qu'il avait voulu dire un peu plus tôt. Il était allé plus loin avec elle qu'il ne l'avait espéré et pensait qu'il pourrait aller plus loin encore la fois suivante.

Le pire, c'était qu'il y parviendrait probablement. Et cela la terrifiait. Si elle n'avait pas été tant attirée par lui, elle aurait été en sécurité.

*Raisonnement logique : pas de démon, pas de tentation, pas de pensées obscures.*

— Cadeon, j'ai l'impression que vous me demandez un service qui n'est pas inclus dans le forfait, dit-elle en se levant pour se diriger vers la salle de bains. Bonne chance, pour la balle, ajouta-t-elle avant de refermer la porte derrière elle.

# 17

Quand Holly sortit de la salle de bains, habillée, prête à prendre la route, Cadeon bataillait encore avec son érection et avait le plus grand mal à enfiler son jean par-dessus son membre douloureux.

Ce n'était sans doute pas plus mal qu'elle n'ait pas posé la main sur son sexe, car, vu son état d'excitation, un souffle d'air aurait suffi à le faire exploser.

Il avait été si près de se répandre qu'une goutte de sperme avait perlé, ce qui ne lui était jamais arrivé, avant-goût enivrant du plaisir indicible que lui procurerait le jaillissement de sa semence.

Retirer lui-même la balle de sa cuisse n'avait pas suffi à tempérer son désir. Ceux de son espèce avaient besoin de jouir plusieurs fois par jour, sans quoi ils pouvaient céder à une fureur sans nom, incontrôlable. Pour le bien de Holly, il allait devoir prendre les choses en main assez vite.

Et la voir ainsi maintenant, avec les joues roses, dans ses élégants vêtements… Il la caressa du regard, la trouvant une fois de plus naturellement sexy.

Elle ne portait pas de talons aiguilles, mais Cadeon trouvait très excitant la façon dont la bride étroite de ses escarpins ceignait ses chevilles fines. La simple vue de ses perles lui était douloureuse, car chaque fois qu'elle les portait à ses lèvres, un de ses fantasmes favoris – Holly ne portant rien d'autre que son collier et le chevauchant avec une telle vigueur que les perles sautaient autour de son cou–revenait à la charge.

Quant à sa jupe... Longtemps, il s'était demandé pourquoi elle portait des hauts si classiques et des bas si provocants. Oui, ses jupes descendaient au-dessous des genoux, mais elles moulaient ses petites fesses avec une telle perfection...

Il avait fini par comprendre : Holly ne se rendait pas compte que ces tissus luxueux collaient de si près à ses courbes.

Cade savait que les femmes demandaient souvent : « Est-ce que j'ai des grosses fesses, là-dedans ? » Mais, à en croire l'attitude de Holly, en réalité, les femmes étaient incapables de savoir à quoi ressemblaient exactement leurs fesses.

*Éternelle question...*

— Prête ? demanda-t-il.

Elle répondit d'un signe de tête, se comportant comme s'il ne s'était rien produit de particulier entre eux, alors qu'il se demandait si la tension entre ses jambes allait enfin diminuer.

Puisqu'elle semblait vouloir faire comme si sa langue n'avait pas lentement léché ses lèvres tandis que son regard argenté était rivé à son sexe, il allait jouer au même petit jeu.

*Faisons donc semblant...*

Il emporta leurs bagages jusqu'à la voiture, les fourra dans le coffre, pensa à lui ouvrir la portière – *un point pour le démon* –, mais, au moment où il allait monter à son tour, elle descendit.

— Non, non, non, c'est impossible, dit-elle en regardant au pied de son siège. On ne peut pas partir comme ça.

Le plancher était jonché d'emballages alimentaires divers et de canettes de Red Bull écrasées.

— Tout va bien, Holly. Je jetterai tout ça à la prochaine station-service.

Mais elle avait déjà sorti ses lingettes antibactériennes et s'approchait de son côté, l'écartant de son passage. Elle posa les lingettes sur le siège, pour plus tard, et se baissa pour s'attaquer au plancher.

Et Cadeon dut écarter les jambes en grand pour ne pas tomber à la renverse.

Sa jupe était si moulante qu'il vit sans doute possible qu'elle portait un des strings trouvés dans sa valise. *Note à moi-même : penser à toujours laisser traîner des trucs par terre.*

Pendant qu'elle se préparait, un peu plus tôt, il avait dû faire un choix, par manque de temps : se contorsionner pour parvenir à extirper la balle de sa cuisse ou calmer son érection. Bouche bée devant ces fesses moulées en forme de cœur, il comprit qu'il n'avait pas fait le bon.

Ravalant un grognement, il se mit à faire les cent pas.

Un humain passa par là au même moment et posa sur Holly un regard lourd de concupiscence.

Cade retroussa les lèvres. *Ne te bats pas avec le mortel !* L'humain comprit aussitôt qu'il valait mieux ne pas traîner là et s'éloigna d'un pas rapide.

Quand Holly eut jeté tous les détritus dans la poubelle de l'hôtel, elle se servit de ses lingettes pour éradiquer d'innocents micro-organismes.

— Bon, on peut y aller, cette fois ? demanda Cadeon d'une voix si gutturale qu'elle fronça les sourcils.

— Qu'est-ce qui vous arrive ? Vous avez pris froid ?

Il entendit sa question, mais son attention était déjà distraite par autre chose. La soirée était fraîche, et les seins de Holly se dressaient sous son pull beige.

— Les immortels ne sont jamais malades, répondit-il d'un air absent.

Elle suivit son regard.

— Vous ne pouvez vraiment pas vous en empêcher ? demanda-t-elle d'un ton pincé.

*Non, je ne peux pas.*

— C'est la première fois que tu le mets, ce soutien-gorge, hein ?

Sur le ton de celle qui peine à retenir son exaspération, mais y parvient malgré tout, Holly répondit :

— Oui, Cadeon, c'est la première fois.

Un peu plus tard, alors qu'ils avaient pris la route, elle demanda :

— J'aimerais en savoir un peu plus sur ce check point. Et qui est cette Imatra ? Vous la connaissez ?

— Pas personnellement. On dit qu'elle est née d'un sorcier et d'une démone et qu'elle possède les pouvoirs des deux. Il semblerait qu'elle soit d'une grande beauté, aussi.

Il attendit la réaction de Holly, mais n'en perçut aucune.

— Elle tient une taverne au bord du Mississippi, *Le Banc de Sable*.

— Comme c'est *mignon*.

Était-ce une pointe d'ironie qu'il détectait dans sa voix ?

Cade allait devoir emmener Holly jusqu'à la taverne. Il préférait encore la savoir avec lui dans cet établissement que seule et vulnérable à l'hôtel. De plus, le bar était fréquenté par des partisans de Groot. Ils ne se risqueraient sans doute pas à mettre en danger celle que le sorcier voulait tant.

— Et au *Banc de Sable*, on nous donnera d'autres instructions pour aller jusqu'au check point ?

Il fit oui de la tête.

— Avez-vous une idée de l'endroit où se trouve Groot ?

— Certains disent qu'il est quelque part dans le nord.

— À quoi ressemble-t-il ? Je me fais l'effet d'être en route pour la maison du magicien d'Oz.

— Il est forgeron, en plus d'être sorcier. On dit qu'il fait ce qu'il veut du métal.

— Pourquoi est-il si difficile à trouver ?

*Tiens-t'en à la vérité.*

— Omort, mon ennemi, veut sa mort, alors Groot se cache en permanence.

— Parce que Groot peut forger une épée capable de tuer Omort.

— Exactement.

— Donc, Groot doit faire partie des gentils, si lui et Omort sont ennemis.

*Reste dans le vague.*

— Gentil ou méchant, un sorcier reste un sorcier. Il faut toujours être sur ses gardes, quand on a affaire à eux.

— Comment s'y prendra-t-il pour inverser la transformation ? Il va se servir d'un sortilège ?

— Je l'ignore. Sans doute, oui.

— Mais ça, c'est seulement si nous arrivons à temps. Pourquoi n'a-t-on pas tout simplement pris l'avion pour aller à Memphis ?

— Nïx m'a fait jurer de ne le prendre à aucun moment du voyage. Elle avait dû voir quelque chose de pas très beau.

— Vous croyez toujours ses prédictions ?

— Elle ne se trompe jamais quand elle voit l'avenir. Mais dit-elle la vérité sur ce qu'elle a vu ? Ça, c'est une autre histoire.

— J'ai l'impression que vous la connaissez bien, non ? Est-ce que tous les deux, vous avez... eu une aventure ?

— Une aventure avec Siphonnïx ? Surtout pas. Au cas où tu ne l'aurais pas remarqué, Nïx est... à l'ouest, dit-il en faisant tourner son index sur sa tempe.

— Mais elle est belle, aussi.

— Je n'ai jamais vu de Valkyrie qui ne le soit pas, dit-il en la regardant fixement, jusqu'à ce qu'elle rougisse. À propos de Nïx, qu'est-ce que tu as fait de sa lettre ?

— Je l'ai apprise par cœur et je l'ai détruite pendant que vous étiez sorti faire les courses.

— Donc, tu savais que je fouillerais dans tes affaires ?

— Étant donné ce que j'avais pu constater jusqu'alors, c'était une probabilité statistique, oui.

Ils roulaient en silence depuis trois heures, Holly penchée sur son ordinateur, perdue dans ses pensées, et Cade tentant de ne pas la regarder plus de deux fois par minute.

Elle avait glissé son stylet derrière son oreille, mis ses lunettes et tripotait ses perles d'un air absent.

*Arrête… Lâche ces p…*

Et, rebelote, elle les faisait glisser sur ses lèvres.

Cette fille le rendait fou, ses manières le rendaient fou. Et elle n'avait même pas conscience de l'état dans lequel elle mettait les hommes.

Il devait passer la nuit dans cette voiture, avec sa femelle, en sachant qu'elle avait besoin d'être satisfaite. Son instinct de démon le poussait à la satisfaire… et il ne le pouvait pas.

Cade était au bord de l'explosion.

Il vit Holly froncer les sourcils, taper quelque chose à toute vitesse sur son clavier, attendre un instant en se mordant la lèvre, puis appuyer sur la touche « entrée » et fixer la réponse d'un air maussade.

Quels théorèmes, fonctions, démonstrations était-elle en train d'envisager avant de les rejeter ? Que se passait-il dans cet incroyable cerveau ?

À plusieurs reprises déjà, avant qu'elle ne sorte son ordinateur, il avait compris qu'elle réfléchissait à ses calculs. Chaque fois, la concentration lui mettait le rouge aux joues, et elle faisait glisser ses perles sur ses lèvres encore plus rapidement.

Ce qu'il lui avait montré lui avait-il plu ? Il avait été fier qu'elle le voie en érection, avait aimé son regard sur son sexe, espéré qu'elle le touche. Et elle avait été très, très près de le faire.

Il savait qu'il avait eu un comportement un peu limite à l'hôtel, mais en l'entendant parler avec cet imbécile, il avait été submergé par la jalousie.

La dernière fois qu'il avait été aussi jaloux, c'était quand le Lycae Bowen MacRieve avait trouvé sa promise. Rivaux, Bowen et Cade avaient cherché leur femelle pendant des siècles sans la trouver. Puis le Lycae avait enfin découvert la sienne, et le destin avait voulu qu'il s'agisse de cette jolie petite sorcière, rigolote, en plus, que Cade poursuivait de ses assiduités.

Aujourd'hui, Cade avait trouvé sa moitié dans cette Valkyrie brillante, intelligente, tellement sûre d'elle qu'elle arrivait parfois à le laisser sans voix.

Cette Valkyrie qu'il ne pouvait pas garder.

De nouveau, elle tapa frénétiquement sur son clavier, puis fixa son écran.

— On t'a déjà dit que tu étais sexy en diable quand tu faisais des maths ?

Elle soupira, rabattit l'écran de son ordinateur et retira ses lunettes.

— Vous ne pensez donc jamais qu'au sexe ?

— Quand je suis en manque, oui. Mon espèce a besoin de s'accoupler trois ou quatre fois par jour en moyenne. Et après ce qui s'est passé tout à l'heure… Toi aussi, tu dois bien en sentir les effets, non ?

— À peine.

— Reconnais-le. Quelque chose est passé entre nous.

Ils ne s'étaient même pas touchés, mais Cadeon ne se rappelait pas avoir jamais ressenti quelque chose d'aussi fort.

— Et après ? Quelle importance ? Je sais contrôler mes pulsions, moi.

— Tu as dit que tu ne te soulageais pas. Je sais que c'est un mensonge, parce que…

— Absolument pas !

— Il n'y a pas d'autre solution. Sinon, le désir monte, monte, monte…

— Vous allez insister jusqu'à ce que je réponde, c'est ça ?

— Ah, je vois que tu commences à comprendre comment je fonctionne.

— Eh bien non. Je refuse d'entrer dans votre jeu. Le sujet est clos, c'est tout.

— Bon, alors on va en aborder un autre. Tu dois faire une pause, là, et moi, j'ai besoin d'oublier ma cuisse qui me fait mal. Une Valkyrie a refusé de m'aider dans ma détresse, figure-toi.

— Vous le méritiez.

— Probable.

— Très bien. En tant que mercenaire, que faites-vous, exactement ?

— Je me suis spécialisé dans les usurpations de trône. On m'appelle le Faiseur de Rois.

*Tiens, tiens, un petit coup de frime ?*

— Donc, vous êtes un insurgé.

— En disant cela, tu pars du principe que je prends leur trône à leur propriétaire légitime.

Elle le regarda et hocha la tête.

— Mais la plupart du temps, je livre des guerres. Le Mythos est un endroit violent, il y a toujours du boulot. Oups, c'est vrai, j'oubliais, tu es une *pacifiste*.

— Ce n'est pas un gros mot.

— Dans ma branche, si.

Elle haussa les sourcils, puis, apparemment curieuse d'en savoir plus, demanda :

— Comment êtes-vous devenu mercenaire ?

— J'étais un soldat, au départ. Destiné à combattre Omort.

À l'âge de dix-neuf ans, Cade avait suivi un entraînement difficile, brutal, parmi les soldats de Rydstrom, qui le méprisaient tous. Pendant des mois, il en avait pris plein la figure. Mais il s'était entraîné sans relâche pour être plus rapide, plus fort, meilleur que n'importe quel démon de l'armée.

Pour finir, il y était parvenu, et autour de lui cela s'était su.

— Pendant les temps morts, entre les campagnes militaires, on a commencé à me proposer des missions.

Omort devenant de plus en plus puissant, les temps morts s'étaient progressivement allongés.

— J'ai réussi de jolis coups, et ça a fait boule de neige. J'ai une équipe de quarante-cinq hommes sous mes ordres.

— Tous des démons ?

— Presque.

— Vous pratiquez la discrimination à l'égard des non-démons ?

— Non. Du moment que le candidat est méchant, a déjà tué et envisage de recommencer, il a sa place parmi nous.

— Et il y a combien de femmes, dans votre équipe ? demanda-t-elle d'un ton léger.

— Je l'ai pas vue venir, celle-là, admit Cade avec un sourire.

Mais Holly se contenta de le regarder, attendant sa réponse.

— Aucune femme n'a jamais posé sa candidature. Enfin, presque. Très peu, en fait. Tiens, si tu restes valkyrie, je t'embaucherai. La mercenaire matheuse.

— Ce serait gâcher des années d'études.

Il se figea.

— Tu veux dire quoi, exactement ?

— Juste que le muscle semble plus important que le cerveau, dans votre branche.

— Donc, plus les biceps sont gros, plus la stratégie militaire et les tactiques de combat seront efficaces ? C'est ce que tu crois ?

Elle l'observa longuement.

— On dirait que vous êtes assez chatouilleux sur le sujet.

— Quoi ? J'ai rien de chatouilleux, moi, grommela-t-il. Mais revenons-en à toi. Tu as parlé à Nïx d'un code qui doit te permettre d'obtenir ton doctorat. Quel genre de code ?

— C'est compliqué.

Elle ne le pensait pas capable de comprendre ? Il sentit les petits poils sur sa nuque se hérisser.

— Le gros démon débile a eu l'occasion de prouver qu'il comprenait deux trois petites choses au cours de ses *mille* ans d'existence.

De nouveau, elle l'observa longuement, comme s'il venait de prouver qu'elle avait raison.

— Vous voulez vraiment que je vous parle de mes travaux ?

Il hocha la tête, et elle reprit :

— Je l'appelle le code barbelé. Je voudrais qu'il serve dans le secteur privé, dans les applications informatiques destinées à protéger les données. Quatre-vingt-cinq pour cent des entreprises sont victimes de pertes de données causées par des pirates ou des accès non autorisés à leurs bases.

— Tu veux dire que beaucoup d'entreprises utilisent des codes secrets ?

— Tout le monde s'en sert. Enfin, tous ceux qui possèdent un ordinateur. Quand vous recevez un e-mail, il est crypté, jusqu'à ce que votre logiciel de messagerie le décode. Pour les transactions bancaires en ligne, ou même le paiement d'un PV en ligne, il faut un mot de passe, sinon plusieurs.

Elle se tourna un peu plus vers lui, visiblement passionnée par son sujet. Il ne savait qu'en penser.

Puisqu'elle aimait tant les maths, elle voudrait forcément un partenaire avec qui elle pourrait en parler. Qu'elle et l'autre imbécile parlent un langage qu'il ne maîtriserait jamais le mit en colère.

*Rappelle-toi que, de toute façon, tu ne peux pas la garder !*

— Vous m'écoutez, Cadeon ?

— Quoi ? Euh… oui, j'étais juste en train de me dire… que le « http » devient toujours un « https » quand je fais mes comptes en ligne.

— Exactement !

*Bien rattrapé, mon gars.*

Elle le regarda avec un intérêt renouvelé.

*Vraiment bien rattrapé.*

— « Https » signifie que l'on passe à un degré supérieur de codage. Mais, malgré cela, tout code informatique reste piratable et peut être contourné par recherche exhaustive.

— Qu'est-ce que c'est ?

— Imaginez mille ordinateurs travaillant vingt-quatre heures sur vingt-quatre à découvrir un mot de passe, un code. Ça s'appelle de la recherche exhaustive, ou recherche par force brute. L'idée, c'est de faire un code si complexe et si long que personne n'aurait assez de force brute pour le craquer. Mais, théoriquement, il reste piratable.

— Et ton code, alors, qu'est-ce qu'il ferait ? Pourquoi l'appeler « barbelé » ?

— Je voudrais qu'il se protège lui-même, par tous les moyens nécessaires.

— C'est possible ?

— L'idée, c'est que s'il sent qu'il est l'objet d'une tentative de décryptage, il lance lui-même une cyberattaque contre son agresseur.

Cade se mit à rire.

— Rien d'étonnant à ce qu'une Valkyrie développe un code aussi combatif !

Holly lui lança un regard noir dans lequel brillait de l'argent. Il savait que son travail était toute sa vie, mais ne l'avait jamais vue aussi passionnée.

— C'est très sérieux. Les attaques par force brute resteront inefficaces si mon code affronte ces milliers d'ordinateurs simultanément. Imaginez les autres applications possibles, en plus !

— Par exemple ?

— Par exemple, les logiciels antivirus. Mon code ne se contenterait pas de protéger votre ordinateur contre les virus, il pourrait aussi remonter aux origines de ces virus puis envoyer une version modifiée du virus pour contaminer le système du coupable. Même les messageries électroniques pourraient en profiter. Si vous recevez des pourriels, votre ordinateur en renverrait des milliers d'autres à l'envoyeur, bloquant complètement son système.

— Donc, en un rien de temps, on pourrait se débarrasser de tous les virus et de tous les pourriels. C'est du lourd, dis donc.

— Exactement ! Les gens qui envoient des virus nous volent de notre temps en nous forçant à nous défendre contre eux ou à réparer les dégâts qu'ils causent. Et moi, je déteste ça.

— Qu'est-ce qui te retient, alors ?

Elle détourna le regard.

— Le code que j'ai mis au point... attaque tout sans discernement. Même les systèmes amis.

— Le code combattant ne se contrôle plus.

Elle soupira.

— C'est ça, oui.

— Il faut donc que tu modifies ton code de façon qu'il sache reconnaître un ami d'un ennemi.

— Mais c'est très compliqué, et les chances qu'il élimine un ami restent énormes.

— Alors, qu'est-ce que tu vas faire ?

— Essayer de communiquer avec le code comme le ferait un système ami, pour étudier avec précision la manière dont il m'attaque.

— Jusqu'à ce que je te rencontre, je pensais que les codes secrets, c'était juste une histoire de jeux de mots et d'énigmes.

— La cryptologie était autrefois le domaine réservé des linguistes. Aujourd'hui, c'est surtout celui des geeks.

Elle avait dit cela fièrement, comme si elle en faisait partie.

— Nous finirons maîtres du monde, vous savez ! conclut-elle.

Ce que Holly ne comprenait pas, c'était que lorsqu'elle disait des choses pareilles, elle ne faisait pas penser à une geek – elle faisait penser à une Valkyrie.

# 18

— Pas question !

Cadeon faisait le plein, Holly perchée sur le capot.

— Tu ne sais pas ce que tu manques. Allez, juste une bouchée, dit-il en lui mettant son hot-dog sous le nez.

Elle leva la main et se pencha en arrière avec un air dégoûté.

— Sûrement pas. La nourriture vendue dans les stations-service est immangeable. Et les hot dogs de stations-service sont pires que ça. Avez-vous seulement une idée du temps qu'ils ont passé dans cette vitrine ?

— Suffisamment longtemps pour être *bons*.

Il mordit dedans à pleines dents.

— Autant manger des pieds de porc en saumure.

Il écarquilla les yeux.

— Ils en avaient ? Et tu ne m'as rien dit ?

Devant son expression horrifiée, il sourit.

— D'accord, d'accord, j'arrête.

Il posa son dîner à côté d'elle sur le capot et se pencha sur un sac en plastique, à ses pieds.

— Tiens, dit-il en sortant une bouteille de jus d'orange.

Il s'appliqua à l'ouvrir sans que le bouchon touche le bord du goulot et la lui tendit. Puis il sortit plusieurs barres de céréales emballées individuellement.

Cadeon pouvait se révéler étonnamment attentionné, pour un démon. Elle but une gorgée.

— Pourquoi est-ce que vous ne vous moquez pas de mes... petites habitudes ?

Il haussa les épaules.

— Tout le monde a ses petites particularités.

Holly pencha la tête. Il portait son chapeau de cuir éculé. Nïx avait raison : avec ce truc sur la tête, il était plus sexy que le diable. Intérieurement, elle se ressaisit.

— Alors, elle fait du combien aux cent, la Veyron ?

— Pied au plancher, elle vide son réservoir en douze minutes.

— Je vois. Donc, en gros, nous avons ici LA responsable du trou dans la couche d'ozone.

— Oui. Mais elle va *vite*. On ne peut pas en dire autant de la tondeuse à gazon sans lame qui te sert de véhicule.

— C'est une hybride ! Je l'ai choisie par respect pour l'environnement !

— Mais elle ne va pas *vite*.

Elle leva les yeux au ciel.

— Vous disiez que c'était la voiture la plus chère qui soit. Combien vaut-elle ?

— Un million deux.

— Un million deux cent mille *dollars* ?

Elle chercha à descendre du capot, mais il l'en empêcha en la retenant par les hanches.

— Inutile de descendre. Rappelle-toi juste un truc.

— Quoi ?

— Ce n'est pas notre voiture.

Son portable sonna au même instant.

— C'est Rök. Il faut que je réponde.

Pour être tranquille, il s'éloigna de quelques pas. Comme si elle avait pu comprendre cette langue dont elle ne connaissait même pas le nom !

Elle savait que le téléphone de Cade avait une liaison satellite, ce qui signifiait qu'il fonctionnait à peu près partout sur la planète – elle pouvait donc y connecter son ordinateur et avoir un accès Internet où qu'elle soit.

— Comment s'appelle cette langue ? demanda-t-elle lorsqu'il revint.

— Le démonien. J'ai le plaisir de t'annoncer que le reste de l'ordre des Demonaeus a été éliminé. Rök et mon équipe sont maintenant sur la piste des vampires. Cela fera toujours deux factions de moins à tes trousses.

— Oh. Merci. Et merci à Rök.

Comment exprimait-on sa gratitude quand il s'agissait du massacre de vampires et de démons ? Pour autant qu'elle sache, il n'y avait pas de carte fêtant ce type d'événement.

— Comment l'avez-vous rencontré ?

Rök était aussi grand que Cadeon, avec les mêmes cornes, mais plus argentées. Ses cheveux étaient noirs, attachés en queue-de-cheval, ses yeux étaient bleus, ses paupières lourdes. Sans ses cornes, les femmes l'auraient trouvé complètement craquant.

— Nous étions des adversaires, avec chacun des qualités différentes – il aime les histoires d'espionnage alors que moi, je règle tout à coups d'épée. Nous étions sans arrêt embauchés par des factions différentes pour des missions identiques, et nous avons fini par comprendre qu'un jour, on nous demanderait de nous supprimer l'un l'autre et que personne ne toucherait le fric.

— Parce que c'est ça, la seule chose qui compte. Le fric.

— D'où le terme « mercenaire ». Il faudrait suivre, petite, dit-il en riant.

*Mississippi, kilomètre 1245*

— Je pensais que « banc de sable », c'était juste un gentil petit jeu de mots, remarqua Holly en serrant les pans de sa veste légère.

L'air qui venait du fleuve la glaçait jusqu'aux os.

— Non, non, c'est vraiment une langue de sable.

Cadeon mit son épée en bandoulière et descendit vers le fleuve. Elle le suivit le long d'un étroit sentier, tâchant d'éviter les souches et les racines, s'attendant à tomber, ou du moins à filer ses collants à chaque pas.

— Je ne vois pas de ferry.

— Enlève tes lunettes. Tu vois la berge ? Là, juste en bas. Le ferry.

Elle plissa les yeux, trébucha, et se retrouva dans ses bras. Dans ses grands bras accueillants et chauds. Surprise de les apprécier à ce point, elle bredouilla :

— Je… je peux très bien y arriver toute seule.

— Avec ces talons ?

— J'achèterai des chaussures plus pratiques dès que possible.

— Mais moi, j'aime bien quand t'as des talons, lâcha-t-il d'une voix grave, rauque.

Pourquoi réagissait-elle si violemment à cette voix ? Elle se sentit fondre contre lui. Jamais, jusque-là, elle n'avait trouvé aux voix un intérêt particulier. Celle de Tim était agréable. Celle de Cadeon était… excitante.

— Mais ce que j'aimerais encore plus, c'est qu'ils se plantent dans mon dos, ajouta-t-il dans le creux de son oreille.

Et, bien sûr, elle imagina aussitôt la scène.

— Hé hé, maintenant, tu y penses, hein ?

Avec un regard qui disait : « Bien joué, mon gars », il reprit son chemin.

— Lâchez-moi, Cadeon. Immédiatement !

Il n'en fit rien, et elle ne voyait pas comment elle aurait pu l'y contraindre. Il était tellement plus fort qu'elle, elle n'avait aucune chance d'avoir le dessus…

Elle qui n'avait jamais couché avec un homme par peur de perdre le contrôle d'elle-même et de blesser l'autre était désormais face à un être à qui elle ne pouvait pas faire de mal…

La conclusion logique ne tarda pas à lui apparaître. Techniquement, ce démon concupiscent était donc un partenaire sexuel potentiel pour elle.

Holly tenta d'écarter cette pensée de son esprit. Même si c'était possible d'un point de vue physique, elle refusait d'envisager une chose pareille. Cadeon était fruste, arrogant, macho, et fier de l'être.

Fidèle à cette image, il refusa de la poser même lorsqu'ils arrivèrent sur la berge sablonneuse, où se trouvait le pilote du ferry.

L'homme n'inspirait guère confiance, avec ses grosses cornes qui pointaient vers l'avant. Celles de Cadeon étaient bien plus jolies. Au moins était-elle sûre de ne pas perdre un œil si, d'aventure, ils tentaient de s'embrasser et se rataient.

Mais, de toute façon, ils ne s'embrasseraient plus !

— C'est réservé aux créatures du Mythos, dit l'homme.

Elle allait protester quand Cadeon ramena ses cheveux derrière son oreille en disant simplement :

— Valkyrie.

Comme elle se débattait contre lui, cherchant à remettre ses cheveux en place, le pilote demanda :

— Elle est venue pour se battre ?

Il aurait trouvé plus naturel que Holly se batte plutôt que le démon mercenaire ?

— Elle m'accompagne, c'est tout, dit Cadeon.

L'homme les laissa monter à bord.

Dans le ferry, Cadeon rendit enfin sa liberté à Holly, et elle put se recoiffer. Quelques minutes plus tard à peine, ils accostèrent le long d'un ponton d'une solidité discutable, qui se transformait en promenade flottante en s'enfonçant dans les marais.

Au loin, une cabane était éclairée. De la musique s'en échappait.

— Reste près de moi, dit Cadeon. On va entrer, prendre les instructions, puis ressortir, d'accord ?

— D'accord.

Elle entendit quelque chose, dans les fourrés, pas très loin.

— Qu'est-ce que c'est ? demanda-t-elle en scrutant le feuillage.

Il lui retira ses lunettes, et elle découvrit aussitôt une famille de cervidés. Bon. Cette fois, elle ne pouvait plus le nier : sa vue changeait.

— Rendez-les-moi !

— Les gens vont se demander pourquoi tu portes des lunettes. Les immortels n'en ont pas besoin.

Elle lui arracha les lunettes des mains et les remit.

— Eh bien, qu'ils se posent des questions, je m'en fiche.

À la porte, elle vérifia ses perles, ses manches, ses cheveux. Elle faisait toujours cela avant d'entrer quelque part, c'était un de ses rituels les plus irrépressibles.

— Comme tu voudras. Écoute, tu risques d'être un peu choquée par ce que tu vas voir à l'intérieur. Je te demande juste de ne fixer personne parmi les clients, d'accord ?

— Je sais me tenir.

— Ça, j'avais compris. Ne parle à personne de ce qui nous amène ici non plus. Pars du principe que tous les gens qui sont ici vont chercher à te faire du mal.

— Ça ne devrait pas poser de problème. C'est ce que je fais avec vous en permanence.

Il eut un sourire froid.

— Ah, et tâche de te souvenir de ce dont tu es capable. Si ça dérape, n'oublie pas que tu peux toi aussi faire très mal. N'hésite pas, surtout.

S'il continuait à lui répéter combien elle était forte et puissante, Holly allait devoir reconsidérer l'étiquette de macho qu'elle lui avait collée...

Il ouvrit la porte, et pour Holly, il y eut comme un hiatus dans la réalité.

Un juke-box passait un vieux tube de Jimmy Buffet, tandis que des êtres dont elle n'avait jamais imaginé l'existence buvaient et discutaient. L'endroit ressemblait à n'importe quel bar, sauf que la clientèle appartenait à tous les mythes possibles et imaginables.

Deux hommes faisaient un bras de fer, et l'image d'une bête flottait au-dessus de chacun d'eux. Leurs yeux passaient de la couleur ambre au plus pâle des bleus.

*Lycae = loups-garous*. Elle avait lu quelque chose sur eux dans *Le Livre du Mythos*.

Quatre hommes à la stature imposante et aux oreilles pointues jouaient aux fléchettes – malgré la foule qui se tenait entre eux et les cibles – sur une distance de dix mètres environ. *Les feys*. Des espèces de gnomes dansaient joyeusement. Malgré leurs airs d'ange, Holly sentit une menace émaner d'eux. Probablement des kobolds.

Ici et là se tenaient des démons de toutes formes, de toutes tailles, arborant toutes sortes de cornes. Elle remarqua, assez fière, que Cadeon était de loin le plus beau de tous.

Soudain, tout le monde se figea et la regarda, elle. Elle redressa le menton. Cadeon l'attira près de lui.

— Tu caches bien ta gêne, petite, murmura-t-il. Mais n'oublie pas que beaucoup d'entre eux entendent ton cœur d'humaine cogner dans ta poitrine. Essaie de le calmer.

Au même moment, la foule s'écarta pour laisser passer une femme grande et tout en courbes, qui approcha d'un pas nonchalant.

— Voici donc l'infâme Cade, Faiseur de Rois, dit-elle d'une voix empâtée par le whisky, dévisageant Cadeon avec un intérêt non dissimulé. La rumeur disait vrai. Des deux Woede, c'est bien toi le beau gosse.

Comme Cadeon l'avait entendu dire, Imatra était d'une grande beauté. Et elle le savait, de toute évidence. Elle portait un peignoir en soie rouge sang par-dessus une minijupe et un bustier en cuir noir, ce dernier mettant en avant une poitrine déjà très généreuse.

Holly portait un twin-set et une jupe Burberry's.

Imatra tourna autour de Cadeon, faisant doucement glisser un doigt le long de ses épaules.

— Quel mâle tu fais, dis donc. Impressionnant.

Elle eut à peine un regard pour Holly, reposa aussitôt les yeux sur Cade et murmura :

— Suis-moi dans l'arrière-salle.

Comme Holly les suivait, elle se retourna et lança :

— Seul. On a des affaires à régler, tous les deux.

Et elle fit un clin d'œil à Holly.

Cadeon semblait vouloir protester – Holly aurait voulu qu'il le fasse. Mais Imatra lui murmura quelque chose à l'oreille, et il lui dit :

— Attends-moi au bar, Holly. Ne parle à personne. Reste assise et, si tu as besoin de moi, crie. Je reviens dans un quart d'heure.

Ils disparurent, la laissant perplexe, ne sachant que penser de cette superbe démone qui draguait Cadeon si ouvertement.

Poussant un petit soupir, elle se dirigea vers le comptoir et s'installa sur un tabouret. Cet endroit lui rappelait la scène du bar, à Tatooine, dans *La Guerre des étoiles*. Comment s'appelait le bar, déjà ? Ah, oui : *La Cantina* de Mos Eisley. *Quelle geek je fais, de savoir un truc pareil...*

— Qu'est-ce que je vous sers ? demanda le barman.

Un de ses trois yeux était manquant. *Trois incomplets ou deux qui ne s'annulent pas*. Dans un cas comme dans l'autre, c'était mauvais. Elle essaya de ne pas le regarder, mais puisqu'il y avait de la place pour trois, il fallait qu'il y en ait trois !

Elle se racla doucement la gorge.

— D... de l'eau, ce sera parfait, merci.

Comme elle arrangeait le tas de serviettes en papier qui se trouvait sur le bar de façon à former un carré parfait, elle sentit tout autour d'elle les hommes se rapprocher. *C'est cela, Cadeon. Je ne vais pas leur parler, et tout ira bien.*

— Qu'ess'tu viens faire par ici, Valkyrie ? demanda celui qui semblait être le chef.

Elle sentait comme une menace, assez diffuse, émanant de ces hommes. Ils la testaient. La dernière fois qu'elle avait éprouvé cela, c'était lors de son premier cours face à trente-trois malabars de l'équipe de foot de l'université Tulane. Elle avait affiché une assurance inébranlable et appliqué le principe de la tolérance zéro.

Entre un démon et un footballeur, il ne devait pas y avoir tant de différences que cela.

— Je visite la région, répondit-elle d'un ton enthousiaste. Dites-moi, vous habitez au bord de l'eau ?

Ils ouvrirent tous des yeux comme des soucoupes.

— Pourquoi tu veux savoir où j'habite ? demanda le chef. Pour me couper la tête quand je dormirai ?

— Hé, Deshazior, intervint l'un de ses congénères. C'est vrai que c'est comme ça qu'elles font, les Valkyries. Elles se glissent chez toi quand tu t'y attends pas, et vlan ! (Il donna un coup de poing sur le bar.) Plus de tête !

*Reste calme. Fais ralentir ton cœur.*

— En admettant que vous viviez au bord de l'eau, messieurs, je me disais plutôt que les assurances inondation devaient vous causer pas mal de cauchemars.

— Elle cause comme une humaine, dit le dénommé Deshazior.

Il avait des manières de pirate de cinéma. Il fit signe au barman, et un petit verre apparut devant Holly.

— Bois, Valkyrie.

— Je ne consomme pas d'alcool.

— C'est malpoli, de refuser de la liqueur de démon quand on te l'offre.

— Néanmoins, je ne bois jamais de…

— Et ça porte malheur, en plus.

— Ça porte malheur ?

Sa main s'empara du verre. *Ne pas tenter le hasard, surtout*.

— Un p'tit coup, ça peut pas faire de mal, après tout, hein ?

Génial. Voilà qu'elle parlait comme l'autre lourdingue, maintenant.

De sa main libre, elle prit une serviette et adressa un sourire gêné à ses hôtes tandis qu'elle essuyait le rebord du verre. Puis, accompagnée par la voix de crooner de Jimmy Buffet, elle porta le verre à ses lèvres et le vida.

Jamais elle n'avait rien bu ni mangé qui brûlât à ce point. Elle se mit à tousser, tandis que les larmes lui montaient aux yeux. Elle reposa le verre à l'envers, pour qu'on ne la resserve pas.

— Alors, qu'ess' t'en dis ? demanda Deshazior.

Incapable de parler, elle fit le seul signe un peu poli qui convenait à la situation et leva les pouces.

Tout le monde cria sa joie. Quelqu'un lui tapa même dans le dos, beaucoup trop fort à son goût.

— Elle va en prendre un autre !

Un deuxième verre apparut devant elle.

*Oh non*. Un de bu, un à boire : si elle buvait celui-là, il lui en faudrait encore un, après, pour faire trois…

Au sixième, elle se sentait étonnamment bien, pas ivre du tout, comme si elle trinquait chaque jour avec ses copains démons au *Banc de Sable*. Détendue, voilà comment elle se sentait.

Et Deshazior s'avérait être un sacré rigolo. Le démon tempête avait autrefois été un vrai pirate, et pourtant, il tapait ses SMS plus vite qu'elle. À sa façon, il était plutôt pas mal, dans le genre ours, et cerise sur le gâteau, il n'était pas hermétique aux maths, ayant longtemps navigué.

Il lui avait expliqué que les effets de la liqueur se feraient de plus en plus sentir au fur et à mesure qu'avancerait la nuit. Bizarrement, Holly avait hâte de voir ce que cela donnerait.

Elle plissa les yeux en direction de la pendule publicitaire Budweiser. Quarante minutes s'étaient écoulées depuis que Cadeon avait disparu en compagnie d'Imatra. Pas exactement le quart d'heure annoncé.

— Mais qu'est-ce qu'il fabrique, à la fin? murmura-t-elle.

Quelques démons ricanèrent.

— Elle est gourmande, Imatra, lâcha l'un d'entre eux.

Gourmande? *Nous sommes venus chercher des instructions*. Que venait faire la gourmandise là-dedans?

Holly se gratta la tête, constata avec agacement que son chignon dégringolait, le défit complètement. Et ouvrit grand les yeux. *Holly, quelle idiote tu fais*. Deux démons dans une arrière-salle, avec leurs trois fois par jour comme minimum syndical...

— Et puis, c'est pas comme si le Faiseur de Rois n'était pas demandeur, ajouta un autre.

Cadeon était en train de s'envoyer en l'air avec Imatra.

Et soudain, Holly comprit ce qui poussait les gens à proférer des jurons. Parfois, les émotions s'accommodaient mal de la bienséance.

Au moins avait-il raison sur un point. Elle n'était qu'une coincée donneuse de leçons doublée d'une hypocrite, parce que là, assise au bar, en route pour la première cuite de sa vie, elle n'avait envie que d'une chose: hurler la plus longue bordée de jurons qui soit.

Ce démon n'était pas digne de confiance. Elle le savait. Que diable s'était-elle imaginé?

Un peu plus tôt, juste avant que Cadeon et Imatra ne disparaissent ensemble, Imatra l'avait regardée d'un air supérieur, comme si elle venait de lui piquer quelque chose. Mais, en réalité, Imatra lui avait donné quelque chose.

Un autre point de vue sur Cadeon.

Holly aimait l'ordre. Le fait que Cadeon couche avec une démone sexy le soir même où il avait fait des avances à Holly effaçait toute trace de la considération qu'elle avait pu avoir à son égard. En agissant de la sorte, il avait été éliminé.

*Pas de démon, pas de tentation, pas de côté obscur de la force*.

Avec un sourire forcé, elle regarda le groupe qui l'entourait.

— Bon, encore une tournée ?

# 19

— Je suis ici pour affaires, poupée, rien d'autre, dit Cade lorsque Imatra leur servit à boire.

— Tu sais que refuser de boire de la liqueur de démon porte malheur. Et puis, ce n'est pas très poli de garder ton épée, comme si nous étions ennemis.

Il prit le verre qu'elle lui tendait, jetant assez ouvertement un coup d'œil à sa montre. Dix minutes s'étaient déjà écoulées. Imatra avait voulu qu'il lui parle des autres factions à la recherche de Holly.

— J'ai juste besoin des instructions, et j'y vais.

Comment Holly s'en sortait-elle, dans le bar ? Il avait confiance en elle – elle saurait se servir de son cerveau pour éviter les ennuis. Il avait été impressionné par la façon dont elle avait réussi à cacher son étonnement devant tant de créatures différentes. Néanmoins…

Il y avait des feys, des démons, des Lycae, mais heureusement pour lui, pas une Valkyrie. Il savait pourtant que ses plans pouvaient capoter à la seconde où elle réaliserait que redevenir humaine n'était pas du domaine du possible.

— Tu es bien pressé, je trouve. C'est si terrible, de boire un coup ou deux avec moi ? dit Imatra en laissant glisser son peignoir, révélant une épaule nue.

Sans doute la plupart des hommes l'auraient-ils trouvée magnifique, mais aux yeux de Cade, elle était trop plantureuse, et pas assez intelligente comparée à Holly.

— Mon atout est à côté, dans une salle bourrée de démons. Elle était encore humaine il y a deux jours. On joue avec le feu, là.

— Personne n'oserait lui faire de mal.

*Non, mais ils pourraient lui faire peur.*

— Alors, disons que j'ai hâte d'arriver au check point suivant, ce qui devrait plaire à ton maître.

— Il souhaite s'enquérir de la santé de la Porteuse.

Cade détestait que l'on parle ainsi de Holly, c'était trop impersonnel. Groot ne chercherait jamais à découvrir qui elle était vraiment. Ce qui l'intéressait, c'était ce qu'elle pouvait lui fournir.

— Holly va très bien.

— Nous avons été surpris d'apprendre que tu voyageais seul avec elle.

— C'était pas prévu comme ça. Mais Sabine, la sœur de Groot et Omort, la petite salope, a enlevé mon frère…

— Nous ne savions pas si tu étais au courant.

Imaginer son frère prisonnier mit Cade dans une rage folle. Mais il lutta pour ne rien laisser paraître. Obtenir les instructions n'allait pas être aussi simple qu'il l'avait prévu. Imatra semblait capricieuse ; elle pouvait lui causer des ennuis. Il ne tenait pas à rater cette affaire pour avoir manqué de patience envers elle.

— Mais je suppose que le reste du Mythos ne va pas tarder à être au courant, reprit-elle. Vu la façon dont Sabine se vante d'avoir un nouveau jouet…

Cade serra les dents.

— Où est Rydstrom ?

— Tu voudrais que je te réponde, alors que tu n'enlèves même pas ton épée et qu'il faut pratiquement te supplier d'accepter un verre ?

Obéissant, il retira son fourreau et le posa sur une chaise, avant de lever son verre.

Avec un sourire satisfait, elle s'assit sur le bord de son bureau, faisant en sorte que la fente de son peignoir s'ouvre le plus haut possible sur sa cuisse. Elle se voulait sexy, n'était que séduction, mais rien de cela n'était naturel. Il lui fallait faire des efforts pour y parvenir.

Elle n'arrivait pas à la cheville de Holly, qui se fichait bien de savoir si les hommes la trouvaient séduisante ou pas.

— Où est mon frère, Imatra ?

— Probablement à Tornin, mais on n'en est pas sûr. Nous en saurons bientôt plus, j'en suis certaine – et nous te ferons passer l'information, si la transaction qui nous occupe se passe bien.

— Pourquoi en irait-il autrement ?

— Comment être sûr que tu ne coucheras pas avec la Porteuse ?

Bonne question.

— De la même façon que mes autres clients savent que jamais je ne ferais de conneries avec ce qu'ils me confient. C'est mauvais pour le business. Et puis, la gamine n'est absolument pas mon genre.

La démone l'observa, essayant vraisemblablement de savoir s'il mentait ou non. Avaient-ils des soupçons ? Et si oui, comment était-ce possible ? En dehors de Rydstrom, Nïx et Rök, personne ne savait ce que Holly représentait pour lui.

— Si tu décides de nous doubler et de repartir avec l'épée *et* la fille, tu échoueras, dit Imatra. D'abord, Groot lit dans les pensées comme personne. Tu pourras peut-être déjouer ses attaques, mais elle, sûrement pas. Ensuite, l'échange aura lieu dans la forteresse de Groot, protégée par des sortilèges, bourrée de pièges et gardée par des revenants. Une forêt de Wendigos l'encercle. Si la Porteuse s'enfuit avec toi, elle sera abattue.

En cet instant précis, Cadeon réalisa que tenter de repartir avec l'épée et Holly était une éventualité qu'il envisageait.

Qu'il appelait de ses vœux.

Et en entendant Imatra, ses espoirs s'évanouirent.

— Ça fait beaucoup d'obstacles, en effet, reconnut-il. Comment, de mon côté, être sûr que je sortirai de là vivant ?

— Groot a juré sur le Mythos que tu repartirais sain et sauf si, à ton tour, tu jures de ne jamais révéler l'emplacement de sa forteresse.

Jurer sur le Mythos était le serment le plus définitif qu'un immortel pût faire. Même un sorcier du Mal se sentirait obligé de le respecter.

— Je le jure.

— Mon maître souhaite aussi que la Porteuse soit fertile, afin qu'elle enfante immédiatement. Tu dois faire en sorte qu'elle continue à se nourrir.

Imatra se tut, observa sa réaction. De nouveau, elle le testait. Cade tint bon.

— Je suis pas payé pour faire la nounou, moi.

— Si elle n'est pas fertile, alors il se pourrait que ton épée ne soit pas exactement comme tu la voudrais.

*Les enfoirés !*

— La Porteuse a son caractère, mais je vais essayer.

— Une dernière chose : si elle n'est pas remise à mon maître à la prochaine pleine lune à minuit, l'épée sera jetée dans la forge et perdue pour toujours.

Cade avait entendu dire que Groot avait dans sa forteresse une forge dont la fournaise dégageait une chaleur surnaturelle.

— N'aurait-il pas plutôt envie de la confier à quelqu'un d'autre, qui pourrait tuer son frère ?

— Cette épée a été forgée pour un des Woede. Personne d'autre ne pourrait s'en servir.

— Je comprends. Bien, maintenant, si tu n'y vois pas d'inconvénient, j'aimerais avoir les instructions.

— Je vais te les donner… mais seulement quand tu m'auras embrassée.

Il plissa les yeux, sentant la colère monter en lui.

— Groot n'aimerait pas que tu poses ainsi tes conditions.

— Il n'aimerait pas non plus imaginer que toi et la Porteuse êtes devenus très proches... C'est donc une corvée de m'embrasser, Cadeon ?

Elle laissa tomber son peignoir à ses pieds.

*Pour tout dire, oui*. Avant de rencontrer Holly, ce genre de femme un peu négligée lui aurait peut-être plu. Il l'aurait embrassée, et beaucoup plus si affinités.

Aujourd'hui, il n'accepterait de l'embrasser que s'il le fallait absolument.

*Absolument ?* Il n'avait aucun avenir avec Holly, et plus vite il se mettrait cela dans la tête, mieux ce serait.

— Très bien. Un baiser contre les instructions.

— Viens donc près de moi, dit-elle en se laissant tomber sur le lit, dont elle rejeta la courtepointe avec un sourire travaillé, sensuel.

— Arrête un peu, Imatra.

Il la prit par la main et la tira vers lui.

— Mmm... agressif, en plus, roucoula-t-elle en se relevant. Il ne nous reste plus qu'à le faire debout, alors.

— Si tu le dis...

Il se pencha pour l'embrasser.

Et il n'éprouva rien. Absolument rien.

*Autant que je m'y fasse*, pensa-t-il en continuant, caresses à l'appui.

Tant qu'il ne serait pas avec sa moitié, il ne sentirait rien.

— Excusez-moi, fit la voix de Holly du seuil de la pièce.

Il se dégagea aussitôt. Mais elle les avait vus.

Il sentit son cœur rugir tandis qu'elle balayait la pièce du regard – le lit défait, le peignoir d'Imatra sur le sol, et enfin l'épée de Cadeon sur la chaise.

*Bordel. Quel con je fais*. Sa promise, la femelle qui lui était destinée, l'avait vu en embrasser une autre. Pour autant qu'il sache, jamais une telle chose n'était arrivée à un autre mâle de son espèce. Parce que aucun autre mâle n'était aussi stupide.

*Mais, de toute façon, je ne peux pas la posséder !*

— J'aimerais vraiment rentrer à l'hôtel, mais je ne voudrais surtout pas vous déranger, dit Holly avec désinvolture.

— Elle ne semblait ni surprise ni dépitée. L'assurance avait pris le dessus. Même Imatra sembla étonnée.

— Je vais me faire raccompagner, ajouta Holly en tournant les talons.

Incrédule, il se rua derrière elle et l'attrapa par le poignet.

— Te faire raccompagner ? Et qui va te raccompagner, on peut savoir ?

Au même moment, dans la salle, un chœur de voix masculines entonna des encouragements pour que Holly boive un autre verre cul sec.

Elle avait les cheveux défaits, ses boucles tombaient en cascade sur ses épaules, ses lunettes étaient dans sa poche, et ses joues étaient rougies par l'alcool.

— Pourquoi t'as défait ton chignon ? demanda-t-il à mi-voix.

— Parce que je suis dans un bar ?

— Tu es ivre.

— Vous êtes perspicace. Écoutez, je n'avais pas l'intention de vous déranger, je voulais juste vous dire que je rentrais.

Imatra ramassa son peignoir et le remit, rajustant sa tenue avec force mouvements, comme pour essayer de faire croire qu'ils avaient couché ensemble.

— C'est moi qui te raccompagne, dit-il, intrigué par l'absolu détachement de Holly, qui semblait se moquer de ce qu'elle venait de voir.

Il avait cru qu'elle était attirée par lui. Peut-être même un peu jalouse, depuis qu'ils s'étaient embrassés.

— Très bien. Je vous attends dehors, alors.

Perchée sur ses petits talons qui claquaient sur le sol, elle quitta la pièce, le laissant comme deux ronds de flan.

— Je me posais des questions, sur vous deux, dit Imatra. Mais je vois que Groot n'a aucun souci à se faire. Elle ne te voit même pas.

Sans que Cade sache comment, Imatra avait deviné qu'il éprouvait des sentiments pour Holly et avait craint que ce ne soit réciproque. Mais l'indifférence manifestée par Holly lui avait prouvé qu'elle se trompait.

— Les instructions ? demanda-t-il.

— Vous devez prendre la direction du Michigan.

— Plus précisément ?

— Les précisions viendront, démon. Un dernier verre, d'abord.

Cade entendit des hurlements masculins accueillir Holly lorsqu'elle reparut dans le bar. Boire fut la seule chose qui l'empêcha de se ruer dans la salle et de les tabasser tous.

Quand Holly revint, Deshazior lui fit une place à côté de lui. D'un regard interrogateur et d'un geste explicite, il lui demanda s'il avait vu juste pour Cadeon et Imatra.

— Oh. Oui, dit-elle, encore sous le choc.

Comme elle l'avait imaginé, elle les avait trouvés très occupés. Imatra n'avait pas apprécié d'être prise sur le fait et lui avait de nouveau jeté un regard méprisant.

Décidément, ce monde n'était pas fait pour Holly.

Boire, en revanche… Tout en se jurant de ne plus être dupe de Cadeon, elle décida de profiter un peu de ces étranges vacances. Elle allait retrouver sa vie d'avant, donc, en attendant, elle pouvait picoler un peu avec ses potes les démons dans sa nouvelle vie.

— T'as vu des trucs intéressants ? demanda Deshazior.

— Non, je crois qu'ils avaient presque fini.

— Tu penses que c'était juste un petit coup en passant ? J'avais entendu dire que Cadeon aimait la performance.

— Ah bon ? fit-elle d'un ton las.

— Ça m'étonne qu'il ait rien tenté avec toi. Les démons adorent les Valkyries, en général.

— Oui, mais est-ce que les Valkyries aiment les démons ?

— Ouais. Pass' qu'on est les seuls que vous pouvez pas tuer pendant la baise.

Autour d'eux, les démons se tapèrent dans les mains pour ponctuer cette déclaration. Holly se força à sourire. C'était étrange, d'entendre Deshazior dire ce qu'elle-même n'avait compris que quelques heures plus tôt.

Craignant que ce dernier ne décèle quelque chose dans son expression – alors qu'il n'y avait rien à y voir, assurément –, elle demanda :

— Auriez-vous un dollar, pour mettre de la musique ?

Il lui tendit une pièce d'une monnaie qu'elle ne connaissait pas, et elle se dirigea vers le juke-box. Elle retrouva le moral en constatant qu'un tube de Stevie Ray Vaughan était disponible.

Cette fois, lorsqu'elle revint au bar, Deshazior se tapota la cuisse pour lui faire signe de venir s'y asseoir. Il n'était pas si moche, même avec ses énormes cornes.

Elle se demanda ce que la Holly d'avant aurait fait et, bien décidée à profiter de cette étrange soirée, elle fit le contraire, pour le plus grand plaisir du gros démon…

Lorsque Cadeon sortit enfin de l'antre d'Imatra, Holly était perchée sur les genoux de Deshazior et lui chuchotait quelque chose tout en se balançant au rythme de la chanson de Stevie Ray Vaughan.

Ses lunettes étaient posées sur le nez de Deshazior, il lui semblait qu'elle portait le ceinturon du pirate, et elle avait la vague impression que l'un des plus petits démons était assis à ses pieds et frottait amoureusement son visage contre sa main libre.

La mâchoire de Cadeon se contracta, les muscles saillirent sur les côtés de son visage, et ses yeux devinrent noirs.

Pendant ce temps, Stevie chantait un truc du style : « Drague-la et tu verras un homme en colère. »

# 20

*Ma femelle est sur les genoux d'un autre, ses lèvres effleurent son oreille...*

Deshazior aperçut Cadeon et lui fit un signe du menton.

*Et je ne peux pas le tuer*. Le démon tempête ne manifestait aucune agressivité. Leurs espèces n'étaient pas en guerre. Cadeon avait même vaguement le souvenir d'avoir pris une cuite avec lui.

S'il faisait quoi que ce soit, tout le monde saurait que Holly était plus qu'une simple femelle pour lui.

— Debout. Maintenant, souffla-t-il sans desserrer les dents.

Elle l'avait vu en embrasser une autre, et cela avait presque paru l'amuser. Il l'avait à peine vue flirtant avec un autre, et il était prêt à tuer.

— Y a un problème, Cadeon ? demanda Deshazior.

— Je suis chargé de l'escorter, et il faut qu'on y aille.

— On y va, on y va, dit Holly d'une voix pâteuse, en retirant le ceinturon de Deshazior.

Elle récupéra ensuite ses lunettes sur le nez de Deshazior et lui caressa les cornes.

Autour d'eux, on entendit des grognements, mais elle n'y prêta aucune attention, ignorant que caresser les cornes d'un démon revenait à peu près à soupeser ses bijoux de famille.

— Je crois qu'il m'en faudrait un petit pour la route…

Cade l'attrapa et la jeta sur son épaule, à la façon d'un sac de farine.

— La fête est finie, petite.

Les autres le regardèrent comme s'il était fou de traiter ainsi une Valkyrie, mais au lieu de se mettre en colère, Holly lança des baisers à la ronde avec les deux mains.

— Bisous ! Bisous ! Envoie-moi un SMS, Desh, OK ?

— Où allons-nous, Cadeon ? demanda-t-elle lorsqu'ils furent de nouveau sur la route, traversant la nuit sur une autoroute déserte.

Il n'avait rien dit depuis leur départ. Comme s'il lui en voulait. À elle. Sans un mot, il lui tendit une feuille de papier sur laquelle était écrit :

*Pont de la Dame qui Rit, sur le fleuve Bloodwater, péninsule supérieure du Michigan. Un contact vous y attendra à minuit, pendant trois nuits consécutives à partir de vendredi.*

— On peut savoir ce que tu foutais, dans ce bar ? demanda finalement Cadeon.

— Je m'amusais juste un peu pendant que vous déshabilliez Imatra.

— Je n'ai pas à me justifier, que je sache.

— Surtout pas.

Penchant la tête contre la vitre, Holly leva les yeux vers le ciel. Des étoiles. Beaucoup plus brillantes que toutes celles qu'elle avait jamais vues dans le ciel de La Nouvelle-Orléans. C'était beau.

— On s'est rien promis, tous les deux.

— Non, effectivement.

— Alors, à quoi tu joues ?

Elle soupira.

— Cadeon… C'est donc si difficile à comprendre ? Ce que j'ai vu ne m'a rien fait parce que vous ne m'intéressez pas de ce point de vue-là.

— C'est des conneries, tout ça. Tu sais très bien qu'entre nous, il y a quelque chose. Une attirance.

— Une attirance ? Vous plaisantez, c'est ça ? Je souffre d'*hypersensibilité*, c'est vous-même qui l'avez diagnostiqué. Je manque de discernement, depuis quelques jours. Du coup, même avec vous, je commence à envisager… des choses.

— Même avec moi ? Ça veut dire quoi, putain ? Les femmes me trouvent à leur goût, en général.

— Et modeste, aussi.

Elle se souvint de ce qu'avaient dit les autres à propos de Cadeon – qu'il aimait la performance, avec les femmes.

— Vous parlez des femmes qui ont un penchant pour les cornes et les crocs. Ce n'est pas mon cas.

D'un air renfrogné, il passa une main sur une de ses cornes, réalisa soudain ce qu'il faisait et ramena brusquement sa main sur le volant.

— T'aimes pas les cornes, vraiment ? Tu titillais pourtant celles de Desh avec beaucoup d'application. Pour ta gouverne, sache que ça revient pratiquement à le palucher.

Elle n'avait jamais entendu cette expression, mais comprit que cela ne devait pas être très bon.

— Et comment vouliez-vous que je le sache ? Ils ne parlent pas de ça, dans *Le Livre du Mythos*. Et ça vous va bien, tiens, de critiquer mon comportement, saint Cadeon.

— Bordel, Holly, c'était pas ce que tu crois, avec Imatra.

— Vous n'avez pas à vous justifier, puisque je n'ai pas été offensée. Ce que j'ai vu m'importe peu. Ce ne sont pas mes affaires.

— Même après notre baiser…

— Le baiser que je ne voulais pas et qui ne doit jamais se reproduire ?

D'un geste, elle balaya ce souvenir. La tête commençait à lui tourner.

— Tu n'as pas envie de savoir pourquoi je t'aurais embrassée hier soir si c'était pour embrasser Imatra ce soir ?

Comme s'il n'avait fait que cela, tiens...

— Parce que vous êtes un homme ? Ou peut-être parce que, comme un lion, votre fierté exige que vous possédiez toutes les femelles qui vous entourent ?

— Elle m'a dit qu'elle ne me donnerait les instructions que si je l'embrassais !

— Et ça vous a pris une heure ?

Il avait cru entendre une pointe de jalousie dans cette question, mais il la regarda et vit qu'elle riait.

— Une heure ? T'es complètement ivre.

Pourtant, un coup d'œil à l'horloge du tableau de bord lui indiqua que Holly disait vrai.

— La sorcière ! Elle a dû ralentir le cours du temps dans sa chambre.

Cette fois, Holly éclata de rire.

— Ralentir le temps. Dans sa chambre. Laissez tomber. Je m'en fiche.

Et elle se mit à fredonner la musique du générique de *La Quatrième Dimension*.

— Après notre baiser, je pensais que tu serais un peu jalouse.

— Je n'ai aucune raison de l'être. Tout comme vous n'aviez aucune raison de l'être en me voyant avec Desh.

Cade se tut un long moment. Intérieurement, il fulminait.

— *Desh*... dit-il enfin. Ton petit ami est à une conférence, tu m'embrasses hier soir, tu es à deux doigts de me faire une gâterie tout à l'heure, et pour finir, tu prends une cuite et tu fais des papouilles à un autre mâle. Bravo pour la fidélité.

— Aïe. Je suis faite. La vierge infidèle. Elle emballe comme rien.

— Pourquoi tu souris ?

— Parce que c'est la première fois de ma vie que je suis pompette et que je trouve ça agréable.

Quelque part, cette révélation rassura Cadeon, qui se détendit.

— Ah bon. Quand tu auras dessoûlé, tu vas m'en vouloir. Beaucoup.

Elle se massa les tempes.

— Hou là, quel trouble-fête vous faites !

— Tu me traites de... Je le crois pas ! La préceptrice traite le démon de trouble-fête !

— Préceptrice ? Ah ah ! Vous n'êtes vraiment pas de votre époque !

Cade bouillait. Il pouvait supporter beaucoup de choses, mais pas cette indifférence.

Il se gara sur le bord de la route, se pencha vers elle, prit son visage entre ses mains. Mais elle le repoussa. Violemment.

La puissance des Valkyries. Elle se développait, c'était indéniable.

— Essayez seulement... siffla-t-elle, le fusillant d'un regard argenté. Si j'avais voulu goûter les lèvres d'Imatra, je l'aurais embrassée moi-même.

— Très bien, dit-il en la lâchant. Je me fous de savoir si tu me crois ou pas.

Et, faisant hurler l'embrayage, il repartit sur les chapeaux de roue.

Une heure passa, dans le silence, et soudain, Holly murmura :

— Ralentissez.

— Non, on a déjà du retard.

— Cadeon, s'il vous plaît, ralentissez. Je ne me sens pas très bien.

— T'as bu combien de verres ? Deux ? Trois ?

Elle eut un petit rire.

— Un peu plus.

— Ils t'ont dit que les effets mettaient un moment avant de se faire sentir ?

— Oui, oui. Ils me l'ont dit.

— Combien, Holly ?

— Je suis certaine que… c'était un nombre entier, multiple de trois, et supérieur ou égal à neuf…

Elle piqua du nez et ne se redressa pas.

Il fallut deux heures à Cadeon pour trouver un hôtel à peu près décent. Holly avait perdu connaissance, recroquevillée sur son siège.

Au moment où il la portait jusqu'à leur chambre, elle ouvrit les yeux et le fixa.

*Si jolie*. La colère était retombée, et le simple fait de la regarder faisait battre plus vite le cœur de Cadeon. Il soupira.

— Ma belle, neuf verres, ça va te couper les jambes pour un moment…

Elle gémit.

— Je vais… perdre mes jambes ?

Il ne put s'empêcher de sourire.

— Tu vas être ivre, idiote.

Lorsqu'il la posa sur le lit, elle s'allongea, mais s'écria aussitôt :

— Hou là ! Ça tourne !

Vite, il lui prit les jambes et la fit asseoir de manière que ses pieds touchent le sol.

— C'est mieux, comme ça ?

— Oui, murmura-t-elle au bout d'un moment.

— J'ai tellement de trucs à t'apprendre… Mais pour l'instant, je vais te déshabiller pour te mettre au lit.

— Je peux le faire.

Elle leva une main hésitante vers le premier bouton de son gilet, mais se donna un coup dans l'œil à la place.

— Aïe !

— Laisse-moi faire. Je ne regarderai pas.

— Si, vous allez regarder, déclara-t-elle d'un ton solennel.

— Oui, t'as sans doute raison. Mais c'est pas comme si j'avais jamais rien vu de pareil…

Il réalisa, lorsqu'elle ne fut plus vêtue que de ses bas et de ses sous-vêtements de dentelle noire, que non, il n'avait jamais rien vu de pareil. De sa vie. Il eut un soupir étonné et murmura :

— Bons dieux, petite, je pourrais jouir rien qu'en te regardant.

— Mmm ? Qu'est-ce que vous dites ?

Elle était absolument exquise. La natation avait parfaitement sculpté son corps. Ses bras et ses jambes étaient fermes, mais avaient gardé de la rondeur. Ses hanches s'épanouissaient sous sa taille étroite. Ses seins laiteux débordaient de son soutien-gorge pigeonnant un peu coquin.

Elle avait un corps de bombe sexuelle, un physique qu'elle conserverait durant toute son existence d'immortelle. Il aurait aimé hurler de plaisir devant ce spectacle.

Il tendit une main vers sa poitrine, brûlant de la pétrir…

— Vous disiez quelque chose, Cadeon ? demanda doucement Holly.

Il retira sa main, serra les poings. De nouveau, il fut tenté de la caresser, mais se retint et se mit à faire les cent pas pour se calmer. La femme de ses rêves était allongée sur le lit, offerte, à moitié nue, et il ne pouvait pas la toucher.

Il s'arrêta soudain. S'il ne pouvait pas la posséder, au moins pouvait-il tenter d'obtenir quelques réponses.

— Oui, petite. J'avais une question à te poser…

# 21

— Bonjour, lumière de mes ténèbres ! lui hurla Cadeon tout près de l'oreille.

Holly se redressa brusquement, avant de se prendre la tête entre les mains.

— Enfin, bonsoir, plutôt, corrigea-t-il. Je t'ai laissée dormir le plus longtemps possible, mais on a des délais à tenir, comme tu le sais. Et j'en connais parmi nous qui tiennent à ce que les choses soient faites dans les formes.

— Seigneur ! Ma tête. C'est un enfer.

— J'ai tout organisé. Tu vas prendre une douche, parce que tu sens plus fort qu'un tonneau de douze ans d'âge, et ensuite, on va s'entraîner. Une fois qu'on aura repris la route, tu me serviras de copilote. Si ta gueule de bois le permet. Tiens, bois ça.

Il déboucha une bouteille d'Isostar, en prenant bien soin de ne pas toucher le goulot.

Elle regarda la bouteille, puis ses mains, qu'elle tendait toutes les deux vers la bouteille. Quelques instants plus tard, elle buvait à longues gorgées.

— Mange ça, dit-il en lui tendant un paquet non ouvert de crackers salés, sur lequel elle se jeta littéralement.

Sans qu'elle comprenne pourquoi, en cet instant précis, l'Isostar et les crackers étaient absolument exquis.

Quelques minutes plus tard, elle se sentait déjà mieux.

— Merci.

— À ton service. D'ailleurs, si tu veux, je peux aussi t'aider à t'habiller. Après tout, je t'ai bien aidée à te déshabiller…

À ces mots, tous les événements de la veille revinrent à l'esprit de Holly. Une expression horrifiée apparut sur son visage.

Non seulement Cadeon avait couché avec Imatra, mais ensuite, il avait abusé d'elle, profitant de ce qu'elle était ivre.

À travers les brumes de l'alcool, elle se souvint qu'il lui avait posé des questions, la poussant à lui révéler toutes sortes de choses, intimes pour la plupart. Sa voix l'avait bercée, il avait procédé tout en douceur.

Elle se rendait compte maintenant qu'il s'était joué d'elle.

Son visage s'empourpra tandis que lui revenaient en mémoire les révélations qu'elle lui avait faites la veille : elle ne se caressait jamais – les longueurs de piscine la calmaient lorsque le besoin devenait trop impérieux, ou alors elle faisait des rêves très imagés et se réveillait en plein… Il lui sembla se souvenir que Cadeon avait même suggéré le mot « orgasme ».

Elle en avait honte, mais c'était la vérité. Elle rêvait souvent qu'elle faisait l'amour avec vigueur, au point de réagir physiquement.

Elle serra les poings. En elle, la colère le disputait à la gêne. Elle avait aussi reconnu que le sexe l'intéressait, mais que toutes ses expériences en la matière s'étaient jusque-là soldées par un échec. Elle avait fait souffrir des gens.

Elle secoua la tête. Quelle attitude méprisable, de la part de Cadeon. Il n'avait pas abusé de son corps, mais de son esprit…

— Bon, je vais t'aider, petite, dit-il en retirant la couverture sous laquelle elle se trouvait.

Elle agrippa le drap et s'enveloppa dedans tout en se levant.

— Écoute, c'est peut-être plus la peine de te la jouer vierge effarouchée. Je t'ai regardée des heures pendant que tu dormais. J'aurais même pu te peindre, tiens, plutôt que de prendre des photos avec mon portable.

Il montra son téléphone et lui fit un clin d'œil.

— Je vous déteste, dit-elle en se penchant, un peu vacillante, pour ramasser ses vêtements et ses affaires de toilette.

Après lui avoir jeté le regard le plus méchant dont elle était capable, elle alla s'enfermer dans la salle de bains.

Une longue douche bien chaude vint à bout de l'essentiel des toiles d'araignées qui encombraient son cerveau. Et son estomac cessa de se rebeller. Lorsqu'elle ressortit de la salle de bains, habillée, pomponnée, elle se sentait de nouveau humaine.

Enfin, peut-être pas. Elle soupira. En réalité, elle n'était sûre de rien.

— Comment ça va ? demanda Cadeon.

— Très bien, répondit-elle.

*Je crois que je commence à vous haïr. Ce qui est plutôt bien. Cela devrait m'aider à ne pas perdre mon objectif de vue.*

— T'es en colère pour hier soir.

— C'est un peu normal, non ? Vous avez profité de moi.

— Je t'ai pas touchée !

— Vous savez très bien que ce n'est pas ce que je veux dire. Vous m'avez fait parler.

— T'es en colère parce que je t'ai posé deux-trois questions alors que t'étais bourrée ? Alors là, franchement, je comprends pas. Mais peu importe. Au moins, tu dois être remontée à fond pour l'entraînement.

— Qu'est-ce que c'est que cet entraînement dont vous me rebattez les oreilles ?

— Il faut que je t'apprenne à te battre. Et à te défendre, aussi.

Mais Holly ne semblait pas décidée à coopérer.

— Allez, tu vas voir, ça va être marrant, reprit-il.

— Il me semble que j'ai mis au tapis une douzaine de démons, et toute seule, non ?

— Tu as dit toi-même que tu étais dans un état de fureur inhabituel. Que se passera-t-il si tu ne retrouves pas cet état ? Ou si tu veux battre quelqu'un sans forcément le tuer ? Ta vie est toujours en danger, tu dois te préparer.

Elle oubliait parfois que des tueurs étaient à ses trousses.

— Est-ce que je devrai vous frapper, pendant cet entraînement ?

— Peut-être.

C'était l'argument massue.

— Alors d'accord. Qu'est-ce que je dois faire ?

— Enlève tes talons.

Elle s'exécuta, et il lui fit signe de se placer face à lui.

— Si tu dois retenir deux choses de ce que je vais t'apprendre, ce sont celles-ci : n'hésite jamais. Si ton instinct te dit de frapper, frappe. Et, deuxièmement, n'aie pas honte de partir en courant si tes agresseurs sont trop nombreux. Sinon, tu feras juste perdre du temps à tout le monde, et tu t'épuiseras pour rien.

— D'accord, fit-elle avec un haussement d'épaules.

— Bon, alors... comment t'y prendrais-tu si on était face à face, comme ça ? Disons que tu dois avancer, sinon tu meurs.

— J'essaierais de vous donner un coup de poing ?

— Sauf si tu te bats contre une autre fille – ce que, personnellement, j'aimerais beaucoup voir, surtout s'il y a de la boue –, ne donne pas de coups de poing.

— À la télé, c'est toujours ce qu'ils font, pourtant.

— D'accord. Alors, vas-y. Mets-moi un crochet.

Comme elle le regardait sans comprendre, il ajouta :

— Tu regardes la télé, mais pas la boxe ? Laisse tomber. Balance tout ce que tu peux, on verra bien.

L'idée de pouvoir en mettre une bonne dans ce visage arrogant lui fit serrer les poings.

— Allez, vas-y ! Frappe !

Elle lança son poing vers le visage de Cadeon. Il se détourna, si bien qu'elle heurta sa corne.

— Aïe ! Vous trichez !

— Ne frappe jamais un démon au-dessus de la gorge. Il se servira de ses cornes. Et certains d'entre eux ont des cornes dont les pointes produisent un poison.

— Les vôtres le font ?

— Oui, mais uniquement quand la transformation en démon furie est totale.

— Donc, si je comprends bien, non seulement vous êtes malade, mais en plus, vous pouvez être venimeux ?

Il la fixa d'un regard sinistre. Visiblement, il ne trouvait pas cela drôle.

— Même avec les autres espèces, il ne faut pas viser la tête, reprit-il. Réfléchis : le crâne, c'est dur. Tes chances d'atteindre des parties vulnérables de la tête, comme la bouche ou le nez, sont faibles. Et si tu frappes ailleurs, c'est toi qui te feras mal à la main. Ce qui ne veut pas dire qu'il faut négliger le visage. Tu peux arracher les yeux d'un ennemi et planter tes griffes dans ses joues. Ou tu peux lui donner un baiser de Glasgow.

— Qu'est-ce que c'est ?

— Un coup de boule. Disons que tu as les bras attachés contre ton corps et que tu ne peux pas te libérer. Il faut juste balancer ta tête en avant, de manière que ton front tape à la naissance du nez de ton attaquant.

— Et le bon vieux coup de pied entre les jambes ?

— Essaie.

*Avec grand plaisir.*

Sans prévenir, elle balança son pied vers l'entrejambe de Cadeon. Celui-ci lui attrapa la cheville, la forçant à sautiller sur l'autre pied pour garder l'équilibre.

— Lâchez-moi ! s'écria-t-elle.

Il attendit quelques instants, puis obtempéra.

— J'aurais pu te faire tomber en arrière. Si tu veux taper dans les parties, sers-toi de tes mains. Il n'y a pas besoin de beaucoup de force pour faire très mal, à cet endroit. Et la plupart des hommes ne s'attendront pas qu'une petite femme ose y mettre les mains. Maintenant, frappe-moi au torse. Fonce sur moi. Allez ! Vas-y !

Elle s'élança, mais il l'attrapa par la main et, se servant de son élan, la fit pivoter et passa un bras autour de sa gorge.

— Et là, paf, ton adversaire te brise le cou, Holly, déclara-t-il, essoufflé, avant de laisser son avant-bras descendre lentement sur la poitrine de Holly.

Elle soupira. Tout ce cinéma, cette histoire d'entraînement, ce n'était que pour l'amener dans une position comme celle-ci. Cette fois, c'en était trop. Elle en avait vraiment assez de toutes ces manigances. Elle allait lui montrer à son tour de quoi elle était capable.

Elle se détendit contre lui, fit en sorte qu'il s'en aperçoive. Comme s'il était content d'elle, il posa ses lèvres sur sa nuque. Déjà, elle le sentait durcir.

Pourtant, pas plus tard que la veille, il était avec une autre.

*Ne réfléchis pas. Laisse parler ton instinct.* Elle se retourna pour lui faire face et, fixant ses lèvres, murmura :

— J'ai envie de t'embrasser.

Le visage de Cadeon s'éclaira, puis se pencha sur elle.

— Holly… murmura-t-il d'une voix rauque.

Au moment où leurs bouches allaient se rencontrer, elle rejeta la tête en arrière et la lança en avant de toutes ses forces. Un baiser… de Glasgow. Le nez de Cadeon craqua bruyamment, le sang coula presque aussitôt.

— Putain, Holly, mais qu'est-ce que tu fais ? s'exclama-t-il sans la lâcher.

Rassemblant de nouveau toutes ses forces, elle remonta son genou entre ses jambes.

Cette fois, il la lâcha et tomba à genoux, les mains plaquées sur son entrejambe.

— Vous avez raison, Cadeon, dit Holly en frottant ses mains l'une contre l'autre. C'était vraiment chouette, cette petite leçon.

# 22

— Tu m'éclates le nez *et* les balloches, et en plus, tu fais la gueule ?

Ils avaient repris la route, Cadeon au volant.

— C'est vous qui vouliez qu'on s'entraîne, répondit Holly sans lever les yeux de son écran d'ordinateur.

Son ton était hautain. Le sujet ne l'intéressait visiblement plus.

— Je ne savais pas que je heurtais tes convictions féministes. Et je t'avais dit de ne pas frapper les parties. Si j'arrive à assurer ma descendance après ça, on pourra dire que j'ai de la chance.

— Que deviendrait le monde sans petits Cadeon pour le peupler ?

— Si tu m'en voulais pour t'avoir posé quelques questions, je crois qu'on peut dire que tu as eu ta revanche.

— Comme ce mot est doux à mes oreilles, dit-elle, toujours sur le même ton.

Jamais il ne l'avait vue comme cela. Et pourtant, cette animosité ne parvenait pas à lui faire regretter sa conduite. Si l'occasion s'était représentée, il aurait agi de la même façon. Il avait touché le gros lot, pendant sa petite séance de questions-réponses, et savait désormais pourquoi sa femelle était encore vierge.

Elle avait trop peur de faire du mal à son partenaire, de ne pas contrôler sa force et son agressivité.

Il avait aussi découvert ce qu'elle faisait pour maintenir sa libido sous cloche. Des longueurs de piscine et des rêves érotiques. Rien que de penser à ces derniers, sa virilité mise à mal retrouvait de la vigueur.

— Ça va être comme ça pendant tout le voyage, alors ? demanda-t-il.

— Je n'ai rien à vous dire, tout simplement.

— Bon, alors je vais faire la conversation tout seul. Tu auras ma version des faits, comme ça. D'abord, je n'ai pas couché avec Imatra.

Holly soupira.

— Qu'est-ce que ça peut vous faire, que je vous croie ou non ?

— Ça me fait que si tu crois que j'ai baisé cette traînée, les probabilités qu'il y ait quoi que ce soit de sexuel entre nous en seront nettement réduites.

— Cadeon, une probabilité nulle au départ ne peut pas descendre en dessous de zéro, dit-elle sans lever les yeux.

— Bons dieux, j'adore quand tu fais ta prof de maths.

Cette fois, elle ne tomberait pas dans le panneau. Elle le regarda d'un air inexpressif.

— D'accord, tu ne trouves pas ça drôle, pigé. Il n'en reste pas moins que je ne l'ai pas culbutée.

Bizarrement, Holly commençait à douter qu'il l'ait fait. Elle les avait vus s'embrasser, oui, ce qui était déjà détestable, dans la mesure où, le même jour, il avait fait des avances à Holly. Mais avaient-ils réellement couché ensemble ? Et si Imatra l'avait effectivement fait chanter, refusant de lui donner les instructions tant qu'il ne l'aurait pas embrassée ?

— Vous dites peut-être la vérité à ce sujet, et je pourrais sans doute finir par vous croire. Mais vous mentez malgré tout, quelque part. Je le sens. Alors, faites attention aux convictions que vous allez ancrer en moi.

Avait-elle vu briller quelque chose dans ses yeux ?

Quoi que ce fût, il le dissimula rapidement.

— Je ne pense pas être capable de te convaincre de quoi que ce soit.

*Intéressant. Il fait machine arrière…*

— Tu me trouves si méchant que ça ? J'aurais pu abuser de toi hier soir, et je ne l'ai pas fait.

Cette remarque la laissa bouche bée.

— Vous pensez vraiment que je vais vous féliciter parce que vous n'avez rien fait à une femme sans défense ?

— Non ! Si ! Enfin, je veux dire… Oh, merde !

— Et puis, vous m'avez fait quelque chose quand même. Avec vos questions, vous avez cherché à percer mes secrets.

Luttant pour garder son calme, elle inspira profondément, puis ajouta :

— Écoutez, nous sommes coincés ensemble pour Dieu sait combien de temps. Essayons simplement de faire en sorte que ce soit le moins désagréable possible, OK ?

— Alors, connecte ton ordinateur à Internet et cherche notre prochain check point.

— Parfait.

Elle alla chercher les cartes sur MapQuest, les enregistra, puis lança une recherche dans Google.

— Bon, qu'est-ce que ça dit sur ce fameux pont ?

— Son nom officiel est pont de Bloodwater. C'est un pont couvert qui a été fermé il y a trente ans pour raisons de sécurité. Les gens du coin l'appellent « le Pont de la Dame qui Rit » parce qu'il est censé être hanté.

— Alors, c'est probablement le cas.

— Vous essayez de me faire croire que les fantômes existent aussi ?

— Oui. Mais ils n'appartiennent pas au Mythos. Nous, on a les spectres.

— Je ne vois pas la différence.

— Les spectres peuvent s'incarner et parcourir le monde. Ils ne sont pas coincés dans un grenier avec des chaînes, à faire « hou hou ».

— Vous avez déjà rencontré un fantôme ?

— Jamais. Un spectre non plus, d'ailleurs. Ce sont des créatures plutôt rares. Alors, qui est censé le hanter, ce pont ?

— Le premier décès a eu lieu en 1899, pendant la construction du pont. Un ouvrier est tombé dans un des grands moules en bois qu'on utilisait pour couler les piles du pont. Malheureusement, le moule était déjà à moitié plein de béton liquide. Avant qu'on réussisse à le repêcher, il avait coulé. Le béton prenait très vite, alors les ingénieurs ont décidé de laisser le corps plutôt que de faire sauter la pile. Les gens de la région ont dit qu'à partir de ce moment-là, le fleuve a réclamé des morts.

— Tu veux dire qu'avant, le bled ne s'appelait pas Bloodwater ?

— Si, si, il s'appelait comme ça. On trouve une argile assez rare dans le coin, qui rougit l'eau.

— Bon, et ensuite, qu'est-ce qui s'est passé ?

— Au début du xx^e^ siècle, un tueur en série se débarrassait des corps de ses victimes à cet endroit. Il a assassiné treize femmes et les a jetées à l'eau depuis le pont, prétendument pour nourrir le fleuve. Il a été abattu juste au moment où il blessait mortellement sa treizième victime.

— Comment les tuait-il ?

L'histoire se corsait nettement, là.

— Il choisissait des victimes qui menaient une vie protégée, ne connaissaient pas l'adversité. Il les kidnappait dans la nuit, en s'introduisant dans leur chambre, puis les emmenait jusqu'au pont, et là, il les poignardait, mais de manière à ne pas les tuer. Ensuite, il leur promettait de leur laisser la vie sauve si elles parvenaient à rire de ce qui leur arrivait. Si elles réussissaient à cesser de pleurer pour se mettre à rire, il ne leur trancherait pas la gorge. Évidemment, aucune ne le pouvait. D'où le surnom de Pont de la Dame qui Rit.

— Et il a été abattu ? Il aurait mérité pire.

— Pourquoi devons-nous rencontrer quelqu'un à cet endroit précis ?

— Je ne sais pas. Mais n'aie pas peur, je ne laisserai personne te faire du mal.

— Je n'ai pas peur. Je suis même plutôt excitée. Le surnaturel m'a toujours intéressée.

— Le surnaturel, c'est le naturel, désormais, petite.

— Pas pour moi. Pas pour longtemps, en tout cas. Bien, maintenant, si vous n'y voyez pas d'inconvénient, il faut que je travaille.

Par « travailler », elle voulait en réalité dire « épier ». Cadeon s'était servi de son ordinateur, sans savoir qu'un programme spécial permettait à Holly de connaître tous les sites qu'il avait consultés.

Il avait d'abord regardé les résultats sportifs du jour, puis avait envoyé un e-mail laconique – *J'attends mon fric, connard*. Il avait transféré cent mille dollars sur un compte-chèques. En voyant ce qu'il avait fait ensuite, elle eut un pincement au cœur.

Le démon avait cherché sur Internet le sens de « combinatoires extrêmes » et d'« analyse de grappes de données ».

Holly pensait qu'il avait couché avec Imatra, et Cade ne savait s'il devait tenter de la convaincre du contraire. Sans le savoir, en lâchant qu'il mentait quand même à propos de quelque chose, elle avait mis le doigt juste où cela faisait mal.

Un accident les força à ralentir. Entre Memphis et le nord du Michigan, il y avait mille trois cents kilomètres, et il leur fallut presque une heure pour en faire dix.

La tension était palpable dans l'habitacle. Holly n'était pas glaciale, juste indifférente, et bossait sur son code guerrier. C'était sa façon de lui montrer le peu de cas qu'elle faisait de lui. Un peu comme lors de leur première rencontre. Mais Cadeon pouvait jouer à ce jeu-là aussi. Il allait l'ignorer à son tour.

Il appela Rök.

— T'en es où ? demanda-t-il dans la langue des démons.

— On a suivi la piste des vampires. Ce soir, on passe à l'attaque.

Ainsi, Holly courrait moins de dangers.

— Bonne nouvelle. Dis-moi, combien de temps cela prend-il d'apprendre à quelqu'un à barricader son esprit pour qu'on ne puisse plus lire dans ses pensées ? Est-ce que tu penses que Holly pourrait y arriver en… disons deux semaines ?

Chez les démons, c'était un don. Les autres créatures du Mythos, en revanche, devaient travailler pour y parvenir.

Rök s'esclaffa.

— Plutôt deux ans, et encore…

Après avoir raccroché, Cadeon fit mine d'être perdu dans ses pensées. *Je l'ignore*. Mais cela ne dura que jusqu'au moment où Holly se massa les tempes, visiblement souffrante.

— Tout va bien ?

Elle haussa les épaules.

— Laisse-moi deviner. Mal au cœur, doublé d'un mal de tête ?

Elle le regarda, surprise.

— Tu as mal au cœur parce que tu lis alors que nous n'arrêtons pas de freiner et de repartir. Et le mal de tête, c'est parce que tu persistes à utiliser tes lunettes alors que ta vue a changé.

— Je n'arrive pas à me concentrer, sans mes lunettes.

— Écoute, on va essayer de se coucher tôt, ce soir. J'ai vu un panneau indiquant un petit motel familial, dans un bourg pas très loin d'ici.

— Mais on est en retard sur les prévisions.

— Ce n'est pas grave. Au rythme où on va, on sera au pont juste après minuit, et il faudra qu'on attende le lendemain de toute façon. En plus, Chicago n'est pas très loin, et il faut que je récupère du matériel là-bas, demain.

— Quel genre de matériel ?

— Tu verras…

# 23

— Vous êtes maso, c'est ça ? demanda Holly lorsqu'il suggéra une nouvelle séance d'entraînement.

— On pourrait travailler avec l'épée, ce soir.

Il avait pris deux chambres communicantes, mais avait insisté pour s'installer sur le lit de Holly. Le dos contre la tête de lit, les jambes allongées, il zappait frénétiquement tandis qu'elle réarrangeait tout ce qui n'était pas parfaitement disposé.

— Vous pensez que j'aurai besoin de m'en servir avant de redevenir humaine ?

Elle aurait juré qu'il ne la quittait pas des yeux.

— Beaucoup de gens s'en servent, dans le Mythos.

— Bon. Très bien. Alors, va pour le combat à l'épée.

— Super. Je reviens tout de suite.

Il se leva, alla dans sa chambre et en revint quelques minutes plus tard avec son épée et un balai, qu'il jeta sur le lit après en avoir ôté la brosse, sans doute pour s'en servir plus tard.

Puis, d'un air grave, il sortit son épée de son fourreau.

— Ce truc a l'air drôlement vieux, dites-moi. Vous l'avez fait dater au carbone 14 ?

Il eut l'air horrifié, comme si elle venait d'insulter sa grand-mère.

— Hé, un peu de respect pour l'Épée, s'il te plaît. En plus, elle n'a que trois ou quatre siècles.

— Seulement ? J'aurais tendance à penser que la technologie a fait des progrès, depuis. Pourquoi ne pas en acheter une autre ?

— C'est l'objet de ce voyage, je te rappelle. Essaie de suivre, petite.

Elle le fusilla du regard.

— Je voulais dire que vous auriez pu en acheter une autre au cours des siècles passés.

— Elle n'est pas cassée... et cette arme m'a sauvé la vie à de nombreuses reprises.

— Combien de gens avez-vous tués avec ?

Le visage de Cadeon s'assombrit.

— Trop.

Se ressaisissant, il leva son arme.

— Bien. Il s'agit d'une grande épée à double tranchant. Elle est faite pour pouvoir traverser les armures et fendre un homme en deux.

— Vous vous servez vraiment de ce truc ?

— Contre nous, les armes à feu ne servent pas à grand-chose, comme tu as pu le constater quand je t'ai sauvé la vie avec panache, l'autre soir. Tiens, prends-la. Elle est beaucoup plus grosse que la plupart des épées, alors tu risques peut-être d'avoir du mal à la manipuler...

Holly la souleva sans difficulté, d'une seule main, puis frappa d'un geste circulaire sans aucun effort.

— Ah, très bien. Donc, elle n'est pas trop lourde. Mais fais attention au manche, il est conçu pour être tenu à deux mains, comme une batte de baseball.

Il se plaça derrière elle et passa les deux bras sur les côtés pour lui montrer comment placer ses mains.

— Comme ça.

— Allez-vous sentir mes cheveux, cette fois encore ? demanda-t-elle d'un ton sec, agacée de sentir son corps réagir à la proximité du sien.

— Qu'est-ce que j'y peux, moi, si tes cheveux attirent les hommes ? Tu fais comme si c'était ma faute, mais… Bon, allez, serre un peu plus le manche. Voilà, c'est ça. Tu dois l'avoir bien en main, sentir le pommeau contre tes paumes. Maintenant, on va aller lentement vers la droite, puis vers la gauche, dit-il en guidant les mouvements de Holly.

À chaque seconde, elle se sentait plus à l'aise avec l'imposante épée.

— Pendant que tu t'exerces un peu, quelques mots d'histoire, souffla-t-il d'une voix grave dans son oreille droite. « *Gladius* », le mot latin pour « épée », signifie également « pénis ».

— Bien sûr que non.

Elle avait le souffle court et ne savait pas pourquoi.

— Ah ah ! Tu veux parier ?

Son menton frotta son oreille, en chatouilla la pointe, particulièrement sensible. Holly dut réprimer un frisson.

Malgré elle, elle sentit la chaleur l'envahir et son excitation s'accroître au contact du torse plaqué contre son dos. Elle sentait les pectoraux de Cadeon rouler sous sa peau, se contracter et se détendre en fonction des mouvements qu'il faisait avec elle.

— Depuis qu'un forgeron a fabriqué la première épée, cette arme a toujours été un symbole de virilité. C'est évident quand on la tient droite, pointée vers le haut. Dis-moi, Holly, toi qui en agrippes si fermement le manche, est-ce que cela te rappelle une récente vision ?

— Cadeon, dit-elle d'un ton menaçant.

Mais il en fallait plus pour l'arrêter.

— Et si le mot latin pour épée signifie pénis, le mot fourreau, en latin, lui, signifie va…

— Ça suffit. Vous dites n'importe quoi !

— Pas du tout. Si tu lis en latin *De bello gallico* – *La Guerre des Gaules* – de Jules César, tu verras que c'est très rigolo, parce que les soldats n'arrêtent pas de perdre leur fourreau ou de s'en servir pour assommer l'ennemi.

Nouveau frottement du menton sur la pointe de l'oreille. Était-il conscient de la rendre folle ? Bien sûr, bien sûr que oui !

— On dit qu'il existe le fourreau parfait pour chaque épée.

Même le combat à l'épée devenait sexuel, avec lui. Mais elle n'allait pas le laisser faire.

— Je vous préviens, je vérifierai tout ce que vous dites.

— Je t'en prie.

— Vous avez lu Jules César, alors ?

— En VO, ma chère. Est-ce que tu m'aimes un peu plus, maintenant que tu sais que je connais les langues anciennes ?

— Ce qui m'impressionne surtout, c'est que vous sachiez lire.

— Hou, la Valkyrie a la dent dure. Bien, voyons la position de combat, maintenant. Pieds écartés, à l'aplomb des épaules.

Il donna un petit coup sur l'intérieur de sa cheville pour qu'elle pose son pied un peu plus loin.

— Je dois prendre appui sur les orteils ?

— Bonne question. En principe, non. Pour pouvoir encaisser les coups, tu dois garder l'équilibre, ce qui est plus facile à faire quand on a les pieds bien à plat. Tu seras surprise de la force avec laquelle une épée peut s'abattre. Ça te déséquilibre en moins de deux. Et pour pouvoir frapper en retour, pareil, c'est mieux d'avoir les deux pieds bien à plat. Cela dit, les Valkyries ont un style de combat différent des autres.

— C'est-à-dire ?

— Elles ont l'atout de la vitesse. Elles peuvent se retrouver derrière toi avant que tu aies eu le temps de tourner la tête. Leurs épées sont plus petites, en général, plus destinées à repousser à petits coups qu'à frapper. Si une Valkyrie se battait contre moi, son objectif serait avant tout d'empêcher mon épée de cogner contre la sienne. Et, en général, elles tuent par un coup dans le dos.

— Pas très fair-play, si ?

Cette façon de faire allait à l'encontre de tout ce qu'on lui avait jamais appris – en tout cas, de tout ce qu'elle avait découvert dans les westerns et les films de science-fiction où les héros n'avaient rien de plus cher que leur honneur.

— Dans le Mythos, le combat à l'épée n'a rien de fair-play. L'objectif est de garder la tête sur les épaules, au sens propre du terme, point. Bien, maintenant, on redresse le torse.

Il posa une main sur son épaule et la tira doucement en arrière.

— Lève l'épée jusqu'à ton nez et laisse tomber la pointe devant toi, à un angle de quarante-cinq degrés environ. Là, tu es en garde. Tu peux bloquer l'assaillant par la droite ou par la gauche. Maintenant, on change un petit peu.

Il lui fit avancer l'épaule. Il la touchait sans arrêt, mais chaque fois, c'était justifié.

— Si tu te tournes sur le côté comme ça, tu réduis la partie visible de ton corps, ce qui fait de toi une cible plus petite.

— Vous allez vous servir du manche à balai ou pas ?

Il haussa les sourcils.

— Tu penses que tu es prête à croiser le fer ? Très bien.

Lorsqu'il la lâcha pour aller chercher le bâton de bois, elle vacilla. Heureusement, il lui tournait le dos et ne vit rien.

— Bon, dit-il en revenant. Je vais frapper, et je veux que tu bloques mon coup.

Il leva le manche, tapa contre la lame de l'épée, et le combat commença.

Tandis qu'ils tournaient dans la pièce en s'observant, il continua de lui donner des conseils.

— N'hésite jamais à frapper. Ne montre jamais ta nervosité. Garde les coudes contre le torse. Il faut rester compact.

Il frappait lentement, pour qu'elle puisse chaque fois bloquer ses coups.

— Évite de combattre plusieurs ennemis à la fois. Comme pour le combat à mains nues, n'aie pas honte de t'enfuir s'ils sont trop nombreux.

Peu à peu, il accéléra le rythme, et Holly sentit l'adrénaline monter en elle.

— Depuis toujours, l'issue de la plupart des combats à l'épée se décide au premier coup. On n'est pas à la télé. Chaque mouvement compte.

Il frappait plus vite, et plus vite encore, mais elle arrivait à suivre.

— Non, non, non, tu aurais pu esquiver ce coup, dit-il au moment où elle pensait avoir particulièrement bien bloqué. Il ne faut jamais bloquer si tu peux esquiver. Et souviens-toi que le lieu où se déroule le combat joue aussi un rôle clé. Essaie toujours de voir comment tu peux en tirer parti. Tout peut servir d'arme.

Il lui jeta un coussin, et elle le coupa en deux. Des morceaux de ouate s'envolèrent un peu partout.

D'un coup sec, il la frappa aux fesses, ce qui la mit dans une colère folle.

— T'aimes pas prendre la fessée ? Alors, ne perds jamais ton attaquant des yeux.

L'agressivité monta brusquement en elle, et elle frappa en poussant un cri. Il esquiva, et l'épée fendit en deux la table de nuit, ainsi que le téléphone qui s'y trouvait.

Holly s'immobilisa.

— Cadeon ! J'aurais pu vous tuer ! Je suis désolée !

Comme il haussait les épaules, elle demanda :

— Vous ne pensez pas que ce coup était impressionnant ?

— Non. Bousiller les meubles, c'est rigolo, rien d'autre. Moi, ce qui m'inquiète, c'est qu'on se bat et que tu t'arrêtes en plein milieu pour t'excuser. Elle est où, ton âme de tueuse ? Et ta facette impitoyable ? Tu te conduis comme une gonzesse.

— Une… gonzesse ?

— Tiens, j'ai une idée. Si tu arrives à faire couler mon sang avant que mon film commence, dans dix minutes, je te donne tes médicaments.

D'un regard, elle lui fit comprendre qu'elle était partante, puis elle attaqua. Il bloqua son coup et réalisa qu'elle en avait gardé sous le coude pour pouvoir frapper une deuxième fois, plus vite. *C'est une rapide*. Il esquiva juste à temps. Une lampe paya pour lui.

*Elle a tout d'une grande*, pensa-t-il.

— C'est tout ce que t'as dans le ventre ? dit-il néanmoins.

Les lèvres pincées, elle frappa en diagonale vers le haut avec une vitesse remarquable. Il dut bloquer avec son manche à balai, dont elle coupa une extrémité.

— Ô Seigneur, aurais-je coupé le bout de votre *gladius* ?

Cadeon fit la grimace. Elle était vraiment partie pour se battre. Sa détermination n'avait d'égale que sa rage. De nouveau, ils se tournèrent autour. Elle frappait, il esquivait. Enfin, il lança :

— Les dix minutes sont passées, petite ! T'as perdu…

L'épée tomba en sifflant, ratant l'épaule de Cadeon de quelques millimètres à peine.

— Hé ! On se calme ! C'est fini !

— Non, moi, je ne fais que commencer, lâcha Holly, une lueur argent dans les yeux.

Il comprit que s'il ne voulait pas lui faire de mal, il allait devoir jouer moins franc jeu. Lorsqu'elle chargea de nouveau, il pivota sur lui-même pour se retrouver derrière elle. Un petit coup de pied à l'arrière d'un genou lui fit perdre l'équilibre.

— Hé !

Mais, en trébuchant, elle parvint à se retourner. De nouveau, la lame siffla, à l'horizontale, cette fois. Sur le mur, un tableau rendit l'âme.

— Bon, c'est fini, mainte…

Quelqu'un tambourinait à la porte de la chambre.

— Police ! Ouvrez ! lança une grosse voix.

Les bras ballants, sur le point de lâcher l'épée, Holly blêmit.

— Ô mon Dieu, souffla-t-elle. Qu'allons-nous faire ?

Cadeon, lui, commençait à vraiment s'amuser.

— Hou là là ! murmura-t-il. Tu-vas-al-ler-en-prison-euh.

# 24

— Que voulez-vous dire ? s'écria-t-elle.

— La prison, tu sais ? La taule, le zoo pour bipèdes.

— Je sais ! Mais pourquoi est-ce que c'est *moi* qui y vais ?

— T'as les yeux argentés, et la gnôle de démon reste dans le sang pendant *des jours.* Quand les flics auront enfoncé la porte et t'auront trouvée au milieu de ce chantier de démolition, ils te boucleront, ma belle.

— Ô Seigneur, non, non ! Moi qui n'ai jamais eu un seul PV ! Tout ça, c'est de votre faute ! C'est vous qui avez commencé !

Paniquée, elle regarda autour d'elle.

— Vite, vite ! Aidez-moi à ranger !

À la porte, on tambourinait de plus en plus fort.

— On n'a pas le temps, Holly. Mais tu sais, je peux sans doute arranger les choses.

— Comment ?

— Ça, c'est mon problème.

Il avait traversé neuf siècles, sans doute savait-il comment se sortir de ce genre de pétrin. *Oui, Cadeon va me tirer de là.* Elle lui lança un regard reconnaissant.

— Mais, en échange, il faudra que tu fasses quelque chose pour moi.

Le visage de Holly se décomposa.

— J'aurais dû me douter que vous poseriez des conditions. Que voulez-vous ?

— Que tu regardes la télé avec moi. Un film que j'aurai choisi.

Où était le mal ? Elle adorait…

— Oh, vous voulez dire, un de *ces* films !

Il lui avait dit qu'il lui en montrerait un « avant que ce voyage n'arrive à son terme ».

— Jamais, Cadeon. C'est hors de question.

— Même si j'arrive à faire cesser tout cela ?

Dehors, le policier hurla :

— Ouvrez ! Immédiatement ! Les voisins se sont plaints du bruit.

— Seigneur… murmura Holly. Une seule scène, alors. Je ne regarderai qu'une seule scène. Si vous parvenez à régler cela.

— Marché conclu.

Il alla dans sa chambre, y prit son chapeau et une enveloppe, dans son sac.

— Essaie de ne pas violer une nouvelle fois la loi pendant mon absence, dit-il en revenant fermer la porte de communication entre leurs deux chambres.

Elle l'entendit ensuite sortir dans le couloir et comprit qu'il allait faire comme s'il n'était qu'un voisin. Futé, le démon…

Mais qu'arriverait-il si les choses ne tournaient pas comme il le souhaitait ? Et si la police exigeait d'entrer, de voir la chambre ? La peur au ventre, elle contempla les débris qui gisaient sur le sol, autour d'elle.

*Il faut que je me débarrasse des preuves*.

Sans plus réfléchir, elle démonta ce qui restait de la chaise et fourra tous les morceaux sous le lit. Les lampes en miettes et les oreillers éventrés les rejoignirent.

Trente minutes d'attente mirent ensuite ses nerfs à rude épreuve. Enfin, Cadeon reparut.

— Que s'est-il passé ? Dites-moi !

— Tout est réglé.

Elle se renfrogna.

— Vous sentez l'alcool

Il leva les yeux au ciel.

— Bien sûr, Holly. Comme si on était allés s'en jeter un, le flic et moi !

Bien évidemment, le flic et lui étaient allés s'en jeter un. Installé dans un coin, dans le bar du motel, le policier avait écouté d'une oreille distraite les salades que Cadeon lui racontait. Son attention était en réalité concentrée sur l'épaisseur de l'enveloppe de liquide proposée par Cade. Flic de province, c'était un type honnête, mais il avait cinq enfants, et Noël approchait. Qu'était-il censé faire ?

— Personne ne va venir ? s'enquit Holly.

— Non. À moins que t'aies envie de remettre ça. La chambre est parfaite, soit dit en passant.

Elle était plus propre qu'à leur arrivée, mais moins meublée.

— Bon, reprit Cadeon. J'ai fait ce que j'avais dit. Alors, en avant pour la projection.

— Vous allez me forcer à regarder une chose à laquelle je suis totalement opposée. Je n'arrive pas à y croire.

— Tu critiques, tu critiques, mais tu n'en as jamais vu ! Elle serait pas un peu hypocrite, la brûleuse de soutifs ?

— Je n'ai jamais essayé de boire de l'acide, mais je persiste à considérer que c'est mauvais. Et ne me traitez pas de brûleuse de soutifs ! Il est inutile de vous moquer de mon féminisme.

— D'abord, je ne me moque pas de toi, je te taquine. Et ensuite, je le fais ouvertement, pas par-derrière.

— Ce qui veut dire ?

— Quand on se chamaille, tu sais toujours quelle est mon opinion, et je te laisse systématiquement la possibilité de me convaincre que tu as raison. Peux-tu en dire autant des autres hommes que tu as croisés ? Les béni-oui-oui ?

— Vous voulez dire Tim.

— Il n'est pas aussi parfait que tu te plais à le penser.

Naturellement, Cade le méprisait, le haïssait profondément. Mais il avait aussi le sentiment que Tim n'était pas le gentil garçon qu'il semblait être.

— Peut-être qu'il n'est pas parfait, en effet. Mais il ne prend pas les femmes pour des traînées dont la place est dans un lit, à la disposition de ces messieurs.

— Je plaisantais, quand je disais ça. Enfin, presque.

Elle lui lança un regard noir.

— Soit dit en passant, les mâles du Mythos ont une bien plus haute opinion des femmes que les humains.

— Pff ! J'ai du mal à croire que des hommes nés au Moyen Âge croient plus en l'égalité des sexes qu'un homme élevé à l'époque de Madonna.

— Le Mythos abrite les Valkyries, les Furies, les sorcières et les sirènes. Si tu méprises les femmes, t'as vite fait de retrouver tes valseuses clouées au mur.

Tandis qu'elle digérait cette information, il ajouta :

— Et puis, c'est pas la peine de changer de sujet. On avait conclu un marché.

— Sous la contrainte. Vous est-il seulement venu à l'idée que je pouvais être moralement opposée à la vision de films pornos ?

Cade eut un rire narquois.

— T'es plus la gentille fille que tu étais. Tu te bourres la gueule et tu fais les cent coups avec des démons, tu t'assois sur leurs genoux et tu leur paluches les cornes en public. Tu te la joues rock-star en massacrant cette chambre de motel qui ne demandait rien à personne, et hier, tu as réussi à faire en sorte que je dévoile mon intimité alors que j'étais vulnérable et faible à la suite d'une blessure par balle. Non, non, Holly, faut regarder les choses en face, maintenant. T'es devenue une vilaine fille !

Elle le fixa, bouche bée. Même si la vérité, dans cette version des faits, était très nettement déformée, il n'en restait pas moins que tout cela s'était effectivement produit.

D'un air arrogant, il lui fit signe de venir s'installer sur le lit à côté de lui.

— On avait rendez-vous, non ? Allez, c'est du porno soft, faut pas t'inquiéter. À six dollars quatre-vingt-dix-neuf, c'est forcément du soft.

Serrant les dents, elle s'installa sur le lit, le plus loin possible de Cadeon, les mains posées sur les cuisses.

— Très bien. Je vous dois une scène…

Les choses commencèrent assez innocemment. Un couple plutôt séduisant commença à se déshabiller mutuellement, tout en s'embrassant. *Jusque-là, ça va*.

Mais Holly sentit son visage s'empourprer lorsqu'ils furent nus et se caressèrent intimement. Ils y allaient si… *fort*. Ça devait être douloureux, forcément…

Quand l'homme pénétra la femme, Holly, la bouche sèche, serrait les poings et avait du mal à respirer.

Son cerveau perturbé lui hurlait : « Ne regarde pas ! » Et lorsqu'elle parvint enfin à fermer les yeux, elle entendit le démon dire :

— Ah ah, Holly… Ça te fait de l'effet ?

Elle rouvrit les yeux et fronça les sourcils. Cadeon n'avait pas regardé le film. Il ne l'avait pas quittée des yeux.

— Vous ne le regardez même pas !

— Je suis un mâle. Je regarde ce qui m'excite le plus…

Tandis qu'ils se regardaient, des gémissements, des grognements, puis des cris leur parvinrent tandis qu'à l'écran, le couple atteignait l'extase.

La scène terminée, Holly comprit que quelque chose avait irrémédiablement changé en elle, mais elle fit tout pour que Cade ne s'en aperçoive pas.

— Eh bien, dit-elle en feignant un bâillement. C'était édifiant.

Elle se leva, quitta la pièce en direction de sa chambre.

— Tu es sûre que tu ne veux pas rester ? Il y a *Tétons en folie, volume 8*, juste après.

— Je vais devoir renoncer, j'en ai peur.

Elle referma la porte derrière elle et la verrouilla – geste futile, elle le savait : ce n'était pas cela qui arrêterait Cadeon.

D'ailleurs, là, tout de suite, elle n'était pas sûre de vouloir l'empêcher de franchir cette porte si tel était son désir.

Plaquée dos au mur, elle planta ses griffes dans la tapisserie.

# 25

Holly s'éveilla en poussant un cri, tirant à elle les draps déchirés. Elle regarda autour d'elle, un peu perdue, étonnée de découvrir que ce qu'elle venait de vivre était un rêve.

Le rêve le plus érotique qu'elle eût jamais fait. Et qui, pourtant, ne l'avait pas transformée en furie.

Dans ce rêve, le combat à l'épée s'était terminé avec Cadeon la jetant sur le lit avant de la déshabiller, puis de se déshabiller à son tour. Comme l'homme dans le film, il avait guidé son sexe en érection entre ses cuisses, puis, appuyé sur les bras, s'était mis au-dessus d'elle. Dans l'effort, ses biceps avaient sailli, roulant sous sa peau lisse.

Il l'avait pénétrée et, lentement, avait commencé des va-et-vient. Petit à petit, il avait accentué le rythme et la puissance de ses coups de reins, jusqu'à plonger en elle comme un piston. Sous l'effet de ces impitoyables coups de boutoir, elle avait senti le plaisir monter, monter…

Et là, elle s'était réveillée.

*Il faut que j'aille nager. Je dois absolument trouver une piscine*. Mais elle était dans le nord, et c'était l'hiver !

Que faire, vulnérable comme elle l'était maintenant, avec un démon lubrique endormi dans la chambre voisine ? Maladroitement, elle se leva, arracha les draps en lambeaux et les fourra sous le lit, avec le reste de tout ce qu'elle avait détruit la veille.

Après avoir remis le couvre-lit en place, elle se rua dans la salle de bains pour prendre une douche glacée. Malgré cela, même après s'être habillée, elle tremblait encore tellement qu'elle n'arriva pas à se coiffer. Plusieurs fois, elle tenta de se faire un chignon et finit par renoncer.

Elle ne maîtrisait plus rien. Ni son corps, ni ses pensées, ni ses cheveux.

Et dehors, le tonnerre et les éclairs semblaient railler les efforts qu'elle faisait pour y parvenir.

Cade ouvrit les yeux alors qu'il donnait un coup de reins dans les draps, plus dur que jamais pour elle.

*Elle me tuera, la petite*.

Il se leva en poussant un grognement, tituba jusqu'à la salle de bains et prit une douche brûlante. Sous le jet, il se souvint de la réaction de Holly, la veille, quand elle avait regardé pour la première fois un homme et une femme faire l'amour.

Tandis qu'elle écarquillait les yeux, son souffle était devenu plus court, sa poitrine s'était mise à se soulever de plus en plus rapidement.

Calant sa tête contre son avant-bras, face au mur carrelé, il empoigna son sexe et se caressa.

Les pointes des seins de Holly s'étaient dressées, tentatrices, sous son pull, le suppliant de les sucer…

Dehors, un éclair claqua, le tonnerre gronda. Cade se redressa brusquement lorsque les lumières vacillèrent. Les poils se hérissèrent sur sa peau. L'électricité était tangible dans l'air. *Holly*…

Il se rua hors de la douche, secoua ses cheveux tout en passant un jean, qu'il eut toutes les peines du monde à fermer, tant son érection était puissante. Courant vers la porte de communication, il en brisa le verrou et entra dans la chambre de Holly, qu'il trouva assise sur le lit fait.

Elle semblait ailleurs, avait le regard vide. Avait-elle fait un rêve érotique ? S'était-elle réveillée en jouissant ?

À sa respiration haletante, il comprit que sa femelle n'était pas allée jusqu'au bout…

Il retint un grognement. Elle était au supplice, souffrant de ne pas avoir eu ce qu'il mourait d'envie de lui donner.

Se campant devant elle, il l'aida à se lever.

— Tu trembles.

D'un mouvement délicat, il passa le dos de sa main sur sa pommette. Le souffle de Holly s'accéléra encore.

— Hé, petite, t'es au bord de l'orgasme, on dirait.

Elle secoua vigoureusement la tête. Ses yeux écarquillés passèrent du violet à l'argenté. Sa langue glissa sur ses petits crocs.

— Tu peux te mentir si tu veux, mais pas à moi.

— C'est pour ça qu'il me faut mes médicaments, Cadeon !

— Non, tu n'as pas besoin de ça.

L'instinct du démon était de se servir de son corps pour donner du plaisir à Holly, mais il ne pouvait pas. De toute façon, elle l'en aurait empêché.

Jusqu'où le laisserait-elle aller ?

— Tu as envie de moi, et tu sais très bien que l'inverse est vrai aussi. Alors, je te suggère qu'on s'aide l'un l'autre.

— Que voulez-vous dire par « aider » ?

— Pas coucher ensemble, mais juste se donner un coup de main quand l'un ou l'autre en a besoin.

— V… vous en demandez beaucoup. Je n'ai pas besoin de me soulager plusieurs fois par jour, *moi*, dit-elle en redressant le menton. Ça ira.

— Arrête de dire des conneries. T'en as autant besoin que moi.

— Non, c'est faux. Vous ne me plaisez même pas.

— C'est pas indispensable.

*C'est vrai. C'est parce que c'est un salaud que je peux profiter de lui*. Holly savait qu'elle ne devait pas se laisser aller à éprouver autre chose pour lui. Elle pouvait l'utiliser, ainsi qu'il l'avait proposé le premier soir.

Lentement, il la poussa vers le mur, et elle se laissa faire.

*Non, c'est de la folie. Ce n'est pas moi, ça...*

— Ce serait mal. Ce serait trahir mon petit ami.

Cadeon posa une main à plat sur le mur, à côté du visage de Holly.

— Il faut voir les choses comme ça : si on ne lâche pas un peu de pression, toi et moi, on va finir par exploser.

Et, à son oreille, il ajouta en murmurant :

— Et quand ça sautera, je te baiserai tellement fort pour éteindre le feu que tu en redemanderas. Quand, dans un râle, tu prononceras mon nom, là, tu le trahiras.

Il s'écarta, la laissant haletante, les yeux comme des soucoupes... et morte de curiosité.

— Et... comment s'y prendrait-on, exactement ?

— Tu pourrais me branler, et moi, je te doigterais.

Elle ravala un haut-le-corps en entendant son langage. Surtout, ne pas oublier qu'elle avait affaire à un démon – un très vieux démon.

S'ils faisaient ce qu'il suggérait, alors il la verrait nue et toucherait son sexe. Une première.

*Suis-je prête ? Non !* Elle avait beau vouloir l'être, elle ne l'était pas !

— Vous faites comme si nous n'étions pas capables de nous contrôler.

Il baissa les yeux sur ses bouts de seins durcis, et elle lâcha un petit cri.

— Ça ressemble à une femme qui se contrôle et qui contrôle son corps, ça ? Tu en as tellement besoin que je suis sûr de pouvoir te faire jouir en trois minutes.

L'absurdité de la chose lui arracha un éclat de rire. Et puis, bien sûr, elle ne pensa plus qu'à cela. Il était en train de dire qu'il pouvait l'amener à l'orgasme en cent quatre-vingts secondes.

Et si… c'était vrai ? Qu'est-ce que ça ferait, de connaître le plaisir sous les doigts d'un autre ?

Mais s'il y parvenait, elle n'aurait plus qu'une envie : qu'il recommence. C'était ça, la nature humaine.

*Je ne suis plus tout à fait humaine.*

— Maintenant, t'y penses, hein ?

*Quel prétentieux.*

— Vous savez très bien que vous ne pouvez pas y arriver en trois minutes. Vous dites ça juste pour tenter de me séduire.

— On parie ? Qu'est-ce qui te ferait plaisir, si tu gagnes ? Tu oses la caresse, tu remportes le gros lot.

Gros lot ? Il se trouvait, justement, qu'elle avait grand besoin de quelque chose… Elle hésita un instant, puis lâcha :

— Vous me laisserez faire provision de médicaments.

— Holly, me dis pas que t'as encore besoin de ces cachets…

— Et vous devrez passer une semaine sans prononcer un seul gros mot. Ce sont mes conditions. À prendre ou à laisser.

— OK, je prends. Mais si tu perds, tu passeras une semaine sans culotte. Et tu devras te servir de tes mains pour me faire jouir, moi aussi.

La perspective de caresser ce grand corps jusqu'à ce qu'il frémisse et se répande la fit frissonner.

Non, ce n'était pas pour cela qu'elle allait se soumettre. C'était pour ses médicaments.

— Est-ce que je devrai me déshabiller ? demanda-t-elle, la gorge serrée.

— Pas complètement. Juste assez pour que je puisse sucer tes seins et glisser une main entre tes cuisses.

Le simple fait d'entendre ces mots l'excitait.

— Alors, d'accord pour le pari. Mais comment faire pour compter les minutes ?

Cadeon retira sa montre de plongée.

— Elle a un compte à rebours, dit-il en appuyant sur un bouton. Voilà, c'est réglé. C'est toi qui appuies sur le bouton. Mais on ne commence pas avant que tu sois en position.

— En position ?

Sans prévenir, il la souleva et la porta jusqu'au lit.

— Allonge-toi, dit-il en faisant de même à côté d'elle.

Le simple fait de sentir sa présence contre elle excitait Holly. Elle déclencha le compte à rebours.

Cade lui prit la montre des mains pour la jeter sur la table de nuit, puis il saisit ses poignets.

— Mais…

— Je vais te tenir les mains derrière le dos, dit-il en joignant le geste à la parole.

— Pourquoi ?

— Pour que tu n'aies pas peur de me faire mal. Essaie de te libérer.

Mue par une bouffée de panique, elle tenta de se dégager, de toutes ses forces. Sans parvenir à bouger d'un pouce. Cadeon avait une poigne d'acier.

— Je suis plus fort que toi. Tu ne peux pas me faire mal.

Les choses seraient donc différentes. Cade était un guerrier immortel, pas un jeune étudiant humain. Holly se détendit.

Dès qu'il la sentit plus tranquille, il remonta sa jupe le long de ses jambes, jusqu'au-dessus de ses bas, jusqu'à ce qu'il voie sa culotte. Elle se mit à trembler lorsqu'il la fit glisser vers le bas.

— Ouvre ces jolies jambes pour moi.

Comme elle s'exécutait, hésitante, il releva son pull, son soutien-gorge, découvrant complètement sa poitrine.

— Attendez, je crois que j'ai changé d'a… Oh !

Il avait refermé les lèvres sur un de ses seins et en suçait goulûment le bout, l'aspirait, le léchait.

— *Seigneur*… gémit-elle.

Elle crut qu'il allait la faire jouir rien qu'en jouant ainsi avec son mamelon. La chaleur de sa bouche envoyait encore de douces ondes vers le creux de son ventre lorsqu'il fit glisser son doigt le long de son sexe. Elle faillit s'étrangler.

— Mmm... tu es si mouillée, si chaude... souffla-t-il. Encore plus que ce que j'imaginais.

De son index lubrifié par la moiteur liquide de ce sexe offert, il remonta jusqu'au clitoris, déjà hypersensible.

Holly n'avait jamais été caressée de la sorte, n'avait même jamais imaginé...

Elle lutta pour tenir bon, essaya de penser à autre chose, mais tout son corps réclamait le soulagement et s'en approchait un peu plus à chaque caresse experte de ce doigt et à chaque succion sur son mamelon. Elle se rendit vaguement compte qu'elle se cambrait pour aller au-devant de ce doigt, que son corps n'écoutait plus son esprit.

— Écarte un peu plus les cuisses.

Jusque-là, à chaque seconde de sa vie, elle avait tenté d'oublier les exigences de son corps. À présent, il était hors de question de résister.

Elle s'offrit.

— C'est ça, grogna-t-il contre son mamelon durci.

*Je perds le contrôle... Les pulsions prennent le dessus.*

Et elle n'était plus en état de les canaliser. Il avait fait ce qu'il fallait pour cela.

— *Cadeon*...

Vite, vite, plus vite encore, il caressa son clitoris, qui palpitait littéralement, plongea le doigt entre les plis humides de son sexe pour le lubrifier encore.

— Je vais entrer en toi, d'accord ? murmura-t-il sans relever la tête.

Déjà, son doigt se frayait un passage dans la moiteur de son intimité.

Avec un gémissement, elle accepta la défaite. C'était trop bon, trop délicieux, trop puissant pour qu'elle résiste.

— Continue…

Doucement, il progressa en elle jusqu'à ce que son doigt la remplisse. Alors, il le bougea lentement, sans cesser de faire tourner son clitoris sous son pouce.

— C'est bon, non ? fit-il d'une voix rauque. Tu aimes ?

Éperdue, elle remuait la tête sur l'oreiller.

— Oui… Oui !

Il allait y parvenir. Il allait la faire jouir. Ce serait le premier homme à y arriver.

— Continue, continue ! N'arrête pas, s'il te plaît !

— Pas tant que tu n'auras pas joui pour moi.

— Oh oui ! Oh ouiiii !

— Holly, j'attendais de voir ça depuis si longtemps…

L'orgasme l'engloutit. Elle ouvrit soudain les yeux, sous le choc, presque effrayée par l'intensité de ce qu'elle ressentait. Elle n'avait jamais rien connu d'aussi fort. Trempée, elle sentait son sexe enserrer le doigt de Cadeon, encore et encore. Arc-boutée contre lui, elle hurla de plaisir…

La voir jouir fut la chose la plus excitante qu'il eût jamais vue, à tel point qu'il craignit de la rejoindre avant même de pouvoir libérer son membre.

Il prolongea aussi longtemps qu'il le put le plaisir de Holly. Le fourreau soyeux de son sexe pressait son doigt comme des lèvres affamées.

Dehors, il y eut des éclairs. Le tonnerre fit trembler les murs.

— Arrête, souffla-t-elle enfin en repoussant sa main.

Au même instant, le compte à rebours sonna la fin des trois minutes.

Cadeon tendit un bras et fit taire sa montre d'un coup de poing. Lorsqu'il se retourna vers Holly, il constata qu'elle ne s'était pas couverte. Ses cheveux étaient épars ; son pull, sa jupe et sa culotte étaient là où Cade les avait laissés.

Plus rien ne semblait lui importer. C'était ainsi qu'il avait rêvé de la voir depuis toujours : ivre de passion au point de laisser tomber le masque. Elle était à bout de souffle, les paupières lourdes, les seins encore mouillés de salive.

Au creux de ses cuisses, le triangle de boucles dorées était mouillé lui aussi, et Cade sentit son membre réclamer ce havre. Il fit courir sa main le long de son érection, à travers son jean.

— Tu veux bien me soulager, Holly ?

Comme elle hochait la tête en se mordillant la lèvre, il défit sa braguette et fit descendre son pantalon jusqu'à ses genoux. Son sexe jaillit, palpitant entre eux deux.

Sans le quitter des yeux, Holly s'assit sur le lit.

— Mais… je ne sais pas comment faire. Je ne veux pas te faire de mal.

— Ne rien faire est plus douloureux que tout. Touche-le, ça suffit.

Hésitante, elle avança les deux mains, les posa sur le membre turgescent. Au premier contact, Cade lâcha un petit cri et donna un coup de reins en avant, malgré lui. Il ne pensait plus qu'à une chose : *ma femelle a les mains sur ma queue*.

Lentement, elle fit glisser ses mains si douces le long de sa verge. Lorsque le gland s'humecta, comme la veille, Cade grogna de plaisir. Du bout de l'index, Holly répandit le liquide sur toute la couronne.

— C'est si bon… gémit-il. Caresse-moi, maintenant.

Elle préféra continuer à l'explorer par petites touches, mais il avait besoin de mouvements plus rapides, plus rudes. Quand elle glissa son autre main entre ses jambes pour le soupeser, il lâcha un cri et se mit à remuer le bassin. Il était au supplice.

— Referme tes mains autour ! Je ferai le reste ! Si seulement tu pouvais imaginer la douleur…

Il lui prit la main, la posa sur sa verge, lui fit serrer les doigts.

— Ah… c'est mieux… grogna-t-il en poussant son sexe dans le poing de Holly.

La pression étant moins forte, il se remit à la caresser. D'une main, il lui pétrissait les seins, tandis que de l'autre, il faisait rouler le petit clitoris entre ses doigts.

Elle posa le visage sur son torse, l'embrassa tout en gémissant. Elle avait le plus sexy des gémissements : court, aigu, chargé de tension. L'entendre était comme un ordre murmuré à l'oreille de Cadeon. *Comble-moi.*

*Je pourrais la prendre… Elle me laisserait faire.* Mais même si le désir d'être en elle était puissant, il ne pouvait pas. Car alors, il se transformerait. Deviendrait démon à part entière.

Et pourrait savoir avec certitude si Holly lui était destinée.

Au lieu de cela, il donna de nouveaux coups de reins, s'aventura plus loin sur le sexe de Holly, la caressa de toute sa main.

Elle serra son membre un peu plus fort et se mit à le caresser de plus en plus vite, jusqu'à ce qu'il ne donne plus de coups et se laisse faire à son tour.

Il caressait sa femelle, qui le caressait en retour. *Je n'ai jamais rien connu d'aussi bon…*

Elle ferma les yeux lorsqu'elle sentit le plaisir la submerger de nouveau et poussa ces petits gémissements qui le rendaient fou.

Son instinct de démon reconnaissait en elle la femelle qui lui était destinée et rugissait de ne pouvoir la prendre. Comme elle frémissait contre sa paume, il sentit qu'il se transformait, mais refusa d'aller jusqu'au bout.

— Holly, tu vas me faire jouir tellement fort… Continue…

Son souffle devint saccadé, son corps tout entier se raidit soudain.

— Contin… Ah ! Aaaaah !

Soulagement… Il poussa un rugissement, aveuglé par le jaillissement du plaisir. Il n'éjacula pas, mais l'orgasme continua, encore et encore, puissant comme jamais, jusqu'à ce qu'il fasse lâcher prise à Holly. Se laissant retomber sur le lit, il fixa longuement le plafond, ébahi. Cela faisait neuf siècles qu'il attendait de satisfaire sa femelle.

Et être le premier à lui montrer tout cela, en plus… Une fierté toute virile l'envahit au souvenir de la surprise qu'il avait vue dans ses yeux argentés, juste avant qu'elle ne s'abandonne au plaisir.

Savoir qu'il avait enfin partagé cette expérience avec elle… C'était incroyable.

Lorsqu'il se tourna vers elle, elle demanda, hésitante :

— Cadeon, tu n'as pas…

— Les démons furie n'éjaculent pas. Pas tant qu'ils ne possèdent pas la femelle qui leur est destinée.

— C'est ce que tu voulais dire, en disant que tu saurais si c'était elle ?

Comme il hochait la tête, elle reprit :

— Donc, ce n'est pas moi qui ai mal… fait ?

— Non, bébé. Bien sûr que non.

Il se pencha pour titiller son oreille. Même après cet orgasme à couper le souffle, l'odeur de Holly l'excitait, et son sexe se redressa contre la cuisse pâle de la jeune femme.

— Bon, alors très bien.

Elle ramassa ses vêtements, se leva et eut un petit signe de tête satisfait. Elle aurait pu se frotter les mains, tant qu'elle y était.

— C'était très agréable, Cadeon. Je vais aller me rafraîchir, maintenant, puis nous pourrons reprendre la route.

Comme elle gagnait la salle de bains d'un pas léger, Cadeon ferma les yeux, incrédule. Allongé sur le lit, le pantalon sur les genoux, il eut soudain l'impression d'avoir été... utilisé. Et comprit ce que, durant neuf siècles, les femmes qui avaient croisé son chemin avaient ressenti.

*Putain, ça craint...* D'un geste, il remonta son pantalon. Oui, elle l'avait utilisé. Elle s'était servie de lui. Et pire, il n'avait pas avancé d'un pouce avec elle, ce qui le mit en colère.

Lorsqu'elle revint, il la jeta sur le lit.

— Qu'est-ce que vous... Arrêtez ça tout de suite ! hurla-t-elle.

Les coups et les gifles n'y firent rien. Il lui remonta la jupe jusqu'aux hanches et lui arracha sa culotte, qu'il fourra dans sa poche.

— Il me semble que j'ai gagné le pari, petite. Alors, j'ai droit à mon gros lot.

# 26

— J'arrive pas à arrêter de penser à tout à l'heure, murmura Cadeon, serrant le volant de toutes ses forces.

*Pas possible*, pensa-t-elle. Depuis deux heures, elle se remémorait en boucle tout ce qu'il était arrivé à lui faire ressentir – et à lui faire faire.

Sans cesse, elle revoyait l'expression de douleur sur son beau visage, juste avant l'orgasme, et la façon dont son membre avait palpité entre ses mains. Le cri brutal qu'il avait alors poussé lui avait donné des frissons.

Ne pas porter de culotte n'arrangeait rien. La savoir au fond de la poche de Cadeon était étonnamment érotique.

— Il va falloir faire un petit effort, j'en ai peur.

C'était valable pour elle aussi. Si seulement la seule présence de Cadeon n'avait pas été aussi… excitante. Hypersensible, elle l'était bel et bien. L'odeur de Cadeon la faisait saliver, la poussait à se rapprocher de lui chaque fois qu'ils étaient assis côte à côte. C'est-à-dire en permanence, vu le temps qu'ils passaient dans la voiture.

Comme la voix, l'odeur d'un homme n'avait jamais vraiment attiré son attention, à moins, bien sûr, qu'elle ne soit désagréable.

Mais l'odeur de Cadeon la mettait presque en transe. Elle ne pensait plus qu'à ce corps, pesant, massif, sur le sien.

— Si cela ne tenait qu'à moi, je nous trouverais un endroit bien tranquille, et on s'y enfermerait deux bonnes semaines, rien que tous les deux, à ne rien faire en dehors de…

— Se soulager ?

— Exactement.

— Malheureusement, ce n'est pas possible. Vous avez besoin de votre épée, et je redoute chaque jour un peu plus d'atteindre le point de non-retour dans ma transformation.

— Je sais, je sais.

— Nous allons donc faire comme s'il ne s'était rien passé, ce sera plus simple.

Jusque-là, elle n'avait jamais vraiment compris ce que recouvrait l'expression « éveil sexuel ». Désormais, elle en connaissait le sens. Cadeon lui avait fait des choses que jamais elle ne pourrait oublier. Elle ne serait plus jamais la même, car une limite avait été franchie. Elle avait goûté au sexe, et déjà, elle voulait retrouver ce goût.

Mais c'était impossible. Alors, comment faire pour tout remettre en sommeil ?

— Faire comme s'il ne s'était rien passé ? Ben voyons. Tu me diras si ça marche pour toi, dit-il en s'engageant dans le parking d'un centre commercial luxueux. On est arrivés.

— C'est ici que vous devez récupérer du matériel ?

— Que *nous* devons t'acheter des vêtements chauds, oui. Tu en as besoin. Des trucs un peu plus confortables, dans lesquels tu pourras *bouger*.

À vrai dire, elle n'était effectivement pas contre un ou deux pulls à col roulé. Et une veste plus épaisse, aussi, peut-être.

Cadeon se gara devant l'entrée d'un grand magasin haut de gamme. Holly descendit de la voiture, claqua sa portière, la tête ailleurs. Toujours ces pensées…

Pendant longtemps, chaque sensation d'excitation sexuelle s'était accompagnée de la peur de faire du mal à l'autre. Avec Cadeon, cette peur s'était envolée. Elle ne pouvait pas le blesser, ne pouvait rien faire sinon le laisser caresser son corps avec talent jusqu'à l'orgasme. À cette évocation, elle sentit une petite contraction dans le bas de son ventre. Puis elle fronça les sourcils. *Avec talent*. Il avait beaucoup d'expérience, c'était évident. Après tout, c'était un homme à femmes. Avait-il donné le même genre de plaisir à Imatra ?

— Hé, t'as oublié ton ordinateur ! lança Cadeon en le brandissant pour qu'elle le voie.

Stupéfaite, elle voulut le lui prendre des mains. Elle avait failli laisser son ordinateur dans la voiture ? C'était pourtant LA chose qui lui était indispensable, au point qu'elle avait souvent regretté de ne pas pouvoir se faire greffer un disque dur sur la hanche.

— T'as la tête ailleurs, hein ? dit Cadeon d'un air supérieur. Comment tu disais, déjà ? Faire comme s'il ne s'était rien passé ?

— Je pensais à autre chose.

Il leva l'ordinateur à bout de bras pour qu'elle ne puisse pas s'en emparer.

— Rendez-le-moi ! Vous allez le faire tomber !

— Je te le rendrai si tu reconnais que tu étais en train de penser à moi.

— D'accord. Je pensais à vous. Rien qu'à vous. Maintenant, rendez-le-moi !

Il finit par céder, l'air surpris par la facilité avec laquelle elle avait capitulé. Mais il s'agissait de son ordinateur, source de tout ce qui se faisait de beau et de bien dans le monde.

Elle passa la bandoulière par-dessus sa tête, installa son précieux fardeau sur sa hanche. Lorsqu'elle eut terminé, Cadeon posa une main à plat sur le bas de ses reins. Elle le fusilla du regard, mais il n'en tint pas compte et l'entraîna ainsi à l'intérieur du magasin. Au rayon femmes, il alla même jusqu'à prendre un jean et à le plaquer sur elle pour voir si c'était la bonne taille. *Foutu macho qui décide de tout !*

— Comment voulez-vous que j'essaie un pantalon sans culotte ? lâcha-t-elle sans desserrer les dents.

Il tapota la poche de son blouson.

— Tu veux la récupérer ? On devrait pouvoir s'arranger.

Il lui fourra plusieurs jeans dans les bras, ajouta des pulls à col roulé en cachemire et la poussa vers les cabines d'essayage.

Elle crut un instant qu'il l'attendrait dans le salon prévu à cet effet, mais non. Il la suivit jusque dans la cabine et referma la porte derrière lui.

— Cadeon ! Vous ne pouvez pas rester ici !

Il posa une main sur le mur et se pencha vers elle.

— Il le faut bien, puisque tu vas m'embrasser.

— Vraiment ?

Elle aurait aimé paraître indignée, mais ce fut de la curiosité qu'elle entendit dans sa voix.

— Oui, oui. Si tu veux récupérer ta culotte.

— Très bien. Je me passerai de jean.

— Il va faire frisquet, pour se balader en jupe, avec rien d'autre que des bas.

Elle eut un soupir agacé. Le temps était effectivement à la fraîcheur.

— Bon. Je vous embrasse, mais vous me rendez ma culotte pour de bon. Pas seulement pour aujourd'hui.

— Alors, je veux un vrai baiser. Avec la langue. Pas juste un bisou sur la joue.

*Nous y voilà.*

— Très bien. Mais je ne sais pas vraiment comment faire.

Allait-il rire intérieurement de son manque d'expérience ? La comparer à Imatra ?

Holly aurait aimé embrasser mieux que la démone.

— Déjà, tu n'as pas besoin de ça, dit Cadeon en lui prenant son sac pour le poser sur le banc, derrière lui. Ensuite, il va falloir que tu te mettes sur la pointe des pieds pour arriver à ma hauteur.

— Vous ne vous baissez pas ?

— C'est toi qui m'embrasses, je te rappelle.

Elle posa les mains sur ses épaules, pour ne pas perdre l'équilibre, et se hissa sur la pointe des pieds.

— Même comme ça, il va falloir que tu me tires vers toi. Mets une main derrière ma tête.

Sans faire exprès, elle effleura le bout d'une de ses cornes. Il poussa un gémissement, et elle éloigna vivement sa main.

— C'est bon, quand tu les touches, murmura-t-il.

— Vous sentez vraiment des choses, par là ? s'étonna-t-elle.

Elle n'avait pas oublié ce qu'il lui avait dit à propos de son comportement dans le bar.

— Bien sûr. Les démons mâles adorent qu'on leur caresse les cornes.

Elle mit cette information de côté, pour plus tard.

— Ensuite, tu poses tes lèvres ouvertes sur les miennes, et tu lèches ma langue. À partir de là, tu fais comme tu le sens, tu suis ton intuition… et ton plaisir.

Elle déglutit, incapable de dire si la tête lui tournait, si elle était nerveuse, ou les deux. Puis elle attira le visage de Cadeon vers elle et posa ses lèvres sur les siennes.

Comme pour l'encourager, il lui donna un petit coup de langue. Ensuite, il la laissa faire, sans chercher à accélérer la cadence. D'abord hésitante, elle le lécha ici et là. Enfin, leurs langues se retrouvèrent, et là encore, il lui laissa l'initiative.

Leur baiser fut sensuel, langoureux. Et très charnel. Holly ne pouvait s'empêcher de le prolonger, d'aller plus loin, plus profond…

Dans la cabine d'à côté, on entendit deux filles glousser.

Avec un petit cri, Holly s'écarta et tenta de reprendre son souffle et ses esprits. Mais lorsqu'elle vit le visage de Cadeon, elle n'en crut pas ses yeux.

Son regard était complètement noir ; ses cornes s'étaient raidies, avaient épaissi. Comme chaque fois qu'ils avaient eu des échanges intimes.

Or, si ses souvenirs étaient bons, il n'avait pas réagi ainsi, après avoir embrassé Imatra. Était-ce parce qu'il avait déjà été satisfait ? Ou pas du tout, au contraire ?

— Voilà, dit-elle en se dégageant. J'ai fait ce que vous vouliez.

— Ça, pour l'avoir fait, tu l'as fait, souffla-t-il d'une voix rauque. Heureusement que j'ai apporté ça.

Il sortit son chapeau de cuir, celui avec lequel elle le trouvait si séduisant, et le posa sur sa tête. Puis il attendit un moment. Quand ses yeux eurent retrouvé une couleur plus normale, il quitta la cabine.

— Bon, je vais m'installer avec les autres hommes perplexes qui se demandent encore ce qu'ils font là.

— Hé, attendez ! dit-elle en montrant sa poche.

Il feignit de mal comprendre.

— Non, non, tu ne me dois rien, ma chérie.

Elle leva les yeux au ciel et articula :

— *Ma culotte !*

Il la lui tendit avec un sourire victorieux. Enfin, elle eut la cabine d'essayage pour elle seule. Mais en enfilant un jean à trois cents dollars, elle se figea. *J'entends les chuchotements des filles de la cabine d'à côté.*

Elles parlaient tout bas, et sans doute avec leur main devant leur bouche, et pourtant, elle entendait clairement ce qu'elles se disaient :

— Il est carrément canon ! J'ai jamais vu un mec aussi sexy ! Fais comme si tu allais me chercher une autre taille, tu verras.

Et Holly entendait leur cœur battre la chamade chaque fois qu'elles passaient devant lui. Ce qui signifiait qu'il l'entendait, lui aussi. Pas étonnant qu'il soit à ce point sûr de son pouvoir de séduction.

— Sors, que je puisse te voir ! lança-t-il.

Elle se regarda dans le miroir et faillit ne pas se reconnaître. Elle n'avait pas porté de jean depuis l'adolescence. Son chignon dégringolant sans arrêt à force d'essayer des pulls, elle avait fini par se faire deux tresses, qui lui couvraient les oreilles. Elle ne portait pas de lunettes, puisqu'elle n'en avait plus besoin. Ses joues étaient roses, et sa peau semblait scintiller, comme celle de Nïx.

Les lèvres pincées, elle contempla son reflet, reconnaissant à contrecœur qu'être valkyrie présentait quelques avantages.

— Allez, quoi, j'attends !

— Une minute !

Mais déjà, il était devant sa porte.

— J'en peux plus, il faut que je te voie.

À côté, une des filles soupira.

— Le jean ne va pas.

La taille était beaucoup trop large, et les fesses, trop serrées. Elle tourna et se retourna devant le miroir. Mine de rien, elle s'en rendait compte pour la première fois, elle avait un sacré popotin. Elle comprenait maintenant que Cadeon ait toujours les yeux rivés dessus !

— Essaie une autre taille, alors.

— Non, il est trop grand et trop petit à la fois.

— Laisse-moi voir.

— D'accord.

Elle ouvrit la porte. Cadeon resta bouche bée.

— Tourne sur toi-même.

Gênée, elle s'exécuta.

— Eh ben, soupira Cadeon. Moi qui trouvais que dans une jupe tes fesses étaient à couper le souffle… Dans un jean, c'est encore mieux !

À côté, les filles gloussèrent. Holly le fusilla du regard. Sans autre commentaire, Cadeon entra dans la cabine, prit la sacoche d'ordinateur et entraîna Holly à l'extérieur.

— Mais qu'est-ce que vous faites ?

— On a fini, non ?

— Mais il ne me va pas !

— On va te trouver une ceinture.

— Et ce n'est qu'un jean !

— Pas de problème. On va t'en prendre cinq comme ça, plus un pull de chaque couleur, et hop, le tour sera joué.

De retour dans le magasin, il ajouta en soupirant :

— Pff… on n'est pas passé loin. Je t'ai sortie de là juste à temps.

— Je ne comprends pas.

— T'étais sur le point d'arracher les yeux de ces filles d'un coup de griffe parce qu'elles s'intéressaient à ton démon. On était au bord de la cata, des vies étaient en jeu.

— Vous n'êtes pas *mon* démon.

— Ah bon ? Tu m'as pourtant embrassé comme si c'était le cas.

— Oooh ! s'emporta-t-elle à mi-voix.

Sur un comptoir, il prit une ceinture, qu'il lui passa autour de la taille.

— Tiens, essaie ça.

Il s'attarda un peu, les bras autour d'elle. Dix contre un qu'il sentait ses cheveux.

— Ça va très bien, dit-elle.

Il en prit quelques autres, et ils se dirigèrent vers la caisse.

— Bonsoir, belle enfant, lança Cadeon à la caissière en lui tendant sa carte de crédit.

La jeune femme le regarda, sans voix, et se recoiffa, incapable de faire autre chose.

— Mademoiselle, intervint Holly d'un ton plus sec qu'elle ne l'aurait voulu.

La caissière se ressaisit et entreprit de scanner les différents articles.

— Pff, on est encore passé près, hein, murmura Cadeon à l'oreille de Holly. Elles flirtent avec la mort sans le savoir, ces petites écervelées.

Elle lui donna un coup de pied dans le tibia. Il gloussa en guise de réponse.

Lorsqu'ils eurent terminé et que Holly eut retiré les étiquettes des vêtements qu'elle portait, Cadeon lui tendit une carte American Express Centurion. Celle qu'on ne demandait pas, qui n'était proposée qu'aux très gros clients. Le démon était riche, donc.

— Va essayer des chaussures de randonnée. C'est en bas. Il t'en faut de bonnes, qui n'aient pas besoin d'être brisées. Avec du Gore-Tex, pour la neige.

— Où allez-vous ?

— Me chercher un manteau et deux trois autres trucs. Tu restes dans le magasin jusqu'à mon retour, d'accord ?

Au rayon chaussures, Holly choisit deux modèles. Une paire de robustes chaussures de randonnée, parce qu'elle en avait besoin, ainsi qu'une paire de bottes en cuir souple noir, à talons, parce qu'elle avait tout de suite flashé dessus et n'avait pas pu se retenir.

Elle les garda aux pieds, paya le tout et alla s'asseoir sur un banc pour attendre Cadeon. Inoccupée, sans personne à qui parler, elle repensa aux événements récents.

Elle avait officiellement trompé son petit ami, et cela ne lui ressemblait pas. Jamais elle n'avait triché à un examen, jamais elle n'avait brisé une promesse. Tim était quelqu'un de trop gentil pour mériter cela…

*Connais-tu vraiment bien Tim ?*

Cette pensée surgie de nulle part la poussa à s'interroger.

Tim était l'homme idéal, pour elle. Stable, toujours d'humeur égale, passionné par son travail autant qu'elle. Grand et mince, c'était un homme gentil et affable, d'une beauté qui n'avait rien d'intimidant. Et comme elle l'avait dit à Cadeon, il ferait un excellent mari et un père remarquable.

Ce que l'on pouvait difficilement dire de quelqu'un comme Cadeon, qui lui serait infidèle et jouerait probablement les pères absents s'il avait des enfants.

Pourtant, avec lui, elle avait compris une chose : certains aspects de la personnalité d'un homme se découvraient beaucoup plus facilement dans une situation intime, quand les masques tombaient.

Dans le regard de Cadeon, elle avait vu du désir, de la concupiscence, mais ses caresses avaient été douces, tendres, comme s'il savourait, et même… respectait le corps de sa partenaire.

De la part de ce mercenaire impitoyable, une telle délicatesse avait de quoi surprendre. Or, cette qualité, jamais elle ne l'aurait découverte si elle n'avait pas été intime avec lui.

Que découvrirait-elle sur Tim en pareille situation ? Elle tenta de s'imaginer faisant les mêmes choses avec lui… mais n'y parvint pas. Chaque fois, c'était l'image du démon qui s'imprimait dans son esprit.

*Non, non !* Elle avait là l'exemple parfait du nouveau mode de pensée qui prenait le pas sur l'ancien. *Celui qui a une explication rationnelle pour ce qui s'est passé avec le démon : parce que, ainsi, j'ai pu apprendre des choses sur la personne qu'il est vraiment. Ah ah ah !*

Elle doutait de Tim parce qu'elle n'était plus elle-même, pas parce qu'elle s'accrochait à cet homme qui symbolisait sa vie d'avant, celle qu'elle redoutait de perdre…

Elle cessa de chercher des réponses lorsqu'elle aperçut Cadeon qui revenait la chercher, marchant à grands pas, torse bombé, sûr de lui, son petit sourire insolent sur les lèvres.

Peut-être avait-il raison, pensa-t-elle, songeuse. Peut-être fallait-il qu'elle ait une folle aventure avant de reprendre son existence normale, ordonnée. Un peu de sexe, des sensations fortes…

Il s'assit à côté d'elle et l'embrassa avant qu'elle ait pu réagir.

— Je t'ai manqué, pas vrai ?

Elle ne sut que dire. C'était la première fois qu'on l'embrassait en public.

— Si peu.

— Ben voyons. Je me demande pourquoi tes yeux ont viré à l'argenté quand tu m'as vu arriver, alors.

— N'importe quoi ! Ô mon Dieu ! Vous pensez que quelqu'un l'a vu ?

— Détends-toi, petite. Les humains penseront juste que c'est un effet de lumière. Fais simplement comme si de rien n'était, et ne prends surtout pas l'air coupable. Bon, montre-moi ce que tu as acheté.

Il posa les yeux sur ses bottes.

— Superbes. Mais tu n'as pris que deux paires ? Je m'étais préparé à une vengeance par carte de crédit interposée.

— Désolée de vous décevoir. Et vous, dit-elle en montrant les sacs qu'il avait à la main, qu'avez-vous acheté ?

— Je te montrerai pendant le dîner.

— Le dîner ? Nous avons le temps ?

— Je dois te nourrir, sinon tu deviens soupe au lait. Et puis, il nous reste cinq heures de route maxi, et il n'est que 18 heures.

— Que voulez-vous que je mange dans un restaurant ? Vous savez bien qu'il faut que tout soit emballé séparément…

— J'ai déjà passé commande. Fais-moi un peu confiance, OK ?

# 27

Pendant quinze ans, Holly avait pratiquement toujours été trop habillée, où qu'elle aille. Ce soir, le démon lui faisait porter un jean pour l'emmener dîner dans un restaurant huppé.

Tandis qu'ils attendaient qu'on les serve, elle se demanda ce qu'il avait pu commander pour elle. Une boîte de haricots verts ? Des fruits au sirop, peut-être ? Ou alors, juste une boîte de thon. Après tout, c'était un restaurant de fruits de mer.

— Alors, jetons un œil à mon butin, dit Cadeon en prenant l'un de ses sacs.

Il avait retiré son chapeau, secoué la tête pour que ses cheveux recouvrent ses cornes, et il était d'une beauté insolente.

— Tiens, dit-il en lui tendant deux paquets. Je t'ai acheté une montre. Tu en avais une jolie, avant.

Il avait même remarqué ce petit détail ?

— Et je m'en suis acheté une aussi.

*Ah oui, bien sûr,* songea Holly en rougissant, se rappelant qu'il avait pulvérisé la sienne un peu plus tôt dans la journée.

— Elles ne sont pas… assorties, j'espère ? s'enquit-elle.

— Hé, je suis un démon, pas une midinette.

— Oh. Oui, bien sûr.

Elle prit la boîte et haussa les sourcils.

*Cartier.*

Elle avait toujours évité cette marque, parce que la plupart du temps, dans la collection montres, le diamant était à l'honneur. Et entrer en transe chaque fois qu'elle regardait l'heure n'était pas une perspective très alléchante.

Lorsqu'elle ouvrit le paquet, elle faillit sourire. Pas un seul diamant en vue. Du platine, simple, mais élégant. Pourquoi était-il si… attentionné ?

— Cadeon, elle est très belle, mais vraiment, c'est trop. Je ne peux pas vous laisser payer…

— Je la ferai passer en note de frais. Maintenant, tais-toi, et regarde l'autre paquet.

L'ordre la fit tiquer, mais elle obtempéra. À l'intérieur de la boîte se trouvaient… ses lunettes.

— Vous m'offrez mes propres lunettes ?

— J'ai fait mettre des verres neutres. Tu disais que tu ne pouvais pas réfléchir sans elles, et ça te donnait des maux de tête de les porter.

Elle les passa, incrédule. Qui était le plus attentionné ? Tim, qui lui prodiguait des encouragements, ou Cadeon, qui rendait son travail possible ?

*Arrête de les comparer !* Tim n'avait pas pour habitude de s'envoyer en l'air avec des patronnes de bar nymphomanes.

— Elles sont parfaites. Mais, Cadeon, je vais redevenir comme avant. Ma vue aura de nouveau besoin d'être corrigée.

— Alors, tu rechangeras les verres. Mais, pour l'instant, tu as du boulot, il faut que tu avances. Les codes ne s'écrivent pas tout seuls, tu le sais bien, ajouta-t-il très sérieusement.

Il lui tendit un autre sac.

— Maintenant, regarde le manteau que je t'ai trouvé.

Elle tira du sac un blouson de ski moulant. Rouge.

— Il est rouge.

— Oui. Tu n'as rien de rouge.

Une nouvelle fois, il avait remarqué ce détail. Elle était surprise par le bon goût dont il faisait preuve, mais ne put s'empêcher de dire :

— Il n'a pas l'air très épais.

— C'est ça, les nouvelles technologies. Avec ça, tu auras chaud par moins trente. Fais-moi confiance. Et puis, je me trompe, ou tu n'es plus aussi sensible au froid qu'avant ?

— Non, c'est vrai...

Le serveur arriva avec leurs verres. Une bière pour Cadeon, et un Perrier glacé pour Holly, capsule encore en place, à la demande de Cadeon.

— Pourquoi est-ce si important pour vous que je mange ? demanda Holly lorsque le serveur s'éloigna.

Cade soupira. Il redoutait cette question depuis un moment. *Parce que je suis un salaud et que je m'apprête à te trahir de la plus cruelle des façons...*

Il lui semblait que chaque moment de bonheur avec sa promise lui coûtait un nouveau mensonge, l'enfonçait un peu plus, faisant en sorte que le pardon devienne impossible.

*N'y pense pas.*

— Peut-être que ta transformation sera plus lente, si tu continues à garder des habitudes humaines.

Ce fut au tour de Holly de soupirer.

— J'ai de moins en moins faim. J'ai même l'impression, parfois, que je pourrais facilement oublier de manger.

— Le changement a déjà bien fait son chemin en toi. As-tu remarqué combien tu étais devenue puissante et rapide ?

Elle resta silencieuse un long moment, pliant et dépliant sa serviette de ses doigts fins, agiles. Ceux-là mêmes qu'elle avait refermés autour de son sexe, à peine quelques heures plus tôt.

Gêné, il changea de position sur sa chaise.

— Cadeon...

— À quoi penses-tu ?

— Je me demandais juste... qu'est-ce que ça fait, de vivre éternellement ?

*Ça fatigue*. Sans compagne, sans famille, c'était foutrement fatigant.

— Cela comporte certains avantages. On est dispensé de mourir, déjà. Tu envisages de signer pour l'immortalité ?

— Je ne sais pas… Je vois bien qu'il y a des avantages à être une Valkyrie. Mais je ne veux pas être la Porteuse. Je ne veux pas que l'alternative soit la mort ou l'enfantement. Et je ne vois pas comment concilier ma vie actuelle avec celle qu'engendrerait le changement. Que se passera-t-il si une de mes oreilles apparaît soudain, en plein cours ?

— Tu serais surprise du nombre de créatures du Mythos qui vivent parmi les humains sans que ces derniers s'en aperçoivent.

— Franchement, je ne suis pas sûre de vouloir vivre éternellement…

Comme le serveur apportait leurs plats, elle se tut.

Pour Cadeon, un châteaubriant de six cents grammes. Pour elle, des bananes avec leur peau et des œufs durs non écalés, accompagnés de couverts en plastique emballés.

Le regard de Holly passa de son assiette à celle de Cadeon et se teinta d'une certaine tristesse.

— Tu aimerais bien un morceau de mon steak, pas vrai ?

Elle secoua vigoureusement la tête, alors que, de toute évidence, la viande la faisait saliver.

— J'ai encore… quelques problèmes.

— Je sais, je sais. Tu aimes que les choses soient intactes, et encore emballées.

Elle fit la moue lorsque le serveur posa une autre assiette devant elle, pleine de queues de homard et de pattes de crabe non décortiquées.

— Regarde, dit Cade lorsqu'ils furent de nouveau seuls. C'est ce qui se fait de mieux en matière d'aliments intacts. Tu peux briser les coquilles toi-même sans toucher la chair, que tu récupéreras ensuite avec la fourchette en plastique.

Elle le regarda, incrédule.

— Savez-vous seulement à quand remonte mon dernier repas de fruits de mer frais ? dit-elle avec un sourire.

*Et un point de plus pour le démon.*

— Je suis un mec bien, hein ?

— Et tellement modeste, avec ça…

Ils sortaient du restaurant et, elle devait le reconnaître, Cadeon s'était vraiment comporté en type bien tout au long de ce repas. Il avait fait preuve d'une vraie créativité pour qu'elle puisse elle aussi, malgré ses obsessions, apprécier le dîner. Et quel dîner…

Il se dirigea vers une poubelle pour y jeter les emballages de leurs montres. De là, il se retourna et lui lança quelque chose.

— Tiens, attrape !

C'était brillant ?

Un solitaire.

Les yeux de Holly suivirent sans difficulté la trajectoire de la bague, qu'elle attrapa au vol.

— En quel honneur ? demanda-t-elle en ouvrant la paume, émerveillée.

— Entraînement. Travail de résistance, souffla-t-il à son oreille.

Quand s'était-il rapproché ?

— Détourne le regard.

Elle secoua la tête, agacée. Pas question. Il lui lançait cette bague, et maintenant, il ne fallait plus qu'elle la regarde ?

— Détourne le regard, ou je jette ton ordinateur dans la poubelle, là-bas. Imagine un peu les microbes qu'il doit y avoir là-dedans. Tu crois qu'on pourra sauver le disque dur ?

L'effort qu'elle produisit pour tenter de regarder ailleurs fit trembler Holly.

— Non, je vous en prie, ne faites pas ça !

Il posa une main sur la sienne et lui arracha la bague.

Tirée de sa transe, elle lui lança un regard meurtrier.

— Ce n'était pas drôle !

— Ce n'était pas l'objectif. Tu dois t'entraîner à résister à ta fascination pour les pierres précieuses. Dix fois par jour s'il le faut. Cette attirance, c'est une faiblesse. Tu dois absolument la surmonter.

Même si le ton était un peu rude, même s'il la brusquait, Cadeon donnait l'impression de vouloir réellement la protéger.

— C'était un vrai, le diamant, dit-elle en se mordant la lèvre. Sinon, je ne l'aurais pas attrapé.

Il acquiesça d'un hochement de tête.

— Ça gagne combien, un mercenaire, de nos jours ?

— Je possède une véritable fortune. Ah ah, c'était quoi, cette étincelle, dans ton regard ? Tu m'aimes un peu plus, maintenant que tu sais que je suis riche ?

Il lui prit doucement le menton.

— Ça ne me dérange absolument pas, tu sais, ajouta-t-il.

Et, délicatement, il l'embrassa sur les lèvres.

— Arrêtez ça tout de suite !

Mais il lui vola encore quelques baisers, à la manière d'un petit ami avec sa copine. Ce qui la troubla. Mais ne l'excita pas. Non, pas du tout.

— Maintenant, prépare-toi, souffla-t-il enfin. Le moment est venu pour toi de conduire une voiture vraiment rapide.

# 28

— Voilà l'endroit idéal, dit Cadeon en contemplant l'autoroute déserte.

Le ruban de bitume s'étendait devant eux jusqu'aux montagnes, telle une piste d'atterrissage abandonnée, en pleine forêt. Quelques taches de neige sale étaient encore visibles sur les bas-côtés, mais la chaussée était dégagée et sèche.

— Vous allez vraiment me laisser conduire ?

— À qui est cette voiture ?

— Pas à nous.

— Bonne réponse.

Tandis que Cadeon ralentissait pour se garer, elle examina le paysage. La forêt était éclairée par la lune, le ciel dégagé.

— J'ai du mal à croire qu'on soit dans le nord du Michigan. Il n'y a pratiquement pas de neige.

— Peut-être, mais il y a l'aurore boréale.

— Noooon ! Où ça ? Attendez, je ne vois rien ! De quel côté est-elle ?

Il pointa un doigt vers la gauche, juste au-dessus de la forêt.

— La voilà.

Holly suivit du regard le doigt de Cade et resta bouche bée. Un voile de lumière violette scintillait dans le ciel nocturne, obscurcissant et illuminant alternativement la lune et les étoiles.

Une véritable allégresse s'empara de Holly.

— C'est magnifique, murmura-t-elle.

— D'après la légende, ce sont les Valkyries qui ont créé l'aurore boréale.

— Quelle légende ?

— On croyait autrefois que lorsque les Valkyries quittaient le Walhalla pour choisir des guerriers courageux et leur décerner la reconnaissance éternelle, leur armure projetait une lumière étrange qui scintillait au-dessus du ciel.

— Vraiment ? Vous connaissez beaucoup de choses…

— Tu trouves ? feignit-il de s'étonner.

Mais elle avait bien vu que sa remarque lui avait fait plaisir.

Encore ravie de son dîner, elle avait envie d'être gentille avec lui et était impatiente d'essayer cette voiture.

— Prête ?

Il actionna un bouton, à gauche du volant. Elle sentit la voiture descendre un peu et entendit un léger vrombissement à l'arrière.

— Le spoiler est en train de…

— Se rétracter. Les jupes avant aussi. Et voilà quelque chose qui va te plaire : ces petits changements font baisser le coefficient de prise au vent de 0,05 pour cent.

Elle haussa un sourcil. Voilà que Cadeon parlait son langage, maintenant.

Une fois qu'ils eurent changé de place, elle se cala confortablement dans son siège et régla les rétroviseurs.

— Tu as déjà conduit une voiture non automatique, j'espère ?

— J'ai fait mes classes sur une Carrera, je vous signale.

— Parfait. Alors, attache-toi.

Elle fixa le harnais.

— Vous aussi, mettez votre ceinture.

Comme il faisait la moue, elle ajouta :

— S'il vous plaît ?

— D'accord, d'accord.

Elle fut étonnée qu'il cède aussi facilement.

— Allez, on y va, reprit-il. Très lentement, d'abord.

Obéissante, elle passa la première et s'engagea sur la voie.

— Très bien. Maintenant, on accélère en douceur, jusqu'à la vitesse limite.

Holly fit ce qu'il demandait, passa en seconde, puis en troisième.

— C'est ça. Très bien. Qu'est-ce que t'en penses ?

En passant la cinquième, son opinion était faite. Cette voiture avait l'embrayage le plus souple et l'accélérateur le plus sensible qu'elle ait jamais connus sur une voiture. Le moteur était nerveux.

— Incroyable. Elle se conduit avec une telle facilité... C'est une quatre roues motrices ?

— J'ai affaire à une connaisseuse.

— Elle étreint la route, fait corps avec elle.

— Crois-le ou pas, cette voiture est aussi lourde qu'un char d'assaut. Deux tonnes, rien de moins.

— Noooon...

— Puisqu'elle est si facile à conduire, montre-moi ce que tu peux en tirer...

Holly accéléra et fut parcourue d'un petit frisson lorsqu'elle dépassa la vitesse limite.

— Plus vite, ma belle. Allez, enfonce la pédale !

— C'est vous qui voyez...

Elle appuya sur l'accélérateur, et la voiture fit un bond en avant, les plaquant tous les deux sur leur siège. *Cent soixante kilomètres/heure*. Le plus petit mouvement de volant entraînait un ajustement précis de la trajectoire. *Deux cent vingt*. La puissance, le vrombissement du moteur, la maîtrise... C'était grisant.

La route était effectivement comme une piste de décollage. Et Holly se sentait transformée – elle portait un string et des bottes, mangeait des fruits de mer et conduisait une voiture de plus d'un million de dollars.

Lorsqu'elle regarda de nouveau le compteur, il affichait deux cent quatre-vingt-dix.

Elle avait le cœur battant, l'adrénaline courait dans ses veines. Mais ce qu'elle éprouvait au fond, jamais elle ne s'y serait attendue.

Un vrai plaisir sensuel.

Lorsqu'elle flirta avec les trois cent vingt kilomètres/heure, le doute n'était plus permis. Elle était excitée.

*Trois cent quarante*. Elle se lécha les lèvres. Vitesse. Séduction. *Sexe*.

Cadeon ne disait plus rien. Elle jeta un coup d'œil sur le côté.

Il la fixait. Ses yeux étaient sombres, son regard impénétrable.

— Arrête-toi, dit-il.

— Pourquoi ? J'ai fait une bêtise ?

— Arrête-toi, c'est tout.

À peine eut-elle garé la voiture sur le bas-côté que les mains de Cadeon étaient sur elle, lui prenaient le visage et l'attiraient à lui pour un ardent baiser. Lâchant un cri, elle écrasa ses lèvres sur les siennes et chercha sa langue.

Sa main tâtonna sur la braguette de Cadeon. Elle voulait le toucher, comme la première fois. Mais elle n'y parvint pas. Il posa sa main entre ses jambes, mais elle ne pouvait pas les écarter suffisamment, à cause du volant et du levier de vitesse.

— Et merde ! grogna Cadeon, qui retira sa ceinture et descendit, claquant sa portière derrière lui.

La déception qui envahit Holly fut de courte durée. En quelques instants, il avait fait le tour de la voiture, ouvrait la portière de son côté, défaisait sa ceinture et la prenait dans ses bras pour la sortir de l'habitacle et la plaquer contre le capot.

— Cadeon ? On pourrait nous voir ! s'inquiéta-t-elle comme il s'attaquait à la fermeture Éclair de son jean.

— Y a personne sur cette route.

D'un coup sec, il fit descendre son jean et sa culotte au-dessous de ses genoux.

— Et si… Oooh…

Elle n'eut pas le temps de résister. Il la hissa sur le capot et lui écarta les jambes, exposant son sexe.

— Qu'est-ce que vous allez faire ?

— Je vais te montrer quelque chose de nouveau.

Déjà, sa joue se frottait sur l'intérieur de la cuisse de Holly, sa barbe naissante irritant sa peau tendre. Elle sentit son souffle chaud… et comprit, avec un sursaut, ce qu'il avait en tête. Mais elle fut incapable de protester. Tout ce qu'il lui avait fait découvrir jusqu'à présent avait été… extraordinaire. Pourquoi cela aurait-il été diff…

— Aaah… je… c'est bon… lâcha-t-elle lorsqu'un vigoureux coup de langue titilla son clitoris.

Elle se laissa tomber en arrière, submergée par le désir, ouvrit les cuisses plus largement encore, pour accueillir le plaisir sans contrainte, et ne put retenir un long gémissement.

Il écarta les plis de son sexe et la lécha, affamé.

— Remonte ton pull, je veux tes seins…

— Je vais avoir froid…

— Bien sûr que non.

— Pourquoi…

— J'ai les mains occupées. Fais-le ou j'arrête.

Où se trouvait son autre main ?

— *Oh…*

Elle avait compris. Et, à l'idée qu'il se masturbait tout en la léchant ainsi, elle frissonna de la tête aux pieds. Le froid n'y était pour rien.

La gorge serrée, elle leva son pull et son soutien-gorge, comme il l'avait fait à l'hôtel. La brise hivernale effleura ses seins, en durcit les pointes déjà dressées.

Cadeon lui prit les mains et les posa sur sa poitrine.

— Joue avec, caresse tes seins, dit-il.

Comme elle s'exécutait, elle leva les yeux vers le ciel. Au-dessus d'elle, les étoiles scintillaient fébrilement, l'aurore boréale passait du violet au rouge. Des éclairs zébrèrent la nuit. *Un rêve.*

Déjà, le plaisir menaçait de l'engloutir.

— Tes mamelons, grogna Cadeon. Pince-les.

Une nouvelle fois, elle obtempéra. La sensation que sa propre caresse provoqua en elle la fit se cambrer brusquement. Il y eut une nouvelle brise, d'autres étoiles, d'autres coups de langue.

— Tu es prête à jouir ?

— Oui !

— Moi aussi, dit-il d'une voix rauque.

Et il aspira son clitoris entre ses lèvres.

Elle hurla, se redressa d'un bloc tandis qu'une vague de plaisir la secouait de part en part. Il la léchait, gémissait, cherchant, à coup de lèvres, de langue, de dents, à prolonger l'extase.

Lorsque, à son tour, il laissa échapper un long grognement, elle comprit qu'il allait jouir. Pour exacerber son propre plaisir, il la lécha encore longtemps après qu'elle eut ressenti les derniers soubresauts de l'orgasme.

Quand il cessa de jouir, il posa la tête sur la cuisse de Holly pour reprendre son souffle.

Au bout d'un moment, elle se redressa sur les coudes. Cadeon contempla sa poitrine encore nue, puis plongea son regard dans le sien.

— Tous les huit cents kilomètres ?

Elle secoua la tête.

— Six cent cinquante.

# 29

*Pont de la Dame qui Rit, fleuve Bloodwater, Michigan.*

— C'est là. Mets-toi sur le côté.

Cadeon lui fit signe de se garer le long d'une arête rocheuse, juste à côté du pont.

Elle mit le frein à main, regarda autour d'eux.

Et dire qu'elle avait trouvé *Le Banc de Sable* perdu et loin de tout…

Pendant plusieurs heures, la Veyron avait parcouru une route sinueuse, à travers des forêts nappées de brume, descendant lentement vers le bassin du fleuve. La région était montagneuse, et à certains endroits la route semblait taillée à même le roc.

Cadeon et elle n'avaient presque rien dit. Il semblait perdu dans ses pensées. Quant à elle, elle se remettait avec peine de ce qui s'était passé au bord de la route. Sans arrêt, elle imaginait ce qui se passerait peut-être dans une centaine de kilomètres…

Il jeta un œil à sa nouvelle montre.

— Minuit moins vingt. On est en avance.

— En tout cas, il y a une sacrée atmosphère, ici.

Une épaisse couche de brume flottait au-dessus de la surface de l'eau, prise au piège dans le canyon rocheux au creux duquel coulait le fleuve. La brume était si dense qu'on ne voyait pas l'autre côté du pont, qui, du coup, semblait s'enfoncer dans le néant.

Malgré tout, Holly était plus impatiente que mal à l'aise. Ce pont était peut-être vraiment hanté.

— Je suppose que ça ne servirait à rien que je te demande de rester ici ? dit Cadeon.

— Absolument à rien ! s'exclama-t-elle en descendant de voiture.

— T'as l'air de bonne humeur, dis donc.

— Je porte des vêtements neufs, de nouvelles bottes, un nouveau blouson.

Elle se sentait plus gaie, plus jeune.

— Tu penses vraiment que ce sont les vêtements qui te mettent dans cet état ? Ce serait pas plutôt les trois orgasmes d'aujourd'hui ?

Il y avait ça aussi, bien sûr. Pourtant, elle se tapota le menton, comme si elle réfléchissait à la question de Cadeon.

— Non, ce sont indéniablement les vêtements, répondit-elle enfin.

Il se renfrogna.

Ils avancèrent jusqu'au pont. Autrefois entièrement couvert, il avait perdu, avec le temps et le manque d'entretien, des pans de son toit et de ses parois en bois qui, en tombant, avaient révélé son ossature métallique.

Sous l'effet de la brise, l'acier rouillé grinçait, sinistre.

Holly regarda le fleuve et frissonna. À la lumière de la lune, on aurait vraiment dit du sang.

Ils avancèrent sur le pont, évitant, pour Holly, les trous entre les planches. Au bout de quelques mètres, elle se retourna et hésita. On ne voyait plus la voiture.

— Reste près de moi, dit Cadeon.

Elle le rattrapa.

— Est-ce que le pont… bouge ?

— Oui. Le tablier est fait pour, ça évite qu'il casse. Donne-moi la main.

— Je rêve ! On n'a pas douze ans, quand même. Le garçon emmène la fille dans un endroit inquiétant, comme ça, elle aura peur et elle se laissera peloter ? C'est ça ? J'ai vu juste ?

Il eut un regard suffisant.

— Après ce qu'on a fait sur le capot de la voiture, « peloter » est un mot un peu faible, quand même, non ? Et puis, tu as envie de me tenir la main, dit-il en saisissant la sienne. Reconnais-le.

Quelle arrogance !

— Non. Je n'en ai pas envie, dit-elle en retirant sa main. Ce n'est pas parce que nous avons été intimes que j'ai envie d'être affectueuse avec vous.

Elle avait besoin de maintenir une certaine distance entre eux. Pour autant qu'elle le sût, le check point suivant pouvait très bien être un autre bar, avec une autre démone.

Car, Holly parvenait désormais à l'admettre, le surprendre avec la belle Imatra lui avait fait… mal. Souvent, elle devait lutter pour ne pas les imaginer en train de s'embrasser.

Même si Cadeon avait été prévenant, à plusieurs reprises, elle restait convaincue qu'au fond, c'était un mufle.

— Ce que nous avons fait ne change rien entre nous, dit-elle. J'ai toujours un petit ami, et vous avez toujours vos *pétasses*, puisque c'est ainsi que vous voyez vos conquêtes.

Tiens, elle avait touché un point sensible. Il avait l'air furieux.

— Et tu te comptes parmi elles ? dit-il en lui reprenant la main.

— Pourquoi ? Je n'en fais pas partie ?

Elle voulut se dégager, mais cette fois, il ne lâcha pas prise.

— Lâchez-moi !

Une lueur dangereuse s'alluma dans le regard de Cadeon.

— Je te tiens la main, sinon tu retournes à la voiture.

— Allez vous faire foutre. Ne me parlez pas comme ça, je ne suis pas une gamine.

— Hou ! Holly Ashwin a dit « foutre », et j'étais le seul témoin ! Dommaaaaage, railla-t-il. Je te lâcherai dès que tu auras reconnu que pour toi, ce qui se passe entre nous n'est pas seulement physique.

— C'est vous qui avez suggéré que je me serve de vous pour satisfaire ma curiosité, que je profite de ces deux semaines pour essayer de me débarrasser de mes obsessions. Je le fais, mais chaque fois, il faut que je reconnaisse n'importe quoi pour vous faire plaisir.

— Tu penses que tu vas pouvoir te servir de moi sans que cela t'affecte en retour ?

— Pourquoi pas ? Ce n'est pas comme ça que vous faites, vous, peut-être ?

— Je fais comme ça depuis toujours ! tonna-t-il.

Ses paroles résonnèrent entre les parois abîmées du pont. Et soudain, un rire étrange lui répondit. Un rire de femme, venu de nulle part.

Cadeon tira brusquement Holly derrière lui. Ils scrutèrent le brouillard.

— On repart. Immédiatement.

— Est-ce que c'était le rire des fantô…

Le corps de Cadeon s'envola soudain dans les airs. Holly hurla. Une force invisible le projeta sur une des poutres métalliques, et l'impact fit trembler tout le pont. Le dos de Cadeon fit ployer la poutre, une de ces cornes se planta dedans. Dans un hurlement de douleur, il jeta la tête en avant pour la retirer et retomba sur ses pieds.

Le même rire s'éleva de nouveau.

Les fantômes. C'étaient forcément eux.

— Cadeon ! Ô mon Dieu, ils existent vraiment !

— À terre ! rugit Cadeon.

Elle s'accroupit. Mais elle n'avait pas été touchée. Pourquoi ?

Lorsqu'il essaya de la rejoindre, des coups invisibles le frappèrent, venant de toutes les directions, le projetant à l'autre bout du pont. Furieux, il se remit debout et voulut revenir vers elle. Mais chaque fois, quelque chose le propulsait dans l'autre sens.

— Retourne à la voiture ! Va-t'en !

Quand il fut soulevé de nouveau dans les airs, il se débattit, mais c'était inutile. Autant se battre contre le vent.

Soudain, elle comprit. Elle se redressa et courut vers lui à travers le brouillard. En la voyant approcher, Cadeon parut horrifié.

— Non, Holly ! Non ! Va-t'en !

— Attendez, dit-elle. Il ne me touche pas, moi.

Un long moment s'écoula, et la force invisible le lâcha.

Cadeon tomba par terre. Holly s'agenouilla près de lui et l'aida à se redresser. Elle sentait qu'ils étaient encerclés, sentait couver une menace, tout près.

— Il est avec moi ! dit-elle en prenant la main de Cadeon pour la poser sur son visage.

Il la caressa délicatement.

L'attaque cessa brusquement.

— Mais qu'est-ce que c'est que ce bordel ? haleta-t-il en essuyant sa lèvre ensanglantée d'un revers de manche.

Une profonde estafilade courait sur sa joue ; sa chemise avait pratiquement été arrachée.

— À mon avis, ils ont cru que vous me faisiez du mal, ou que vous me forciez à avancer sur le pont. Ils ne doivent pas beaucoup aimer les hommes agressifs qui maltraitent les femmes, par ici.

Il jeta un coup d'œil méfiant autour d'eux.

— Merci, petite. Tu m'as sauvé la mise.

Il essaya de se lever, porta une main à ses côtes et chancela, incapable de retenir une grimace de douleur.

— Mais avec ton super cerveau, t'aurais pas pu deviner ça plus tôt ? De préférence avant qu'ils me cassent une demi-douzaine de côtes ?

— Ooooh ! J'aurais dû laisser les fantômes – des fantômes de *femmes* – vous secouer comme un chiffon encore un petit moment !

Une flèche vint se planter dans l'acier, entre eux, et vibra longtemps. Leurs deux têtes pivotèrent aussitôt en direction de la voiture. Mais Holly ne put voir qui avait tiré.

— Fonce ! Dans le brouillard ! hurla Cadeon en la poussant dans la direction opposée, se plaçant entre elle et leurs assaillants.

— Je croyais que certaines factions voudraient s'allier à moi ! cria-t-elle tout en courant. Où sont-elles, Cadeon ? Hein ? Parce que, pour l'instant, on dirait bien que la plupart d'entre elles veulent ma peau, point !

— S'ils avaient voulu te tuer, ils ne t'auraient pas ratée !

Une volée de flèches siffla autour d'eux. Deux se plantèrent dans le dos de Cadeon.

— Cadeon !

— Cours, je te dis !

Il fut frappé deux autres fois avant d'atteindre l'autre côté du pont. Là, il poussa Holly derrière un gros rocher et s'y réfugia avec elle.

— Retire-les ! ordonna-t-il en lui tournant le dos.

— Mon Dieu...

Les flèches étaient plantées si profondément... Elle empoigna la première au plus près du dos, inspira un grand coup et tira brusquement, tira encore jusqu'à ce que la flèche ressorte. Le sang jaillit de la plaie et, l'espace d'un instant, Holly crut y voir un reflet bleu. Elle plissa les yeux, et le reflet disparut.

— Qui est-ce qui nous attaque ?

— Des archers fey.

— Je croyais que c'étaient des gentils !

Elle retira la deuxième flèche.

— C'est le cas.

Il jeta un coup d'œil devant le rocher. Aussitôt, une flèche siffla devant son visage.

— Et ils nous prennent pour des méchants. Je te rappelle que tu es potentiellement la source du Mal absolu et que je suis un mercenaire démon.

Holly referma son poing autour de la troisième flèche et tira. Rien.

— Cadeon ?

— Elle est plantée dans l'os. Tire plus fort.

De nouveau, il jeta un coup d'œil vers les archers.

— Mais comment ont-ils fait pour nous trouver, bons dieux ?

Cette fois, il se tourna vers Holly d'un air suspicieux.

— Tu as enlevé tes perles, n'est-ce pas ?

— Je ne suis pas idiote.

Elle arracha la flèche. Le sang de Cadeon coulait à flots.

— C'est pas ce que j'ai voulu dire, souffla Cadeon en serrant les dents. Mais comment auraient-ils pu nous trouver, sinon ? Nous n'avons pas été suivis.

Les flèches s'abattaient sur le rocher. Certaines ricochaient dessus, d'autres se plantaient dedans.

— Reconnais-le, t'as fait une erreur. Ça arrive, même aux meilleurs d'entre nous. Mais il faut que je sache si…

— Je ne les ai pas enlevées, bon sang !

L'expression de Cadeon s'assombrit un peu plus, si c'était encore possible.

— Alors, t'as appelé ton imbécile de mec et tu lui as dit où on allait !

Elle saisit la dernière flèche.

— Si j'avais voulu révéler cela à Tim, je l'aurais fait en utilisant notre code secret.

— Vous avez un code à vous pour communiquer ?

Il avait beau faire, il était un peu vexé, tout de même.

— Peut-être que votre copine Imatra nous a balancés. Non ?

— Imatra n'est pas ma copine !

— Hum. Vous me paraissez bien sûr de vous. Pourtant, vous disiez que vous autres démons ne pouviez jamais être sûrs à cent pour cent, tant que vous n'aviez pas « essayé » votre femelle. Avouez, enfin !

— Je ne l'ai pas essayée ! T'es jalouse, c'est tout !

Elle tira sur la flèche. Rien.

— Je ne suis pas jalouse, j'en ai juste ras le bol que vous me mentiez tout le temps. Qu'est-ce que vous avez bien pu faire d'autre, pendant une heure, tous les deux ?

— Bons dieux, Holly, franchement... tu m'énerves. *Elle avait ralenti le cours du temps !* tonna-t-il avec une telle puissance que les flèches cessèrent un instant de pleuvoir, avant de recommencer.

Les crocs de Cadeon s'allongeaient, ses yeux s'assombrissaient.

— C'est drôlement pratique, vous en conviendrez.

Lorsqu'elle arracha la quatrième flèche, un lambeau de peau vint avec. Cadeon gémit de douleur.

— Vous êtes sûr que ce n'est pas votre femelle parce que vous l'avez essayée...

— Je sais que ce n'est pas ma femelle, bordel, parce que celle qui m'est destinée, c'est toi ! lâcha-t-il en se tournant vers elle.

— Ben voyons, je suis...

Elle ne termina pas sa phrase. L'expression de Cadeon l'en empêcha.

Les flèches continuaient à siffler. Au loin, on entendait le claquement des arcs. Le brouillard formait des volutes autour d'eux, et pourtant, ils restèrent ainsi, à se regarder l'un l'autre.

Cadeon ne plaisantait pas.

— Depuis quand... comment... savez-vous cela ?

Il soupira, détourna les yeux.

— Je l'ai su la première fois que je t'ai vue. Depuis, je te protège. De loin.

Ce fut comme si la dernière pièce du puzzle se mettait en place et qu'elle découvrait enfin l'image dans sa totalité. C'était lui, la présence réconfortante qu'elle sentait à ses côtés depuis si longtemps. Il était jaloux de Tim depuis le début. Le premier soir, quand il l'avait sauvée, ses doigts puissants avaient parcouru son visage pour la rassurer tandis qu'il prenait des balles *pour elle*. « Calme-toi, petite. Chuuuuut », avait-il dit.

*Ce guerrier immortel me convoite depuis un an ?* Holly avait beaucoup de mal à le croire.

— Je… je ne sais pas quoi dire.

Il n'avait pas couché avec Imatra.

Une flèche passa au-dessus de leurs têtes en fin de course et tomba sur le sol, entre eux.

— Laisse tomber. On va y aller.

Ses yeux étaient noirs, ses cornes et ses crocs s'étaient allongés.

— Écoute-moi bien. Tu vas me suivre en te collant à moi. Je repousserai les archers pour que tu puisses monter dans la voiture, et ensuite, tu te tireras d'ici !

— Qu'allez-vous faire ?

Il se redressa. Il semblait prêt à tout.

— Je vais protéger ma femelle.

# 30

Holly se rua derrière Cadeon, grimaçant chaque fois qu'une flèche le touchait. Sans ralentir, il les arrachait et les jetait à terre.

Il se transformait rapidement. Chaque pas le rendait plus… démoniaque. Malgré ses blessures, il la protégeait de son corps, comme il l'avait fait le premier soir.

Et pas simplement pour de l'argent, mais parce qu'il voyait en elle la femme qui lui était destinée.

Il lui fit signe de passer sur le côté et de courir vers la voiture. Elle démarrerait, ça oui, mais il était hors de question qu'elle parte seule.

Avec un rugissement terrible, Cadeon chargea en direction des archers. Il était sur le point de sauter par-dessus le rocher derrière lequel ils se terraient lorsque Holly entendit une voix féminine.

— Cade ?

Cadeon freina des quatre fers, contrôla son dérapage. Une femme apparut.

— Mais enfin… on peut savoir ce que tu fais avec la Porteuse ?

Cadeon connaissait cette femme aussi ? De longs cheveux bruns détachés, des oreilles pointues, un visage lumineux, des courbes parfaites… Une fois encore, Holly découvrait qu'une femme magnifique, non humaine, était liée à lui. Nïx, Imatra… non, pas Imatra…

Mais qu'avait-il donc avec les belles femmes, à la fin ?

— Ça va pas ? Qu'est-ce qui t'a pris de tirer comme ça ? lança-t-il, furieux. Après ce qu'on a vécu ensemble, je m'attendais à autre chose, fey !

— Je n'avais pas vu que c'était toi !

*Ils ont vécu quelque chose ensemble. Comme c'est original.*

Cade fixait Tera d'un regard noir. Cette dernière releva fièrement le menton.

— Qui est-ce ? demanda Holly.

Sans quitter Tera des yeux – son arc était encore prêt à tirer, flèche en place –, Cade répondit :

— Tera, des nobles fey. Lors de la dernière Quête du Talisman, je lui ai sauvé la vie une bonne dizaine de fois.

Tera haussa les sourcils.

— Il me semble que je t'ai pas mal couvert aussi, démon.

— Vous avez participé à la Quête du Talisman ? s'étonna Holly.

Son ton était admiratif, et Cadeon se détendit. Tera, la petite futée, s'en aperçut.

— Qu'est-ce que tu fais là ? demanda Cade.

— Je préférerais te répondre une fois que je saurai ce que tu as l'intention de faire de…

— Parle en langue démon, coupa Cade.

Tera, qui parlait toutes les langues, passa sans problème au démonien.

— Tu emmènes la Porteuse chez un sorcier du Mal, Cade. Les factions vont s'en apercevoir.

— Es-tu prête à me tuer pour la prendre ?

— Qui est-elle, pour toi ?

— Elle est… ma promise.

Les yeux de Tera s'écarquillèrent brièvement.

— Je t'avais bien dit de renoncer à la sorcière ! Non ? Je ne te l'avais pas dit ?

— Si, si, soupira Cade, qui avait la langue pâteuse, soudain.

Tera observa Holly à la dérobée.

— Mmm… je sens qu'elle te convient beaucoup mieux, en tout cas. Donc, tu as forcément un plan derrière la tête. L'abandonner te sera impossible.

Pourquoi toutes ces femmes persistaient-elles à penser qu'il serait incapable d'abandonner Holly à son sort ? D'abord Nïx, puis Imatra, et maintenant Tera.

Mais elles ignoraient à quel point il avait le dos au mur.

— Je l'attends depuis neuf cents ans, Tera, dit-il au lieu de répondre.

— Je sais. Et je suis heureuse que l'attente soit terminée. Est-il possible que ta femelle porte déjà ton enfant ?

À ces mots, son cœur se mit à battre plus vite. *Sa* femelle portant *son* enfant.

— Peut-être, mentit-il.

Tera se détendit et fit signe aux quatre archers qui se trouvaient derrière elle de baisser leur arc.

— Alors, le guerrier se battra pour le Bien.

— Tu le crois vraiment ? ne put s'empêcher de demander Cadeon.

— Tu as commis des actes… discutables. Et tu peux être dangereux et violent. Mais tu n'es pas mauvais, au fond. Quel est ton plan, pour Groot ?

— Je ne peux pas te le révéler. Cela mettrait ma femelle en danger.

— Très bien. As-tu besoin de notre aide ?

— Fais passer l'information parmi nos alliés : Holly n'est pas à prendre.

— Avec plaisir.

— Et dis-moi, comment as-tu su qu'il fallait venir ici ?

— On avait un indic au bar d'Imatra.

— Est-ce que d'autres ont pu avoir l'info aussi ?

— Sans doute. Notre contact n'est pas fey. Sa loyauté était très monnayable.

Cade se passa une main sur le front et constata avec étonnement qu'il était trempé de sueur.

— Il faut que je fasse partir Holly d'ici.

Il reviendrait à minuit le lendemain, seul.

— Viens, petite, dit-il en changeant de nouveau de langue. On s'en va.

Holly s'avança d'un pas prudent.

— Bien, dit Tera en s'adressant à eux deux. Nos chemins se séparent donc ici, et nous restons bons amis, j'espère.

— Oh, quelques flèches, entre amis, c'est rien du tout, tu penses, répondit Cade en haussant les épaules.

Tera grimaça.

— Ah oui. Pour les flèches, je voulais te dire... Elles ont été trempées dans le poison...

— Du poison ! Mais enfin, Tera !

Holly poussa un cri.

— Quel poison ? Elle vous a empoisonné ?

Cade se retourna.

— Non, non, ça va aller. C'est juste que ça va faire un mal de chien, et...

Venue de nulle part, une boule de feu fondit sur lui à la vitesse d'une roquette. Les flammes l'engloutirent tandis que l'impact le propulsait dans les airs.

— Cadeon ! hurla Holly au moment où l'un des archers lançait : Démons feu, sur la falaise !

Le coup porté à Cadeon ressemblait à un tir de boulet au lance-flammes. Son corps en feu heurta une crête et fit voler le rocher en éclats avant de retomber sur le sol, toujours en flammes.

Aussitôt, Holly se rua vers lui, retirant son blouson.

— À vos arcs ! Tirez pour tuer ! ordonna Tera en bandant elle-même son arc.

Tout en courant, Holly leva les yeux vers la falaise qui surplombait le fleuve. À travers la brume, elle aperçut quatre démons, dans les paumes desquels dansait le feu.

Arrivée près de Cadeon, elle plaqua son blouson sur les flammes pour les étouffer. Lorsqu'elle le retira, elle contempla, horrifiée, l'étendue des dégâts.

Cadeon n'avait plus de mains. Il avait tenté de repousser les flammes, qui ne lui avaient laissé que des moignons. La partie droite de son visage était complètement brûlée, il n'avait plus de cheveux, et au fond de l'orbite droite, elle crut même apercevoir le blanc de l'os.

— Va-t'en d'ici ! lui hurla Tera.

Les flèches montaient vers les démons à jet continu. Les fey tiraient avec une rapidité surnaturelle.

— Pars, on te couvre !

Holly acquiesça, tout en se demandant comment elle allait porter Cadeon jusqu'à la voiture. Elle passa son bras autour de la taille de Cadeon et fit glisser le sien sur ses épaules – à la télévision, les héros faisaient toujours comme ça. Accroupie, elle inspira profondément et tenta de le relever.

*Ça alors...* Elle y était arrivée sans aucune difficulté.

— ... pas me toucher... râla Cadeon.

— Quoi ?

— Poison...

— On parlera de ça plus tard !

Elle avait entendu ce qu'avait dit Tera et savait qu'ils allaient devoir faire face à de nouveaux problèmes, mais dans l'immédiat, elle n'avait qu'une chose en tête : tirer le démon de là.

Une fois à la voiture, elle le jeta sur le siège du passager et plia ses longues jambes pour les faire tenir à l'intérieur, essayant de ne pas paniquer devant la gravité de ses blessures.

Lorsqu'elle ouvrit la portière du conducteur, elle vit la camionnette des fey, garée dans le tournant, en travers de la route.

Elle se retourna aussitôt. Une barrière de rien du tout à l'entrée du pont, un pont à la solidité discutable et une armée de démons en embuscade sur la falaise.

Le chemin le plus raisonnable ? *Cette voiture peut voler. Tu enfonces la barrière, tu accélères à fond sur le pont et tu files à toute vitesse sous le nez des démons...*

*Si le pont tient.* Cadeon n'avait-il pas précisé que cette voiture pesait aussi lourd qu'un char d'assaut ?

*N'hésite pas. Suis ton instinct.* Installée au volant, elle appuya sur le démarreur. *J'ai besoin d'élan pour briser la barrière. Mon Dieu... mon Dieu...* Elle passa la marche arrière, appuya à fond sur l'accélérateur.

— Je vais vous sortir de là, Cadeon. On va les semer.

Une nouvelle boule de feu tomba juste derrière eux. Les démons fuyaient les flèches des fey, mais continuaient à tirer. Holly pila, s'arrêtant à quelques centimètres d'une colonne de feu.

Cadeon fut projeté en avant, et sa tête heurta le tableau de bord en métal. Mais cela sembla le réveiller.

— Bordel, mais qu'est-ce que tu fous ? hurla-t-il.

— J'essaie de nous sortir de là !

Elle passa la première, enfonça une nouvelle fois l'accélérateur. Les pneus fumèrent tandis que la voiture bondissait en avant.

— Accrochez-vous ! lança Holly, sans quitter la route des yeux.

— Attention, la barrière !

La voiture heurta la barrière de plein fouet. Le bois s'envola, explosant en morceaux gros comme des battes de base-ball qui éclatèrent contre le pare-brise. La Veyron s'engagea sur le pont, qui se mit à vibrer de toutes parts.

Une boule de feu frappa le toit en bois, qui s'enflamma. Bientôt, des poutres en flammes tombèrent devant la voiture. Holly maintint le cap, fermement.

*Tu y es presque. L'autre bout est hors de portée des démons. Tu peux le faire !*

La voiture hoqueta, le moteur cala. Quelques instants plus tard, ils étaient immobilisés en plein milieu du pont, à une trentaine de mètres à peine de leur point de départ.

— Non ! Non ! s'écria-t-elle, abasourdie.

Elle passa au point mort, tenta de redémarrer. Rien.

— C'est la batterie, lâcha Cadeon dans un râle. Y a plus de jus.

— Mais pourquoi ?

— J'en sais rien. Va-t'en, Holly ! Dépêche-toi ! Tâche de gagner la forêt… Remonte le fleuve.

— Je ne vous laisserai pas ici.

L'œil qui lui restait cligna.

— Pourquoi ?

— Parce que… parce que c'est tout ! Alors, dites-moi comment faire redémarrer cet engin…

Une boule de feu explosa juste au-dessus d'eux. Le feu avait dévoré presque tout le toit du pont, n'épargnant que le treillis de poutrelles métalliques rouillées. Holly jeta un coup d'œil vers le bas, vers les eaux tumultueuses du fleuve, et comprit où était leur salut. Son estomac se noua un peu plus encore.

— Cadeon, notre seule chance, c'est de sauter…

Elle s'interrompit. Sur la vitre embuée, de son côté, apparaissait un message écrit. Un des fantômes communiquait avec elle ! La gorge serrée, elle chuchota :

— Cadeon, vous avez vu ça ?

— J'ai encore un œil, tu sais…

— Des chiffres… On dirait des coordonnées géographiques.

Il s'agissait forcément des instructions concernant le check point suivant ! Elle les mémorisa en quelques instants, puis demanda à Cadeon :

— Alors, prêt pour la baignade ?

— On n'y arrivera jamais, dit-il en montrant le bout du pont d'un mouvement du menton.

Un démon était apparu. Levant sa main enflammée, il s'apprêtait à leur tirer droit dessus.

Holly jeta un rapide coup d'œil dans le rétroviseur. Un deuxième démon bloquait l'autre bout.

Il n'y avait plus d'issue…

Soudain, le cou du premier démon se tordit sur le côté, sa tête formant un angle droit avec son corps. Il tomba à genoux, puis face contre terre. Dans sa paume, la flamme s'éteignit.

Celui qui était apparu derrière eux connut le même sort. Les fantômes !

— Merci ! Merci à vous ! lança Holly aux créatures invisibles.

Elle tenta de nouveau de démarrer. Toujours rien.

Sous la voiture, le bois se mit à gémir, à craquer. Le poids de la Veyron… Une planche céda, puis une autre. La structure en flammes frémit autour d'eux.

Un autre message apparut sur la vitre. *Exorciste. Libère-nous.*

— Seigneur, mais oui, bien sûr ! fit Holly en hochant frénétiquement la tête. Oui, je vous en ramène un dès que je peux ! Promis !

Aussitôt, le moteur démarra. Elle ouvrit des yeux comme des soucoupes. *Première.*

— Accrochez-vous, Cadeon !

*Accélération.*

Ils ne bougèrent pas d'un centimètre.

Holly regarda dans le rétroviseur latéral. À l'arrière, la roue patinait sur la tranche d'une poutrelle. De l'autre côté, la roue tournait carrément dans le vide.

— Appuie sur l'accélérateur, souffla Cadeon.

— Mais je croyais que les quatre roues étaient motrices !

Elle obtempéra néanmoins. Les pneus avant se mirent à fumer.

— C'est grâce à ça qu'on n'est pas encore… à la flotte.

Enfin, les roues agrippèrent le bois du pont. La voiture bondit en avant, les plaquant tous les deux contre leur siège.

Au bout du pont, un mur de flammes les attendait.

— Seigneur, non. Oh, non ! gémit Holly en agrippant le volant.

— *Vas-y.*

— Cadeon, si vous êtes du genre à prier, je pense que là, c'est le moment idéal.

# 31

Le feu cognait contre la tôle de la voiture avec férocité. Il y eut soudain une lumière aveuglante, l'espace d'une fraction de seconde, avant les deux frappes suivantes.

Holly en contourna une, traversa l'autre, puis accéléra à fond pour quitter le pont et continuer la route.

Elle lança un regard en direction de Cadeon et le regretta presque. La panique l'envahit. La majeure partie de son torse avait été brûlée. Certaines blessures étaient très profondes, son visage était méconnaissable. Comme s'il avait fondu.

Une minute passa.

— Ils ne nous suivent pas.

Une autre minute.

— Ils devaient être garés de l'autre côté du pont et n'ont pas pu traverser. À moins que les archers n'aient abattu les deux derniers.

Une odeur nauséabonde se répandit dans l'habitacle. Était-ce de la fumée, qui venait de la roue arrière ? Avec le brouillard, c'était difficile à dire.

Quatre minutes s'écoulèrent.

— Ça y est, Cadeon, on s'en est sortis ! dit-elle. Quelle aventure, hein ! Vous avez senti le pont qui tremblait ? Tout s'est effondré derrière nous.

Des phares apparurent au loin, près du fleuve.

— Non ! Les revoilà ! Mais pourquoi est-ce qu'ils ne meurent pas, à la fin ?

— Il faut les… semer. Tu… tu peux le faire.

— C'est parti !

Elle rétrograda pour pouvoir accélérer à l'entrée d'une ligne droite.

— Voyons ce qu'elle a sous le capot, cette…

Une explosion l'interrompit.

— C'est quoi, ça ?

— Pneu éclaté, souffla Cadeon. Maintenant, tu dois me laisser… t'en aller.

Mais cette solution n'était tout simplement pas envisageable. Elle accéléra encore, luttant pour garder le cap. Chaque mètre franchi était une victoire. Et, à la télévision, les méchants faisaient toujours des kilomètres avec un pneu à plat !

*Réfléchis, Holly. Réfléchis !*

Elle arrivait au bout d'une longue ligne droite. Un virage assez raide s'annonçait. La route était encaissée. Une vague idée germa dans son esprit.

— Cadeon, à qui est-elle, cette voiture ?

— *Pas à nous…*

— C'était juste pour être sûre.

Adossé à un bouleau, Cadeon regardait Holly sortir le reste de leurs affaires du coffre et finir de mettre son piège au point.

Ça ne pouvait pas marcher… et pourtant, il le fallait. La vie de Holly était en jeu.

Il ignorait pourquoi, mais elle refusait de partir en le laissant, lui qui ne pouvait même plus la protéger. Le poison des flèches le dévorait de l'intérieur, et quand son organisme tentait de l'éliminer en suant, les produits chimiques qui le composaient agissaient comme de l'acide sur ses brûlures et les empêchaient de se refermer.

La tête lui tournait en permanence. Des points noirs voletaient devant l'œil qui lui restait tandis qu'il luttait pour rester conscient. Chaque mouvement était une torture.

Holly grimpa sur le talus, jeta leurs affaires par terre, mais garda l'épée de Cadeon, qu'elle tira de son fourreau. Puis elle s'accroupit à côté de Cadeon et attendit. Elle était prête.

Était-elle capable de tuer un démon, voire plusieurs ? Pouvait-elle en toute conscience décider de prendre une vie ?

— Quelles sont nos chances ? demanda-t-elle.

— Une sur quinze, répondit-il dans un râle. Je sais pas… je sais pas si je tenterais.

— Vous tenteriez même s'il n'y avait aucune chance.

Le 4 × 4 approchait à grande vitesse – on entendait ses pneus crisser dans les tournants. Lorsqu'ils se turent, Holly comprit qu'il entrait dans la grande ligne droite. Un rugissement de moteur confirma son intuition.

— Le voilà, murmura-t-elle. Cinq, quatre, trois, deux… *un*.

Le conducteur freina désespérément quand il vit la Veyron en travers de la route.

Trop tard.

N'ayant aucune échappatoire, le 4 × 4 s'encastra dans le barrage improvisé, et son seul passager fut éjecté par le pare-brise, effectuant un superbe vol plané.

Lorsqu'il toucha le sol, un sinistre craquement retentit. Le bitume acheva le travail en lui arrachant la peau. Enfin, il s'immobilisa, inconscient.

— Voilà pourquoi même les immortels ont besoin de ceintures de sécurité.

Holly se leva, brandissant l'épée de Cadeon. Un peu partout autour d'eux, le tonnerre se mit à gronder.

— Ne bougez pas, je reviens tout de suite, dit-elle à Cadeon.

Holly se dirigea vers le démon allongé sur la route. Après sa chute, on aurait dit un tas de chairs informes.

Elle s'apprêtait à tuer un être sans défense, mais comment faire autrement ? Déjà, il avait commencé à se régénérer. Ses blessures se refermaient, et dans sa paume déchirée dansait une toute petite flamme.

Elle accéléra le pas. Elle comprenait, maintenant, pourquoi Cadeon lui avait dit de donner le coup de grâce sans pitié. Dans quelques instants à peine, cet être mutilé serait de nouveau une menace.

Elle se plaça devant lui et leva l'épée au-dessus de son cou. *N'hésite pas !* Avec un hurlement, elle abattit l'arme. La lame trancha la tête du démon et provoqua un flot d'étincelles en heurtant le bitume.

*Voilà. C'est fait.*

Se forçant à ne pas regarder en arrière, elle courut jusqu'au 4 × 4 du démon, priant pour qu'il soit en état de rouler. La fumée provoquée par la collision n'était pas encore retombée, mais elle entendit le moteur tourner. Le 4 × 4 avait été protégé par un énorme treuil installé sur le pare-chocs avant et qui avait pratiquement cassé la Veyron en deux.

Mais les deux véhicules étaient imbriqués l'un dans l'autre. Holly allait devoir les séparer. Posant l'épée, elle saisit le treuil pour voir s'il bougeait.

Elle tira de toutes ses forces, stupéfaite de constater que, ce faisant, elle soulevait le 4 × 4.

L'acier céda dans un sifflement, et le treuil lâcha brusquement. Une douleur fulgurante traversa le bras de Holly.

— Merde !

Le métal déchiré lui avait entamé l'avant-bras jusqu'à l'os.

Sans perdre son sang-froid, elle déchira un morceau de son pull et le noua au-dessus de la plaie. Elle allait avoir besoin de points de suture, c'était évident, mais pour l'instant elle avait d'autres soucis, plus urgents.

Lorsqu'elle retourna voir Cadeon, il était inconscient. Il ne pouvait pas mourir comme cela, elle le savait. Malgré tout, son cœur se serra.

Était-il vraiment immortel, après tout ? Avait-on fait des tests sur les effets du poison ? Peut-être celui-ci empêchait-il la guérison en cas de brûlures au dixième degré…

Elle le porta jusqu'au 4 × 4, puis chargea leurs affaires et se mit au volant. Lentement, elle recula, se dégageant de l'étau d'acier que formait la carcasse de la Veyron, pliée en deux. Celle-ci s'affala, masse comprimée qui n'était pas sans évoquer les canettes de Red Bull que Cadeon aimait tant écraser.

# 32

Retirer son remontant à un démon brûlé, empoisonné et allongé nu dans une baignoire n'était de toute évidence pas une bonne idée.

— *Rends-moi cette foutue flasque, bordel!* tonna-t-il.

Ses paroles résonnèrent entre les murs de la petite salle de bains.

— Vous n'avez pas de doigts pour la tenir, de toute manière, répondit Holly en essorant de nouveau la serviette-éponge sur lui.

Tel un petit garçon, il agita les deux doigts fripés qui étaient déjà parvenus à se régénérer.

— Très bien, soupira-t-elle.

Elle lui tendit la flasque, qu'il lui arracha pratiquement des mains.

— Mais vous devriez faire attention, poursuivit-elle d'un ton sévère. J'ai entendu dire que cette liqueur mettait un certain temps avant de faire effet.

— Va te… faire voir.

Elle ne releva pas, consciente que, pour un mâle comme Cadeon, se retrouver aussi vulnérable devait être un supplice.

— Tu aurais dû me laisser… dans le 4×4.

— C'est officiel: vous êtes l'homme le plus têtu que je connaisse.

— Et toi, tu me traites comme si j'étais un grand blessé de guerre.

Une absurdité, dans la mesure où à peine la moitié des chairs de son torse était encore en bouillie.

Tout en cherchant un motel anonyme où elle pourrait cacher le 4 × 4 volé, Holly avait remarqué que la peau de Cadeon était en voie de régénération, mais que cette dernière était bloquée par les suées chargées de poison. À peine sa peau retrouvait-elle un aspect normal qu'elle se boursouflait de nouveau.

Après avoir pris une chambre, sans tenir compte des protestations de Cadeon, elle lui avait retiré ce qui restait de ses vêtements et l'avait obligé à s'allonger dans la baignoire.

Dans un seau à glace, elle avait mis des glaçons et de l'eau froide, puis elle s'était agenouillée à côté de lui pour asperger délicatement son corps d'eau glacée. Elle tenait son regard éloigné de ses parties intimes… enfin, presque.

Le poison provoquait une suppuration bleutée, qui s'en allait assez facilement avec l'eau… mais revenait presque aussitôt.

La douleur de Cadeon devait être insupportable.

— Pourquoi t'es si gentille avec moi ? grogna-t-il avant de boire une longue gorgée de liqueur de démon.

— Parce que vous *êtes* blessé et que vous avez besoin d'aide.

— Pas à cause de ce que je t'ai dit ?

Bon. Il y avait cela, aussi. Cet aveu l'avait laissée perplexe. Mais il donnait un tout autre aspect à ce qui se passait entre eux. Un aspect permanent à ce qui n'était jusque-là pour elle qu'un flirt passager.

— Pas seulement.

Elle plongea la serviette dans l'eau, l'essora de nouveau.

Lorsque la flasque de Cadeon fut vide, sa peau avait enfin perdu toute coloration bleutée et se régénérait à vue d'œil. Une nuit lui suffirait probablement pour retrouver une apparence normale.

Du coup, Holly se rappela sa propre blessure et retira son pansement de fortune pour examiner son bras. Elle en resta sans voix. La peau avait presque terminé de se refermer.

*Si je décidais de rester valkyrie, je pourrais conserver cette capacité de guérison…*

Elle fronça les sourcils. *Mais je pourrais aussi être brûlée vive par des démons parce que je suis la Porteuse.*

— Je crois que vous êtes sorti d'affaire. Maintenant, il faut vous coucher.

Elle l'aida à se lever, puis le soutint tout en lui passant une serviette autour des reins, même si la pudeur était le cadet des soucis de Cadeon. La seule chose qui semblait le gêner vraiment, c'était d'être mal en point.

— Vous pouvez vous asseoir ? demanda-t-elle quand ils furent près du lit.

— C'est une des premières choses que j'aie apprises… quand j'étais petit.

— Bon. Je vais chercher une compresse, pour votre front.

Mais dès qu'elle le lâcha, il tomba en arrière, sur ses blessures, et étouffa un cri de douleur.

— Cadeon !

Vite, elle l'aida à s'allonger, puis tira le drap jusqu'à sa taille.

Lorsqu'elle revint avec l'eau glacée et la serviette, il marmonnait dans sa barbe en langue démon. Il semblait avoir perdu l'esprit.

Ce délire était-il dû à ses blessures ou à la liqueur ? Aux deux, peut-être ?

— Cadeon ? Êtes-vous ivre ?

— Com… plètement.

Que penserait-il si, à son tour, elle décidait de profiter de son état ? Elle se figea. *Mais oui ! C'est ce que je vais faire, tiens !* Elle se posait tant de questions, à propos de ce démon… Plus elle y pensait, plus elle réalisait qu'il ne lui en avait dit que très peu sur lui.

Et puis, c'était lui qui avait commencé. *J'ai bien le droit de me venger, non ?*

Elle s'assit à côté de lui.

— Cadeon… vous m'entendez ?

Il garda les yeux fermés.

— J'ai rien eu aux oreilles, que je sache.

— Non, bien sûr… Dites-moi… vous avez l'air assez proches, cette Tera et vous, dit-elle en posant la serviette pliée sur le front du démon.

— On a vécu pas mal de trucs ensemble.

— C'était votre petite amie ?

Le rire de Cadeon sonna comme un grognement.

— Pas du tout.

— Et… vous n'avez vraiment pas couché avec Imatra ?

— Ah, ça, nooooon ! C'est une traînée, cette fille.

— Alors, pourquoi l'avoir embrassée ?

— Pour les instructions. Et pour voir…

— Pour voir quoi ?

— Si je pouvais m'intéresser à quelqu'un d'autre qu'à toi.

Voilà qui était intéressant.

— Et ?

Il eut un rire amer.

— Et je ne peux pas.

*Oh, Cadeon.*

— Vous savez que je suis celle qui vous est destinée depuis un an ?

Il hocha la tête.

— Pourquoi est-ce que ce serait moi ?

— C'est le destin qui choisit… celle qui me comblera.

Elle se mordit la lèvre.

— Et… vous avez couché avec quelqu'un d'autre, depuis que vous savez que c'est moi ?

— J'ai vaguement essayé avec une sorcière, mais sans conviction. De toute façon, elle voulait un loup-garou.

Aussitôt, Holly fut jalouse de cette sorcière.

— Et puis, c'est toi que je voulais, conclut Cadeon.

Elle rafraîchit la serviette, la lui remit sur le front.

— Pourquoi ne pas m'avoir abordée ? Ou m'avoir parlé de ça, ces derniers jours, au moins ?

— Je ne peux pas avoir une femelle humaine… Interdit. Elles ne survivent jamais à la possession.

— La possession ? Vous voulez dire à la première fois que vous faites l'amour ?

Il fit oui de la tête.

— Que se passe-t-il de si dangereux, à ce moment-là ?

— Le démon se transforme complètement. Il mord sa femelle, peut aller jusqu'à l'assommer. La maintient immobile pendant qu'il jouit en elle.

— *Oh*.

Elle se sentait à la fois horrifiée et légèrement excitée.

— Donc, si je restais valkyrie, ce serait mieux, pour vous ? Je survivrais ?

Mais dans ce cas, pourquoi l'aiderait-il à redevenir humaine ?

— De toute façon, je vais pas chercher à te faire mienne. Faut que tu le saches.

— Pourquoi ?

— Parce que.

Voyant qu'il n'en dirait pas plus sur le sujet, elle demanda :

— Vous étiez jaloux de ma relation avec Tim ?

— J'aurais voulu le tuer, ce connard. Il est pas assez bien pour toi.

— Mais vous, si ?

— Naaaaan. J'aimerais bien, mais… tu dois pouvoir trouver mieux qu'un mercenaire.

— Mais vous êtes prince, aussi, non ?

Il ne répondit pas tout de suite.

— Prince d'un royaume perdu… soupira-t-il enfin. Je peux mettre n'importe quel roi sur son trône, sauf le mien, parce que j'ai perdu son trône.

— Quel trône avez-vous perdu ?

— Celui de Rydstrom.

— Ah bon ? Comment ?

— J'ai fait une erreur, murmura-t-il d'une voix rendue rauque par l'émotion. *Celui qui contrôle le château…*

— Qu'est-ce que ça veut dire ?

— Ils ont tous péri.

— Qui, Cadeon ?

Pas de réponse.

— Est-ce que Rydstrom vous reproche d'avoir perdu son trône ?

— Oui. Depuis toujours. C'est normal.

Holly sentit la colère monter en elle. Le frère aîné de Cadeon s'employait à lui rendre la vie impossible depuis neuf cents ans ? Ce n'était pas de la rancune, c'était de l'acharnement !

— Pourquoi continuez-vous à lui parler ? Pourquoi vivre sur son domaine ? Pourquoi vous acharner à être « un des deux Woede » ?

— Pour protéger le roi.

— Je sais bien, mais vous n'allez pas faire ça toute votre vie !

— Je préférerais le haïr. Ce serait plus simple.

La colère de Holly se transforma en compassion.

— Vous voudriez le haïr ?

— Mais je n'y arrive pas.

— Pourquoi ?

— C'est mon frère. S'il est blessé… je le ressens moi aussi. C'est bizarre.

Il voulut hausser les épaules et serra les dents sous l'effet de la douleur. Sa nouvelle peau tolérait mal les tiraillements.

— Holly ?

— Oui ?

— Fier, ce soir. Ma femelle, courageuse, murmura-t-il.

Elle l'avait été, effectivement. Et elle avait réussi à les mettre à l'abri, Cadeon et elle.

Cela ne signifiait pas pour autant qu'elle ait envie de recommencer. Trop de fois ce soir, elle avait cru sa fin proche.

Cadeon s'était endormi. Son large torse se soulevait et retombait régulièrement. Holly se mordit la lèvre, son regard se posa sur ses cornes.

Incapable de résister à la tentation, elle en toucha une d'une main hésitante. C'était doux... Elle laissa ses doigts glisser jusqu'à la pointe.

À quel moment exactement sa méfiance vis-à-vis de cette partie du corps de Cadeon était-elle devenue de la fascination ? Elle sentit son estomac se serrer tandis qu'elle le regardait. *Désir...*

Non ! Non, elle ne le *désirait* pas. Elle n'avait plus aucune confiance en ses propres émotions, ni même en ses pensées.

Finalement, elle se traîna jusqu'à la salle de bains pour prendre une douche mais, une fois propre et prête à se coucher, elle n'avait pas sommeil du tout. Alors, elle rangea la chambre, puis alluma son ordinateur pour voir où se trouvait le check point suivant.

Une fois connectée, elle vit que Tim était lui aussi en ligne, même s'il était minuit en Californie. Elle fut surprise de voir à quel point elle avait envie de lui parler, de goûter de nouveau à quelque chose de normal. *J'ai besoin d'une dose de normalité.*

Allait-elle l'appeler aussi tard ? Tout en y réfléchissant, elle songea à la chance qu'elle avait d'avoir un petit ami comme lui. Jamais elle n'aurait à craindre la présence d'une autre femme dans le paysage, ni n'entendrait la voix de Tim rendue pâteuse par l'alcool.

Et cette certitude-là était réconfortante.

Holly aimait les certitudes. Elle aimait que sa vie soit organisée de façon prévisible, selon un emploi du temps défini. Le simple fait de repenser à sa vie d'avant, aux cours qui s'enchaînaient tranquillement, sur le campus, lui fit du bien.

Jusque-là, dans le Mythos, la seule certitude qu'elle ait eue était que rien n'était certain. Pourquoi quelqu'un comme elle aurait-il voulu rejoindre un monde aussi chaotique et violent ? Un monde où elle devrait s'inquiéter de savoir à quoi ressemblerait son enfant et craindre à tout moment d'être attaquée par des démons… Non, vraiment, ce n'était pas pour elle.

*Une dose de normalité*… Elle prit son téléphone et appela Tim.

Il décrocha aussitôt.

— Holly ? Quelque chose ne va pas ? J'ai vu que tu étais connectée, et il est 2 heures du matin à Memphis. Tout va bien ? Ta famille ?

— Euh… oui, oui. Tout va bien. Et la conférence, comment ça se passe ?

— Ça irait mieux si tu étais là.

— La prochaine fois, peut-être.

Après ce qu'elle avait fait ce soir, prendre l'avion pour aller à une conférence ne devrait plus lui poser autant de difficultés. Elle avait échappé à des bombes incendiaires, tué…

— Ce serait super… Tu seras rentrée à La Nouvelle-Orléans, à mon retour ?

Tout dépendait de l'endroit où se trouvait le check point suivant. Celui dont les coordonnées géographiques lui avaient été données par un *fantôme*… Rien que d'y penser, Holly eut envie de rire. C'était nerveux.

— Je… je l'ignore. J'en saurai plus demain.

— J'ai vu que tu n'avais rien ajouté aux résultats… Tu es bloquée ?

Elle soupira.

— Oui. C'est l'horreur.

— Je suis désolé, Holly. Tu veux qu'on en parle ?

— Non, ça va aller. Mais merci. Je sais que je peux compter sur toi pour m'écouter si besoin est.

Tim, si fidèle, si fiable…

— Tu… tu n'as pas la même voix que d'habitude. Tout va bien, tu es sûre ? Tu as l'air préoccupée.

À vrai dire…

— Tim… que dirais-tu si je décidais de ne plus travailler sur le campus ? Si je cherchais du travail en entreprise, après mon diplôme ?

— Tu sais que je te soutiendrai, quelle que soit ta décision. C'est juste que…

— Que ?

— Il arrive que tu… aies quelques problèmes, en dehors du campus.

Une gentille façon de lui rappeler qu'elle avait été internée plusieurs fois.

— Et si je changeais ?

— Je suis certain d'une chose : tout ce que tu décides de faire, tu y arrives. Mais je pensais aussi que tu voulais des enfants.

— Beaucoup de femmes travaillent en entreprise et en ont.

— C'est vrai.

Sans qu'elle sût pourquoi, cette réponse la fit tiquer.

— Tu penses qu'elles ne devraient pas ?

— Bien sûr que non ! Écoute, Holly, j'ai l'impression que tu cherches à provoquer une dispute entre nous. J'ai fait quelque chose qui t'a déplu ?

Elle se massa les tempes. C'était elle, la coupable, dans l'histoire. C'était elle qui l'avait trompé sur un capot de voiture, et pourtant, elle était agressive et irritable avec lui.

Malgré tout, elle ne put s'empêcher de demander :

— Pourquoi n'as-tu jamais insisté pour qu'on fasse l'amour, tous les deux ?

En l'entendant bégayer, à l'autre bout du fil, elle comprit que sa franchise, inhabituelle, le prenait de court.

— Parce que tu étais absolument contre, finit-il par articuler.

— Mais toi, est-ce que tu as envie de faire l'amour avec moi ?

— Bien sûr, chérie !

*Chérie*. Était-il sincère, ce terme si galvaudé ? Cadeon n'appelait ainsi que les femmes qui ne l'intéressaient pas sérieusement.

— Tu es belle, et désirable, poursuivit Tim.

*Alors, pourquoi n'as-tu pas insisté ?*

Mais d'où lui venaient ces pensées, à la fin ? Elle remettait son engagement envers Tim en question simplement parce que sa vie était sens dessus dessous.

*Ne décide rien tant que les choses ne seront pas rentrées dans l'ordre. Il faut garder les constantes constantes.*

Tim était un homme bien. N'importe quelle fille aurait été heureuse de l'avoir auprès d'elle. Même ses parents l'avaient apprécié.

*Ou avaient-ils seulement été ravis qu'elle ait enfin un petit ami ?*

— Pardonne-moi, Tim. Je ne sais pas ce qui m'a pris. Je peux peut-être te rappeler demain ?

— D'accord. Pas de problème. On a tous nos mauvais moments.

Tim n'avait jamais de mauvais moments.

Après avoir raccroché, elle resta songeuse. Même si elle décidait de rompre avec Tim, la solution de remplacement *n'était pas* Cadeon. Le démon était peut-être excitant, sexy, drôle, mais une relation avec lui ne fonctionnerait jamais. Il était trop impulsif, d'humeur trop changeante. Était-il seulement capable d'aimer profondément, dans la durée ?

Or, Holly voulait un amour aussi solide que celui qui avait uni ses parents. Elle avait toujours espéré que quelque chose de similaire pourrait croître et se développer entre Tim et elle.

*Mais en deux ans, rien de tel ne s'est produit. Tu t'accroches à lui parce que tu as peur.*

*La ferme, côté obscur !*

Holly voulait du fiable et du normal. Elle ne succomberait pas à la tentation.

Donc, elle devait rencontrer Groot. L'esprit de nouveau focalisé sur son objectif, elle ouvrit Google

Earth. Après avoir noté que la longitude se trouvait juste à la pointe de l'Idaho, elle chercha la latitude, monta, monta vers le nord, étonnée d'aller si loin.

Encore, encore…

Lorsque, enfin, la flèche s'arrêta sur leur destination, Holly resta bouche bée, le souffle coupé.

# 33

Cade se réveilla en sursaut, trempé de sueur, le cœur battant.

Il avait rêvé de cette nuit venteuse, à peine quelques semaines plus tôt, où il avait tué Néomi, une mortelle. La nuit où il avait anéanti toute chance de faire la paix avec le vampire.

Cade prenait toujours ses rêves très au sérieux, et ce n'était pas la première fois qu'il faisait celui-ci. Sans doute éprouvait-il plus de culpabilité qu'il ne le pensait. Oui, cette mort était un accident, mais c'était lui qui l'avait causée, pas Rydstrom, ni même Rök, qui étaient tous les deux présents.

Il frissonna en repensant à l'étrange sensation qu'il avait éprouvée lorsque la lame de son épée avait transpercé la mortelle. Elle avait eu l'air aussi étonnée que lui. Puis le sang avait coulé de sa bouche tandis qu'elle essayait de crier.

Quand elle s'était affaissée sur le sol, glissant sur sa lame, Cade avait croisé le regard de son frère. C'était le même que celui que Rydstrom avait eu, neuf cents ans plus tôt. Un regard où la pitié se mêlait au mépris…

Cade cligna des yeux, surpris de trouver Holly à ses côtés, sur le lit. Elle avait gardé son peignoir et dormait, recroquevillée sous une couverture. Ses lèvres roses étaient entrouvertes, ses cils épais reposaient sur ses joues. Sur l'oreiller, la jungle blonde et bouclée de ses cheveux brillait comme de la soie.

Il se pencha et prit une mèche entre son pouce et son index, en appréciant la douceur. Comme il la contemplait, des souvenirs de la veille lui revinrent. Elle avait fait preuve d'un grand courage contre les démons feu et avait refusé de l'abandonner à son sort, parvenant au contraire à les tirer d'affaire tous les deux.

Elle lui avait parlé pendant tout le trajet jusqu'au motel, comme si elle avait senti à quel point il avait besoin d'entendre sa voix. Toute la nuit, elle s'était occupée de lui.

Il se souvint combien il avait été fier d'elle, de la façon dont elle avait pris les choses en main, était montée au créneau.

Il avait aussi compris que ce qu'il éprouvait pour elle était plus que la simple attirance voulue par le destin…

Lâchant la mèche de cheveux, il se leva et se rendit dans la salle de bains. Dans le miroir, il examina son visage. Il était redevenu normal.

Il prit une douche et s'habilla. Holly dormait toujours. Les événements de la veille l'avaient épuisée.

Voyant son ordinateur ouvert et allumé, il en déduisit qu'elle avait déjà cherché leur destination suivante.

*Voyons le résultat…*

— Putain de merde… grommela-t-il.

Les Territoires du Nord-Ouest. Juste au-dessous du cercle polaire. Ils allaient devoir passer la frontière canadienne et traverser tout le pays du sud au nord. Holly avait estimé leur trajet à soixante-sept heures de route – si le temps était clément.

Comme d'habitude, son téléphone était posé juste à côté de l'ordinateur, bien parallèle. Cadeon fit la moue. Il se rappelait vaguement l'avoir entendue baisser la voix, comme pour une conversation privée.

Avait-elle appelé quelqu'un ? Il consulta la liste des appels. *Bordel de...*

— Holly ! hurla-t-il.

Elle se redressa d'un bond, écarta ses cheveux de son visage.

— Heeeein ? Je suis prête !

— T'as appelé l'autre connard, hier ?

— Vous avez fouillé dans mon téléphone ! Comment avez-vous osé ?

— Malgré ce que je t'ai dit sur le pont ?

— J'avais besoin de parler à quelqu'un.

Lorsqu'elle vit qu'il s'apprêtait à jeter le téléphone, elle le lui prit des mains.

*Minute...* D'autres souvenirs lui revenaient. Elle lui avait posé des questions ! À propos de quoi exactement l'avait-elle interrogé ?

— Tu m'as beaucoup parlé, hier soir, non ? Tu m'as fait subir un interrogatoire, même !

— Comme ça, vous savez ce que cela fait. C'est bien fait pour vous.

— Mais ce n'est pas du tout pareil ! T'étais bourrée, moi j'étais empoisonné et brûlé !

— Et bourré.

— Tu l'as appelé alors que je souffrais le martyre ? J'étais là, inconscient, et tu lui as parlé ?

— Oui, Cadeon. Après avoir veillé à votre guérison sans faillir, quand j'ai enfin été certaine que vous alliez vous en sortir, j'ai passé un coup de fil.

— Pour rompre ?

— Non ! Ce n'est pas parce que vous m'avez dit que le destin faisait de moi votre femelle que le corollaire est vérifié. Il n'y a toujours rien entre nous.

— En d'autres termes, la racine carrée de va te faire foutre, c'est va te faire foutre !

— Vous ne voulez pas que je sois avec Tim, mais vous ne proposez rien d'autre à la place.

— C'est-à-dire ?

— Vous me dites que je suis votre promise, mais vous n'avez pas prévu de me demander de m'engager en quoi que ce soit.

Il serra les dents. *Parce que je ne peux pas !*

— Tu dirais oui, si je te le demandais ?

Il se figea, attendant la réponse de Holly.

— Non, Cadeon, lâcha-t-elle enfin. Je ne dirais pas oui.

Un frisson de peur parcourut l'échine de Cadeon.

— Tu aimes cet humain ?

Sans ciller, en le regardant droit dans les yeux, elle répondit :

— Il est ce que je veux.

Dans le taxi qui les menait jusqu'au concessionnaire automobile le plus proche, le silence fut pesant. Ensuite, tandis que le responsable leur montrait tout ce qu'il pouvait leur proposer, ils se disputèrent sur le modèle à choisir pour finir le voyage. Holly voulait un petit 4 × 4 neuf, Cade voulait un « mastodonte dépassé et suceur d'essence » selon les termes employés par Holly. Il argumenta calmement, mais elle refusa de céder. Il craqua quand elle assena :

— Ce constructeur n'a aucune politique de préservation de l'environnement.

Là, le vase déborda.

— Mais j'en ai rien à battre, moi ! Je veux juste une bagnole puissante pour me tirer d'ici !

À ce moment-là, le concessionnaire préféra se retirer.

— Avec un modèle neuf, on risque moins de tomber en panne, dit Holly, faisant des efforts visibles pour garder son calme.

— On les fait moins solides aujourd'hui, riposta Cadeon.

— Je ne suis pas d'accord. Et je pense que les options proposées dans les modèles récents nous permettront de voyager plus confortablement, avec plus de sécurité.

— Plus d'options, ça veut dire plus de pannes possibles. Non, ce Ford Bronco blanc est parfait…

— Oh non, je vous en prie… O.J. a appelé, il voudrait récupérer sa voiture.

— Tu n'es pas assez vieille pour avoir vu cette course-poursuite à la télé… À moins que… Tu l'as regardée sur YouTube ?

— Je l'ai vue en direct. J'avais déjà douze ans, Mathusalem ! Qu'est-ce que vous avez contre la petite Range Rover, d'abord ?

— Le vendeur risque de ciller en nous voyant payer en liquide une caisse à quatre-vingt mille dollars. Et puis, Cendrillon a bousillé un carrosse à un bâton hier soir, elle pourrait peut-être penser à limiter les frais, non ?

— Vous savez à qui était la voiture que j'ai « bousillée » hier soir ? *Pas à moi !* Je vous sauve la vie, et c'est comme ça que vous me remerciez ? Alors, ne comptez pas sur moi, la prochaine fois. Je vous laisserai rôtir !

Le téléphone de Cade sonna soudain.

— Il faut que je réponde, dit-il. Tiens, j'ai une idée : pendant que je m'occupe de ça, essaie de recouvrer la raison. Si tu te souviens de ce que ça veut dire, bien sûr.

Il s'éloigna à grands pas, portant le téléphone à son oreille.

— Quoi ? aboya-t-il.

— Hou là, ça n'a pas l'air d'aller, dit Rök.

— Des nouvelles de Rydstrom ?

— Mes espions à Tornin sont quasi certains qu'il est détenu là-bas.

*Et personne ne s'échappe de Tornin*.

À cette pensée, sa mauvaise humeur s'évanouit.

Il était temps pour Cade, le champion des autruches, de regarder en face quelques réalités particulièrement désagréables.

Son frère : retenu par une méchante sorcière pour servir d'étalon.

Sa femelle: obstinément attachée à sa relation avec un crétin, et à deux semaines environ d'éprouver une haine à peu près totale envers Cadeon.

Lui: en pleine crise d'identité. Le tueur à gages dépourvu de conscience trouvait que mentir à Holly lui donnait des aigreurs d'estomac. Le grand méchant mercenaire faisait des cauchemars à propos d'une mort accidentelle...

— Mais j'ai quand même du nouveau, dit Rök. Tu sais, la mortelle que t'as embrochée?

*Quand on parle du loup...* Cadeon fronça les sourcils.

— Néomi. Eh bien quoi?

— Je l'ai vue hier faire un karaoké au *Miaou's Bar*.

Cade en resta bouche bée.

— Elle chantait?

— Ouais. Pas vraiment juste au début, et puis finalement, elle s'en est plutôt bien sortie.

— T'es en train de me dire qu'elle est vivante?

— À moins qu'elle ait une jumelle... Mais moi, il m'a bien semblé que c'était la femme du vampire qui poussait la chansonnette.

L'instinct de Rök avait sauvé plus de vies qu'on n'en pouvait compter. Si ce qu'il disait était vrai...

Le vampire de Néomi connaissait un autre moyen de tuer Omort – un autre moyen que l'épée forgée par Groot. Si Cade parvenait à le découvrir, il n'aurait plus à trahir Holly.

— Pourquoi tu n'as pas enlevé la mortelle? Tu sais la valeur qu'elle a.

— C'est une rapide. Elle a... comme disparu quand on lui a sauté dessus. Mais je la retrouverai. J'ai une piste.

S'ils enlevaient Néomi, le vampire ferait n'importe quoi pour la récupérer, y compris révéler le secret qui permettait de tuer Omort.

— Trouve-la-moi, Rök. À n'importe quel prix.

— On y travaille. Mais de ton côté, continue, hein. Au cas où on n'aboutirait pas.

Cadeon soupira.

— Bien sûr. C'est ce que je fais. Il le faut. Mais vous allez la trouver. Tous les moyens sont bons, OK ?

Après avoir raccroché, Cade regarda Holly, et son cœur s'emballa.

L'espoir renaissait. Il y avait peut-être une solution. Un moyen d'avoir tout ce qu'il avait jamais désiré.

Il avait bâillonné ses sentiments pour elle parce qu'il savait qu'il devrait la faire souffrir. Mais ce qu'il venait d'apprendre lui offrait la possibilité d'un avenir avec elle.

Oui, la possibilité. Jusque-là, tout, entre eux, était voué à l'échec. Les obstacles étaient nombreux, et épiques : trahisons, serments d'un autre âge, mensonges, exigences de sorciers maléfiques…

Mais une autre chose les séparait : un petit connard de mathématicien… dont elle n'avait même pas pu dire qu'elle l'aimait.

*C'est quasiment gagné*. Cade n'aurait plus qu'à la convaincre qu'il était mieux pour elle.

Impatient, déjà, il la rejoignit. Elle se mordillait la lèvre. Elle portait toujours ses cheveux attachés, mais son chignon était plus lâche que d'ordinaire, plus joli. Elle était si belle qu'il en eut des papillons dans l'estomac.

Le vendeur, qui était revenu à la charge en l'absence de Cade, le regarda approcher d'un œil inquiet.

Lorsqu'il arriva près de Holly, Cade la prit dans ses bras, la fit tournoyer et l'embrassa.

— Cadeon ! bredouilla-t-elle.

Il la posa, mais la garda dans ses bras en s'adressant au vendeur.

— On va prendre ce que veut madame. Mais vite.

Puis il la regarda dans les yeux et ajouta :

— Il nous reste exactement trois cent soixante kilomètres à faire ce soir pour qu'elle soit tout à fait satisfaite.

# 34

Leur nouvelle voiture filait sur l'autoroute.

Chez le concessionnaire, le brusque changement d'attitude de Cadeon avait tellement étonné Holly qu'elle avait fini par accepter un compromis. Ils avaient acheté un pick-up neuf dont l'habitacle était proche de celui d'un petit 4×4.

Depuis qu'ils avaient pris la route, Cadeon conduisait au-dessus de la vitesse limite, l'œil rivé au compteur.

Elle soupira.

— Écoutez, je sais que j'ai dit qu'on pouvait... être intimes tous les six cent cinquante kilomètres, mais après ce qui s'est passé hier soir, j'ai réfléchi. Je ne veux pas vous laisser espérer quelque chose qui ne se réalisera jamais.

— À cause de ton petit ami ? Celui dont tu n'arrives pas à dire que tu l'aimes ?

— Pas seulement. Vous devez comprendre que tout ce que j'ai toujours souhaité, c'est une vie normale, et un partenaire stable, fiable. Vous, vous n'êtes pas... normal.

Son regard glissa sur les cornes de Cadeon, qui s'en aperçut. Il les frotta d'un air bougon.

— Ce n'est pas que vous, reprit Holly. C'est tout le reste. Le Mythos, ce monde étrange...

— Qu'est-ce qui te dérange dans le Mythos ?

— C'est un monde... euh... comment dire... excessivement violent ? Ce qui s'est passé hier soir le prouve.

— C'était une situation extrême, même pour le Mythos. Et pour ta gouverne, sache que je te suis vraiment reconnaissant de m'avoir sauvé la mise. Je sais dans quel état j'étais. Le poison a souvent raison des démons. Nous sommes particulièrement sensibles à ses effets.

— Pourquoi ?

— Les espèces qui fabriquent du poison sont très sensibles à celui des autres espèces. Dis, est-ce que tu étais sincère, hier, quand tu as promis à ces esprits de revenir avec un exorciste ?

— Bien sûr. Je vais demander à ma tante de m'aider à en trouver un. Pourquoi ces fantômes ont-ils été choisis pour nous servir de messagers, d'abord ?

— Pour ce genre de rôle, il n'y a pas mieux qu'un fantôme. On ne peut pas le soudoyer, ni le torturer pour obtenir l'info. Après ce check point, tous ceux qui cherchent à nous retrouver seront bloqués. Tant que tu garderas tes perles, évidemment.

— Comment les fantômes connaissaient-ils les coordonnées du check point suivant ?

— Un des disciples de Groot les leur aura communiquées.

— Pourquoi ont-ils accepté d'être mêlés à cette histoire ?

— Peut-être que Groot leur a promis l'exorcisme qu'ils cherchent en échange.

— Mais s'il le leur a promis, pourquoi me l'ont-ils demandé à moi ?

— Euh... pour plus de sûreté, sans doute. Au fait, qu'est-ce que je t'ai raconté d'autre, hier soir ?

— En dehors du fait que je suis la femelle qui vous est destinée ?

— Je pense que le destin a fait un excellent choix pour moi. Le meilleur possible.

Il était si charmant, quand il le voulait...

— J'ai aussi découvert qu'il existait quelques problèmes non résolus entre votre frère Rydstrom et vous.

— C'est rien de le dire, soupira Cadeon.

— Pourquoi ?

— Nous sommes aux antipodes l'un de l'autre. Il est rationnel, aborde toujours les problèmes avec logique. Moi, la plupart du temps, je fonctionne au feeling. Il est cultivé, parle bien, a la noblesse… d'un roi, alors que moi, je suis un irresponsable, un éternel bon à rien. Qu'est-ce que j'ai dit d'autre ?

— Que vous me mordriez et que vous m'assommeriez en me possédant pour la première fois. Vous vouliez dire que le venin de vos cornes me…

— Non. Je mordrais vraiment. Mes crocs se planteraient dans un muscle qui se trouve entre ton cou et ton épaule.

— Et vous deviendriez complètement démoniaque ?

— Oui.

— Qu'est-ce que ça veut dire ?

— Ma peau deviendrait rouge foncé – c'est censé attirer les femelles. Mon corps se développerait, mes cornes et mes griffes pousseraient. Et mon visage se transformerait. Mes traits seraient plus anguleux.

— Vous… vous avez aussi dit que le seul endroit où vous me posséderiez serait votre esprit. Je ne comprends pas… Vous avez déjà fantasmé sur moi ?

— Oh oui.

— Par exemple, vous m'avez imaginée… nue ?

— Ah, petite, si tu savais… Je t'ai déshabillée mille fois. Je t'ai prise quand tu ne portais plus que tes perles, et si fougueusement qu'elles rebondissaient autour de ton cou.

Holly retint un frisson.

— Dans mes fantasmes, tu es plutôt lascive. Et tu as une prédilection pour la fellation. Tu me prends dans ta bouche dès que l'occasion se présente…

Les joues de Holly s'empourprèrent.

— Mais je ne veux pas que tu y penses, reprit Cadeon. Tu dois chasser cette image de ton esprit, parce que si tu commences à imaginer ce genre de scène, tu ne penses plus qu'à ça, après.

*Trop tard...*

*Saskatchewan, Canada*

— Bon, on revoit un peu les techniques d'autodéfense ? suggéra Cadeon tandis qu'ils avançaient sur une autoroute déserte.

Holly hocha la tête.

— Je finis d'enregistrer et j'éteins.

L'endroit était si retiré qu'il lui fallait passer par le téléphone satellite pour avoir accès à Internet, et c'était d'une lenteur affligeante.

Non qu'elle ait eu grand-chose à enregistrer – ses progrès étaient quasi inexistants. Elle avait un peu travaillé à son code, mais sans grand succès.

En attendant de pouvoir éteindre son ordinateur, elle repensa à ces trois derniers jours. La traversée du Canada s'était faite sans encombre, elle n'avait pas vu le temps passer. Le premier soir, au moment de franchir la frontière, elle était terrifiée, persuadée qu'ils allaient être identifiés comme créatures du Mythos, mais Cadeon était très détendu, très à l'aise, et en trente secondes à peine, ils avaient été autorisés à entrer au Canada.

La nuit durant considérablement plus longtemps sous cette latitude, ils avaient conduit presque sans arrêt depuis leur départ. Cadeon n'avait besoin que de quatre heures de sommeil par jour, et elle-même avait découvert qu'il ne lui en fallait guère plus.

Au fur et à mesure que le voyage avançait, une certaine familiarité s'était installée entre eux. Passer autant de temps seuls dans un habitacle fermé leur donnait l'impression d'être coupés du reste du monde. Désormais, il n'était pas rare que l'un finisse les phrases de l'autre. Cadeon indiquait régulièrement des paysages dont il pensait qu'ils plairaient à Holly, et elle quittait volontiers son écran des yeux.

Assez vite après leur départ, un compromis avait été passé concernant la musique. Quand Holly travaillait, c'était du blues rock, et le reste du temps, c'était le ska que Cadeon aimait tant. Elle ne le lui avait pas encore avoué, mais elle commençait à vraiment apprécier cette musique elle aussi.

Ils faisaient des courses chaque fois que c'était nécessaire, et possible. Il lui avait acheté un nouveau blouson pour remplacer celui qui avait été détruit lors de la bataille de Bloodwater, ainsi qu'un téléphone satellite, pour le cas où ils seraient séparés.

Il ne s'était rien passé d'intime entre eux – elle avait repoussé ses avances –, mais Cadeon lui faisait une cour endiablée.

*Et peut-être bien que cela marchait…*

Elle ne pensait plus à Tim aussi souvent et s'agaçait parfois de se sentir coupable vis-à-vis de lui… avant de se sentir coupable de cet agacement. Le cercle était indéniablement vicieux.

Ce n'était pas juste pour Tim. Ces derniers jours, elle était arrivée à une conclusion : elle n'allait peut-être pas finir dans les bras de Cadeon, mais elle n'était plus aussi convaincue que son avenir était auprès de Tim.

Elle repensa à sa blessure au bras. Le lendemain matin, elle avait disparu, s'était refermée sans même laisser de cicatrice. Il était peut-être trop tard pour qu'elle puisse redevenir comme avant, et cette perspective ne la bouleversait plus autant qu'au début.

À dire vrai, de plus en plus souvent, elle s'imaginait aux côtés de Cadeon. Elle s'était habituée à son humour corrosif, un peu ras les pâquerettes. Il la faisait rire, l'empêchait de se prendre trop au sérieux. Et puis, ses yeux verts… elle aurait pu s'y perdre pendant des heures.

Par ailleurs, il se conduisait avec beaucoup de considération, faisant en sorte qu'elle ne manque de rien, tâchant de composer avec ses « petites habitudes ». Elle n'avait jamais à ouvrir une bouteille quand il était dans les parages.

Et, infatigablement, il cherchait à lui apprendre des choses, proposant des exercices pratiques chaque fois qu'ils s'arrêtaient dans un hôtel pour quelques heures. Ensuite, sur la route, il lui posait des questions sur ce qu'elle venait d'apprendre.

L'enregistrement était terminé. Elle retira ses lunettes et ferma son ordinateur.

— Ça y est. Prête pour l'entraînement.

— Très bien. Tu es seule contre plusieurs attaquants. Que fais-tu, et pourquoi ?

— Je les compte, parce que si je décide de m'enfuir, ils se sépareront probablement. Cela m'aidera à déterminer si je suis encerclée ou non.

Cadeon approuva d'un hochement de tête.

— Tu es face à un ennemi. Que regardes-tu en premier ?

— Ses yeux. Ils changent de couleur s'il est enragé. Ensuite, je regarde ses mains pour savoir s'il est armé.

— Disons qu'il est enragé, et armé. Quelle est ta position face à lui ?

— Je réduis la cible, avec un pied légèrement en avant par rapport à l'autre. Pareil pour les épaules. Épaule gauche en avant, parce que je suis droitière, ajouta-t-elle sans qu'il ait à poser la question.

— Tirer parti de l'environnement. Donne-moi deux exemples.

— Je mets des obstacles entre mon attaquant et moi. J'utilise la lumière à mon avantage. La pénombre fausse la perception.

— Quelle pression est nécessaire pour casser un genou ?

— Cinq kilos cinq suffisent.

— Et que fais-tu si un mâle humain te menace ?

— Je lui remets les pendules à l'heure et je lui montre comment s'en servir.

— C'est bien, ma belle.

Il lui donna un petit coup sur le menton, et elle rougit de plaisir.

— Pourquoi continuez-vous à m'entraîner ?

— Parce qu'on n'est pas encore au bout du chemin. Des gens cherchent toujours à te tuer, et il nous reste un check point à passer. Qui pourrait être aussi dangereux que le précédent.

Cadeon était sorti, en quête de fruits de mer encore entiers mais cuits. Holly était restée à l'hôtel pour travailler, « parce qu'un code, ça ne s'écrit pas tout seul ».

Mais elle était bloquée, n'arrivait plus à avancer. Elle décida d'appeler Mei, pour s'assurer que tout se passait bien avec sa classe. Les footeux étaient parfois... turbulents.

— Oui, oui, tout va bien, répondit Mei, sans s'étendre sur le sujet. Et de ton côté, comment ça va ? Ta famille ?

— Ça va mieux. Beaucoup mieux. Je crois que tout va finir par s'arranger.

— C'est bien.

Quelque chose dans la voix de Mei alerta Holly.

— Mei, tu es sûre que ça va ? Il y a un problème ?

— Écoute, je ne voulais pas t'appeler, parce que je sais que tu as beaucoup de choses à régler de ton côté, mais je crois que le temps presse, pour tes recherches, et j'en ai ras le bol que les femmes se fassent piquer tous les boulots intéressants.

L'estomac de Holly se serra.

— De quoi parles-tu ?

— Tu sais que Scott était à la conférence, en Californie, n'est-ce pas ?

— Oui, ça s'est décidé à la dernière minute.

Scott était le petit ami de Mei. Mathématicien renommé, c'était aussi quelqu'un de bien à tous points de vue.

— Il m'a appelée ce matin, et ce qu'il m'a appris m'a vraiment énervée…

— Dis-moi, Mei. Je t'écoute.

À l'autre bout du fil, il y eut une longue inspiration, puis Mei lâcha :

— Tim te pique tes travaux et les fait passer pour les siens.

# 35

En attendant sa commande, Tim appela Rök.

— Des nouvelles, pour Néomi ?

— Pareil que la dernière fois : on allait l'attraper, et elle s'est… évaporée, répondit Rök, perplexe.

— Une *mortelle* t'échappe ? Hé, Rök, faut te réveiller, là, on va manquer de temps. Tu dois mettre le paquet.

— Mais j'ai une excellente piste. Cette fois, c'est sûr, on va la coincer.

Il semblait sûr de lui, mais après avoir raccroché, Cadeon ne put s'empêcher de douter. De son côté, depuis quelques jours, il mûrissait une nouvelle idée. Un moyen pour que tout le monde gagne. Quelque chose d'extrêmement dangereux. Plus risqué que tout ce qu'il avait jamais tenté.

Et s'il échouait, tout le monde perdrait.

Dans la vie, Cadeon ne gagnait pas toujours. Et quand il perdait, c'était souvent gros.

Mieux valait s'en tenir à ce que Rydstrom souhaitait, et mener cette opération comme le voulait le roi. Cette nouvelle idée, mieux valait ne plus y penser.

Mais si…

— Quoi ? s'écria Holly.

— Tim a prétendu être le seul auteur de tous les travaux qu'il a présentés, expliqua Mei. Scott a d'abord pensé qu'il était tête en l'air et avait oublié de te mentionner. Mais ensuite, il l'a entendu discuter avec les recruteurs de Lockheed Martin, et Tim minimisait systématiquement ta participation à tous vos travaux en commun. Mais moi, je sais qu'avec ton expérience, tu as dû en mener plus d'un seule.

— Je les ai tous menés seule, répondit Holly d'un ton absent.

— Je suis désolée. Je n'aurais pas dû t'en parler avant ton retour…

— Si, tu as bien fait, au contraire. Je te remercie de me l'avoir dit.

— Que vas-tu faire ?

— Je n'en sais rien.

Comment Tim pouvait-il la trahir de la sorte ?

Mais non, c'était impossible, il n'avait pas pu faire ça.

*Le connais-tu vraiment bien ?*

— Écoute, si tu décides de lui en parler, tu peux lui dire de qui tu tiens l'info. Scott est hors de lui.

Dans la petite communauté des mathématiciens, voler des travaux et des résultats était le pire des crimes. Chacun bossait beaucoup trop dur pour ne pas défendre férocement ses projets. Sans parler du fait que dans leur domaine, ces travaux pouvaient valoir des millions, voire des milliards.

Scott était très respecté par ses condisciples. S'il affirmait que Tim avait fait cela, ce dernier serait cloué au pilori.

Après avoir raccroché, Holly s'assit sur le lit, abasourdie. Elle avait toujours été certaine de la fidélité sexuelle de son petit ami. Pas un instant elle ne s'était posé la question quant à sa fidélité professionnelle… Était-ce pour cela qu'il l'avait tant poussée à travailler sur ce nouveau code ?

Non, non, il y avait sûrement une explication rationnelle à cette histoire. Il ne s'agissait que de ouï-dire. Scott avait dû mal entendre.

Tim était quelqu'un de bien. Il était normal.

Elle l'appela sur son portable. Il répondit avant la fin de la première sonnerie.

— Tim, je suis contente de te trouver. Tu as une minute ?

— Absolument. Ma prochaine présentation n'est que dans une heure.

— Mei vient de m'appeler...

— Ah bon ? Pour te dire quoi ?

Une nouvelle fois, quelque chose, dans le ton de Tim, fit tiquer Holly. Quelque chose de différent, un aigu qui n'y était pas d'ordinaire. *Il est inquiet*. Elle le percevait parfaitement, maintenant, grâce à la sensibilité accrue des Valkyries.

Le bénéfice du doute passa par-dessus bord.

— Quand tu as présenté nos travaux, as-tu indiqué que j'en étais la coauteure ?

— De quoi parles-tu ?

— As-tu minimisé mon rôle dans nos projets communs en parlant avec les recruteurs de Lockheed ?

— Jamais je ne ferais une chose pareille ! Bien sûr que non. Je sais mieux que quiconque combien tu as bossé sur nos projets...

— Arrête ton cinéma. Je sais que tu mens. Je l'entends dans ta voix.

Silence.

— Je... je me suis peut-être mis un peu plus en avant, oui. Mais je l'ai fait pour nous. Tu sais très bien qu'en général, dans notre domaine, les grosses boîtes embauchent des hommes. J'avais plus de chances d'obtenir un poste que toi. Et comme ça, je pourrai nous acheter une maison. Et toi, tu n'auras même pas besoin de travailler !

Elle en eut le souffle coupé.

— Mais pour qui tu te prends ? *Besoin* de travailler ? Qui te parle de besoin ? Je poursuis ces recherches parce que j'aime ça ! Depuis le début, c'est comme ça que tu envisages les choses ?

— Pas du tout. Nous travaillons mieux en équipe, tous les deux. Avec moi en porte-drapeau.

— Ce qui veut dire ?

— Il faut qu'on reste ensemble, qu'on continue à travailler tous les deux. Personne ne pourra nous arrêter.

Cet homme n'en voulait qu'à son cerveau. C'était assez rare pour être souligné.

— Sois réaliste, Holly. Tu peux à peine aller faire classe sans moi. Que diable ferais-tu d'un boulot en entreprise ? Tu n'y arriverais pas.

— Bon Dieu…

Le rouge envahit la vision de Holly. Comment Cadeon appelait-il Tim, déjà ? Ah oui.

— Tu sais quoi, espèce de connard ? Tu peux les prendre, mes travaux ! Je suis sur quelque chose de bien plus important. Quelque chose qui va bouleverser toute l'industrie.

Dehors, la foudre tomba, et cela lui fit du bien.

— Holly, attends…

— Ne cherche plus jamais à me contacter, ni à me revoir, sinon je te cloue au mur par les valseuses !

Elle raccrocha, haletante. Et elle attendit les larmes. Attendit, attendit…

Pourtant, elle n'éprouvait que du soulagement. *Quelle libération…* Elle en avait fini avec les remords et l'indécision.

Plus rien ne la retenait, désormais. Si Cadeon voulait aller plus loin, elle ne le repousserait pas. Cette idée fit jaillir en elle une bouffée… d'impatience.

À vrai dire, elle allait peut-être vouloir aller plus loin, elle aussi. Plus loin encore que ce que Cadeon pouvait imaginer.

— Le mâle est de retour, il rapporte à manger…

Cadeon se figea, muet, lorsque Holly s'avança vers lui, vêtue en tout et pour tout de cette petite nuisette de soie noire qu'elle portait parfois pour dormir, celle qui lui garantissait une nuit blanche avec une érection à n'en plus finir.

— Je n'ai pas faim.

Les lumières étaient tamisées, et le couvre-lit avait été replié.

— Mais tu dois manger, répondit-il, la tête ailleurs.

D'un pas léger, elle s'approcha. Déjà, ses yeux étaient argentés.

— J'ai peut-être faim d'autre chose, dit-elle en lui prenant le sac de victuailles des mains, pour le laisser tomber par terre.

— Euh… il s'est passé quoi, exactement, entre le moment où je suis parti faire les courses et maintenant ?

— J'ai rompu avec Tim.

Le cœur de Cadeon se mit à cogner fort, très fort. Et Holly ne tarda pas à s'en apercevoir.

— C'est une nouvelle qui vous fait plaisir, on dirait ? fit-elle en souriant.

— Plaisir ? C'est rien de le dire. Mais pourquoi maintenant ?

— Il a fait comme si tous mes travaux étaient les siens. Et il attendait que j'aie terminé mon code pour empocher le jackpot.

La fureur monta en Cadeon.

— Holly, je t'offrirai sa gorge, pour ça.

— Oh, vous savez parler aux femmes, démon.

Elle se hissa sur la pointe des pieds et l'embrassa délicatement sur les lèvres.

Décidant que, de toute manière, il tuerait Tim pour elle, Cade se détendit.

— Je l'ai traité de connard, reprit-elle en défaisant la ceinture de son jean.

— Ah, ça, c'est une bonne élève.

Il lui retira sa nuisette, puis ôta sa chemise.

— Et tu me fais du gringue, pour te venger ?

— Peut-être bien.

*Zip*, la fermeture de sa braguette descendit.

— Ça me convient tout à fait.

Et au cas où il aurait cru qu'on ne pouvait pas faire mieux, elle se mordit la lèvre et murmura :

— Vous m'avez dit que vous aviez fantasmé sur moi, en train de vous faire une... euh... une fellation. Et si j'avais envie d'essayer ?

Tentant de garder son calme, il lui sourit.

— Alors là... tu serais ma *meilleure* élève.

Quand ils furent allongés sur le lit, nus tous les deux, et qu'elle l'embrassa un peu partout sur le torse, il craignit un instant qu'elle ne change d'avis. *Ne te ravise pas, Holly...*

Elle referma une main sur son sexe, le lécha une première fois, puis une deuxième. Bientôt, elle fit le tour du gland luisant à petits coups de langue humides.

— Oui, Holly, gémit-il. C'est ça. Exactement ça.

— Tu as si bon goût, murmura-t-elle, ravie.

Il se retint d'aller à la rencontre de cette langue si chaude, mais son instinct, le besoin de donner un coup de reins, était puissant.

— Mets-la dans ta bouche, tout entière, ordonna-t-il.

Elle obéit, et il se cambra brusquement tant c'était bon.

— Ah ! Mais qu'est-ce que tu me fais ?

Elle leva la tête.

— Je m'y prends mal ?

— Au contraire. Tout est trop parfait.

Il passa une main derrière sa tête et lui fit comprendre qu'il voulait qu'elle recommence.

— J'ai peur de jouir avant d'être prêt.

Avec un sourire satisfait, elle frotta sa joue contre la hampe virile, puis le prit de nouveau dans sa bouche. Il écarta ses cheveux. Voir sa femelle le caresser ainsi redoublait son plaisir.

Un fantasme devenu réalité. Après si longtemps.

Pliant un genou, il remonta une jambe entre les cuisses de Holly et sentit son sexe trempé contre sa peau.

Elle gémit, poussa un de ces petits cris aigus qui l'incitaient à la faire jouir, vite. D'un seul élan, il la prit par les hanches et la tira vers lui.

— Cade ? J'aimais bien, moi...

Elle se tut lorsqu'il l'installa à califourchon au-dessus de son visage, sa bouche au niveau de son sexe.

— Alors, tu vas adorer ça... souffla-t-il avant de lécher goulûment les boucles blondes.

Le sexe de Holly était si chaud, sa chair si tendre... Au comble de l'excitation, il enfouit sa langue entre les plis délicats.

Mais elle se figea.

— Cadeon ?

Elle semblait surprise. Il donna un coup de reins, monta vers elle. Après un instant d'hésitation, elle le prit de nouveau dans sa bouche, avec avidité. La vierge effarouchée avait disparu, remplacée par une Valkyrie affamée, exigeante, décidée à donner du plaisir et à en prendre.

Une main sur chaque fesse, il l'agrippa, la maintint tandis que la frénésie s'emparait d'elle et qu'elle frottait son sexe contre sa bouche.

Lorsqu'il glissa un doigt en elle, elle écarta encore les cuisses en poussant un cri. Elle perdait le contrôle. Dehors, le tonnerre gronda, puissant, faisant trembler les murs.

Il aurait voulu que cela dure l'éternité, mais déjà, il était au bord de l'explosion. *Elle doit jouir en premier*. Tandis que son doigt allait et venait dans l'exquis fourreau, il s'empara du petit clitoris durci par le désir et le fit rouler entre ses lèvres, sous sa langue.

Elle hurla et le prit plus loin encore. Les gémissements, autour de son membre, le firent jouir lui aussi, et tandis qu'elle s'abandonnait, il poussa un hurlement, la rejoignant dans l'extase.

Quelques instants plus tard, elle roula sur le côté, haletante.

— Qui aurait cru que les démons avaient si bon goût ? dit-elle alors qu'il l'attirait contre lui.

— *Le* démon. Au singulier. Ne va pas te faire des idées.

# 36

*Territoires du Nord-Ouest. Contreforts des montagnes McKenzie.*

Le soixantième parallèle était le dernier avant le cercle polaire.

Ils avaient passé le panneau depuis plusieurs heures déjà. Depuis quatre jours, ils se dirigeaient vers le nord et les Rocheuses canadiennes, traversant un paysage d'une beauté saisissante. La température s'était stabilisée à vingt-cinq en dessous de zéro – un temps clément pour la saison. Le soleil, qui ne montait jamais beaucoup plus haut que la cime des sapins, n'était visible que quatre heures en milieu de journée.

Holly attendait Cadeon. Il avait garé le 4 × 4 sur l'unique place de parking d'une épicerie-quincaillerie-station-service, le *White Tail Lodge*, qui prétendait être le dernier avant-poste avant le désert sauvage, glacé et reculé.

En d'autres termes, leur destination finale.

La boutique en question était un étrange mélange de mobile home et de chalet. Sur les bardeaux gris qui tapissaient sa façade était clouée une série de bois de renne, et on lisait « Wh T il Lo ge ».

Tandis que Cadeon faisait les courses, Holly alluma son ordinateur, le brancha sur le téléphone satellite et enregistra son travail du jour sur un compte auquel Tim n'avait pas accès.

La trahison de ce dernier avait eu deux conséquences particulières : mue désormais par une colère mêlée d'impatience, Holly n'avait de cesse d'aboutir dans ses recherches. Mais, sans le rempart de son ex-petit ami, elle luttait difficilement contre la séduction de Cadeon.

Elle pensait souvent à la Veyron, qui s'était affalée quand le 4 × 4 avait cessé de la soutenir. Désormais, sans le remords et le sens du devoir pour la retenir, elle était particulièrement sensible au charme du démon…

Cadeon et elle se donnaient du plaisir. Souvent. Il la laissait volontiers explorer son corps, levant un genou, lui proposant de « disposer de lui ». Ils dormaient dans le même lit, Cadeon enveloppant littéralement Holly de son grand corps et la serrant contre lui. Elle se demandait s'il répondait ainsi à un besoin inné de la protéger.

Ils se douchaient ensemble – un des meilleurs moments de la journée pour elle.

Mais il n'essayait jamais de lui faire l'amour, quand bien même elle avait laissé entendre qu'elle était prête à perdre sa virginité. Elle voyait bien qu'il en mourait d'envie, et pourtant, il se retenait.

Était-ce uniquement parce qu'il redoutait de lui faire mal ? Chaque jour, elle devenait plus forte. Doutait-il vraiment qu'elle soit capable de supporter la possession ?

Ou y avait-il une autre raison ?

Lorsqu'il revint et déposa ses emplettes à l'arrière, elle lui demanda :

— Tu as acheté quoi ?

— De quoi manger, des produits de première nécessité, et un maximum de jerricans d'essence. Et j'ai découvert que nous allions devoir emprunter une route hivernale.

Route hivernale… c'était un doux euphémisme pour glace sous les pneus, et pas grand-chose d'autre.

— On ne peut pas faire un détour ?

— C'est le seul moyen d'arriver à destination, bébé.

— C'est le check point ? Mais c'est adorable ! s'écria Holly avec enthousiasme, en descendant du 4 × 4 devant le petit chalet couvert de neige. On se croirait dans un calendrier « Merveilles de l'hiver ».

Depuis qu'ils avaient quitté la route hivernale, elle était de bien meilleure humeur. Le mouvement de la glace – normal, mais bruyant – l'avait terrifiée, et elle s'était cramponnée au tableau de bord pendant presque tout le chemin.

Lorsqu'un renard jaillit de derrière un sapin, bondissant dans la neige, elle tapa dans ses mains gantées, ravie.

— C'est parfait ! Bravo, le renard !

Cade trouvait quant à lui la scène *trop* parfaite, avec la couche de neige sur le toit et la petite cheminée sur le côté.

— Tu es sûr que c'est l'endroit exact ? demanda Holly.

— D'après le GPS, oui.

— Je suppose que quelqu'un doit nous attendre, non ? dit-elle en se dirigeant vers la porte.

Il la retint et passa devant elle.

— Si ça se trouve, c'est un piège. Laisse-moi vérifier. Tu n'entres que quand je t'aurai dit que c'est OK.

La porte n'était pas fermée à clé. Il entra précautionneusement. Le plancher craqua sous ses pas. L'intérieur du chalet était impeccable. Même Holly n'y aurait rien trouvé à redire.

— Il y a des indications ? demanda-t-elle. J'ai envie d'entrer, moi !

— Pas encore. Je cherche.

Le chalet était décoré simplement, avec peu de meubles, tous en bois. Il y avait des toilettes, une chambre, à l'arrière, et une cuisine avec un fourneau. L'évier était équipé d'une pompe manuelle.

Dans la pièce principale, juste devant une cheminée de belle taille, était installée une baignoire à l'ancienne.

Imaginer Holly prenant un bain là, devant un beau feu…

Ces derniers jours, chaque fois qu'ils avaient été intimes, Cadeon avait eu plus de mal à résister. L'envie de la posséder grandissait en lui. Il ne pensait qu'à être en elle, la désirait sans cesse.

À plusieurs reprises, elle avait tenté d'aborder le sujet du sexe, posé une question ici ou là, et il pensait savoir pourquoi.

Holly voulait qu'il la prenne. Qu'il aille jusqu'au bout. Cela le mortifiait, mais il savait que c'était impossible. Même s'il ne la livrait pas à Groot en échange de l'épée, il n'en restait pas moins qu'il l'avait trahie maintes fois. Il avait déjà fait plus qu'elle ne pourrait lui pardonner, il méritait cent fois sa haine. Dans ces circonstances, prendre sa virginité n'aurait pas été bien. Même Cadeon l'admettait.

Et puis, il voulait plus d'elle que de simples relations sexuelles. Il voulait tout. La posséder devait marquer le début de quelque chose de plus grand que la seule satisfaction d'un désir coupable, passager.

Cade se ressaisit et entreprit de fouiller le chalet de fond en comble. Quand il eut terminé l'inspection des placards et des armoires, il se dirigea vers la cheminée. Le conduit était le seul endroit qu'il n'avait pas exploré. Il s'accroupit et glissa une main à l'intérieur…

Un morceau de papier était plié et fixé contre la paroi. Il le retira.

*L'itinéraire jusqu'à la forteresse de Groot.*

Ils pouvaient partir aujourd'hui. C'était ce que Holly souhaiterait, assurément, tant elle redoutait le moment où elle se transformerait complètement. Mais Cade avait besoin de temps, pour Rök.

Même si ce dernier échouait, plus ils attendraient, plus cela laisserait de temps à Holly pour apprivoiser son nouveau statut d'immortelle, gagner en puissance et perdre en vulnérabilité.

Décidant de cacher la carte, il la glissa dans la poche de son blouson et…

— Qu'est-ce que c'est ?

Elle était juste derrière lui.

— Une carte pour aller jusqu'au domaine de Groot, répondit-il après une seconde d'hésitation.

— Alors ? Quand faut-il qu'on parte ?

— Il nous reste encore presque deux semaines avant la pleine lune. On pourrait peut-être rester quelques jours ici, histoire de se reposer du voyage.

— D'accord, répondit-elle à la grande surprise de Cade. Tu sais quoi ? Je prendrais bien un bain…

Cade se passa une main sur le visage.

Si Cadeon s'était montré impatient d'arriver jusqu'ici, il semblait maintenant traîner des pieds pour entamer la dernière partie du voyage. Mais Holly n'était pas contre l'idée de passer quelques jours dans l'adorable petit chalet.

Dans un placard, elle trouva d'épais édredons, des draps propres et un tapis en fourrure, tous soigneusement pliés. Une fois qu'elle aurait tout arrangé à son goût, ce serait parfait.

Cadeon était allé chercher leur lampe à pétrole et quelques affaires, puis était ressorti couper du bois. Il avait d'abord fendu juste assez de bûches pour chauffer l'eau du bain de Holly et le reste du chalet, et s'occupait maintenant d'en couper pour la nuit.

Tandis qu'elle déballait leurs provisions, Holly l'observa par la fenêtre, oubliant le temps. Devant le spectacle de ce magnifique mâle travaillant dans la neige, son cœur s'emballa. Elle aimait la façon qu'il avait de bouger, l'assurance qui émanait de chacun de ses mouvements, sa présence. Maintenant qu'elle connaissait chaque centimètre de son corps, elle l'appréciait encore plus.

Holly voulait tout de lui, mais il refusait de céder. Il avait déclaré être *son démon*. Mais ce n'était pas vrai. Pas encore.

*Désir. Manque.* Elle aurait aimé avoir quelqu'un avec qui parler de cela, quelqu'un à qui demander…

Son téléphone satellite sonna. Elle fronça les sourcils. La seule personne qui connût son numéro était Cadeon, et il était toujours en train de couper du bois dehors.

— Allô ? dit-elle en décrochant.

— Tu voulais me parler ? demanda Nïx.

— Comment avez-vous… Non, rien. Vous savez où je suis ?

— Je sais que c'est un endroit enneigé et froid. Idéal pour te pelotonner contre ton démon. Tu as décidé de le garder, finalement ? Il n'est pas trop gros, comme démon d'intérieur ?

Holly soupira.

— J'apprécie sa compagnie, et je crois que j'ai envie de le garder. Mais du coup, je devrai rester immortelle.

Malheureusement, si elle devenait définitivement valkyrie, elle devenait aussi définitivement la Porteuse. Et des incidents comme celui du Pont de la Dame qui Rit, il y en aurait d'autres.

— Tu penches de quel côté ?

*Je veux être avec Cadeon…*

— Je crois que je vais continuer.

— Je savais que tu craquerais ! Difficile de résister à la pression, hein… Mais c'est bien. Surtout dans la mesure où ta transformation est déjà terminée.

Depuis quelques jours, Holly en avait l'intuition.

— Mais qu'est-ce que cela change, pour le marché passé avec Groot ? Cadeon va quand même récupérer son épée, n'est-ce pas ?

— Bien sûr. Alors, quand tatie Nïx aura-t-elle la joie de voir un petit vamon ?

— Vamon ? Oh oui, je vois... Une Valkyrie et un démon. Ah ah ! À votre place, je ne mettrais pas tout de suite le champagne au frais. Il ne... il refuse de coucher avec moi.

— C'est la meilleure ! Mais pourquoi ? C'est *pas du tout* le genre de Cadeon, ça !

Holly retint un grognement.

— Il ne veut pas me posséder, ça réveillerait l'intégralité du démon en lui. Il serait trop dangereux.

— Oui, d'accord, je sais bien. Mais toi, que veux-tu ? Écoute ton instinct. Qu'est-ce qu'il te dit ?

De nouveau, Holly regarda Cadeon, dehors. *Je le veux !*

— Il ne me *dit* rien. Il me *hurle* de faire l'amour avec lui. Mais je ne prends pas la pilule, et faire un saut à la station-service du coin pour acheter des préservatifs, c'est compliqué, par ici.

Elle avait du retard, ses règles n'étaient pas venues ce mois-ci, à coup sûr du fait du stress enduré ces derniers temps. Mais qui disait retard disait absence d'ovulation, non ? Elle était même allée vérifier sur Internet. Il y avait peu de risques qu'elle tombe enceinte, et dans le cas contraire...

— Est-ce que ce serait vraiment mal, d'avoir un bébé vamon ?

Au début, elle avait trouvé cette idée complètement saugrenue. Mais plus elle y pensait, plus elle la trouvait... agréable.

À quoi bon posséder une telle force si elle n'avait personne à protéger ? À quoi bon faire fructifier la fortune héritée de ses parents si ce n'était pas pour la partager ?

Attendre qu'un certain nombre de choses se produisent avant d'envisager la maternité n'était plus une raison valable. Elle allait vivre éternellement. S'engager sur cette voie, épuisante, exigeante, elle pourrait le faire aussi facilement dans vingt ans qu'aujourd'hui.

— De toute façon, ça n'a pas d'importance, soupira-t-elle. Il refuse.

Et il avait prouvé à plusieurs reprises qu'il était capable de se contrôler.

— Je n'y comprends plus rien. En tant que démon, son instinct lui dicte de satisfaire sa femelle. Tu es sa femelle. Il fera tout ce que tu désires.

— Que veux-tu dire ?

— Ma chérie, le moment est venu pour toi de prendre le démon par les cornes.

# 37

— On est arrivés juste à temps. La tempête remonte par le sud et…

Cadeon s'interrompit. Holly était allongée dans la baignoire, nue. Elle n'avait gardé que ses perles.

D'un doigt, elle lui fit signe d'approcher.

— Il y a de la place pour deux, là-dedans.

La vapeur s'élevait autour d'elle, et les flammes de l'âtre projetaient leur éclat sur sa peau. Exactement comme il l'avait imaginé.

— Faut pas me le dire deux fois.

Il lâcha les bûches qu'il avait dans les bras et se déshabilla.

— Il y en a suffisamment pour nous chauffer toute la nuit ?

Il se glissa dans l'eau derrière elle, la cala entre ses jambes, jusqu'à ce que les courbes voluptueuses de ses fesses viennent épouser la raideur de son sexe.

— Je te tiendrai chaud, ne t'inquiète pas pour ça, souffla-t-il en effleurant sa nuque du bout des lèvres.

Elle frissonna. Doucement, il fit descendre une main jusqu'à son sexe et la caressa, longuement, lentement. Lorsqu'il glissa un doigt en elle, il la trouva déjà prête. Avec un gémissement, elle ouvrit les cuisses.

De l'autre main, Cadeon titilla les pointes de ses seins. L'une après l'autre, il les fit rouler entre ses doigts. S'abandonnant à lui, Holly leva les bras, noua les mains autour de son cou.

Quand il pressa la base de sa paume sur son clitoris, elle fit rouler son bassin, allant au-devant de son doigt. Pour la satisfaire, il en glissa un deuxième dans son sexe étroit.

Elle se cambra, appuyant ses fesses contre le membre dressé de Cadeon. Il retint son souffle lorsque le gland tumescent frotta contre sa peau. Il aurait pu retirer ses doigts et entrer en elle si facilement… Elle l'aurait accepté, il le savait.

— Cadeon, je veux que tu prennes ma virginité, murmura-t-elle alors, comme si elle avait lu dans ses pensées.

Son fantasme devenait réalité. Mais non, il fallait que cela reste un fantasme. Combien de temps encore parviendrait-il à se contrôler ?

— Je ne peux pas. Je ne veux pas te faire de mal.

Il ne voulait pas seulement dire physiquement.

Repoussant doucement sa main, elle se retourna, appuyant doucement ses seins contre le torse de Cadeon.

— C'est la seule raison ?

— Tu ne prends pas la pilule, et tu es la Porteuse…

— Je ne suis pas féconde en ce moment. Et même si je l'étais, ce ne serait pas la fin du monde.

— Si, justement, si je suis le père. Tu te souviens, le Mal absolu, tout ça ?

— Tu n'es pas mauvais.

Elle ne tarderait pas à changer d'avis.

— Tu te trompes.

Il la repoussa, sortit de la baignoire et attrapa une serviette posée sur une chaise.

— Ça, tu ne pourras jamais m'en convaincre, alors n'essaie même pas. C'est parce que je risque de tomber enceinte, n'est-ce pas ? Je sais que ce n'est pas une décision facile à prendre. Mais je ne te demanderais rien, si jamais…

Il se retourna, le regard noir.

— Tu ne me crois pas capable de prendre soin de ma femme et de mon enfant ?

À peine ces mots furent-ils sortis de sa bouche qu'il se figea. Tout devenait clair, un peu comme avec Tera, sur le pont. *C'est l'évidence même*. Pourquoi avait-il le sentiment qu'un élément essentiel du puzzle de sa vie venait de se mettre en place ?

— Bien sûr que non. Je sais que tu en es capable. Je disais juste...

— Tu ne m'as jamais vu dans les pires moments. Je pourrais te tuer, Holly.

— Non, Cadeon. Tu ne peux pas.

Tendant un bras hors de la baignoire, elle arracha une grosse écharde à une bûche et la planta dans son bras.

— Holly ! Mais que fais-tu ?

Il se tut en voyant la blessure se refermer aussitôt.

— Tu ne *peux pas* me faire de mal. Je suis immortelle, désormais.

— Mais... je croyais que tu ne voulais pas de cette transformation.

Elle sortit à son tour de la baignoire et le rejoignit.

— Je veux rester ainsi.

Ses yeux étaient argentés. Il ne parvint pas à détourner le regard, ne put résister lorsqu'elle glissa une main sous la serviette et le caressa.

— Qu'est-ce qui t'a fait changer d'avis ?

*Dis que c'est moi. Dis-le !*

— Toi. Je veux être avec toi. Jusqu'au bout. Je veux faire l'amour avec toi.

Tout ce qu'il avait toujours rêvé d'entendre dans sa bouche. Malgré cela, il se fit violence et lâcha :

— C'est hors de question.

Elle avait essayé de raisonner Cadeon, mais il avait tenu bon. Le moment était venu d'employer des moyens plus... vicieux.

— Tu as gagné, j'abandonne.

Elle referma sa main sur le sexe de Cadeon, entama un lent va-et-vient.

— Alors, on va juste relâcher un peu la pression, ajouta-t-elle en l'embrassant sur le torse.

Tout en suivant la ligne de poils blonds qui descendait jusqu'à son nombril, elle s'agenouilla devant lui sur le tapis en fourrure. Puis, les mains à plat sur son ventre, elle le prit dans sa bouche et suça l'énorme gland.

Il glissa les mains dans sa chevelure bouclée, la guida vers lui.

— Oh, Holly... Oui, c'est ça... C'est si bon quand tu fais ça...

Bientôt, il se mit à donner de petits coups de reins, sentant monter le plaisir. Son corps se tendit, tandis que son sexe palpitait contre la langue de Holly.

Soudain, elle baissa les bras, le saisit par les chevilles et le tira violemment vers elle.

Surpris, il tomba à plat sur le dos.

— Holly ! rugit-il. Ça va pas ? Qu'est-ce que tu...

Mais déjà, elle était à califourchon sur lui.

D'un geste, il la coucha sur la fourrure.

— Ah bon, c'est comme ça que tu veux la jouer ? grogna-t-il d'une voix rauque que lui-même peina à reconnaître.

Lorsqu'il l'immobilisa en tenant ses bras audessus de sa tête, son sexe cogna contre celui, trempé, de Holly. Il en frémit de désir. Au même moment, elle s'arc-bouta, les condamnant presque, car, l'espace d'un instant, un instant parfait, il se glissa en elle.

Il se retira aussitôt et la contempla. Elle haletait, tout son corps l'appelait. Dans un grognement, il se jeta sur sa poitrine et la suça.

Tandis que sa langue s'enroulait autour de ses mamelons, il ne put s'empêcher de glisser une nouvelle fois son membre dans les plis humides et chauds de son intimité, cherchant une nouvelle fois cette connexion magique, parfaite.

Elle aussi la cherchait. Son bassin basculait, ses hanches ondulaient.

— Cadeon, je t'en prie...

Elle ne savait pas avec quels mots demander ce qu'elle désirait tant.

— Est-ce que tu me veux ? Est-ce que tu me veux au point d'en avoir mal, à l'intérieur ?

— Oui !

Il se retira, pour revenir se glisser un peu en elle, à l'entrée de l'étroit fourreau. Lui donner une idée de ce que cela pouvait être. La rendre folle.

— Tu veux me sentir en toi ?

Pourquoi faisait-il ça, s'il n'avait pas l'intention de la prendre complètement ?

— Mais es-tu assez trempée pour m'accueillir ?

— Oui, gémit-elle.

Il se pencha pour murmurer à son oreille :

— Tu veux me sentir loin, loin ? Tu veux que je te monte jusqu'à ce que tu m'enserres pour retenir ma semence ?

Holly rejeta la tête en arrière, au comble du désir.

— *Cadeon, pourquoi ?*

Il ignorait pourquoi il l'aiguillonnait ainsi, pourquoi il la poussait à bout. Il avait besoin qu'elle lui donne quelque chose. Sans cesser de la caresser, il tenta de comprendre son propre instinct. Il ressentait un désir douloureux, un besoin plus impérieux que la simple envie de plonger en elle.

*Non !* La seule chose dont il avait besoin, c'était de volonté. Il devait arrêter ça.

Mais pourquoi ? Il ne pouvait plus la blesser de manière irréversible puisqu'elle était immortelle, désormais. Elle l'avait voulu ainsi, pour être comme lui.

— Je t'en prie...

Holly, en transe, le suppliait de la prendre. Il tenta de se souvenir de toutes les raisons qui justifiaient son refus. Mais il la désirait depuis si longtemps…

— Lâche-moi, murmura-t-elle. Je ne te ferai rien.

Il obtempéra, laissa glisser ses mains jusqu'aux fesses de Holly.

— Bons dieux ! cria-t-il lorsque son gland glissa de nouveau entre les plis divins.

L'odeur de sa femelle en manque, ses gémissements… autant de stimuli contre lesquels il ne pouvait pas lutter. Sa transformation avait commencé.

— Je vais… perdre le contrôle.

Soudain, il eut envie de la mordre, de déverser sa semence en elle, de la marquer, d'en faire *sa* femelle.

*Non, je ne peux pas avoir ce que je désire…* Il se retira et…

— *Aaaah…*

Ses yeux se retournèrent dans leurs orbites. Il ne pouvait plus parler, ni bouger.

Holly l'avait saisi par les cornes et le guidait de nouveau vers elle.

— J'ai besoin de te sentir en moi.

Lorsqu'il essaya une nouvelle fois de s'écarter, elle vint à lui d'un coup de reins. Leurs corps s'emboîtèrent… enfin.

# 38

— *Libère-moi*… souffla-t-il d'une voix rauque.

Quand Holly avait saisi ses cornes, il avait perdu la raison et plaqué son corps massif sur le sien. Son regard semblait flou.

— Cadeon, j'ai envie de toi.

D'un genou, il lui écarta les cuisses, pencha son visage vers elle, approchant sa bouche de son oreille.

— Je ne voulais pas te faire de mal.

— C'est maintenant, que j'ai mal !

Aussitôt, il empoigna son sexe pour le guider en elle.

— Holly… gémit-il tandis que l'énorme gland forçait l'étroit passage. J'ai tellement besoin de te faire l'amour…

— Alors, vas-y ! s'écria-t-elle en se cambrant.

Lentement, centimètre par centimètre, il la pénétra, l'écartela, la combla.

— Tu es si étroite, si… serrée.

Sur le front du démon perlèrent des gouttes de sueur. Ses traits étaient crispés en une expression douloureuse, mais ses yeux clos indiquaient qu'il savourait cet instant.

Holly n'en pouvait plus. Elle avait tant besoin de le sentir en elle ! Mais elle avait mal. Très mal. La douleur était telle qu'une humaine aurait sans doute succombé.

Elle serra les dents, força son corps à accepter celui de Cadeon. Il fallait en passer par là pour atteindre le plaisir.

Cadeon se transforma peu à peu. Ses cornes s'allongèrent entre les doigts de Holly. Sa peau changea, elle aussi. Il avait dit que cela l'attirerait, la charmerait.

Il n'avait pas précisé que cela la rendrait folle.

Sa peau moite s'assombrit, prenant une teinte brun-rouge, et elle n'eut bientôt qu'une envie : lécher cette peau, la goûter.

Elle lâcha ses cornes pour caresser ce corps magnifique, lécher son torse, le mordiller. Ces caresses éveillèrent en elle une onde de plaisir, et la douleur diminua.

Lorsqu'il rouvrit les yeux, ils étaient noirs.

— C'est ça… Je te sens, tu commences à me prendre. Es-tu prête à m'appartenir ?

— Oui !

Il y avait autre chose que du sexe, autre chose que la perte de sa virginité. Il allait la posséder, et elle voulait qu'il en soit ainsi.

*Possession…* Elle lisait ce mot si clairement dans son regard brûlant.

— Jamais je ne te laisserai partir, grogna-t-il d'une voix si grave qu'elle en était inquiétante.

— Jamais je ne te laisserai m'abandonner, murmura-t-elle en retour.

Lorsque son sexe cogna au plus profond du corps de Holly, Cadeon était complètement transformé.

La lumière des flammes scintillait sur ses muscles saillants et sa peau sombre. Ses traits étaient plus durs, plus violents, mais toujours aussi beaux. Dans son regard, elle lut la faim et la promesse de délices éminemment érotiques. Le brassard d'or qui ceignait son biceps brillait.

Un démon au désir immortel était en elle, mais elle n'avait pas peur. Au contraire, elle appelait le plaisir de tout son corps.

Enfin, il se retira lentement et, d'un puissant coup de reins, plongea de nouveau en elle.

— Tu es à moi...

Elle poussa un cri de douleur, mais s'entendit répondre :

— Encore !

De nouveau, il se retira et s'enfonça en elle plus violemment encore. Le plaisir effaça peu à peu toute sensation de déchirement. Chaque coup de boutoir était source de nouveaux frissons.

Holly ne comprenait que partiellement ce qui était en train de se produire. Elle savait juste que cela allait très vite. Elle aussi se transformait. Ses griffes avaient poussé, et elle les enfonça dans les fesses de Cadeon, pour qu'il aille plus loin encore. L'air se chargea d'électricité quand elle se mit à haleter.

Il ne se transformait pas qu'en apparence. Il devenait plus agressif, plus violent avec son corps, plus exigeant.

— Il faut... Je dois aller plus loin en toi. Tu dois me prendre encore plus.

Sa puissance était animale, sauvage. Électrisante.

— Encore ! hurla-t-il en poussant plus fort.

Elle cria de plaisir.

— Cambre-toi !

Elle s'exécuta, et il la souleva par les hanches pour l'empaler sur son sexe.

— Ah oui !

Glissant une main dans les cheveux de Holly, il passa l'autre sous ses reins, maintenant fermement le bas de son corps. Ses coups de reins devinrent plus rapides tandis qu'il la chevauchait sans relâche.

— Prends-moi, prends-moi entièrement... et ensuite, je jouirai pour toi, souffla-t-il à son oreille.

Elle gémit, se déchaîna dans ses bras.

— *Cadeon !*

Le plaisir était si intense qu'il en devenait presque douloureux.

Mais il était surtout inconnu, comme si Cadeon n'avait jamais fait l'amour lui non plus.

Jamais il n'avait senti ses bourses si lourdes. Jamais il n'avait dû serrer les dents en sentant la pression de la semence qui montait dans son membre.

L'étau humide du sexe de Holly semblait exiger cette semence. *Elle est si chaude…*

Tandis qu'il allait et venait en elle, son torse effleurait le bout de ses seins durci par le désir. Chaque fois qu'elle s'arc-boutait pour venir à sa rencontre, sa poitrine rebondissait.

Des pulsions primitives l'animèrent. Son regard se posa sur la chair tendre, entre son cou et son épaule, juste au-dessous de la ligne marquée par les perles.

— Holly… je ne peux pas… me retenir.

— N'arrête pas !

— *Tu es à moi.*

Il plongea ses crocs en elle.

Le temps se figea un instant, tandis que Holly s'abandonnait au démon en rut. Elle hurla de plaisir quand l'orgasme la submergea.

Son sexe enserra le membre du démon, le pressa, impatient de lui arracher la semence qu'il pouvait enfin lui donner.

Dans un râle, il plongea en elle, encore et encore. La douleur, la pression, la palpitation au creux de ce sexe…

Le besoin d'éjaculer le rendait fou. Il poussait, poussait encore, pour aller toujours plus loin. Lâchant la tête de Holly, il rejeta la sienne en arrière et poussa un rugissement lorsque sa semence jaillit. Son dos se redressa brusquement sous la force du jet fécondant, et de ceux qui suivirent, vague après vague.

Il l'avait possédée. *Holly est à moi… enfin.*

Il se laissa tomber sur elle, à bout de souffle.

Après avoir repris ses esprits, il se redressa, prêt à constater les dégâts et à s'excuser.

— Holly, je…

Devant l'expression de sa femelle, il s'interrompit.

Elle semblait avoir encore plus faim que lui.

— C'est tout ce que tu as à me proposer ? souffla-t-elle d'une voix aux accents veloutés.

Il la regarda, interloqué, puis se ressaisit.

— Oh non, ma belle, j'ai encore beaucoup de choses pour toi.

Il l'enlaça.

— Montre-moi, alors.

Elle enfonça ses griffes dans le bas de son dos. Il ravala un cri, se sentit durcir de nouveau en elle.

— Tout à l'heure, je te prendrai en douceur, mais là, j'ai vraiment besoin de te montrer de quoi je suis capable, et de voir de quoi ce petit corps est capable en retour…

— Je te préviens, démon, tu as intérêt à être à la hauteur…

# 39

Il l'avait épuisée. Holly dormait d'un sommeil profond à côté de lui, un bras étendu sur son torse tandis qu'il lui caressait les cheveux.

Il avait été impitoyable avec elle, l'avait fait jouir sans relâche. Mais il voulait qu'elle se souvienne toujours de cette nuit.

Il l'embrassa sur l'épaule, à l'endroit où il l'avait mordue, heureux de voir que la blessure se refermait rapidement. La transformation de Holly était achevée. Désormais, elle était immortelle. *Son* immortelle.

Il l'avait possédée. Même s'il l'avait voulu, il n'aurait pas pu faire machine arrière. Et il ne le voulait pas.

Dans quelques heures, au petit matin, il se souviendrait des raisons qui auraient dû le retenir, mais pour l'heure, il n'y pensait pas. Il s'accordait cette nuit pour savourer sa chance.

Submergé par un sentiment de satisfaction absolue, il ne pouvait s'empêcher de sourire. La jolie petite Mlle Ashwin s'était déchaînée, abandonnant toute pudeur devant lui, tout en gardant ses perles, délicates, raffinées, et le démon centenaire qu'il était s'était senti... presque dépassé.

Jamais il n'aurait imaginé pouvoir éprouver un tel sentiment de plénitude. Et s'il l'avait fécondée ? Nouveau sourire. *Ma femme et mon enfant.*

Si Holly trouvait que Cade était têtu, qu'elle attende de voir ce dont son petit démon était capable...

Des filles valkyries et des garçons démons, peut-être...

Son téléphone sonna, le ramenant à une réalité beaucoup moins agréable. Il se leva pour répondre. Il savait qui appelait.

Rök lui donnait des nouvelles plusieurs fois par jour. Et elles n'étaient jamais très bonnes...

— Alors, qu'est-ce que t'as ? demanda Cade.

— Pas grand-chose. On dirait que quelqu'un les informe, chaque fois qu'on approche de Néomi.

La date limite approchait. Son équipe ne parvenait pas à mettre la main sur la femme du vampire, et Cade perdait espoir. Fallait-il poursuivre les recherches ?

Ou envisager de mettre en œuvre l'idée la plus risquée qu'il ait jamais eue : une attaque de la forteresse du sorcier ?

— On continue encore une semaine.

— Je suis... heureuse, s'étonna Holly à voix haute.

Oui, la semaine qu'elle venait de passer dans ce chalet avait été pour elle synonyme de bonheur. De contentement.

Elle s'étira. Son ordinateur était en train de charger dans la voiture, et elle avait du mal à se concentrer sur le ménage. *Pour une première, c'est une première*.

Il était possible qu'elle soit plus que simplement heureuse.

Il y avait eu entre ses parents cet amour si rare qu'on ne rencontre que dans les livres. Rare, mais sans doute pas introuvable. *Peut-être que je l'ai trouvé moi aussi...*

Son démon n'était parti que depuis une heure – il était allé pêcher sur la banquise toute proche –, mais il lui manquait déjà. Son pas lourd et sa voix tonitruante lui manquaient. Et son odeur… elle était accro. Un mélange de froid, de pin… et de Cadeon.

Un peu plus tôt, il avait dit : « Si je prends la peine de pêcher, de nettoyer et de préparer du poisson, alors tu prendras celle d'y goûter. »

Et pour lui, elle allait… essayer.

Cette semaine à ses côtés avait été incroyable. Elle avait découvert l'attrait de ces journées rythmées par le sexe. Cadeon était tout bonnement insatiable et la trouvait, où qu'elle soit, pour lui faire l'amour.

Même dans son sommeil, il la désirait. Il se raidissait contre son dos, puis, dans un grognement, se frottait contre elle.

De son côté, elle l'avait elle aussi réveillé à plusieurs reprises pour satisfaire sa faim, et chaque fois, il en avait été absolument ravi.

Le plus étrange, c'était qu'avec le sexe, elle n'avait aucun tic, aucune obsession. C'était le seul domaine dans lequel elle était normale.

Si l'on pouvait qualifier de normal ce besoin d'être possédée par un démon…

Cadeon avait aussi continué à l'entraîner à l'épée, et avec le diamant. Désormais, trois fois sur dix, elle parvenait à détourner le regard, mais seulement si Cadeon s'en prenait à son ordinateur.

Ils jouaient également à la chasse, et à cache-cache. Sa vision nocturne était parfaite, et elle pouvait faire des bonds de dix mètres de haut sans aucun effort. Il lui avait appris à se frotter la peau avec des aiguilles de pin pour masquer son odeur, et elle était devenue tellement discrète qu'elle pouvait le suivre sans qu'il s'en aperçoive.

De son côté, elle continuait à travailler sur son code. Elle avait hâte de l'avoir fini, afin de pouvoir profiter pleinement de son démon lorsque leur mission serait terminée.

Il n'y avait que deux ombres au tableau. La première, c'étaient les appels qu'il passait régulièrement dehors, et dont il ne lui parlait pas. Elle l'entendait s'emporter dans la langue des démons, le voyait aller et venir d'un pas nerveux entre les arbres. Quand il rentrait ensuite, il était toujours distant, et il lui fallait un moment pour se détendre.

La seconde était son attitude à propos de l'avenir. Après lui avoir fait une cour assidue à travers tout le Canada, le moins que l'on pût dire était qu'il s'était... refroidi.

Même après l'avoir possédée, il n'avait plus parlé d'avenir, éludant le sujet chaque fois que Holly l'abordait. Elle avait d'abord cru qu'elle l'avait déçu ou lui avait déplu d'une manière ou d'une autre. Mais c'était ridicule. Ensemble, ils se sentaient bien et étaient de meilleures personnes que séparément. Et elle était certaine qu'il la désirait toujours autant qu'elle le désirait.

*Bizarre...*

— Je t'ai manqué, petite ? demanda-t-il en entrant.

Elle courut se jeter dans ses bras.

— Terriblement.

— J'ai une surprise pour toi.

— Laisse-moi deviner... Un poisson ?

Il lui mordilla le lobe de l'oreille, ce qui la faisait toujours frissonner.

— Habille-toi, prends ton équipement et retrouve-moi dehors. Il fait beau.

La surprise était un sac en toile de jute rempli de neige et suspendu à une branche.

— Oh, Cadeon, il ne fallait pas. Je ne t'ai rien offert, moi.

— C'est pour t'entraîner à l'épée.

Elle sortit son épée en soupirant, même si, en réalité, elle adorait s'entraîner.

Tout en nettoyant son poisson, il lui donna des conseils.

— Attaque, parade, riposte, croisé, touche.

Malgré l'air froid et la température polaire, elle était déjà en sueur. Elle faisait des progrès. Cadeon lui avait même dit qu'elle se débrouillait mieux que certains guerriers de sa connaissance.

Holly ignorait s'il disait vrai, mais elle était certaine de ne plus être ridicule avec une épée à la main.

— Techniques détournées, dit-il. J'en veux deux.

Tout en continuant à ferrailler contre son sac, elle répondit :

— Je gêne la vision de mon attaquant en lui jetant ma veste sur le visage, ou du sable dans les yeux. Je peux aussi le blesser à sa jambe d'appui.

— Pourquoi ?

— Pour lui faire perdre du sang. Parce que sang égale force.

— Très bien. En voici une autre : tu peux parfois encaisser une touche pour voir ce que ton attaquant a dans le ventre, ou pour lui laisser croire que tu es faible. Comme ça, il sera trop sûr de lui, surtout en face d'une petite bonne femme comme toi. Tu peux aussi feindre d'avoir été touchée. Tu peux traîner la jambe, pour qu'il baisse la garde. De cette manière, tu donnes un peu, pour obtenir beaucoup.

Elle se figea soudain. Dans sa tête, c'était le branle-bas de combat.

— Mon Dieu ! Mais c'est exactement ça ! C'est ça !

— Quoi, *ça* ?

— Mon code ! Comment faire la différence entre amis et ennemis ! Il faut donner un peu ! En cryptographie quantique, on ne peut rien mesurer ni intercepter dans un échange entre deux interlocuteurs sans introduire des anomalies dans le système, ce qui trahit forcément l'espion...

— Euh... mais encore ?

— Si tu sais que le pirate est là, tu le laisses entrer ! Tu le laisses s'emparer des informations ! Il deviendra alors plus agressif, il sera facile à repérer, et il ne te restera plus qu'à le coincer. Tu n'as pas besoin d'un codage à toute épreuve. Il faut juste que tu contamines tes propres données, que tu les marques, de façon que, quand elles quittent ton système, elles ne puissent pas survivre. Elles s'effaceront d'elles-mêmes et effaceront tout ce qui les entoure avec.

— Vas-y ! ordonna Cadeon. Pose ton épée et va vite mettre tout ça dans ton ordinateur !

Elle éclata de rire et retourna en courant vers le chalet.

— Mais n'oublie pas, poursuivit Cadeon. De toute évidence, le sexe, ça aide, pour les maths. Par conséquent…

Plus tard ce soir-là, allongée dans les bras de Cadeon, Holly demanda :

— Pourquoi n'es-tu plus aussi pressé d'atteindre la forteresse de Groot ?

— Si je me dépêchais, avant, c'était pour toi. Il nous reste plusieurs jours avant la date limite, et il ne nous faudra qu'une journée de voiture pour y arriver. Maintenant que tu souhaites demeurer valkyrie, nous avons le temps.

— Alors, parle-moi. Parle-moi de toi. Pourquoi es-tu persuadé que c'est toi qui as perdu la couronne de ton frère ?

Cette façon de formuler la question, comme si Holly ne croyait pas à cette version, plut à Cadeon.

— Je devais me rendre à Tornin, la capitale de Rothkalina, pour assumer les fonctions de chef d'État pendant l'absence de Rydstrom, parti guerroyer contre la Horde des vampires. Je ne l'ai pas fait. J'étais heureux dans ma famille d'adoption, et elle avait besoin de moi.

— Et c'est pour cela qu'on t'en veut tant ? demanda-t-elle d'un ton incrédule.

— Omort y a vu un signe de faiblesse, et a attaqué.

Cade avait essayé d'atténuer le sentiment de culpabilité qui le rongeait. Des milliers d'autres raisons expliquaient ce qui s'était passé. Pourtant, tout au long de ces années, il avait régulièrement constaté que des catastrophes pouvaient être provoquées par le plus anodin des choix ou des gestes.

— Attends, tu as dit ta « famille d'adoption » ? Tu avais des frères et sœurs adoptifs ?

— Oui. Mais ils ont tous été assassinés par l'armée d'Omort.

— Mon Dieu… Ça a dû être terrible…

— Notre ferme a été attaquée par des revenants.

— J'ai lu quelque chose à propos de ces créatures… Un sorcier ranime un cadavre, le ramène d'entre les morts, c'est ça ?

— Oui. Et comme les revenants sont déjà morts, ils ne peuvent plus mourir.

— Comment fait-on pour lutter contre eux ?

— Il faut tuer le sorcier pour les détruire. Ce qui pose problème dans le cas d'Omort, c'est qu'il ne peut être ni décapité ni tué par le feu si celui-ci n'est pas naturel.

— Tu penses que tu es responsable de la mort de ta famille adoptive aussi ?

Il hocha la tête.

— Et tu portes ce fardeau depuis neuf cents ans… Le temps n'est-il pas censé guérir toutes les blessures ?

Il la regarda dans les yeux.

— C'est un mensonge.

— Je veux me battre, dit-il à Rök. Mobilise nos troupes.

Holly s'était endormie.

— Tu es sûr ? Cette attaque peut mal tourner à tout moment. Tu mettrais la vie de ton frère et la liberté de ton peuple en danger rien que pour une femme ?

— Pas n'importe quelle femme. *Ma* femme.

S'il arrivait quelque chose à Holly, qui était sous sa garde, ce serait la preuve une nouvelle fois que les siens ne pouvaient pas compter sur lui. Il ne pouvait pas envisager une telle éventualité.

— Donne-moi encore une nuit, dit Rök. Nous pouvons te rejoindre en quatorze heures si nécessaire.

*Continuer à chercher Néomi, ou passer au plan B ?*

— Non, nous n'avons plus le temps. Je ne peux pas prendre ce risque. C'est la guerre.

Après avoir raccroché, Cadeon rejoignit Holly dans le lit et la regarda longuement. Elle dormait paisiblement.

Que se passait-il dans cet incroyable cerveau ? Rêvait-elle de guerre cryptographique et de formules mathématiques ?

Était-il possible qu'elle rêve de lui ?

Holly dormait profondément, certaine qu'il assurerait sa sécurité. Il passa le dos de sa main sur son bras, doucement.

— *Je vais me battre pour toi.*

# 40

— Comment ça, vous ne pouvez pas venir jusqu'ici ? aboya Cade dans le téléphone. Vous êtes des mercenaires, bordel ! Et je suis prêt à partir en guerre !

L'accord passé avec Groot expirait le lendemain.

— La route hivernale est complètement impraticable, et c'est le seul moyen d'arriver où vous êtes.

Rök devait hurler dans le combiné pour se faire entendre. En bruit de fond, on entendait de violentes bourrasques.

— Et en passant par l'ouest, puis en redescendant depuis le nord ? demanda Cade.

— C'est possible, mais on n'arrivera jamais à temps.

— Téléportez-vous…

— On ne peut glisser que jusqu'à un endroit que l'on voit, c'est-à-dire pas plus loin que cinquante centimètres, là.

Cade entendit une porte claquer, et le bruit de fond diminua.

— Avec la tempête de neige, la visibilité est quasi nulle, expliqua Rök. Et je me suis déjà renseigné pour un hélico : il faudrait une journée rien que pour en faire venir un jusqu'ici.

Cade cogna son poing contre un tronc d'arbre.

— Je suis désolé, mon vieux, mais tu vas être tout seul sur ce coup. Tu dois emmener ta femelle jusqu'à Groot pour récupérer cette épée. Tu n'as pas le choix.

*Si, j'ai le choix, bordel. Rien à foutre de la noblesse. Rien à foutre de l'altruisme. Il ne s'agit pas de ma vie.* Il allait leur tourner le dos, comme il l'avait fait autrefois. *Je veux fuir avec elle.*

Cade trouverait un autre moyen de sauver Rydstrom des griffes de Sabine. Ensuite, son frère n'aurait qu'à apprendre à vivre sans sa couronne.

— Comprends-moi bien, poursuivit Rök. Je ne suis pas en train de te suggérer d'abandonner Holly.

— Rien qu'en la laissant approcher de Groot, je lui fais courir un risque. Je ne peux pas mettre sa vie en danger comme ça. Je refuse de…

— Écoute, je ne voulais pas te le dire, mais il n'y a pas que ça. La nouvelle de la disparition de Rydstrom et de ta mission s'est répandue. Les démons, un peu partout dans le royaume, attendent des résultats. Attendent que tu réussisses. Cade, ils sont prêts à faire la guerre, de nouveau.

— Que veux-tu dire ?

Leur peuple avait été si malmené au cours des siècles qu'il n'avait plus le courage de se soulever.

— Si tu parviens à récupérer cette épée, ils y verront un signe de révolte possible. L'épée est devenue symbolique, désormais. Ils veulent être sûrs que si l'un des Woede est dans l'incapacité d'exercer ses fonctions, l'autre prendra les choses en main.

Comme si la pression n'était pas déjà assez forte…

— Et je dois te dire que les paris vont bon train sur l'éventuelle entrée en scène de la brebis galeuse. Alors, voilà la stratégie que je te propose : tu persuades Groot que tu es juste passé livrer la marchandise, obtenir ton paiement et te tirer. Sinon, il ne te donnera jamais l'épée. Une fois que tu l'as convaincu, tu l'élimines avec sa propre arme.

— As-tu idée du nombre de choses qui peuvent foirer, dans ton plan ?

— D'accord, disons qu'il se doute de quelque chose et te fait escorter par ses gardes. Tu pourras alors te transformer complètement et protéger ta femme. Dans ton état démoniaque, tu es capable d'affronter une armée à toi tout seul. Et tu pourras la sortir de là.

*Je fais comme si j'allais au bout du marché, je récupère l'épée, je tue Groot…* Cela semblait tellement facile.

— Et si quoi que ce soit dégénère, Holly sera la première à payer… Que ferais-tu, à ma place ? demanda-t-il à Rök.

— Ne me demande pas ça. Je n'arrive même pas à comprendre comment tu peux l'aimer au point d'envisager de la préférer à un royaume… et je ne parle même pas de la vie de ton frère.

Cadeon était né pour la protéger, et malgré cela, il allait peut-être la mettre directement face au danger. Faire une chose pareille, c'était la trahir à tout jamais.

Pour convaincre Groot qu'il traitait cette affaire comme n'importe quelle autre transaction, il allait devoir se conduire en mercenaire impitoyable. Un mercenaire qui aurait piégé une petite humaine bien naïve.

Ce qui, à certains égards, était vrai.

— Depuis que tu es parti en exil, tu n'es jamais retourné à Rothkalina, mais moi, si. Et ce n'est pas beau à voir. Beaucoup de gens comptent sur toi.

Cade sentit son estomac se serrer. *Enfin, après tant d'années, voici la possibilité d'expier mes fautes.*

— Rydstrom compte sur toi, lui aussi. En ce moment précis, ton frère est enfermé quelque part et espère secrètement que tu viendras le chercher. Même s'il est certain que tu ne le feras pas.

Cadeon se souvint soudain d'une nuit, il y avait de cela des siècles. Une nuit d'horreur, d'angoisse, de remords.

Cette nuit-là, tandis que Cade enterrait sa famille d'adoption, Rydstrom l'avait retrouvé. Sans un mot, il avait pris une pelle. Côte à côte, ils avaient creusé ensemble.

À cause de lui, Rydstrom venait de perdre son royaume. Pourtant, sans mot dire, son frère l'avait épaulé lors de l'épisode le plus douloureux de son existence.

Après avoir raccroché, Cadeon rentra et s'allongea derrière Holly, l'enveloppa de son corps nu et chaud.

Il la serra contre lui, comme il le faisait toujours. Dehors, le vent polaire hurlait, fouettant leur chalet, mais elle se sentait en sécurité, protégée par son grand démon.

Elle ne pouvait plus envisager de dormir sans lui. Juste avant de sombrer dans un profond sommeil, une pensée lui vint : *J'aime Cadeon Woede*.

# 41

Ils étaient partis tôt le matin et n'avaient échangé que quelques mots pendant les premières heures de leur progression vers le nord.

— Qu'y a-t-il ? finit par demander Cadeon. Tu es bien silencieuse.

Se doutait-elle de quelque chose ? Elle s'était montrée méfiante envers lui, par le passé, mais il lui semblait que, depuis, elle s'était jetée à corps perdu dans leur relation et avait décidé de s'en remettre entièrement à lui.

L'issue de cette histoire n'en serait que plus dévastatrice pour elle.

— Je suis juste triste de quitter cet endroit, répondit-elle. Peut-être qu'on pourrait de nouveau s'y arrêter quelques jours, sur le chemin du retour ? Tu pourrais m'apprendre à pêcher sous la glace.

— Oui, pourquoi pas ? dit-il en regardant autour d'eux. Dis-moi, est-ce que Nïx t'a donné un moyen de la contacter ?

— Non, pourquoi ?

— Parce que je ne serais pas contre un petit coup de main.

L'estomac noué, il ne cessait de se demander s'il faisait le bon choix. S'il y avait un bon choix. À n'importe quel moment, il risquait de devoir laisser tomber quelqu'un. Trahir Holly, risquer la liberté de son frère, ignorer les besoins de tout un peuple, tout cela lui déplaisait profondément.

Déjà, il voyait le regard de Holly quand elle saurait qu'il l'avait trahie. Saurait-il afficher la belle indifférence dont il avait si souvent fait preuve par le passé, alors qu'il désirait la garder près de lui plus que toute autre chose ?

La route, à supposer que cela en ait jamais été une, était en très mauvais état. Elle se transforma en chemin au fur et à mesure qu'ils s'enfonçaient dans la montagne. Régulièrement, Cade devait sortir pour dégager des troncs qui les empêchaient d'avancer.

Il avait vu au plus juste pour cette dernière partie du voyage, et n'importe quoi pouvait les retarder. Une partie de lui espérait qu'ils rateraient le rendez-vous, espérait que quelque chose, n'importe quoi, l'empêcherait de remettre Holly à Groot. Il aurait aimé que ce quelque chose soit indépendant de sa volonté. De cette manière, le résultat, quel qu'il soit, ne serait pas le fruit de sa décision.

Puis il repensait à son frère, et la culpabilité l'assaillait.

Holly se redressa. Après plusieurs heures de progression chaotique, l'état du chemin semblait enfin s'améliorer.

Quand il ressembla effectivement à une route, ils quittèrent l'épaisse forêt pour déboucher dans une petite vallée.

Il était presque 14 heures, le soleil n'était pas encore couché, et ils purent profiter de la magnificence du paysage. Un torrent dégringolait au creux de la vallée. Au-dessus d'eux, de fines volutes de brume tourbillonnaient, comme autant de fils de la Vierge.

Cadeon se pencha en avant sur le volant.

— Cet endroit devrait être désolé, et le torrent gelé.

Mais, autour d'eux, les bouleaux et les trembles avaient encore leurs feuilles, et il n'y avait pas une seule plaque de neige.

— Peut-être sommes-nous en présence d'un microclimat ? J'ai lu quelque part que les sources chaudes pouvaient tout faire fondre autour d'elles.

— Oui, tu as raison, c'est probablement ça, dit-il.

Mais il semblait préoccupé.

La route suivait le cours du torrent, qui descendait dans la vallée.

— Oh, regarde, une petite ville, dit Holly, avant de reprendre : Une ville *fantôme*.

Elle n'utilisait plus jamais ce terme à la légère.

— C'est un vieux village minier. Il y avait du charbon, par là. J'ai vu l'entrée d'une mine abandonnée, tout à l'heure. Groot avait dû s'installer ici pour avoir de quoi faire chauffer sa forge.

Ils passèrent devant un panneau étonnamment bien conservé, sur lequel on pouvait lire : « Prosperity, Territoires du Nord-Ouest. Ville fondée en 1902. Population : 333. »

Le long du torrent étaient alignés entre quarante et cinquante bâtiments abandonnés, datant sans doute du début du XXe siècle. Tout en bois, ils affichaient l'austérité et la sobriété du style quaker.

Il n'y avait pas de neige, mais une fine couche de glace, parfaitement transparente, recouvrait tout, tel un vernis.

— Cet endroit est littéralement figé dans le temps. Pourquoi les habitants de ce village sont-ils partis ? La mine ne donnait plus rien ?

— Ils ne sont pas partis, répondit doucement Cadeon, en s'engageant dans la rue principale.

Au même moment, elle remarqua que les portes étaient grandes ouvertes ou suspendues à des gonds arrachés. Quelques vieux vélos étaient couchés sur le côté en plein milieu de la rue, comme si on les avait abandonnés sous le coup de la panique.

— Cadeon, que s'est-il passé ici ?

— Des Wendigos. Ils ont attaqué la ville. J'ai entendu dire qu'il y en avait partout, dans ces montagnes. Pour Groot, ils font office de frontière naturelle.

— J'ai lu quelque chose sur eux. Ils étaient humains, mais ont été transformés en cannibales. Ils mangent les cadavres. Ils mangent même... des gens vivants.

— Oui. Ce sont les cousins des goules. Ils ont toujours faim de chair fraîche et sont terriblement contagieux, même pour les autres immortels. Il suffit d'une morsure ou d'une égratignure pour être contaminé.

— Comment est-ce possible ?

— Ils produisent une toxine, qui passe par leurs griffes ou leurs dents.

— Combien de temps prend la transformation ?

— Entre trois et quatre jours. Suffisamment pour qu'une victime comprenne ce qui lui arrive, l'accepte ou pas, et décide d'agir en conséquence.

— Comment ça ? Que peut-elle faire ?

En guise de réponse, Cadeon indiqua un grand bouleau, sur le côté. Plusieurs cordes à nœud coulant pendaient à ses plus grosses branches, se balançant dans le vent.

— Les Wendigos sont encore ici, après tout ce temps ?

— Probablement. Si c'est nécessaire, ils peuvent survivre avec de la chair animale.

Ils approchaient de l'église.

— Tu vois ce que je vois ?

Le bâtiment était en parfait état, au point que c'en était étrange. Sur sa façade, on distinguait plusieurs éclaboussures rouge foncé, en arc de cercle.

— C'est du sang.

— Seigneur...

— Les villageois qui étaient encore en vie et n'avaient pas été contaminés se sont probablement barricadés dans cette église. Les vitraux sont murés de l'intérieur.

La double porte, devant, était entrouverte, et Holly distingua des bancs empilés, à l'intérieur. Il n'imaginait que trop clairement la scène. Une fois le rempart des bancs anéanti, les villageois s'étaient retrouvés prisonniers de leurs propres défenses. Les Wendigos les avaient probablement sortis les uns après les autres, pour les jeter sur le tas, en attendant…

— Cadeon, même si je n'ai plus envie de redevenir humaine, je suis contente que tu m'aies amenée ici.

— Comment peux-tu dire ça ? demanda-t-il d'un ton un peu sec.

— Je suis heureuse d'être là, pour le cas où tu aurais besoin que je te couvre.

Elle vit qu'il serrait le volant de toutes ses forces et s'inquiéta. Comme elle ouvrait la bouche pour lui demander ce qui n'allait pas, il annonça :

— Voilà la forteresse de Groot.

Dans la brume qui se dissipait, elle distingua d'abord une extraordinaire cascade, d'au moins cent mètres de hauteur. Et tout là-haut, bâti juste au bord du précipice, se trouvait un château : cinq tours, et un donjon central au sommet duquel une cheminée crachait de la fumée grise. Même de loin, la forge était visible.

— Voilà pourquoi le torrent n'est pas gelé et pourquoi il y a tant de brume, dit Cadeon. La forge chauffe l'eau…

— Cadeon ! s'alarma Holly. Dans la rue, là, sur le côté ! Je crois que j'ai vu courir quelque chose !

# 42

Cade les avait vus lui aussi. Les Wendigos chassaient en meute, et ils étaient après eux.

— Ils sont toujours là ? demanda Holly en scrutant le moindre recoin.

— Oui.

La route montait à présent, plus raide que jamais. Ils approchaient de la forteresse. Cadeon avait mis les essuie-glaces en marche, car la bruine provenant de la cascade était aussi dense qu'une vraie pluie.

Enfin, ils dépassèrent la cascade et arrivèrent devant un mur d'enceinte et une porte. Le soleil s'était couché, laissant la place à la pleine lune, qui avait entamé son ascension. Des piques métalliques pointaient vers l'avant, à la manière des anciennes herses, mais Cade vit qu'elles étaient reliées à des mécanismes. Sans doute bougeaient-elles si on les touchait.

La porte était immense, très haute. Une partie était posée sur un rail et pouvait coulisser sur le côté, l'autre pouvait être levée et abaissée. Lorsque le 4 × 4 se présenta devant, les deux battants s'écartèrent juste assez pour qu'il puisse passer et se refermèrent aussitôt derrière lui.

Cette fois, ils y étaient. *Le spectacle va commencer.*

— Je ne vois pas comment les Wendigos pourraient franchir cette porte. Tu peux te détendre, maintenant, dit Cade, se maudissant intérieurement.

Cette dernière partie du trajet lui avait paru interminable. À chaque seconde il avait été tenté de faire demi-tour. Mais il avait continué, ses mains moites serrant le volant. Bientôt, il s'arrêta devant une autre porte aux proportions colossales. En fer forgé, flanquée de deux torches de la taille d'un homme, elle était haute de deux étages au moins.

Lorsqu'il attrapa son fourreau pour le mettre en bandoulière, Holly le regarda, étonnée.

— Pour le cas où il faudrait qu'on reparte un peu vite, expliqua-t-il.

Le bruit de la cascade toute proche était assourdissant. Dès qu'ils descendirent de voiture, la porte s'ouvrit en grinçant.

— Prête ? demanda Cadeon en haussant la voix pour que Holly l'entende.

— Prête à en finir !

Ils pénétrèrent dans une cour déserte. La porte se referma derrière eux, tandis qu'au même moment une autre s'ouvrait à l'autre bout de la cour. Ils n'eurent d'autre choix que de s'aventurer un peu plus profondément au cœur de la forteresse. Leurs pas résonnaient sur les pavés.

Cade méprisait Groot, mais il ne put s'empêcher d'être impressionné par l'agencement du château. Du point de vue de la défense, c'était un chef-d'œuvre.

Les cinq tours et leur cour intérieure étaient disposées en X. D'étroites passerelles reliaient la plus grosse tour, celle du centre, aux quatre autres. Une seule de ces tours se trouvait sur le sol, les autres étant bâties sur pilotis ou prenant appui sur des socles naturels, dans l'eau.

En cas d'attaque, Groot pouvait détruire la passerelle de la tour attaquée, et les autres devenaient inaccessibles.

Même si une armée décidait d'attaquer par les eaux, au moins deux tours resteraient hors d'atteinte, car elles se trouvaient en bordure du précipice, à la source de la cascade. La force du courant les rendait inatteignables.

Une attaque aérienne ne serait pas efficace : la fumée crachée par la forge était si épaisse qu'elle pouvait envelopper tout le château et le soustraire aux regards.

Ils franchirent la deuxième porte et débouchèrent sur une passerelle construite au-dessus de l'eau qui menait à la forge. Cade jeta un œil par-dessus la balustrade de pierre. Sous leurs pieds, l'eau chargée de vase tombait d'au moins cent vingt mètres. En bas, le bouillonnement était monstrueux, les remous puissants crachaient une mousse peu appétissante. Il y avait tant de bruit qu'il fallait hurler pour être entendu.

Dans la tour principale, deux larges portes, comme dans un entrepôt, s'ouvraient sur la forge. L'endroit était bourré d'outils : pinces, marteaux, et une enclume de la taille d'une voiture. Une fournaise rugissait. À l'opposé des portes, la forge donnait sur un parapet crénelé.

À l'intérieur de la tour, ils empruntèrent un large corridor peu éclairé. Le long des murs, Cade vit briller des yeux blancs. Une odeur de pourriture planait.

— Qu'est-ce que c'est ? chuchota Holly.

— Des revenants.

Imatra l'avait prévenu de leur présence. Elle avait juste oublié de lui dire qu'il y en aurait des *centaines*. Il serra les dents.

— Je croyais que seuls les sorciers maléfiques les ramenaient d'entre les morts, remarqua Holly.

— C'est un sujet de discorde récurrent parmi les sorciers. En fait, ils s'en servent tous.

La peau des revenants était en état de putréfaction, leurs corps à différents stades de décomposition, et ils avaient tous une horrible pointe métallique plantée dans la tempe.

— Qu'est-ce que c'est, ces piques ?

— Je ne sais pas, murmura Cade. C'est la première fois que je vois ça.

D'autres portes s'ouvrirent et se refermèrent pour eux, et enfin, ils entrèrent dans un bureau lambrissé, au sol recouvert de tapis épais, et dans la cheminée duquel brûlait une belle flambée. La pièce était accueillante. Il n'y manquait plus qu'un gentleman anglais avec sa pipe, lisant des classiques à voix haute.

— Cet endroit me déplaît profondément, dit pourtant Holly.

— À moi aussi, répondit Cade.

Quelques minutes plus tard, un homme imposant entra, suivi de six revenants.

— Groot ? s'étonna Cade, incrédule.

Holly comprenait sa surprise. Elle s'était imaginé Groot petit, fragile, sorcier aux cheveux blancs tout droit sorti du *Seigneur des anneaux*.

Mais Groot était un homme massif, aux muscles visibles sous le tissu de sa tunique et de ses braies à l'ancienne. Travailler le fer avait de toute évidence développé sa musculature.

Il avait la peau brillante, olivâtre, comme si la seule lumière qu'il voyait depuis des lustres était celle de sa forge.

— Et toi, tu es l'infâme Cadeon, le Faiseur de Rois, répondit-il.

Ses yeux pâles, logés loin dans leurs orbites, se tournèrent ensuite vers Holly.

— Bienvenue chez moi, Holly. Je suis Groot le Métallurgiste.

Son attitude mielleuse lui faisait froid dans le dos. Et cette façon qu'il avait de la regarder fixement, avec une pointe de… Était-ce de la satisfaction ? Inconsciemment, elle se rapprocha de Cadeon.

Tout clochait, dans cette pièce. Holly en aurait mis sa main au feu : cet homme était mauvais.

— Tu as l'épée ? demanda Cadeon.

— Je l'ai.

— Et elle tuera Omort ?

— Je le jure sur le Mythos, et je souhaite que ton entreprise soit couronnée de succès. Je *veux* que tu réussisses.

Il parlait avec affectation, chose surprenante de la part d'un être à l'apparence aussi fruste.

— J'aimerais pouvoir quitter ce domaine, une fois par siècle environ, ajouta-t-il en souriant à Holly. Pour sortir un peu ma femme.

*Pourquoi me regarde-t-il ?*

— Cadeon ? murmura Holly.

Comme il ne répondait pas, elle le regarda. Et elle ne le reconnut pas.

Le mâle un peu frimeur qu'elle connaissait arborait à présent un regard *cruel*. Elle sentit son estomac se nouer.

— Qu'est-ce que c'est que cette histoire ?

— C'est un marché. Je suis désolé, petite. J'ai besoin de cette épée, et Groot a besoin d'une Porteuse.

— Une Porteuse, répéta-t-elle, abasourdie.

*Non, tu as mal entendu. Tu as mal entendu.*

— L'as-tu nourrie, Cadeon ? demanda Groot.

— Trois fois par jour.

Elle se souvint alors de toutes ces fois où Cadeon l'avait poussée à manger. Elle savait pourquoi, désormais.

*Pour que je sois en bonne forme, et fertile pour le sorcier.*

Elle avait du mal à respirer.

— Je ne peux pas redevenir humaine ?

— Non. J'avais juste besoin que tu coopères pour pouvoir t'amener jusque chez mon employeur, ici présent.

*Seigneur. Oh, non, Seigneur... Respire.*

— Je faisais l'objet... d'un marché ?

— Oui, c'est à peu près ça.

— Ton ange gardien t'a vendue. Pour une arme, précisa Groot.

Il claqua des doigts, et ses horribles soldats s'emparèrent d'elle.

— Installez-la dans ma chambre.

— Cadeon ? Cadeon, tu ne peux pas laisser faire ça ! hurla-t-elle.

Cadeon serra les dents, luttant pour ne pas courir à son secours. Sentant le regard de Groot sur lui, il se força à hausser les épaules.

— Faut jamais faire confiance à un démon, ma belle...

Jusque-là, il s'était parfois demandé si elle se doutait de quelque chose. Mais, à l'expression qu'il lut sur le visage de Holly, il comprit qu'elle avait réellement cru en lui. Elle avait mis toute sa confiance en lui.

Elle tenta de se débattre, mais malgré sa force, ne parvint pas à les faire lâcher d'un pouce. Lorsque ses yeux s'emplirent de larmes, la douleur le transperça comme un couteau dans le cœur.

*Garde ton sang-froid. Encore cinq minutes*. Tant que le sorcier était avec Cade, il ne pouvait pas faire de mal à Holly.

*Groot va me donner l'épée, je vais le tuer, et je viendrai te chercher. Ensemble, nous tenterons notre chance...*

La porte se referma derrière Holly. Cade se força à respirer.

— Elle est exquise, dit Groot en soupirant. Cela n'en rendra le processus que plus agréable.

Jamais Cade n'avait eu envie de tuer à ce point. Ce malade pensait qu'il allait posséder sa femme. Déjà, il s'imaginait avec elle.

Une fois qu'il aurait l'épée, décida Cade, il tuerait non seulement Groot, mais aussi sa sœur, la sorcière qui détenait Rydstrom, et tous les membres de leur famille.

— Les revenants ont l'air plus forts qu'avant, remarqua-t-il d'un ton délibérément badin.

— C'est la pointe métallique. Avec ça, je leur transmets cent fois plus de puissance, et je contrôle leurs faits et gestes avec encore plus de précision. Ils sont bien utiles. Et plus forts que… qu'un démon furie, tiens.

Holly n'avait rien vu venir, mais Groot, si.

— Je ne suis pas là pour faire des histoires. Je veux juste l'épée. Et ensuite, je m'en vais.

— Très bien. Elle est ici, dit Groot en se dirigeant vers une vitrine.

Il en sortit l'épée, qu'il tira de son fourreau. C'était une arme magnifique, qui brillait à la lumière.

Groot se dirigea vers Cade, mais s'arrêta en chemin.

— En fait, je crois que je vais garder mes distances, si tu n'y vois pas d'inconvénient.

Il fit mine de la lancer. Cade tendit le bras pour l'attraper. Lorsqu'il fut prêt, Groot la lui lança effectivement.

Mais quand Cade referma la main sur la poignée, il sentit un picotement dans le creux de sa paume. Changeant de main, il jeta un rapide coup d'œil à sa paume et vit qu'une épine d'argent était plantée dans sa peau. Lorsqu'il la retira, une goutte de sang perla.

— C'est quoi, ce bordel ?

Mais il savait…

— Détends-toi, démon. C'est juste une petite toxine pour te faire dormir. Vous y êtes tellement sensibles, vous autres les démons. Tu te réveilleras en pleine forme à quelques centaines de kilomètres d'ici, sans aucun souvenir de la route qui t'a amené jusqu'à cet endroit.

*Panique… Fureur…* Cade se rua sur le sorcier en hurlant :

— Maudit salopard ! Je t'arracherai le cœur et je le donnerai aux…

Et ce fut le noir.

# 43

Tandis que les gardes l'entraînaient vers une autre tour, Holly se sentait anéantie. Elle retint ses larmes, malgré tout. Parce que si elle commençait à pleurer, elle craignait de ne plus jamais pouvoir s'arrêter.

Cadeon l'avait trompée. Il l'avait attirée dans ce piège en lui disant qu'elle pourrait redevenir humaine. Et il avait fait en sorte qu'elle soit fertile, pour un autre homme.

Holly l'avait aimé, et il avait feint les mêmes sentiments pour qu'elle le suive jusqu'ici. Avait-il jamais éprouvé quoi que ce soit pour elle ?

Lorsque les gardes la poussèrent dans une chambre, elle résista, mais malgré sa force de Valkyrie elle ne parvint pas à se libérer. Les portes se refermèrent derrière eux.

La pièce était essentiellement meublée d'un lit immense avec des draps de soie noire, détestable évocation de ce que Groot avait l'intention de lui faire subir.

Comment Cadeon avait-il pu la trahir de la sorte ?

*Non, reprends-toi, Holly !*

S'essuyant les yeux d'un revers de manche, elle regarda autour d'elle. Elle avait eu tort de faire confiance à Cadeon, mais cela ne voulait pas dire que l'entraînement qu'il lui avait imposé ne servirait à rien.

Existait-il un moyen de sortir de là ? En dehors de la porte principale, il y en avait deux autres. Elle courut vers la première, plus étroite, et la trouva fermée à clé. Elle essaya la seconde. Fermée à clé, elle aussi. Mais elle était plus froide, sous ses mains. Donc, elle donnait dehors. *Réfléchis*.

Elle avait du mal à se figurer l'agencement du château et n'avait pas prêté attention au chemin que les revenants lui avaient fait parcourir pour arriver jusqu'à cette pièce, tant elle était sous le choc.

Elle ne pouvait pas s'échapper ? Alors, elle se battrait. Son regard se posa sur deux haches disposées en croix au-dessus de la cheminée. Elle prenait son élan pour en attraper une lorsque Groot entra.

La porte se referma automatiquement derrière lui. Pas de clé à voler, donc.

— Ça n'a pas l'air d'aller.

— Je n'ai rien vu venir, c'est tout, dit-elle d'une voix aussi assurée que possible.

Un euphémisme d'anthologie.

Il la regarda, incrédule.

— Même pas un tout petit peu ?

Elle serra les dents. Elle se souvenait, maintenant, du mal qu'elle avait eu à accorder sa confiance au démon, au début, du petit doute qui la titillait toujours. Mais elle s'était forcée à ignorer son appréhension.

— J'imagine qu'il t'a fait de belles promesses pour obtenir ta confiance. Est-ce qu'il t'a fait le coup de la femme qui lui est destinée, et tout ça ?

Comme Holly détournait les yeux, il s'exclama :

— Noooon, il l'a fait ? Tu as mordu à l'hameçon le plus ancien du Mythos.

*Attends une minute…*

Elle lui fit face, releva le menton.

— Il y avait un moyen de savoir si j'étais vraiment à lui. J'en ai eu la preuve.

— Et qui t'a dit quel genre de preuve tu devais attendre ?

*Oh non...* Son cœur se serra. Cadeon avait de toute évidence menti sur certains aspects de la physiologie des démons aussi. *Quelle idiote j'ai fait !* Il avait dû tellement rire dans son dos...

— Il t'a menti sur tout. Dans sa bouche, les mensonges passent beaucoup mieux que la vérité.

— Mais Nïx m'a dit aussi que...

— Nïx ? Tu fais confiance à cette folle ? Elle joue avec le destin, c'est son truc. Ça l'amuse beaucoup. Quand on est aussi vieux qu'elle, je suppose qu'on se distrait comme on peut.

*Trahie par Nïx aussi.*

— Maintenant, nous savons tous les deux pourquoi tu es là, dit Groot. As-tu l'intention de rendre cela plus désagréable qu'il ne le faut ?

*Réfléchis ! Joue son jeu. Gagne du temps.*

— Non. J'en ai assez de fuir. Assez qu'on me tire dessus. Je veux rester cachée, et en vie. C'est tout ce qui m'intéresse.

— Justement. Si tu restes ici, je te protégerai. Et tu seras bien plus tranquille, sans Cadeon.

— Et puis, j'en ai assez d'être trahie par tout le monde. Au moins, là, je sais dès le début que je ne peux pas vous faire confiance.

— Futée, la petite Valkyrie. Bien, je vais juste m'assurer que le démon a quitté les lieux.

Il se dirigea vers la porte étroite, qui s'ouvrit automatiquement. Derrière se trouvait une sorte de salle de contrôle, avec deux rangées d'écrans de surveillance, de nombreux claviers, et au moins quatre processeurs qui ronronnaient.

*Il faut qu'il baisse la garde.*

— Pas mal, votre système. Vous savez comment gagner le cœur d'une geek, vous. Mais vous êtes quand même un peu parano, non ?

— Ce n'est pas facile tous les jours d'être la cible du sorcier le plus puissant au monde, répondit-il d'un ton amusé.

— Mais pourquoi recourir à la technologie ? Pourquoi ne pas vous servir de la magie ?

— Je me sers des deux.

Il indiqua un des moniteurs de la seconde rangée.

— La porte extérieure est contrôlée par la magie. Tu peux balancer un char d'assaut contre elle, elle ne bougera pas d'un centimètre. Elle ne peut être ouverte qu'à partir d'ici.

Elle regarda l'écran.

— Ce sont des Wendigos ?

C'étaient les créatures qui les avaient suivis depuis le village abandonné. Leur visage était long et hagard, étiré comme de la pâte à modeler. Des poils poussaient çà et là sur leur peau grisâtre. Quelques lambeaux de vêtements s'accrochaient encore à leur corps décharné et voûté.

Leur regard rouge brillait d'une faim sépulcrale.

— Oui, ce sont mes barbares. Ils sont excellents. Avec eux, la vallée est bien protégée. Certains suivent les rares véhicules qui s'aventurent jusqu'ici, par goût pour la viande fraîche. La plupart restent en ville.

*La viande fraîche.* Holly réprima un regard noir, sentant monter sa colère. Elle ne pouvait s'empêcher de penser aux villageois pris au piège dans leur église. Leur dernière vision avait été celle de ces bêtes horribles…

Mais soudain, elle avisa sur un écran un intérieur qu'elle connaissait bien.

— Mais c'est… c'est le chalet dans lequel nous avons séjourné ?

— Oui, oui.

*Ne vomis pas. Retiens tes haut-le-cœur.*

— Vous nous avez épiés ?

Jamais elle n'avait haï quelqu'un à ce point.

— Tu pensais vraiment que j'avais choisi ce check point par hasard ? Avec son intérieur rustique, on ne pense pas une minute à des caméras, n'est-ce pas ? Au départ, je les avais fait installer pour m'assurer que vous ne complotiez pas contre moi. Et pour finir, j'y ai trouvé… d'autres avantages.

Il tendit sa main noueuse vers Holly et lui caressa la joue.

— Et plus je vous regardais, plus j'avais envie de toi.

L'humiliation et le dégoût la submergeaient.

— J'avais hâte que tu me sois enfin livrée, mais le démon voulait profiter un peu de toi avant.

— Alors, vous savez que je suis peut-être enceinte de lui.

— Je m'en doutais un peu. Il doit être comme moi sur ce point : impatient d'engendrer le Mal.

— Vraiment ?

— Dans le Mythos, il est connu pour être un tueur impitoyable. Mais je tiens à ce que l'enfant soit de moi. Si tu es enceinte, je ferai ce qu'il faut.

— Vous ferez…

Elle comprit alors ce qu'il voulait dire.

— Mais pourquoi voulez-vous un enfant ?

— Pour posséder le guerrier du Mal absolu. Je veux le façonner, le créer à mon idée.

Détournant le regard, elle observa les écrans, tentant de se représenter la disposition du château, de trouver un moyen de s'enfuir. Elle avait l'impression d'être dans un jeu vidéo. Niveau un, battre le pervers. Niveau deux, affronter une armée de revenants. Niveau trois, voler un véhicule et échapper aux Wendigos.

Un autre écran attira son attention. Elle plissa les yeux.

— Est-ce que… c'est une revenante ? Il y a donc des femmes parmi eux ? Je pensais que seuls les hommes pouvaient être ramenés d'entre les morts.

Groot eut de nouveau ce sourire qui la mettait mal à l'aise.

— Il arrive qu'on se sente bien seul, par ici…

*Cette fois, c'est trop…* La nausée la saisit.

— Vous savez quoi ? Je n'y arrive pas. Je ne peux pas faire semblant. Vous me dégoûtez trop.

Le démon qu'elle croyait aimer l'avait vendue à un monstre qui couchait avec des cadavres ranimés.

À côté de ça, la trahison de Tim, c'était de la roupie de sansonnet.

— Dans ce cas, je vais te demander de bien vouloir accepter immédiatement mon cadeau de bienvenue.

Il ouvrit un tiroir et en sortit une boîte recouverte de velours. À l'intérieur se trouvait une pointe métallique qui lui fit penser à un clou de voie ferrée tout neuf.

— Qu'est-ce que c'est ? demanda-t-elle.

Il se leva, s'approcha.

— Cela permet de remplacer ta volonté par la mienne.

*La pointe, dans la tête des revenants.*

— Vous croyez que vous allez me planter ça dans la tempe ?

Ses griffes s'allongèrent, acérées comme des lames de rasoir. Elle allait lui couper la gorge. *Ne jamais hésiter.*

— Ça fait mal pendant quelques mois, le temps que ta tête repousse autour.

— Jamais, Groot. Je me battrai jusqu'à la mort plutôt que de me laisser planter ça dans la tête. Je...

Soudain apparut devant ses yeux le plus gros diamant qu'elle eût jamais vu.

— Regarde comme il brille, Valkyrie.

Lumière parfaite. Cylindres clairs. Elle le fixa, fascinée. *Tu dois regarder ailleurs. Sinon, ce qui t'attend sera pire que la mort.*

La panique lui fit cogner le cœur. *Regarde ailleurs ! Tu peux le faire !*

— Tes yeux sont devenus argentés, dit Groot d'une voix moins perceptible. Détends-toi, Valkyrie.

Il s'approcha, leva la pointe...

La main de Holly jaillit en direction de son entrejambe.

Elle détourna le regard au moment où les yeux du sorcier s'écarquillaient. Lâchant la pointe et le diamant, il agrippa sa main. Elle serra, tira de toutes ses forces.

— Et ça, ça ne fait mal que quelques minutes. Détends-toi, Groot.

Lorsqu'il tomba à genoux, plié en deux, elle se servit de son autre main pour maintenir sa tête pendant qu'elle écrasait son genou dessus.

*Crrrrac*. Il s'effondra dans un râle étouffé. Elle fit volte-face et se rua vers les haches, mais des revenants s'engouffraient déjà dans la pièce. Groot avait dû actionner une alarme silencieuse.

— Saisissez-la ! hurla-t-il en essuyant le sang qui maculait son visage.

D'un geste, il ramassa la pointe, puis se releva en grognant.

Les gardes se ruèrent sur Holly. Il y en avait au moins vingt, avec armures et épées. *Attaquants multiples*. Elle devait fuir, mais la sortie était bloquée. L'autre porte donnait sur la salle de contrôle. Il ne restait qu'une solution.

Elle se précipita vers la troisième porte, l'enfonça d'un coup d'épaule en poussant un hurlement… et se retrouva sur un balcon, juste au-dessus de la cascade. La porte donnait effectivement dehors.

*Coincée*. Derrière, des revenants. Devant, un plongeon de cent mètres.

Quand Groot se fraya un passage entre ses sbires, pointe dans la main, elle sauta sur la balustrade en pierre.

— Descends de là, Valkyrie ! hurla-t-il pour se faire entendre par-dessus le bruit assourdissant de la cascade. Tu ne sais pas ce que tu fais.

*Je dois fuir*. Et il n'y avait qu'un moyen. Plonger.

*Option un : je saute, au risque de me trancher la tête, ce qui peut tuer un immortel. Si je survis, je flotte droit jusqu'au repaire des Wendigos, qui me mangent vivante.*

*Option deux : j'accepte la pointe.*

Était-elle capable de sauter ?

— Tu n'y survivras pas, dit Groot. Et si, par miracle, tu t'en sortais, tu le regretterais à jamais.

# 44

Le cri de Holly déchira l'obscurité qui avait envahi l'esprit de Cadeon, le tirant de cet abîme. *Lutte…*

La tension électrique dégagée par Holly lui picota la peau, l'empêchant de se laisser sombrer.

*Elle est en danger. Elle a besoin que je me batte…*

En lui, l'instinct du démon se réveilla, le ramena à la conscience, l'aida à lutter contre les effets du poison.

Deux gardes l'entraînaient, l'éloignaient d'elle.

Sans savoir comment, il parvint à ouvrir les yeux. Dans ses veines, le sang se mit à courir plus vite, alimentant ses muscles, nourrissant sa fureur.

Dans un hurlement, il se leva, repoussant les deux gardes. Lorsqu'ils brandirent leur épée, il dégaina lui aussi. Puis il eut un instant d'hésitation.

C'était l'épée de Groot. Ce salopard avait respecté sa part du marché en glissant son épée dans le fourreau de Cade.

Il se débarrassa des deux gardes et se rua vers la passerelle qui menait à la forge.

Mais déjà, une dizaine d'autres gardes venaient à la rescousse, bloquant l'étroit passage. Et Cade devait passer par la forge pour atteindre Holly.

Les effets du poison se dissipaient, mais ralentissaient encore sa transformation. Et il ne pouvait pas détruire ses ennemis. Il les transperçait, mais chaque fois, ils se relevaient. Contre eux, l'épée de Groot ne pouvait rien.

Il la remit dans son fourreau et fonça dans le tas, écartant les revenants, les poussant par-dessus le parapet. Il pensait que le courant les emporterait et que les Wendigos s'en régaleraient, un peu plus bas dans le torrent, mais, coincés dans leur armure, ils coulaient à pic.

Enfin, il arriva à la forge. À l'intérieur, trois passerelles menaient à trois tours. Laquelle prendre ? D'autres revenants apparurent. Où ce salaud avait-il emmené Holly ?

Là ! Il la voyait !

Elle était debout sur la balustrade d'un balcon, juste au-dessus de la cascade.

Tandis qu'il se battait pour l'atteindre, elle glissa, agita les bras pour retrouver son équilibre.

— Holly ! hurla-t-il.

Mais avec le fracas de la chute d'eau, elle ne l'entendit pas.

Ses longs cheveux étaient soulevés par le vent. Elle regardait ses adversaires, désemparée.

*Elle est prise au piège. Elle sait qu'elle ne peut pas lutter contre eux.*

— Holly, non ! rugit Cade en se précipitant vers elle. Ne fais pas ça !

Holly inspira un grand coup… et sauta.

*Seigneurs, non !* Le cœur au bord des lèvres, Cade se rua vers la balustrade. Derrière lui, il entendit vaguement Groot crier quelque chose.

*Tu y es presque. Là, prends ton élan, saute…*

Son corps s'envola dans les airs… pour s'écraser contre le mur de la forge, transpercé par une dizaine d'épées.

Holly heurta l'eau avec une violence indicible. Un cri déchira sa poitrine.

Les remous la secouèrent violemment, l'empêchant de remonter. *Besoin d'air.* La puissance du bouillonnement...

Donnant des coups dans tous les sens, elle tenta de remonter, tendit les bras vers la surface, qu'elle voyait, mais ne parvenait pas à atteindre.

À la manière du ressac, les courants la poussèrent violemment en direction du torrent, dans lequel elle s'engouffra comme une balle dans le canon d'un revolver. Au passage, elle heurta un gros rocher, s'y agrippa de toutes ses griffes, remonta contre sa paroi.

Enfin, elle émergea et prit une énorme goulée d'air, avant d'être de nouveau emportée par le courant, ballottée à la surface du torrent.

*Là, un tronc d'arbre tombé sur le bord...* Elle nagea frénétiquement dans cette direction. *Tu ne peux pas le rater. Il est juste là. Tu y es presque. Oui !*

Elle s'accrocha aux branches, se hissa le long du tronc jusqu'à la rive. Là, elle rampa à quatre pattes sur les cailloux avant de se laisser tomber à plat ventre.

*J'y suis arrivée.* Chaque respiration était un supplice. Elle toussa, faillit s'étouffer. *Je suis vivante. Je...*

Un bruit attira son attention. Elle leva les yeux. Et en croisa d'autres, rouges, qui la fixaient, et dans lesquels elle lut la faim.

— Si tu ne me relâches pas, elle va mourir ! hurla Cade à Groot.

Tout ce qu'il voulait, à cet instant, c'était sauter par-dessus cette balustrade. Il se débattait comme un beau diable, se coupant profondément sur les épées, arrachant sa propre chair à coups de dents pour tenter de se libérer.

— Elle n'en est sans doute pas sortie vivante, dit Groot en se pinçant le nez pour le remettre en place dans un sinistre craquement. Et dans le cas contraire, crois-tu vraiment que je te laisserais partir avec la femelle, l'épée *et* l'adresse de ma forteresse ?

— Je me contrefous de l'épée ! Garde-la. Et je jure sur le Mythos de ne jamais parler de cet endroit.

— Même si la Valkyrie s'en sort, elle sera contaminée ou mangée avant qu'on la retrouve. De toute façon, une nouvelle Porteuse viendra d'ici quelques siècles. Et du temps, j'en ai. Je n'ai même que ça.

Cade rugit de fureur. Sa transformation était enfin achevée. Ses cornes s'étaient redressées, plus acérées que jamais, ses crocs et ses griffes avaient poussé.

— J'aurais vraiment aimé que tu élimines mon frère, mais là, je vois bien que tu es incontrôlable.

*Tu n'imagines pas à quel point*.

Groot lança une dernière épée, destinée à lui trancher la gorge. Dans un jaillissement de sang, Cade réussit à se libérer et esquiva la lame, qui le rata de quelques centimètres. Une nouvelle fois, il avança jusqu'à la balustrade. Mais, du fait de son état, il avait du mal à réfléchir. *Retrouver ma femelle... La protéger*.

Groot se jeta sur lui avec une violence inouïe. Cadeon eut l'impression d'avoir été heurté de plein fouet par un train.

— Ta vie ne tient qu'à un fil, démon...

*Je veux sauter par-dessus cette putain de balustrade !*

Cade jeta brusquement la tête en arrière. Ses cornes se plantèrent dans le visage de Groot comme les deux crochets d'une vipère.

Le sorcier s'effondra, paralysé. Aussitôt, les revenants se ruèrent sur Cade.

Il se battit à corps perdu, distribuant sans relâche coups de crocs, de griffes, de cornes. Mais tant que leur maître était vivant, tuer les revenants était impossible. Cade regarda Groot, puis combattit les quelques gardes qui le séparaient encore de lui.

Affalé sur le sol dans une position grotesque, Groot observait la scène, les yeux grands ouverts, incapable de bouger.

Ignorant les coups d'épée, grognant à chaque blessure, Cade le saisit à bras-le-corps et avança jusqu'à la forge. Au bord de la fournaise, il hissa Groot à bout de bras.

Le sorcier eut juste la force de le supplier.

— *Je t'en prie…*

Cade le jeta dans le feu avec un rugissement.

Le corps disparut dans les flammes. Le château trembla.

Les murailles vibrèrent, des pierres se mirent à tomber. Cade fit face aux revenants qui se tenaient entre lui et la cascade. Cette fois, les coups d'épée du démon les laissèrent sans vie. Mais la forteresse, elle, continua de trembler. Autour de lui, Cade sentit la température monter.

Sans cesser de se battre, il se rapprocha de la balustrade, de Holly. *Je dois la protéger.*

*J'y suis presque…*

La fournaise entra en éruption, faisant sauter la forge, qui cracha du métal en fusion. L'explosion souffla tout autour de lui et projeta son corps déchiré contre un mur. Il retomba, inconscient.

Sous ses pieds, le sol s'ouvrit, et le château commença à s'enfoncer lentement.

# 45

L'explosion, au loin, détourna l'attention des Wendigos juste assez longtemps pour permettre à Holly de se lever d'un bond et de prendre ses jambes à son cou. Des braises se mirent à pleuvoir tandis que plusieurs autres explosions ébranlaient le château, faisant tomber les tours.

Malgré la douleur qui vrillait sa cage thoracique, Holly courut le long de la rive, glissant sur les rochers humides. Les Wendigos se lancèrent à sa poursuite. Leur foulée était gauche, mal assurée. Leurs griffes, longues comme des poignards, se tendaient vers leur proie.

D'autres jaillirent de l'ombre devant elle, la forçant à rebrousser chemin en direction de la ville fantôme. Elle comprit qu'ils manœuvraient délibérément pour qu'il en soit ainsi. Mais que pouvait-elle faire ?

Arrivée dans la rue principale, elle regarda autour d'elle. Ils étaient partout. Elle voyait leurs yeux briller au coin des bâtiments, sur les toits, à l'intérieur des maisons. Il y en avait des dizaines.

*Il me faut une arme. N'importe quoi.*

Là ! Derrière une bâtisse, elle aperçut une hache tout ce qu'il y avait de plus ordinaire, plantée dans un billot. En boitillant, elle alla la chercher, la prit bien en main et fendit l'air une ou deux fois pour s'habituer à son poids, tout en gardant un œil sur ses attaquants.

Les Wendigos se rapprochaient.

Des monstres. De plus près, elle constata que leurs crocs dégoulinaient et qu'ils sentaient la viande pourrie.

Elle décida qu'elle ne donnerait pas de coup au hasard – elle ne pouvait pas prendre le risque de coincer sa hache dans un de ces corps décharnés. Non, elle allait frapper net et fort, et leur couper la tête bien proprement.

Au moment où le plus gros s'apprêtait à sauter sur elle, la nuit céda la place au jour. La dernière tour du château explosa dans une gerbe de feu qui baigna toute la vallée d'une lumière intense.

Les Wendigos, créatures nocturnes habituées à la faible lumière du nord, s'accroupirent en gémissant, tête baissée pour se protéger les yeux. Holly en profita pour leur fausser compagnie.

Elle courut jusqu'à la sortie de la ville, se retournant de temps à autre. *Je les ai semés !* Lorsqu'elle passa le panneau Prosperity, elle ralentit.

*Prospérité.* Trois cent trente-trois villageois étaient venus la chercher ici et n'avaient trouvé que terreur et agonie.

Ils avaient été attirés par une promesse qui n'avait rien à voir avec la réalité. Un peu comme elle.

Elle s'arrêta. Son souffle se transformait en buée dans le froid pinçant. Les Wendigos n'avaient rien vu d'autre en elle qu'un repas de plus. Une fureur sans nom la gagna. Et si, pour une fois, les chasseurs devenaient les proies ?

*Les Furies sont des prédatrices. Les Valkyries sont des guerrières. Je suis les deux.*

Quelque chose en elle se déclencha. Tout devint plus clair.

Elle se retourna, regarda la petite ville. Sans la chaleur de la forge, la neige se mit à tomber en tournoyant.

Avant, Holly aurait fait une crise de nerfs en hurlant que ce n'était pas normal. Mais c'était avant.

Posant sa hache quelques instants, elle essora ses vêtements et ses cheveux, puis débarrassa une branche de conifère de son carcan de glace et se frotta avec, pour masquer son odeur.

Discrètement, en longeant les bâtiments, elle retourna jusqu'à l'église et se glissa à l'intérieur. D'un coup d'œil, elle s'assura que les fenêtres étaient bien murées.

Puis, sa hache à la main, elle sauta jusqu'à l'une des poutres de la charpente et s'accroupit. Ralentissant sa respiration, elle attendit.

Un par un, ils entrèrent, à l'affût. Ils percevaient sa présence. Tête penchée sur le côté, elle regarda sans émotion son gibier, comme l'avaient fait ses ancêtres avant elle.

Lorsque l'église fut pleine, la foudre tomba sur la vallée. Enfin, le plus grand des Wendigos leva les yeux.

Avec un hurlement, elle sauta entre eux et la porte, leur bloquant l'unique issue.

*Elle est vivante.*

Cade fit de nouveau l'effort d'ouvrir les yeux. Elle avait crié, pas de peur, mais de fureur.

Les explosions successives l'avaient catapulté jusque dans la vallée. Sous l'impact, son corps s'était disloqué. Les os de ses cuisses et de ses avant-bras étaient en miettes.

*Mais elle est vivante.* Et en danger, une fois de plus. Serrant les dents, il remit ses os en place, repoussa sous sa peau ceux qui l'avaient déchirée, tout en jetant autour de lui des regards méfiants.

Pourquoi les Wendigos ne l'avaient-ils pas attaqué ? Pourquoi n'avaient-ils pas été attirés par l'odeur de son sang ?

Même s'il ne pouvait plus tenir debout, il la rattraperait, d'une façon ou d'une autre. *Elle avait confiance en moi.*

Dût-il ramper, il la retrouverait.

Il allait remettre son fémur en place lorsqu'il se figea. *Cette foutue épée...* Elle était toujours dans son fourreau, dans son dos.

— Et maintenant, où est-ce que je vais ? murmura Holly en refermant les portes de l'église derrière elle.

Seul le silence lui répondit.

Elle avait répandu la mort, mais n'éprouvait qu'une fraction de la satisfaction qu'elle avait espérée. Et une incommensurable tristesse, aussi, lorsqu'elle pensait à la trahison de Cadeon.

*Si seule...*

Lorsqu'elle se retrouva de nouveau à la sortie de la ville, ses vêtements et ses cheveux avaient gelé. La glace prenait sur ses cils.

Elle tournait en rond, perdue, désorientée, frissonnant à cause du froid et du choc qu'elle avait subi, quand elle sentit de la chaleur venir d'en haut. Elle leva les yeux, interloquée.

L'aurore boréale.

Elle flottait dans le ciel, y traçait des vagues d'une lumière paisible qui l'appelait, semblait lui ouvrir ses bras.

Sans réfléchir, Holly courut vers elle, s'enfonça dans les profondeurs sauvages en ne pensant plus qu'à une chose : suivre la lumière.

# 46

Il était sur la piste de Holly depuis quatre jours, mais elle continuait à lui échapper. Arpentant les routes gelées, il se dirigeait maintenant vers une autre ville minière. Il avait même demandé à une partie de ses hommes de battre la campagne pour lui.

Il l'avait perdue dans Prosperity, le premier soir. En découvrant la scène de carnage dans l'église, Cade avait compris pourquoi les Wendigos ne l'avaient pas attaqué. Elle les avait tous massacrés, jusqu'au dernier. Et ce faisant, sans le savoir, elle lui avait sauvé la vie.

Ensuite, elle n'était pas partie vers le sud, comme n'importe qui l'aurait fait dans sa situation. Si elle était partie vers le sud, elle aurait été prise dans la tempête qui avait empêché les hommes de Cadeon de le rejoindre.

Elle n'était pas partie vers l'est non plus. N'avait pas suivi le torrent ni la route en direction d'un terrain moins escarpé.

Futée, elle avait piqué droit vers le nord, vers le cœur des montagnes.

Il avait découvert cela par hasard, en croisant un mineur avec un œil au beurre noir et un bras cassé. L'homme était devenu nerveux en entendant la description de Holly.

Apparemment, elle lui avait montré de quel bois elle se chauffait. *C'est bien, petite…*

Avant de repartir, il avait cassé son autre bras au mineur, pour la peine.

Une fois sur la piste de Holly, il l'avait suivie assez facilement. Les hommes des Territoires se souvenaient d'elle. Au cœur de l'hiver, assez peu de femmes s'aventuraient jusque-là, encore moins des femmes aussi belles.

Au village où le mineur avait croisé le chemin de Holly, Cade avait été envoyé vers la bourgade suivante, plus au nord encore. Là, Holly avait vendu sa montre contre un seul repas et une paire de bottes de neige, puis était repartie à pied. Après avoir essuyé une tempête de neige, elle avait fait du stop, en direction de la ville minière vers laquelle Cade se dirigeait maintenant.

Il n'avait sans doute que quelques heures de retard sur elle et la trouverait certainement là. À cette pensée, il accéléra.

Elle n'avait plus d'argent et personne à qui téléphoner. Elle n'appellerait certainement pas ses amis humains, et elle ne connaissait pas le numéro de Nïx. De toute façon, elle n'avait aucune raison d'appeler sa tante, ayant forcément compris que Nïx était dans la combine depuis le début.

La combine… Cade jeta un œil à l'épée dans son fourreau, posée sur le siège à côté de lui. La présence de cette arme lui rappelait en permanence le choix qu'il avait été forcé de faire.

Jamais il n'avait vraiment compris l'expression « victoire au goût amer » – pour lui, gagner, c'était gagner, point. Mais maintenant, il en saisissait les nuances.

Le bon à rien avait enfin fait ce qu'on lui demandait.

Et jamais il ne s'était senti aussi nul.

À cause de lui, Holly était en danger, certainement paniquée et perdue. Certes, elle était plus forte qu'avant, mais elle était aussi très jeune, n'avait quasiment jamais quitté La Nouvelle-Orléans, et encore moins fait du stop en plein hiver à travers les Territoires du Nord-Ouest.

L'inquiétude qu'il éprouvait pour elle était son châtiment. Maintes fois dans sa vie, Cadeon avait été torturé, avait manqué être décapité. Mais rien, parmi ces épreuves, n'arrivait à la hauteur de la douleur qui lui transperçait la poitrine en permanence.

Il aimait Holly. Merde, il voulait la retrouver, sa petite.

Recroquevillée au fond d'une allée, Holly était assise sur un tas de neige sale. Une neige qui continuait à tomber, inlassablement. Elle détestait la neige.

Elle n'avait aucune idée de l'endroit où elle se trouvait. Encore une ville minière sans intérêt. Elles se ressemblaient toutes et, dans son esprit, commençaient à se mélanger.

Elle n'avait pas dormi depuis quatre jours et était proche de l'épuisement physique et mental. La faim, qu'elle n'avait pas éprouvée pendant des semaines, était revenue, obsédante, et la tête lui tournait.

Elle n'avait plus d'argent, plus de montre depuis longtemps, et il était impossible de se faire envoyer de l'argent dans les rares établissements bancaires du coin. Il n'y avait même pas de poste. De toute façon à qui aurait-elle demandé de l'aide ?

*Je suis absolument seule...*

Le téléphone public, au coin de l'allée, se mit à sonner. Holly vouait un culte à la technologie. Pour elle, un endroit où l'on trouvait encore des téléphones publics était forcément un endroit où il valait mieux ne jamais mettre les pieds.

Le téléphone sonna longtemps, puis se tut.

*Que faire, maintenant ? Je peux continuer à avancer, ou rester assise dans la neige sale jusqu'à congélation.*

Détail intéressant, elle pouvait effectivement rester assise dans la neige sale. Cela ne la mettait plus en transe. Ces derniers temps, le destin lui avait fait suivre une thérapie intense, façon immersion totale. Elle n'avait pas pris de douche depuis plusieurs jours, ne s'était pas brossé les dents, avait dormi dans des draps sales qui sentaient les pieds et l'oignon frit.

*Bon, qu'est-ce que je fais ?* Son seul espoir était de se faire prendre en stop…

Le téléphone se mit à sonner de nouveau, et cette fois, cela l'énerva vraiment. Elle se leva et, d'un pas mal assuré, se dirigea vers l'appareil, avec l'intention de décrocher le combiné sans répondre. Mais la curiosité l'emporta.

— Allô ? dit-elle d'une voix enrouée.

— On arrive ! hurla Nïx par-dessus une musique assourdissante. Tu nous reconnaîtras facilement, on a les meilleurs amplis de basse du moment, ça déménage !

*Clic.*

Mais qu'est-ce que…

Holly raccrocha et regarda le combiné un long moment, comme s'il contenait les réponses aux questions suscitées par cet improbable coup de fil.

Quelques minutes plus tard, un énorme 4 × 4 rouge d'où s'échappait une musique très rythmée s'arrêta devant elle en un dérapage tout juste contrôlé. Une Valkyrie au visage lumineux mais un peu figé se trouvait au volant. Nïx, côté passager, fit signe à Holly de monter.

Cette dernière l'envoya promener d'un geste et retourna sur son tas de neige.

Les deux femmes descendirent de voiture et la rejoignirent.

— Hou là, t'as la tête dans le cul, on dirait, lança celle qui conduisait.

— Je te présente ta tante, Regina la Radieuse, dit Nïx d'un ton enjoué. Question niveau de langue, on a essayé, mais on n'a rien pu faire. Allez, viens, ma chérie. On va être en retard à l'aéroport.

Holly haussa les sourcils.

— Je ne vais nulle part avec toi.

Nïx la regarda, visiblement interloquée.

— Mais pourquoi ?

Stupéfaite, Holly eut du mal à trouver ses mots.

— Peut-être parce que tu m'as menti, pour me convaincre de suivre un démon mauvais ? Un démon qui m'a livrée à un sorcier dont l'objectif était de m'engrosser pour que je donne le jour au Mal absolu !

Nïx se tapota la joue d'un doigt ganté.

— Je suppose que tu n'as pas réussi à semer Cade…

*Je vais la frapper. Je vais lui plonger la tête dans la neige, là, tout de suite.*

— Oh, chérie, ce n'est pas très gentil, ça, s'offusqua Nïx.

— J'aimerais lui parler. Seule, intervint Regina.

Nïx haussa les épaules et retourna à la voiture.

— Voici les quatre raisons pour lesquelles tu devrais venir avec moi, commença Regina lorsqu'elles furent seules. Premièrement, il y a à manger dans la voiture, et apparemment, tu as toujours besoin de nourriture. Deuxièmement, tu peux avoir une douche chaude et des draps propres dans moins de deux heures. Troisièmement, Nïx est folle à lier, et tu n'es pas la première qu'elle envoie au charbon après une vision plus ou moins claire de l'avenir. Et quatrièmement, je ne t'ai pas entubée, *moi*.

Cette Regina plaisait à Holly. Après tant de duplicité, un peu de franchise, même brute de décoffrage, faisait du bien.

Mais devant l'hésitation de Holly, Regina recourut malgré tout à un moyen de pression un peu moins franc.

— Bon, soupira-t-elle. Ça m'embête, mais tu ne me laisses pas le choix.

De sa poche, elle tira un paquet de lingettes désinfectantes antibactériennes et l'agita sous le nez de Holly.

— Regarde ce que tatie Regina t'a apporté ! Elle est gentille avec toi, tatie Regina, hein ? C'est ta Valkyrie préférée, hein ?

Comme Holly hésitait toujours, elle soupira.

— Oh, et puis ras le bol des négociations.

Et elle attrapa Holly, la fit basculer sous son bras, la maintint fermement sur sa hanche et la porta jusqu'à la voiture. Nïx ouvrit la portière arrière, et Regina jeta Holly sur la banquette.

Étranglée par la rage, aveuglée par ses cheveux emmêlés, Holly se redressa aussi vite qu'elle le put, mais la voiture quittait déjà la ville.

Nïx se retourna.

— Alors, tu t'es bien amusée, pendant ton aventure ?

*Je suis en plein délire. Ce doit être ça, le delirium tremens.*

— À fond, oui.

— Parfait.

Nïx lui tendit des barres de céréales, sur lesquelles Holly se rua, sans même ôter ses gants, pourtant très sales.

— Nous serons bientôt à La Nouvelle-Orléans, où tu pourras rencontrer ton coven. Ta chambre est prête. Tu vas vivre avec nous à Val-Hall, désormais.

Une nouvelle fois, Holly s'étrangla.

— La Nouvelle-Orléans ? Tu m'as fait traverser un continent alors que je vivais déjà dans la même ville que celles de mon espèce ?

Devant le hochement de tête de Nïx, Holly partit d'un rire nerveux, qui se termina en crise de larmes.

— Allons, allons, dit Nïx en lui tapotant l'épaule. Si je ne t'avais pas envoyée faire ce voyage, tu n'aurais pas ta page à toi dans *Le Livre des guerrières* !

— On y est, annonça Regina en s'engageant sur ce qui ressemblait à une piste d'atterrissage.

— Sérieusement, il va falloir que tu te calmes un peu, ma chérie.

— Pourquoi, *tatie* Nïx ? Pourquoi faudrait-il que je fasse quoi que ce soit ?

— Parce que d'ici quelques minutes, tu vas voir le démon, près du terrain des hélicos.

Le cerveau fatigué de Holly enregistra deux choses : elle allait monter dans un hélicoptère. Et Cadeon ne devait pas la voir pleurer.

Elle essuya ses larmes d'un revers de manche crasseux.

— Qu'est-ce qu'il vient faire ici ? demanda-t-elle tandis que Regina garait la voiture le long d'un élégant hélicoptère couleur argent aux vitres fumées.

— Il te cherche.

Nïx descendit de voiture et se dirigea vers l'hélicoptère. Holly la suivit.

— Pourquoi me cherche-t-il ? hurla-t-elle pour se faire entendre malgré le bruit des rotors.

Regina fit coulisser la porte.

— « Que j'aime l'odeur du napalm au petit matin ! » lança-t-elle.

Elle fit monter Nïx, puis Holly, et grimpa ensuite. Le pilote, une femme, appuya sur des boutons, enclencha des interrupteurs. Les rotors accélérèrent, le bruit augmenta.

— Nïx ? cria Holly.

— Ah oui, bien sûr, où avais-je la tête ? Holly, je te présente ta tante, Cara la Juste.

La pilote la salua en portant deux doigts à la visière de son casque, sur lequel on pouvait lire « Voler, c'est le pied ».

— Elle est en partie furie, elle aussi, continua Nïx. Et elle nous ramène à la maison. Ensuite, elle part pour…

— La Colombie, acheva Cara à sa place.

— Nïx, bon sang, dis-moi !

Nïx fronça les sourcils.

— Mais que veux-tu que je te dise, ma chérie ?

— Laisse tomber pour le moment, intervint Regina. Elle est à l'ouest.

Elles venaient de décoller lorsqu'une camionnette pila sur la piste. Cadeon en descendit d'un bond et se mit à courir. Holly ne l'avait jamais vu aussi déterminé. Mais pourquoi ? Des remords ?

Pire ?

Que pouvait-il bien vouloir obtenir de la Porteuse, maintenant ? Un arc et des flèches magiques ? Un bouclier enchanté ?

Regina se tapa sur les cuisses.

— Bons dieux, mais regardez-le ! Il court comme si sa vie en dépendait.

Elle rouvrit la porte et lança :

— On se croirait dans *Platoon*, non ? Willem ! hurla-t-elle en tendant une main. Cours, Willem !

Et elle s'étrangla de rire.

— Pourquoi fait-il ça ? murmura Holly.

Mais malgré le bruit des rotors, Regina l'avait entendue.

— Qu'est-ce que tu en as à foutre ? De tout temps, chaque fois qu'un connard m'a servie sur un plateau à un gros sorcier dégueulasse pour que je joue le rôle de la pondeuse, j'ai renoncé à comprendre ses motivations. De tout temps, hein. Maintenant, je suggère que tu lui montres comme ton majeur est joli et que tu l'oublies.

# 47

Val-Hall, le coven des Valkyries de La Nouvelle-Orléans, était un cauchemar.

Des spectres en guenilles rouges encerclaient l'antique manoir, les pelouses du jardin étaient jonchées de paratonnerres et de troncs calcinés, et un brouillard dense se posait partout sans tenir compte du vent, comme s'il était vivant.

Quand Holly découvrit l'endroit, elle fut d'abord tentée de tourner les talons, de remonter dans la voiture et de repartir pour les immensités enneigées. Encore aurait-il fallu que Nïx ne reparte pas, aprés les avoir déposées, Regina et elle, précisant qu'elle en aurait pour une petite semaine et qu'il y avait « des trucs dans le frigo ».

Dans l'hélicoptère qui les ramenait à La Nouvelle-Orléans, Holly n'avait pas appris grand-chose sur l'attitude de Cadeon. Tout ce qu'elle avait pu tirer de Nïx, c'était que Cadeon avait des raisons très valables de se conduire comme il l'avait fait. Quelles étaient ces raisons, comment avait-il pu abandonner Holly de la sorte, ça, mystère et boule de gomme. Sur le moment, elle s'était dit qu'elle aurait tout le temps d'interroger Nïx, mais à présent, elle se retrouvait aussi perdue qu'avant, et sans grand espoir de voir sa situation changer.

Tandis que Regina lui indiquait l'entrée, Holly vit que des Valkyries étaient assises sur le toit, tandis que d'autres se balançaient dans des fauteuils en osier sur le balcon du premier étage, devant une télé, des manettes de Wii dans les mains.

À l'intérieur, Regina en écarta un certain nombre de leur passage.

— Laissez passer, place, place ! C'est une nouvelle.

La plupart regardaient Holly avec curiosité, certaines avec méfiance. Et bientôt, Regina fut assaillie de questions.

— T'es sûre qu'elle est des nôtres ?

— On peut la bizuter ? Je veux ses fringues !

— Elle se débrouille, au billard ?

— Et aux jeux vidéo, elle est bonne ?

Elles la testaient, Holly l'avait bien compris. Les Valkyries se comportaient exactement comme ses footeux au premier cours de l'année, et comme les clients du *Banc de Sable*.

— *Bonne* aux jeux vidéo ? dit-elle en s'adressant à la foule. Je sais *créer* des jeux vidéo.

L'auditoire se tut. On ne plaisantait pas avec ces choses-là.

— Vous l'avez entendue, dit Regina. Respect, hein.

— Comment ça se fait ?

— Elle va avoir droit à sa page dans *Le Livre des guerrières*. Elle a réglé son compte à une meute de Wendigos et réduit les effectifs de l'ordre des Demonaeus d'environ un quart. Et ça, rien que ce mois-ci.

*Voilà ce que tu es devenue, Holly. Une tueuse. Une créature que même les Valkyries admirent.*

Holly était bouleversée. Des gouttes de sueur se mirent à perler sur sa lèvre supérieure.

— Alors, s'il vous plaît, je vous demande d'accueillir comme il faut Holly la...

Regina se tut et fit la moue.

— Quel va être ton nom de Valkyrie ?

Elles étaient trop près, toutes. Cela lui faisait tourner la tête. Elle se sentit vaciller, porta une main à son front.

— J'ai la nausée, grommela-t-elle. Je devrais peut-être m'allonger.

— Hé, je vous avais dit que c'était pas une vraie Valkyrie. On vomit pas, nous.

Cette fois, Regina avait l'air inquiète.

— C'est quoi, ce binz, là ?

*C'est quoi, ce binz, là ?* La première fois que Holly avait vu Cadeon, il avait dit exactement la même chose. À l'évocation de cet enfoiré, elle eut un haut-le-cœur et vomit le contenu de son estomac.

La foule recula dans un mouvement de dégoût collectif.

— Ah, d'accord. Je vois. La bonne nouvelle, c'est que j'ai trouvé ton surnom, dit Regina. Bienvenue, Holly en Cloque.

Cinq jours s'étaient écoulés depuis que Holly avait été conduite à Val-Hall. À quelques secondes près, Cade avait raté l'hélicoptère qui l'emmenait, et maintenant, elle était chez les Valkyries, inaccessible.

— Comment se fait-il que les hommes que tu as envoyés ne soient pas arrivés à l'empêcher d'entrer dans Val-Hall ? demanda-t-il à Rök.

Les deux démons étaient allongés parmi les troncs calcinés et attendaient.

— Ce coven a dans sa poche une devineresse de trois mille ans et des sorcières à ne plus savoir qu'en faire, expliqua Rök. Autant te dire que pour ce qui est de faire les choses en douce, les Valkyries sont outillées. Elles ont probablement un portail d'entrée invisible.

— Maintenant, Holly est avec sa famille, soupira Cade en buvant une gorgée de liqueur de démon. Ça m'étonnerait qu'on défende beaucoup mon cas, là-dedans.

— Je ne voudrais pas enfoncer le clou, mais tes chances d'y arriver étaient quasi nulles, Valkyries ou pas. Pour autant que je sache, se prendre un doigt depuis un hélico qui décolle, ça veut clairement dire : « Nous deux, c'est mort. »

Comme Cade le fusillait du regard, Rök ajouta :

— OK, j'ai enfoncé le clou trop loin, c'est ça ?

D'un claquement de doigts, il indiqua qu'il voulait la flasque.

— Alors, dis-moi, reprit-il. C'est comment ?

— C'est comment quoi ?

— Ben, tu sais... *Ça*.

Il agita une main devant Cade, puis en direction du manoir où se trouvait Holly.

— Deux démons qui assiègent Val-Hall ?

Cade savait de quoi Rök voulait parler, mais refusait de lui faciliter la tâche.

— Faut que je te l'épelle, c'est ça ?

— C'est ça.

Rök but une nouvelle gorgée, puis se lança.

— Ça fait comment, de tenir à quelqu'un ? Si je te le demande, c'est juste parce que c'est la première fois que tu fais un truc que j'ai pas fait avant.

— Vu comment je me sens en ce moment, je te recommanderais plutôt d'éviter ça à tout prix.

Comme Rök haussait les sourcils, il ajouta :

— Imagine qu'on te plante une lance en pleine poitrine.

Rök hocha gravement la tête.

— Ça m'est arrivé plus d'une fois.

— Alors, imagine qu'on te la retire et que la plaie ne se referme pas.

— Dur.

— Très dur. Si seulement je pouvais lui parler ne serait-ce qu'une fois avant de partir pour Rothkalina...

Sa situation était telle que même s'il parvenait à regagner le cœur de Holly, ce serait pour la quitter aussitôt.

— Tu *dois* lui parler avant de partir. Regarde les choses en face : tu ne manges plus, tu ne dors plus. Tu ne nous seras pas très utile dans cet état. Tu es obsédé par quelque chose, et ce n'est pas par la victoire contre Omort. C'est comme ça que les généraux envoient leurs hommes au casse-pipe.

— Holly peut rester enfermée des mois là-dedans si elle travaille sur son code. Toujours pas de nouvelles de Nïx ?

— Toute l'équipe ratisse la ville à sa recherche, et…

— *Qui cherche-t-on ?* murmura une voix dans leur dos.

Cade et Rök se retournèrent en sursautant. Nïx était accroupie à quelques centimètres derrière eux et regardait le manoir, elle aussi.

Aucun d'eux ne l'avait entendue approcher.

Cade reprit ses esprits le premier.

— C'est *toi* qu'on cherche.

— Alors là… c'est bien la première fois que j'entends ça.

Nïx semblait aussi folle que d'ordinaire, mais fatiguée, aussi.

— Comment va Holly ?

— Très bien. Elle se fait à sa nouvelle vie. Elle a même rendez-vous avec un certain Desh, la semaine prochaine. C'est un démon. Vous le connaissez peut-être ?

Cette nouvelle fit à Cadeon l'effet d'un coup de pied dans les dents.

— Qu'est-ce que vous me voulez, démons ?

— Je veux voir Holly avant de partir pour Rothkalina. Même cinq minutes, je m'en fiche. Peux-tu organiser une rencontre ?

— Où ?

— Mais où tu veux, je m'en fous !

— Hou là, je suis sûr que tu peux mieux faire, dit Nïx. Holly me disait l'autre jour qu'elle aimerait avoir une grande et belle maison…

— Vraiment ?

Il allait lui trouver la plus grande, la plus monumentale…

— Non, je rigole, soupira Nïx. Enfin, peut-être ? Mais oui ! Ah, je ne me souviens plus. Bref, le fait est que Holly pourrait peut-être te pardonner. Et ensuite ? Que se passera-t-il ? Tu vois vraiment ma nièce vivre dans cette bauge de célibataire qui te sert de logement, et avec un démon fumée dans la chambre d'amis, en plus ?

D'une main molle, elle désigna Rök, qui leva la flasque à sa santé.

— La fin de ta vie de patachon a sonné, Cadeon. Avoir une femme à soi, c'est une grosse responsabilité.

— J'y travaille. Arrange-moi un rancart, c'est tout.

— D'accord, mais j'ai une autre condition. Tes hommes et toi, vous cessez de chercher Néomi et son vampire.

Néomi était donc bien vivante.

— Comment a-t-elle survécu ?

— Après que tu l'as si brutalement éventrée ? C'est une longue histoire, mais elle est devenue spectre. Il y a eu de la sorcellerie dans l'air.

— Un spectre ! s'exclama Rök. Pas étonnant que je sois pas arrivé à mettre la main dessus ! On n'a jamais eu aucune chance, pas vrai ?

Nïx hocha tristement la tête.

— Eh non. Surtout que je la prévenais de chacun de vos déplacements.

Les deux démons en restèrent sans voix. Enfin, Cade déclara :

— Tu savais qu'elle était vivante, et pourtant tu nous as dit qu'elle était morte. Tu as menti…

— Oui, et c'est mal, de mentir. Les menteurs, c'est des méchants. Sauf toi, bien sûr ?

Le regard de Nïx devint vague. Elle se tut, puis reprit :

— J'ai effectivement raconté un bobard, mais uniquement pour que le destin t'amène ici, tapi dans les fourrés de Val-Hall à minuit, une fois Groot mort, l'épée magique en ta possession, et Holly en…

— Holly en quoi ?

— En rien. Je m'occupe de notre affaire !

Elle se leva et s'éloigna d'un pas léger, gracieux, laissant derrière elle un Cadeon au cœur battant.

— Au fait, lança-t-elle par-dessus son épaule, j'ai oublié de te dire : ton frère est en ville.

# 48

— Alors, ça te plaît, Val-Hall ? demanda Nïx.

— Assez, oui, répondit Holly, pas certaine que sa tante soit tout à fait lucide.

Nïx était un puits de connaissance, mais pour obtenir des informations d'elle, encore fallait-il réussir à la trouver, et à la trouver en phase lucide. Ces deux dernières semaines, Holly n'avait guère eu de chance sur ce plan-là.

— Tu fais ton trou ?

Cette question l'étonna. *À quoi veut-elle en venir ?*

— Oui, ça va, répondit-elle lentement.

À dire vrai, tout bien considéré, elle trouvait sa nouvelle vie plutôt agréable.

Comme elle ne pouvait pas retourner dans son appartement, elle avait accepté la chambre qu'on lui proposait à Val-Hall. Regina lui avait appris les quelques règles de survie en vigueur au manoir – comment voler les vêtements des autres et défendre sa propre garde-robe, comment savoir qui rentrait du pressing pour les meilleures prises, comment anticiper et esquiver les mauvais tours.

Plusieurs fois par semaine, elle était censée s'entraîner au maniement des armes, en prévision de l'Accession toute proche. Regina l'avait aidée à choisir celle qui lui convenait le mieux.

— N'importe quoi, à part une grande épée, avait été la seule requête de Holly.

Pendant son temps libre, elle pouvait travailler à son code. Imaginant qu'elle créait un jeu vidéo, les autres la laissaient tranquille.

— Et pour l'université, comment ça se passe ?

— J'ai appris la semaine dernière que je pouvais terminer ma thèse ici.

Quand Holly avait appelé sa directrice de thèse pour lui exposer son projet, celle-ci lui avait répondu que mettre au point le code suffirait largement à l'obtention de sa thèse. Elle n'avait plus besoin de prendre des cours, et plus besoin d'en donner non plus. Mei, qui la remplaçait définitivement auprès des footeux, lui avait joyeusement raconté que Tim avait été convoqué par la commission d'éthique, avant de perdre toutes ses bourses d'études.

Holly savait que son code lui permettrait d'obtenir son doctorat. Les universités étaient propriétaires des travaux de leurs étudiants, et son code pouvait rapporter des sommes astronomiques à Tulane.

De son côté, peu lui importait de devoir renoncer à une fortune. L'université lui avait été d'une grande aide.

— Mais tu sais que tu peux sortir, de temps en temps ? dit Nïx.

— Oui. Avec une copine.

Holly n'était pratiquement plus en danger, maintenant que Cade et son équipe avaient éliminé deux factions et que Tera la Fey avait fait passer l'info : on ne touchait pas à Holly.

De plus, on commençait à parler d'elle comme d'une Valkyrie joyeusement radicale dans le traitement de ses ennemis, ce qui ne tarderait pas à rendre ces derniers nettement plus frileux.

Malgré cela, elle ne devait sortir qu'accompagnée d'une autre Valkyrie.

— Je suis contente de voir que Regina t'a prise sous son aile, dit Nïx. Même si je me pose quelques questions, dans la mesure où ce n'est pas la plus… généreuse des Valkyries.

— Elle m'a déjà avoué qu'elle faisait cela pour se distraire et m'a conseillé de ne pas trop m'investir dans notre relation.

*Elle va droit au but, Regina. Elle dit les choses comme elles sont.*

Elle avait promis de lui trouver un exorciste pour les fantômes du Pont de la Dame qui Rit, mais l'avait déjà prévenue : il était hors de question qu'elle l'accompagne jusqu'au pont. La grande Regina avait une trouille folle des fantômes. Donc, Holly cherchait quelqu'un qui accepterait d'aller avec elle dans le Michigan, en plein hiver.

Oui, Holly faisait son trou. La vie était presque chouette. Si l'on omettait le fait qu'elle attendait l'enfant d'un démon mauvais.

Dans un rare accès de lucidité, Nïx lui avait expliqué que même si Cadeon avait mis « une double épaisseur » et que Holly avait pris la pilule, porté un stérilet *et* utilisé des ovules, il aurait quand même réussi à « feinter le goal et marquer ».

La fécondité de la Porteuse était à son maximum en permanence pour la première grossesse. N'importe quel mâle viril aurait pu lui envoyer un baiser, et Holly se serait retrouvée à la maternité neuf mois plus tard.

C'était bon à savoir. *Maintenant.* Encore un mauvais point pour Nïx, qui aurait pu partager cette petite info avec elle, mais ne l'avait pas fait.

Holly ne pensait pas réellement que Cade fût un être mauvais. D'une façon générale, l'idée d'accoucher d'un bébé démon ne lui faisait ni chaud ni froid. Elle n'arrivait ni à s'enthousiasmer, ni à redouter ce qui l'attendait. Elle regardait juste passer les jours, espérant ressentir quelque chose. S'il avait fallu résumer, elle aurait dit : « Bof. »

Elle avait pardonné l'essentiel à sa tante. Sans Nïx, Holly aurait encore été accrochée à sa petite vie rangée, alors que celle-ci lui convenait bien mieux.

Holly avait réalisé qu'être avec Cadeon n'était pas la seule chose qui l'avait rendue heureuse. Et même si elle avait du mal à l'envisager maintenant – malgré ce qu'il lui avait fait, Cade lui manquait terriblement –, elle était convaincue qu'un jour, elle pourrait de nouveau goûter au bonheur.

Tout ce qu'elle voulait, c'était se sentir normale. Et dans le Mythos, c'était le cas. Malgré quelques tics et manies difficiles à corriger, Holly avait trouvé sa place.

Nïx lui avait prédit qu'elle se trouverait, pendant ce voyage, et elle avait eu raison. Holly savait désormais qui elle était : Holly la Brillante.

C'était son nouveau nom de Valkyrie. Elle l'aimait bien. Surtout comparé aux premières suggestions faites par le coven : Holly la Pondeuse, Holly la Courageuse Fille Mère, et Holly la Couveuse.

Nïx disait que ce nom avait été choisi à cause de son intelligence, mais aussi parce qu'elle avait suivi la lumière de l'aurore boréale pour échapper au danger.

— Tu as réfléchi, pour Cadeon ? demanda Nïx. Tu ne vas pas pouvoir éluder éternellement la question.

Cade n'avait pas menti en disant que Holly lui était destinée. Et Nïx lui avait expliqué qu'il chercherait à récupérer sa femelle.

La première semaine, il était venu à Val-Hall toutes les nuits. Au début, il se conduisait en maître des lieux, allant et venant devant la porte… enfin, essayant, tout au moins. Les spectres l'avaient attrapé et lancé contre un chêne qui s'était fendu sous le choc.

Les Valkyries qui jouaient à la Wii sur le balcon avaient bien rigolé.

Quand il avait hurlé son nom, les tantes de Holly s'étaient empressées de coller un casque sur les oreilles de la jeune femme et de lâcher les spectres, qui l'avaient malmené de plus belle.

Et puis, il y avait cinq nuits de cela, il avait cessé de venir…

Holly, de son côté, avait repensé à la façon dont il l'avait entraînée, sans relâche, et avait fini par se dire que, peut-être, il avait réellement eu des sentiments pour elle. Qu'en l'abandonnant aux mains de Groot, il avait compté sur sa capacité à s'en sortir. Ses « impératifs » avaient eu raison de lui. Il avait dû faire un choix, et elle avait perdu.

Elle parvenait presque à comprendre cela. Ce qu'elle ne parvenait pas à comprendre, c'était qu'il ait pu lui tourner le dos de la sorte, indifférent, cruel. Comment oublier son regard lorsqu'il lui avait dit : « Faut jamais faire confiance à un démon, ma belle » ? L'aisance avec laquelle il l'avait trahie et abandonnée à son sort continuait à la hanter.

Et puis, il y avait tous ces mensonges qu'il lui avait racontés. Combien de fois lui avait-il menti, au cours de leur voyage ? Elle ne parvenait même pas à les compter.

Qu'y avait-il eu de réel dans leur relation ?

*Comment a-t-il pu m'abandonner ?*

Quand Nïx se racla la gorge, Holly réalisa qu'à l'image de sa tante, elle avait eu une absence.

— Quelque chose te préoccupe, ma chérie ?

— Mmm ? Non, tout va très bien. C'est gentil de passer prendre de mes nouvelles.

— Je suis vraiment contente que tu te plaises ici, dit Nïx avec un sourire vague. Mais maintenant, il faut que tu déménages.

# 49

Cadeon était nerveux lorsqu'il pénétra dans la propriété de Rydstrom. Pourquoi son frère n'avait-il appelé personne pour dire qu'il s'était échappé ? Des dizaines de théories tourbillonnaient dans l'esprit de Cadeon.

Avait-il été torturé ? Lui avait-on fait subir de telles horreurs qu'il n'avait plus la force d'affronter le regard des autres ?

Cade gara la vieille camionnette Ford, qui avait repris du service, malgré ses bains forcés et sa carrosserie trouée, et prit l'épée.

En approchant de la maison, il remarqua que tous les stores étaient baissés. Alors qu'il allait ouvrir la porte, Rydstrom l'entrebâilla. Il était torse nu, pieds nus, et boutonnait sa braguette, comme s'il venait d'enfiler son jean.

— Rydstrom ? s'étonna Cade.

Son frère avait… changé.

Sa mâchoire serrée lui donnait un air méchant. Et dans son regard, on voyait la folie.

Quatre fines estafilades saignaient sur son torse et en travers de sa joue balafrée, comme si quelqu'un l'avait griffé.

*Mais qu'est-ce qui se passe, ici ? Et que lui a-t-on fait pour le transformer ainsi ?*

— Je vais pas passer l'après-midi ici, ouvre-moi.

Rydstrom ne bougea pas, se contentant de jeter un regard par-dessus son épaule.

— Hé, Rydstrom, tu m'inquiètes, là. Laisse-moi entrer et raconte-moi ce qui s'est passé. J'ai entendu dire que tu avais été enlevé par Sabine.

Pas de réponse.

— Tu as été emmené à Tornin ? Tu t'es battu contre Omort pour t'échapper ?

Enfin, Rydstrom secoua la tête.

— Alors, comment t'as fait ? Personne ne s'échappe de Tornin.

— J'avais un atout dans ma manche, lâcha-t-il d'une voix éraillée.

— Ça n'a pas l'air d'aller. Tu ne te sens pas bien ?

— Ça va s'arranger, dit Rydstrom avant de se retourner de nouveau. Bientôt.

— J'ai l'épée, dit Cade en la lui tendant. J'ai tué Groot, aussi.

Rydstrom hocha la tête et prit l'arme sans manifester plus d'intérêt, la regardant à peine.

Interloqué, Cade répéta :

— C'est *l'épée*, celle qui va tuer Omort.

— Nous partirons en guerre au printemps, dit Rydstrom. Tiens-toi prêt.

— C'est tout ce que t'as à me dire ? Merci pour la gratitude et la petite tape dans le dos ! s'emporta Cade. Si tu savais ce que j'ai enduré pour la récupérer, et ce que ma promise a enduré… Ah, et puis au cas où tu ne t'en serais pas aperçu, la Veyron n'est plus là… et elle ne reviendra pas !

— Il y a quelqu'un ? cria soudain une femme, à l'intérieur. Ô mon Dieu, aidez-moi !

Cade entendit un sommier grincer.

Et un bruit de chaînes.

— Je suis retenue ici contre ma volonté !

— Merde… C'est… *Sabine* ? C'était elle, ton atout ?

Rydstrom s'était servi de sa ravisseuse pour s'échapper ?

— Je vous en prie, aidez-moi ! hurla la voix.

Rydstrom fixa Cade d'un regard fou, comme s'il le mettait au défi de tenter quelque chose.

— Donc, si je comprends bien, tu as une sorcière maléfique attachée dans ton lit ? dit Cade d'un ton qu'il voulait détendu, sans vraiment y parvenir.

Et il s'était habillé pour venir lui ouvrir…

— Elle est à moi, souffla Rydstrom. Je lui ferai ce que je veux. Elle ne subira rien qui ne m'ait déjà été infligé.

Il serra les poings.

— Hé ! Garde tes coups, frérot ! Chacun sa merde, hein ?

Sabine l'avait donc à ce point martyrisé que le noble et grand Rydstrom en était réduit à ça ?

— Quand j'en aurai fini avec elle, je t'appellerai.

Rydstrom referma la porte sur ces mots. Pendant un long moment, Cadeon resta là, à fixer le battant. Puis il tourna les talons et descendit les marches du perron.

— Putain de merde, fit-il à mi-voix. Cela voudrait-il dire que je ne suis plus le méchant frère ?

— Tu me mets vraiment dehors ? demanda Holly à Nïx.

Elles étaient en route pour visiter une maison à vendre, une qui serait « parfaite pour Holly et le vamon ».

— Tu ne peux pas élever un enfant à Val-Hall. Rien que les dangers de la foudre, tiens… tu imagines ?

Holly avait accepté de l'accompagner, trop lasse pour protester vraiment. Elle avait même accepté qu'elles prennent la Bentley, qui était toujours une poubelle ambulante. Pourtant, si le désordre la gênait encore, cela ne la perturbait plus autant qu'avant.

— Tu t'es débarrassée du plastic ?

— Mes dieux, oui. Le soir même, d'ailleurs. C'était sympa, cette fête…

Elle soupira.

— C'est encore loin ? demanda Holly. On est déjà à vingt minutes de la ville.

L'après-midi touchait à sa fin. D'ici une heure, le soleil hivernal serait couché.

— On y est, dit Nïx en s'arrêtant devant un portail qui s'ouvrit automatiquement.

L'allée était bordée de magnolias et de chênes. Elle serpentait assez longtemps.

— Combien y a-t-il d'hectares ?

— J'en sais rien. Je dirais, plus ou moins... beaucoup.

Lorsque l'allée déboucha sur la maison, Holly ouvrit la bouche... et ne la referma pas.

Un magnifique jardin paysager bordait une maison de maître de l'époque coloniale. Trois niveaux, couleur crème, toits en ardoise, lucarnes arrondies. Chaque étage possédait une galerie dotée d'une balustrade en fer forgé qui faisait le tour de la maison. Trois colonnes doriques marquaient l'entrée principale.

— La propriété s'appelle les Neuf Chênes.

De chaque côté de la maison, en effet, se trouvaient trois chênes, et sans doute y en avait-il trois autres derrière.

— Il y a douze pièces, et plusieurs chambres de bébé possibles.

C'était étrange, de parler de choses comme celles-ci. Plus étrange encore était le fait que Holly ait besoin d'une chambre de bébé.

— Qu'en penses-tu ? demanda Nïx en se garant devant l'entrée principale.

— C'est impressionnant, répondit Holly.

Une légère brise soufflait, agitant les feuilles des bananiers et des palmiers.

— Mais ça ne te semble pas un peu grand juste pour moi et un enfant ? Mon loft, ce serait mieux.

— Moi, je trouve que pour élever un vamon, cet endroit est parfait. Bon, puisqu'on y est, autant jeter un coup d'œil.

Holly haussa les épaules et la suivit en direction du perron. L'escalier qui y accédait se séparait en deux pour contourner une fontaine… qui possédait neuf jets.

Elles grimpèrent enfin les six marches du perron. La porte n'était pas fermée à clé.

— Tu crois qu'on peut entrer ? demanda Holly.

— On nous attend.

L'intérieur était meublé, et tout aussi séduisant que le jardin. Partout où Holly posait le regard, elle tombait sur des multiples de trois.

Six tabourets de bar, trois spots par rampe, douze pièces et trois niveaux… uniquement des chiffres qui lui convenaient particulièrement.

Mais ce fut le bureau qui fit pencher la balance. La pièce était spacieuse, bien aérée, et son immense fenêtre donnait sur… une piscine.

Comme d'habitude, le regard de Holly fut attiré par l'ordinateur, et elle se demanda ce que le propriétaire de l'endroit fabriquait. L'appareil était allumé. Holly fronça les sourcils en voyant l'écran.

— Mais… ce logiciel ne doit sortir que dans un an… Et aucun particulier n'a accès à ce genre de système. À qui est cette maison ?

Derrière elle, elle entendit une voix rocailleuse.

— Elle est à toi, petite. Parce que les codes, ça ne s'écrit pas tout seul.

# 50

— Nïx ! tempêta Holly. Tu m'as encore menée en bateau ! Je n'arrive pas à croire que tu le lui aies dit !

— Je ne lui ai pas parlé de *ça*.

— Euh... parlé de quoi ? demanda doucement Cadeon.

— De quelque chose qui ne te regarde pas ! répliqua Holly d'un ton sec. Qu'est-ce que tu veux ?

— Toi.

— Bien, les enfants, je vous laisse, soyez sages. Je vais dans la voiture. Qui va peut-être rester là. Ou pas.

Et elle s'éclipsa.

Holly regarda Cadeon avec un sourire amer.

— Tu t'associes à Nïx pour me tromper. Comme c'est original !

— Tu n'aurais pas voulu me voir, sinon, et il fallait que je te parle.

Il avait perdu du poids. Ses traits étaient creusés, il semblait fatigué.

*Et alors, qu'est-ce que ça peut bien me faire ?*

— Je crois que tout a été dit. L'essentiel, en tout cas. Il me semble que ça tournait autour de « tu faisais partie d'un marché », ou quelque chose d'approchant.

— Je ne pouvais pas faire autrement. Je devais me comporter comme si ton sort me laissait indifférent, sinon Groot ne m'aurait jamais donné l'épée.

Holly se figea.

— Tu as un sacré toupet de me parler de cette épée.

— Je suis revenu te chercher pour te tirer de ses sales pattes…

— Vraiment ? Eh bien, je n'en ai rien su, figure-toi, parce que quand il a voulu essayer de m'enfoncer un énorme clou dans la tempe, j'ai fui.

— Que t'a-t-il fait subir ?

Cadeon s'avança, voulut la prendre par le bras, mais elle se dégagea violemment.

— Ne me touche pas ! Je me suis sortie de là toute seule. Si Groot n'a pas réussi à faire de moi son esclave sexuelle et sa pouliche, je ne le dois qu'à moi-même !

— Je sais. Je t'ai vue sauter.

Il était *vraiment* revenu la chercher.

— J'allais sauter juste après toi, mais Groot m'a littéralement cloué au mur en envoyant des épées volantes. Et j'aurais été à tes côtés plus tôt s'il n'avait pas empoisonné le manche de l'épée qu'il m'a donnée.

— Pourquoi le château a-t-il explosé ?

— J'ai jeté Groot dans sa forge. Malheureusement, j'ai été pris dans l'explosion moi aussi, sinon je t'aurais rejointe au village pour lutter contre les Wendigos. Même si l'expérience a prouvé que tu n'avais pas besoin de mon aide.

— Tu avais prévu de revenir me chercher dès le début, ou est-ce que tu as eu des remords après m'avoir échangée comme un vulgaire sac de blé ?

— J'avais prévu de récupérer l'épée, de tuer Groot avec et de te tirer de là le plus vite possible.

— Pourquoi ne m'en as-tu pas parlé ?

— Je ne pouvais pas. Groot lit dans les pensées. Les démons savent comment empêcher ce genre d'intrusion dans leur esprit, mais toi… il aurait lu en toi comme dans un livre. Et j'ai essayé de te préparer au combat, pour le cas où les choses tourneraient mal.

— Et ça n'aurait pas été plus simple de ne pas m'emmener là-bas ? De ne pas me trahir ? Tu m'as menti tout le temps, en me disant que ma transformation était réversible.

— C'est vrai. Je t'ai menti comme un arracheur de dents. Mais il me semblait que je n'avais pas le choix. Écoute, tu sais pourquoi il me fallait cette épée, mais tu ignores à quel point elle m'était indispensable.

— Mais bien sûr que si, je le sais. Depuis neuf siècles, tu cherchais un moyen de tuer Omort, tu penses que c'est ta faute si le royaume de Rothkalina a perdu son roi et tu te reproches la mort de ta famille d'adoption.

Tout en énumérant ces raisons, Holly prenait conscience de l'importance considérable de chacune d'elles.

— Et il n'y a pas que ça. Le premier soir, quand mon frère n'est pas venu au rendez-vous, c'était parce qu'il avait été enlevé par la sœur d'Omort. Dupé par un sortilège, et enfermé dans ses oubliettes. Elle avait décidé de… se servir de lui.

— Que veux-tu dire ?

— Sabine voulait porter l'enfant de Rydstrom pour pouvoir contrôler notre royaume à jamais. Penser à lui dans cette situation…

Cadeon se passa une main sur le visage, puis continua :

— Pour Rydstrom, cela aurait été pire que la mort. Et j'ai cru que le seul moyen de l'en sortir, c'était de mettre la main sur l'épée.

— Tu as cru ? Au passé ?

— J'ignore comment, mais il a réussi à s'échapper, et il est revenu. Seulement… il a changé. Je m'inquiète pour lui.

Quand Holly pencha la tête sur le côté, Cade lui demanda :

— Tu veux bien faire quelques pas avec moi ?

Sa promise était plus jolie que jamais. Ses longs cheveux bouclés tombaient librement sur ses épaules, sa peau était lumineuse, ses yeux pétillaient.

La curiosité l'emportant, elle accepta.

— Je te comprends, quand tu dis que tu avais le sentiment de devoir tout faire pour obtenir l'épée, dit-elle. Mais le fait de comprendre tes motivations ne rend pas plus facile à vivre le fait d'avoir été un dommage collatéral. Ce qui s'est passé entre nous, comment pourrais-je essayer d'y croire alors que, dès le début, tu prévoyais de me trahir ?

— Non, c'est faux ! J'avais un autre plan, mais tout est allé de travers. J'avais demandé à mes hommes de nous rejoindre dans les Territoires du Nord-Ouest. J'avais prévu de prendre la forteresse d'assaut.

— Que s'est-il passé ?

— La veille du jour où le délai expirait, j'ai appris qu'ils ne pourraient pas nous rejoindre. La route hivernale n'était plus praticable, et ils ne pouvaient pas arriver en hélicoptère, à cause de la tempête.

— La tempête qui faisait rage au sud…

— Oui, c'est ça. C'est pour ça que j'étais tout le temps au téléphone. J'essayais par tous les moyens de trouver une autre solution que celle que j'ai finalement dû accepter. Je ne voyais pas comment m'en sortir autrement. Qu'aurais-tu fait, à ma place ?

Quand il la vit se mordiller la lèvre et regarder au loin, il comprit qu'elle aurait agi de la même manière.

— Tu ne peux pas savoir le mal que j'ai eu à feindre l'indifférence devant toi. Tu n'imagines pas le calvaire que je vis depuis.

— Comment ça, un calvaire ? demanda-t-elle.

— Ton absence a été une torture, Holly, souffla Cadeon en se rapprochant. Tu m'as tant manqué…

Elle sentait sa chaleur, et son odeur lui chatouilla les narines. *Désir*. Seigneur, il lui avait tellement manqué, lui aussi…

— De quoi parlait Nïx, tout à l'heure ? Ce que tu ne voulais pas que je sache, c'est quoi ?

Pourquoi le lui cacher plus longtemps ? Il ne tarderait pas à le découvrir, de toute façon.

— Tu... tu vas être papa.

Il faillit s'étrangler.

— Papa ? Moi ? *Nous*...

Il partit d'un immense éclat de rire, la prit dans ses bras et la fit tournoyer.

Cette réaction étonna Holly.

— Je ne pensais pas que cela te ferait plaisir à ce point.

Avait-elle saisi l'importance de cette nouvelle avant de voir le bonheur de Cadeon ? Sans doute pas. Déjà, il lui communiquait son excitation, elle se sentait revivre. Avoir un bébé ? Ce n'était plus si *bof*...

— Tu plaisantes ? J'ai un allié dans la place, maintenant ! Qui va travailler à saper tes défenses contre moi. Ça fait nettement remonter mes chances de te reconquérir !

Il s'immobilisa.

— Mais toi, tu n'es pas heureuse ?

— Je... je ne sais pas. J'ai eu du mal à me faire à cette idée. Et si ton allié était le Mal absolu ?

D'un geste tendre, il ramena une mèche bouclée derrière une délicate oreille pointue.

— Si j'étais mauvais, je ne pourrais pas t'aimer autant.

*Respire, Holly.*

— Si tu me donnes une nouvelle chance, je ne te mentirai jamais plus.

— Mais comment puis-je te faire confiance ? Dis-le-moi. Parce que c'est bien beau de débarquer de nouveau dans ma vie avec des mots, des promesses, mais...

Elle s'interrompit, fronça les sourcils.

— Cadeon, où sont tes cornes ?

Il haussa les épaules.

— Coupées. Il te faut du normal. Et moi, j'ai besoin de te donner tout ce que tu veux. Comme cette maison. Il y a une piscine, derrière. Elle est tellement propre que ça fout les jetons, et tout va par trois. Ça n'a pas été facile à trouver, tu peux me croire.

*Voilà donc à quoi il était occupé, tout ce temps...*

— Mais tes cornes...

Il lui avait expliqué combien en perdre une était douloureux, pour un démon. Et puis, elles faisaient partie de lui, de son identité de démon.

Pourtant, il les avait coupées, pour elle.

— Si elles ne te gênent pas, je peux les laisser repousser. Ça ne prendra que deux semaines.

— Tu étais prêt à les recouper, chaque fois ? demanda Holly en songeant à la douleur.

— S'il avait fallu cela pour te rendre heureuse, alors oui.

Cette fois, ses dernières réserves s'envolèrent. *Désir !* Il lui avait trop manqué, elle avait trop besoin de lui.

— Tu flanches, hein ? dit-il avec un de ses sourires à faire fondre la banquise. Tu n'arrives pas à rester en colère contre moi, parce que tu sais que, cette fois, je vais tout faire comme il faut. En plus, tu dois rendre visite à des fantômes, et il te faut une escorte.

Elle ignorait pourquoi, mais oui, cette fois, elle était certaine qu'il ferait les choses comme il le fallait.

— Bon, je suis peut-être en train de flancher un peu. Un tout petit peu. Mais c'est seulement parce que j'ai besoin que quelqu'un m'accompagne dans le Michigan.

— Bons dieux, qu'est-ce que tu m'as manqué, petite, dit Cade en prenant le visage de Holly entre ses mains. Mais il faut que je te dise quelque chose : je pars pour Rothkalina au printemps. C'est la guerre.

Elle se dégagea.

— Si tu veux qu'on soit ensemble, alors on reste ensemble. Ton sermon sur le mâle qui part combattre seul, courageux et patati et patata, je ne veux pas l'entendre.

— Tu penses que je vais emmener ma femme, enceinte qui plus est, dans un pays dévasté par la guerre ?

— Tu le feras si tu tiens à la garder. Ma mère est partie au combat quand elle m'attendait.

Cade poussa un long soupir.

— Je ne veux plus jamais te mentir, alors je vais juste dire que je ferai absolument tout ce qui est en mon pouvoir pour t'en dissuader.

— Et de mon côté, je me battrai pour rester à tes côtés. Ça marche comme ça.

Il sourit.

— Ah oui, pour marcher, ça marche. Est-ce que tu m'as entendu quand j'ai dit que je t'aimais ? ajouta-t-il, plus sérieux tout à coup.

— Oui, je t'ai entendu.

Il posa ses lèvres sur celles de Holly, et leur baiser fut d'une telle intensité qu'elle en eut les jambes coupées. Lorsqu'ils s'écartèrent pour reprendre leur souffle, il demanda :

— Et toi, tu m'aimes ?

— C'est bien possible, murmura Holly. Est-ce que tu vas recourir au sexe pour essayer de sceller notre accord ?

— Oh que oui.

Il laissa courir ses lèvres le long de son cou et émit un petit grognement. En souriant, elle renversa la tête, les paupières mi-closes, savourant son plaisir.

— Alors, je suis partante…

# Extraits du *Livre du Mythos*

**Le Mythos**

« … *les créatures conscientes quoique non humaines constitueront une strate qui coexistera avec celle des hommes, mais restera à jamais dissimulée à leurs yeux.* »

**Les Valkyries**

« *Lorsqu'une jeune guerrière pousse un cri sauvage au moment d'expirer sur le champ de bataille, son appel monte jusqu'à Wotan et Freyja. Les dieux envoient la foudre la frapper, la recueillent en leur demeure et préservent à jamais son courage en sa fille immortelle, une Valkyrie.* »

Les Valkyries tirent leur subsistance de l'énergie électrique terrestre, puissance collective qu'elles se partagent selon leurs besoins et qu'elles restituent en cas d'émotion intense sous forme de foudre.

Elles sont douées d'une force et d'une vivacité surnaturelles.

Si elles ne s'entraînent pas à y résister, elles peuvent être hypnotisées par des objets brillants ou des pierres précieuses.

Toutes les Valkyries de première génération sont demi-sœurs.

**Les Démonarchies**

« *Les tribus démoniaques sont aussi diverses que les tribus humaines...* »

Ensemble des dynasties démoniaques. Certains de leurs royaumes se sont alliés à la Horde.

La plupart des races de démons peuvent *glisser* à la manière des vampires. Certaines espèces répondent aux incantations.

Ceux dont les crocs, les cornes ou les griffes sont empoisonnés sont plus vulnérables aux poisons des autres.

Un démon doit avoir des relations sexuelles avec sa partenaire potentielle pour s'assurer qu'elle lui est vraiment destinée. On parle dans ce cas-là d'*essayage*.

**Les Démons furie**[1]

« *Celui qui contrôle Tornin contrôle le royaume...* »

Démonarchie située dans la dimension de Rothkalina. Le château de Tornin est le siège de son gouvernement. Rydstrom III, le roi, a été déposé.

Les démons furie étaient les gardiens du Puits des Âmes, une source de pouvoirs magiques qui se trouve dans le château de Tornin.

Le sorcier Omort l'Immortel a pris Tornin et, par conséquent, le trône de Rydstrom III.

**La Porteuse**

« *Être l'élue, c'est être perdue...* »

À la veille de chaque Accession, une femme est désignée pour donner naissance à un enfant qui, en fonction de son père, deviendra un guerrier du Mal absolu ou du Bien absolu.

Des sept dernières Porteuses, six ont engendré le Mal.

---

1 Appelés dans les tomes précédents « démons féroces ». *(N.d.T.)*

Certaines factions cherchent à assassiner la Porteuse pour l'empêcher de donner la vie. D'autres se battent pour la posséder et diriger son enfant.

**Les Vampires**

Leurs deux factions, la Horde et les Abstinents, se livrent une guerre sans merci.

Ils se déplacent souvent en se téléportant – en *glissant*, suivant l'expression consacrée dans le Mythos. Toutefois, ils ne peuvent prendre pour destination que des endroits où ils se sont déjà rendus par le passé, ou qu'ils peuvent voir.

Les Déchus sont ceux qui ont tué en vidant leur victime de son sang. On les reconnaît à leurs yeux rouges.

**La Maison des Sorciers**

« ... *les immortels dotés de pouvoirs magiques, pratiquant les arts blancs ou noirs.* »

Mercenaires de la magie qui vendent leurs sortilèges.

Il leur est strictement interdit d'amasser une fortune personnelle et d'accorder l'immortalité.

**Les Revenants**

« *On leur a refusé le repos éternel, pour les forcer à servir un sinistre maître...* »

Cadavres sortis de leur tombe et ramenés à la vie, le plus souvent par un sorcier ou un nécromancien, qui ensuite leur dicte leur conduite.

Ne peuvent être éliminés que lorsque celui qui les contrôle est lui-même éliminé.

**La Quête du Talisman**

« *Une course aux talismans, amulettes et autres objets magiques, âprement disputée tout autour du monde par des charognards qui rivalisent de traîtrise.* »

Le règlement interdit de tuer, sauf lors du dernier tour. Tricher et faire du mal est encouragé.

Se déroule tous les deux cent cinquante ans.

**Les Wendigos**

« ... *mangeurs de cadavres particulièrement voraces, toujours assoiffés de sang. Rien ne les rassasie jamais.* »

Vivent dans les forêts septentrionales des contrées froides du nord. Reconnaissables à leurs griffes longues, acérées, et à leur corps émacié.

Creusent les sépultures pour trouver de quoi manger.

**L'Accession**

« *L'heure viendra où tous les immortels du Mythos, des factions les plus puissantes – Valkyries, vampires et Lycae – jusqu'aux fantômes, changeformes, elfes, sirènes et autres, seront condamnés à s'entre-tuer.* »

Sorte de système magique de régulation de la population des immortels, qui ne cesse d'augmenter.

Se déclenche tous les cinq cents ans. Maintenant, peut-être...

*Beaucoup de gens redoutent le changement. Et les voyages. Et le désordre. Éviter les fissures du trottoir, c'est plus courant qu'on ne le pense.*

Holly Ashwin, professeur de maths à l'université Tulane, doctorante en cryptographie formelle et informatique.

*La règle numéro un du mercenaire ? Comprendre ce que veut le client, puis le convaincre que a) vous pouvez l'obtenir pour lui, et b) vous êtes le seul à pouvoir l'obtenir pour lui. La règle numéro deux ? Mentir. Souvent. Dans ce métier, il est rare que la vérité serve à quelque chose.*

Cadeon Woede, mercenaire, héritier du trône des démons furie, alias Cadeon le Faiseur de Rois.

***Découvrez les prochaines nouveautés de nos différentes collections J'ai lu pour elle***

AVENTURES & PASSIONS

**Le 6 juillet :**

Inédit **_Les débauchés — 1 La fille du Lion_**

**Loretta Chase**

Esme est décidée à venger le meurtre de son père, surnommée le Lion. Rien ni personne ne doit la distraire de son objectif. Y compris lord Edenmont. Ayant perdu au jeu toute la fortune familiale, adepte du moindre effort, fréquentant les lits douillets des femmes faciles, Varian n'a pas du tout l'intention de partir à l'aventure avec cette rouquine armée jusqu'aux dents.

Inédit **_Splendide_** **Julia Quinn**

Il y a deux choses que tout le monde sait, à propos d'Alex Ridgely. Il est le duc d'Ashbourne, et il ne veut surtout pas se marier. Du moins, jusqu'au jour où une jeune Américaine se jette sous les roues d'un fiacre pour sauver la vie de son neveu. Elle est tout ce qu'Alex n'imaginait pas qu'une femme puisse être. Drôle, intelligente, courageuse, droite. Mais elle est aussi femme de chambre, ce qui ne peut absolument pas convenir à un duc… À moins qu'elle ne soit pas tout à fait ce qu'elle prétend…

**_Les frères Malory — 6 La faute d'Anastasia_**

**Johanna Lindsey**

Toute la famille Malory s'est réunie pour célébrer Noël. Un paquet enrubanné, posé près de la cheminée, suscite la curiosité. L'emballage doré ne révèle qu'un vieux cahier relié de cuir, pourtant chacun a la certitude que son existence va être bouleversée. Car il s'agit du journal à quatre mains qu'ont tenu, un siècle plus tôt, Christopher Malory et son épouse, la mystérieuse Anastasi.

***La rose de Charleston*** **Kathleen Woodiwiss**

Angleterre, 1825. Alistair, le neveu de sa chère et tendre amie, a jeté à la rue Cerynise Kendall. Elle gagne les docks où elle espère trouver un moyen de se rendre à Charleston pour y retrouver son oncle. Elle retrouve un ami d'enfance, le capitaine Birminghan. Mais Alistair poursuit la jeune fille. Pour le capitaine, la seule solution pour aider Cerynise : l'épouser. C'est donc en temps que mari et femme qu'ils entament leur traversée. Mais il leur faudra affronter bien des périls s'ils veulent connaître le bonheur.

Inédit ***Jeunes filles en fleurs — 4 Séduction***

**Laura Lee Guhrke**

Fin du XX$^{e}$. Daisy Merrick vit avec sa sœur aînée, Lucy, dans une pension à Londres. Orphelines, les deux jeunes filles sont obligées de travailler pour survivre. Impulsive, bavarde, elle a du mal à garder son emploi. Elle décide donc de se consacrer à sa passion, l'écriture. On lui propose de critiquer la dernière pièce du célèbre auteur, le comte d'Avermore, Sebastian Grant. Critique, elle éreinte la pièce, et sera fort embarrassée lorsqu'elle sera obligée de travailler avec le comte.

Inédit ***Les Hathaway — 4 Matin de noces***

**Lisa Kleypas**

Depuis deux ans, Catherine Marks est demoiselle de compagnie auprès des sœurs Hathaway – un emploi agréable, avec un bémol. Leur frère aîné, Leo Hathaway, est absolument exaspérant. Elle se refuse à croire que leurs prises de bec pourraient dissimuler une attirance réciproque. Mais, quand l'une de leurs querelles se termine par un baiser, Cat est choquée par l'intensité de sa réaction – et encore plus choquée lorsque Leo lui propose une dangereuse liaison.

**Le 13 juillet :**

***Duel sur la lande*** **Rebecca Brandewyne**

Laura Prescott est promise à Christopher Chandler depuis sa naissance. Mais elle aime en réalité son frère cadet, le tendre Nicholas Chandler. Les deux frères se disputent Laura, et la jeune femme est torturée par un terrible dilemme. Tout bascule lorsqu'elle réalise les véritables sentiments de Nicholas et qu'elle se venge de lui. Tandis que leurs familles se déchirent sous le poids des rivalités, des jalousies et des passions, Laura prend conscience des élans de son cœur envers Christopher…

***Passé trouble*** **Elizabeth Thornton**

Il y a trois ans, le père de Jessica a été assassiné sous ses yeux. Le choc, d'une violence inouïe, lui a fait perdre la mémoire. Seule trace de son passé : une horrible scène qui ne cesse de la hanter. Et le meurtrier court toujours... Peut-il s'agir de lord Dundas, le nouveau propriétaire de Hawkshill Manor ? Non, c'est absurde ! S'il avait commis ce forfait, il n'aurait jamais accepté de louer le manoir à la jeune femme. Jessica ne peut dissimuler ni ses craintes envers lui ni ce trouble qui l'envahit...

**Inédit** ***Les débauchés — Le comte d'Esmond***

**Loretta Chase**

Il y a neuf ans, la ravissante peintre Leila Beaumont a perdu son père, assassiné en d'étranges circonstances. Lorsque l'on découvre cette fois le corps inanimé de son mari, la jeune femme est inévitablement soupçonnée. Bien décidée à découvrir la vérité, elle demande l'aide du très séduisant comte d'Esmond, qui semble cependant cacher sa véritable identité et un passé fort trouble. Mais Leila, ne peut ignorer plus longtemps la passion qui la consume et se risque à un jeu particulièrement dangereux avec le comte.

**Inédit** ***Les Huxtable — 5 Le temps du secret***

**Mary Balogh**

Chaque printemps, le séduisant Constantine Huxtable choisit une maîtresse parmi les jeunes veuves de Londres. Il jette son dévolu sur Hannah Reid, duchesse de Dunbarton, qui arrive au terme de son deuil. Hannah a retrouvé sa liberté et elle sait exactement qu'en faire : prendre un amant, mais pas n'importe lequel. Elle n'en veut qu'un, Constantine Huxtable. Les deux jeunes gens, aux mœurs libertines et scandaleuses, réalisent très vite qu'ils ne peuvent se dérober à la passion qui les embrase...

**Le 13 juillet :**

# *Passion intense*

*Quand l'amour vous plonge dans un monde de sensualité*

Inédit ***Nuits blanches — 1 L'homme de minuit***

**Lisa Marie Rice**

Le très sexy John Huntington, commandant de la Navy, vient de s'installer chez la ravissante Suzanne Barron, jeune décoratrice d'intérieur. Tous deux succombent très vite à une ardente passion mais la jeune femme s'inquiète face à cette liaison torride : qui est réellement John, et ses intentions sont-elles sérieuses à son égard ? Et, lorsqu'un violent individu tente de l'assassiner, Suzanne ne peut espérer la protection que d'un seul homme : John. Mais, qui la protègera de cet intrigant séducteur ?

***Sous le charme d'un amour envoûtant***

# CRÉPUSCULE

Inédit ***Les amants de l'Apocalypse*** **Joss Ware**

Lorsque le docteur Elliott Drake se réveille après un sommeil de cinquante ans, il est horrifié : l'Apocalypse a eu lieu, les villes sont désertées, la nature a tout envahi, et l'Humanité est menacée par les « Immortels », des êtres criminels. Dans ce monde ravagé, il rencontre la ravissante Jade, une jeune femme farouche, qui, séduite et troublée, le laisse approcher. Mais Elliott protège un terrible secret et Jade ne sait si elle peut écouter son cœur et lui faire entièrement confiance. Une chose est certaine, s'ils veulent survivre aux ténèbres, ils doivent s'unir et combattre les forces du mal qui s'acharnent contre eux…

# PROMESSES

**Le 6 juillet :**

Inédit *La mariée en cavale* **Rachel Gibson**

Au moment de dire oui, Georgie a paniqué et s'est enfuie. Elle a convaincu John, un des hockeyeurs de l'équipe dirigée par feu le fiancé, de l'emmener. Bien sûr, John ne sait rien et, lorsqu'il découvre quelques kilomètres plus tard son identité, il comprend que son avenir dans l'équipe de hockey est bien compromise, mais Georgie est si charmante…

Inédit *Cedar Springs — 2 L'été de l'espoir*
**Julia London**

Adoptée à la naissance, Jane a besoin de retrouver ses racines pour avancer dans la vie. Pour effectuer ses recherches, elle accepte un poste de nurse auprès des deux enfants d'un chef d'entreprise veuf. Au début, leurs deux mondes semblent s'opposer, mais leurs douleurs respectives et leur sentiment de solitude les rapprocheront l'un de l'autre. Ils devront alors faire face à leur culpabilité avant de s'avouer leur amour. Restera encore à vaincre les résistances de la fille d'Asher, adolescente rebelle.

***Et toujours la reine du roman sentimental :***

# *Barbara Cartland*

« Les romans de Barbara Cartland nous transportent dans un monde passé, mais si proche de nous en ce qui concerne les sentiments. L'amour y est un protagoniste à part entière : un amour parfois contrarié, qui souvent arrive de façon imprévue.
Grâce à son style, Barbara Cartland nous apprend que les rêves peuvent toujours se réaliser et qu'il ne faut jamais désespérer. »

*Angela Fracchiolla, Rome, Italie*

**Le 6 juillet :**
*L'amour fou de Zivana*
*L'amour à portée de main*
*A la poursuite d'un rêve*

**Le 13 juillet :**
*Ensorcelée !*

9615

*Composition*
CHESTEROC LTD

*Achevé d'imprimer en Italie*
*par* GRAFICA VENETA
*le 15 mai 2011.*

Dépôt légal mai 2011.
EAN 9782290031759

ÉDITIONS J'AI LU
87, quai Panhard-et-Levassor, 75013 Paris

*Diffusion France et étranger : Flammarion*